Si vous cherchez **Victor Fleury**, vous le trouverez souvent à Lyon, dans un café, en train d'écrire ou de refaire le monde entre amis. Après *L'Empire Électrique*, nommé au Grand Prix de l'Imaginaire 2018, voici un nouveau roman indépendant et tout aussi trépidant dans le même univers voltapunk.

Du même auteur, aux éditions Bragelonne, en grand format :

L'Empire Électrique

La Croisade éternelle :
1. *La Prêtresse esclave*

Aux éditions Bragelonne, au format poche :

L'Homme Électrique

CE LIVRE EST ÉGALEMENT DISPONIBLE
AU FORMAT NUMÉRIQUE

www.bragelonne.fr

STEAMPUNK

VICTOR FLEURY

L'Homme Électrique

BRAGELONNE

Collection dirigée par Stéphane Marsan et Alain Névant

Design intérieur : Adèle Silly

ISBN : 979-10-281-1073-4

Bragelonne
60-62, rue d'Hauteville - 75010 Paris

E-mail : info@bragelonne.fr
Site Internet : www.bragelonne.fr

Achevé d'imprimer en janvier 2019
par L.E.G.O. Spa en Italie
Dépôt légal : février 2019
2811073-1

En souvenir de Monique et André Fleury,
Encore aujourd'hui, certains livres me parlent avec leurs voix.

L'Homme est une machine, et il n'y a dans l'Univers
qu'une seule substance diversement modifiée.
Julien Offray de La Mettrie

Sommaire

19 septembre 1778

— Son Altesse sérénissime le comte d'Artois va bientôt vous recevoir.

Ne sachant que répondre, Franz Anton Mesmer se contenta d'opiner du chef. Il ne parvenait pas à croire qu'il se tenait dans l'antichambre du frère du roi, dans le beau château de Bagatelle. Le prince avait fait bâtir ce pavillon au milieu du bois de Boulogne pour y tenir ses fêtes somptueuses.

— Monsieur, si vous voulez bien me suivre.

Surexcité, Mesmer bondit sur ses pieds et se précipita sur les talons du valet qui s'adressait à lui. Jamais il n'avait été aussi proche du pouvoir.

Le savant fut conduit dans un salon, où deux hommes emperruqués à la mode versaillaise menaient une discussion animée. Ils s'interrompirent à son arrivée.

— Ah, voici notre invité ! se réjouit le maître des lieux.

Le nez recourbé du jeune prince vêtu d'or trahissait son ascendance Bourbon.

— Votre Altesse sérénissime, susurra Mesmer en exécutant une révérence profonde. Je suis votre humble serviteur.

Le plus dur était fait. Maintenant qu'il se tenait en présence du comte d'Artois, il ne restait qu'à le gagner à sa cause. Le savant avait confiance en son pouvoir de persuasion. Bientôt, le prince lui mangerait dans la main.

— M. Deslon m'a fait lire vos travaux, annonça le frère du roi. On raconte que vous avez soigné des hystériques, et aussi des aveugles…

Deslon, le médecin personnel du comte d'Artois, adressa un hochement de tête à son confrère. Comme prévu, cet esprit inférieur avait fini par recommander Mesmer à son maître.

— Tout n'est qu'énergie, Votre Altesse, proclama le savant. Vous, moi, M. Deslon, nous ne sommes qu'énergie. Nous vivons, nous pensons, nous existons tant que l'énergie nous possède. Si celle-ci vient à manquer, nous défaillons, puis nous nous éteignons. C'est aussi simple que cela. Pour guérir un dysfonctionnement, je me contente de transférer mon magnétisme dans le corps du patient.

En observant un léger frisson chez le comte d'Artois, Mesmer sut qu'il avait réussi à l'impressionner.

— Très intéressant, docteur, dit le prince. Cependant, si j'ai réclamé votre présence, ce n'est pas uniquement pour parler théorie.

Le frère du roi fit un pas de côté, révélant l'objet posé sur la table devant laquelle il se tenait.

— Vous avez certainement entendu parler des séismes qui ont ravagé les côtes nord du royaume voici deux ans. Non loin de Calais, une colline s'est effondrée, laissant place à un gouffre immense au fond duquel certains de mes vassaux ont trouvé la chose suivante.

Le comte d'Artois désigna l'artefact. C'était une sphère d'une soixantaine de centimètres de diamètre, à la surface noire, lisse et brillante.

— Je l'étudie depuis quelques mois, intervint Deslon. Elle dégage de l'énergie en petite quantité. Touchez-la, elle est chaude comme un être vivant !

Mesmer promena sa paume contre l'objet. Il avait la texture du métal. La peau du savant chauffait à son contact, engourdie par des picotements électriques.

— M. Deslon dit que vous pourrez peut-être nous en apprendre plus, reprit le comte d'Artois.

Mesmer ne l'écoutait plus. Il ferma les yeux et se concentra, comme s'il avait affaire à l'une de ses patientes. Puis il guida son fluide vital à l'intérieur de la sphère.

La réaction de l'artefact fut immédiate. Une vague de puissance s'empara de l'esprit du savant, l'arrachant à son corps.

Qu'arrivait-il ? Mesmer, pris de panique, fut plongé dans le noir. Soudain, une myriade de scintillements perça le vide obscur. Il vit passer entre les étoiles un essaim de boules brillantes, filant à travers l'espace. Leurs créateurs les avaient investies d'une mission, elles devaient modeler le nouveau foyer d'une race mourante.

Les sphères arrivèrent sur un monde noir et rouge, dont la croûte se crevait d'océans de magma. La peur retourna l'esprit de Mesmer quand lui fut imposée cette vision, car, sur cette terre chaotique, grouillaient les pires existences. Il se détourna pour ne pas devenir fou.

Le temps s'accéléra, les sphères se gorgeaient d'énergie. Durant une éternité, elles burent le magnétisme de tous les êtres qu'elles purent trouver. Mesmer s'apaisa en assistant au nettoyage de la planète. Il se sentit renaître lorsqu'un jour, pour la première fois, la pluie ensemença la Terre.

— Mesmer ! Mesmer !

Le comte d'Artois et M. Deslon s'étaient mis à deux pour lui faire lâcher l'artefact. Hébété, le savant regarda le frère du roi reposer l'objet sur la table.

— Comment vous sentez-vous, docteur ? demanda le prince avec inquiétude. Vous restiez immobile à regarder cette chose…

Mesmer venait de vivre un traumatisme indescriptible. Cette expérience lui avait ouvert de nouveaux horizons, des possibilités auxquelles il lui aurait été impossible de songer auparavant. Il s'efforça de sourire.

— Tout va bien, Votre Altesse sérénissime. J'étais en train d'apprendre.

Sans doute parvint-il à donner le change, car le visage du comte d'Artois s'illumina.

— Je le savais ! jubila Deslon. Votre Altesse, je savais que mon estimé confrère se montrerait à la hauteur !

— Il va falloir que vous nous expliquiez ce qui s'est passé, exigea le prince. Si vous parvenez à me convaincre, je vous prendrai à mon service pour continuer à étudier cette chose.

— Il en sera selon votre bon plaisir, Votre Altesse sérénissime, dit Mesmer d'une voix onctueuse.

Mais, alors qu'il prononçait ces mots, le savant ne voyait déjà plus les deux insectes qui s'agitaient devant lui. Il ne se préoccupait que des promesses d'avenir murmurées par la sphère.

Première partie

Les faux-semblants de la Sérénissime

26 mai 1895

Les nuages noirs s'amoncelaient au-dessus de Venise, insouciante en ce jour de fête. Du navire, on devinait les canaux de la cité, grouillant de travailleurs accaparés par les préparatifs. Ce soir, le doge épouserait la mer. Comme chaque année au jour de la Sensa, une cérémonie grandiose, héritée de temps glorieux révolus, mettrait en scène la domination de la ville sur l'Adriatique.

— Une représentation bouffonne, se désola Tancredo De Fante en émergeant de ses pensées. Voilà tout ce qui reste des ambitions de notre cité.

— Encore à parler politique..., soupira Lorenzo. Tu devrais faire attention. Le ministère de la Sûreté a des espions partout.

Depuis plus d'un siècle, Venise n'avait de république que le nom : les ministères régaliens se trouvaient sous le contrôle de l'Empire Électrique. Les grandes familles ne pouvaient plus se prononcer que sur le choix de la marionnette qui jouerait le rôle du doge entre les mains de Sa Majesté Napoléon IV Hadrien, maître de l'Europe et d'un tiers du monde.

Aujourd'hui pourtant, tous feignaient d'oublier la domination de la France impériale. La chaleur précédant l'orage poussait la jeunesse dorée à toutes les outrances. Tancredo regardait avec agacement les filles de l'aristocratie subir sans trop se défendre les assauts langoureux de leurs pairs masculins. Les couples s'enlaçaient contre le bastingage du *voltaretto*.

— L'empereur nous a domestiqués..., grogna-t-il.

— Nous devrions nous servir à boire, déclara Lorenzo. Cette mignonne, là-bas, as-tu vu comme elle me regarde ?

Tancredo, vicomte De Fante, se demanda s'il ne valait pas mieux écouter son camarade. Il serait volontiers resté à contempler les flambeaux lointains de la place Saint-Marc vacillant sous les prémices de la tempête. Une autre tâche l'attendait toutefois. Rassemblant son courage, il se mit en marche.

— Hélas ! se lamenta Lorenzo en lui emboîtant le pas. Mon meilleur ami est un noble cœur pressé de s'humilier devant la dame de ses pensées. Pourquoi gâcher cette soirée, Tancredo ?

S'arrachant au bain de lumière jaune qui inondait la proue, ils se frayèrent un chemin parmi les courtisans. La plupart s'amusaient sans retenue, bien loin des tourments du vicomte. Le jeune homme accéléra pour fuir le trac qui l'oppressait. Toujours flanqué de son ami, il emprunta l'escalier qui menait au pont arrière du *voltaretto* et trouva là une assemblée particulièrement dense.

Au centre de l'attention, une jeune femme menait les réjouissances. Une beauté méditerranéenne typique : Valeriana Brandolini, fille du doge, hôtesse de cette joyeuse compagnie. En s'approchant d'elle, Tancredo se sentit défaillir. En présence de Valeriana, il perdait tous ses moyens. Ce soir, se jura-t-il, il se montrerait à la hauteur.

— Messieurs ! clama la demoiselle. Aucun de vous ne s'est montré assez convaincant pour me persuader de le nommer batelier de ma gondole ce soir ! Mais, puisque vous ne brillez pas par l'esprit, peut-être vous illustrerez-vous dans l'action !

Tancredo se morigéna intérieurement, il aurait dû rejoindre la compagnie de la fille du doge bien plus tôt. D'autres avaient déjà tenté leur chance, sans parvenir à la séduire. Riant de plus belle, la terrible enfant adressa de grands gestes à l'horizon assombri, d'où surgirent une vingtaine de gondoles équipées de motogodilles voltaïques.

— Ce qui est certain avec ta dulcinée, Tancredo, c'est qu'on ne s'ennuie jamais ! chuchota Lorenzo.

Il n'était pas le seul à s'agiter à la vue des embarcations.

Les motogodilles, longs bâtons de métal pourvus de poignées, se terminaient par une grosse hélice. Chacun de ces instruments était relié par un câble à une bobine électrique accrochée à la poupe d'une gondole, bobine qui générait l'énergie nécessaire à la rotation constante des pales de l'appareil. À condition que le pilote maîtrise sa puissance, ce genre de machine pouvait propulser une barque à la vitesse ahurissante de cinquante nœuds.

— Je ne sais pas ce qu'elle mijote, ta Valeriana, mais je suis impatient de le découvrir…, continua Lorenzo.

Les bobines projetaient des étincelles multicolores, et leur poids faisait gîter les gondoles vers l'arrière.

Cette installation laissait tout juste assez de place aux pauvres serviteurs faisant office de pilotes. Quand ils enfonçaient les hélices sous l'eau, leurs barques accéléraient en bondissant. Chacun d'entre eux s'agrippait au manche de sa motogodille, et resserrait toutes les cinq minutes la lanière de cuir censée immobiliser celle-ci contre le rebord de l'esquif.

C'est avec un soulagement non dissimulé que les malheureux coupèrent tour à tour leurs électromoteurs en approchant du *voltaretto*, avant de sauter à son bord et d'amarrer les gondoles. D'autres serviteurs sortirent des coursives du bateau et déposèrent aux pieds de la fille du doge de grandes lances en acier, peintes de couleurs vives, aux pointes en fer acérées.

— Je ne partagerai cette soirée de la Sensa qu'avec un vrai chevalier, poursuivit Valeriana Brandolini, c'est donc en chevaliers que vous jouterez pour mériter ma compagnie !

La fille du doge était une grande lectrice de romans de geste. C'était d'ailleurs ce penchant qui avait rapproché Tancredo de la belle, puisqu'il s'était épris de la demoiselle lors d'une lecture publique du *Conte du Graal* que celle-ci avait donnée au palais de son père.

— J'ai fait exécuter ces lances de joute sur le modèle des vestiges exposés à la Punta della Dogana, expliqua la fille du doge en montrant les armes entassées devant elle. Il vous faudra renverser vos adversaires et rester le dernier en selle. Je veux que vous vous inspiriez des meilleurs sentiments de l'amour courtois, mais vous ne chevaucherez pas de simples canassons… Non ! Vous combattrez pour moi à bord de ces gondoles à motogodille !

Tancredo fit la moue. Cette annonce aurait dû le réjouir, lui dont la réputation d'escrimeur était connue de tous. Seulement, ce tournoi ressemblait plutôt à une pantalonnade. Le vicomte refusait de se ridiculiser avec ces armes moyenâgeuses. Pendant que d'autres prétendants joueraient les pitres, peut-être pourrait-il converser avec Valeriana.

— J'espère que tu n'envisages pas de monter là-dessus, chuchota Lorenzo à son ami. Autant mettre le feu à la queue d'un cheval en espérant le faire galoper plus vite…

Agacé par la situation, Tancredo chassa son compagnon d'un revers de la main.

— Les lances de tournoi ne sont-elles pas émoussées ? demanda un gentilhomme en soupesant une arme.

Comme le vicomte s'y attendait, la coterie des courtisans bruissa d'excitation malsaine en découvrant que le jeu préparé par la fille du doge innovait en matière de danger. Pitoyables décadents…

— Et vous voudriez que, moi, je me contente d'un prétendant émoussé ? rétorqua la Brandolini.

Des gloussements gaillards retentirent, et elle ajouta :

— Je veux que l'élu de ce soir prouve son héroïsme. Hors de question de lui faciliter la tâche !

Malgré le danger, ils furent une dizaine à se précipiter sur les lances sans un instant d'hésitation. Le vicomte De Fante, lui, resta immobile. Il brûlait de prouver son amour à Valeriana, mais cette mascarade ne lui inspirait que mépris.

— Heureux de voir que tu te montres raisonnable, glissa Lorenzo. Ces pauvres idiots vont s'entre-tuer pour un caprice.

Tancredo résista à la tentation de se mêler à la horde d'admirateurs qui prenait d'assaut les gondoles. Ne serait-il pas idiot de mourir empalé par un rival sans que sa bien-aimée ne sache combien elle était importante à ses yeux ?

— Tu as raison, je reste sur le *voltaretto*, lâcha-t-il enfin à Lorenzo. Plutôt que de parader avec les autres, mieux vaut que je profite de leur départ pour avouer mon amour à Valeriana.

— Voilà qui est parler ! claironna son comparse. Quand elle se sera moquée de toi en public, peut-être pourrons-nous reprendre le cours de cette soirée où nous l'avions laissé.

Tancredo s'apprêtait à répondre vertement à son camarade lorsqu'il fut saisi par le bras. Une femme inconnue le retenait, qui le força à la dévisager.

Brune aux reflets fauves, elle avait un beau visage impassible, formé de lignes pures. Avec son menton mince, ses pommettes saillantes et ses yeux fendus, elle rappelait ces femmes des peintures de Vinci dont toute la grâce réside dans le sourire qu'on ne voit pas, mais qu'on devine, qui émeut et inquiète à la fois.

— Je ne vous aurais pas cru timoré, Tancredo, dit-elle.

Sa voix pénétrante sembla au jeune homme le plus douloureux des affronts. Ce n'était pas son charme de fleur vénéneuse qui maintenait captive l'attention du vicomte, mais l'étrange décalage entre sa douceur et l'aura intérieure dont brûlaient ses pupilles. Cette femme devait avoir un peu plus de trente ans, mais ses prunelles ambrées paraissaient luire de plusieurs siècles d'une vie tourmentée.

Tancredo se reprit. Qui était-elle pour l'insulter ?

— Je ne suis pas un pleutre, madame, pas plus qu'une tête brûlée. Que tous ces apprentis acrobates aillent se rompre le cou, la *signorina* Brandolini mérite mieux.

La femme émit un rire sec, qui ébranla Tancredo.

— Devant un public plus âgé, vous passeriez pour un sage. Ici, vous serez un poltron.

Le vicomte foudroya l'importune du regard, avec d'autant plus de hargne qu'il savait qu'elle avait raison. La fille du doge le jugerait-elle lâche ? Peut-être même refuserait-elle de lui parler…

Il avait d'abord pris l'inconnue pour une de ces vieilles filles qui servaient de chaperons à de jeunes héritières. Mais cette femme n'escortait nulle demoiselle, et sa robe décolletée n'avait pas la sobriété requise pour ce genre de tâche.

— Mon ami n'a pas besoin de vos conseils, s'interposa Lorenzo. Qui êtes-vous, d'abord ?

— Joséphine Balsamo, comtesse de Cagliostro, répondit-elle sans libérer Tancredo du regard.

La connaissait-il ? Il semblait au vicomte que ces yeux ardents remuaient des souvenirs enfouis.

— Vous devriez vous hâter, monsieur De Fante, votre chance vous échappe.

Il ne restait, amarrée au pont arrière, qu'une seule gondole. Deux nobliaux marchaient d'un pas rapide pour en prendre possession. D'un coup, Tancredo eut une bouffée de panique. Il allait rater l'occasion de sa vie et perdre Valeriana.

— Vous avez raison, souffla-t-il à la mystérieuse comtesse.

Avant que Lorenzo ne puisse le retenir, il s'élança au-devant des derniers candidats.

— Toutes mes excuses, messieurs, mais cette embarcation est la mienne, lança-t-il d'une voix rauque.

— Je ne crois pas, gronda le plus âgé.

Le plus jeune bredouilla une protestation inaudible, et, pour faire bonne mesure, sortit son épée du fourreau. Tancredo sentit le sang lui battre les tempes : il ne pourrait faire valoir ses droits sans violence.

— Regardez, cria un banqueteur goguenard au premier rang, les beaux chevaliers servants que font ces trois lambins ! Ils se battent pour une monture !

Sur l'eau, les motogodilles vrombissaient déjà. Les soupirants apprenaient à se servir des engins ; il n'y avait pas encore eu d'affrontement et l'assemblée se trouvait disponible pour rire des retardataires. Valeriana Brandolini n'était d'ailleurs pas en reste, et une peine sourde s'abattit sur le vicomte : pour une fois qu'il attirait l'attention de la jeune femme, il brillait par son ridicule.

— Rengainez votre arme, Flavio, ordonna la fille du doge à celui qui pointait sa rapière sur Tancredo. Je vous départagerai moi-même.

Elle s'approcha, suivie de la cour de ses familiers. Un jeune homme éméché, celui qui avait moqué le trio, se tenait à ses côtés.

— Je sais quelle justice rendre à ces pleutres ! brailla-t-il. La gondole ne devrait revenir à aucun d'entre eux !

Tancredo ignora ce mauvais esprit ; Narciso Brandolini, le frère de Valeriana, était connu pour sa mesquinerie.

— Je vais laisser une chance au plus méritant de se lancer dans la compétition, coupa la maîtresse de cérémonie. Dites-moi, tardifs chevaliers, pourquoi devrais-je vous autoriser à concourir ?

Elle lorgna le blondinet aux cheveux longs qui venait de rengainer. Ce dernier bredouilla :

— Parce que, madame, je vous aime…

Une cascade de rires endiablés suivit cette déclaration. La timidité du pauvre Flavio Cappello était légendaire. Son manque d'à-propos le serait aussi dorénavant. Valeriana imposa le silence d'un geste de son éventail. C'est pourtant avec un sourire narquois qu'elle rétorqua :

— Ce sentiment, Flavio, vous oblige envers moi, et non l'inverse.

Le trait d'esprit fut accueilli par des ricanements serviles, mais, déjà, Valeriana se tournait vers le prétendant plus âgé, au menton carré et à la belle prestance.

— Et vous, Porfirio, que feriez-vous de cette gondole ?

— Madame, répondit l'éphèbe sans ciller, j'en ferai l'instrument de la victoire qui vous sera dédiée.

Sur cette affirmation péremptoire, le dénommé Porfirio adressa à la fille du doge une révérence parfaite. En relevant la tête, il capta son regard, fixant sur elle ses yeux verts. Valeriana, dissimulée derrière son éventail, répondit à la fougue du soupirant par un battement de cils. L'assurance de Porfirio Mussatti lui plaisait. Ces minauderies firent à Tancredo l'effet d'un électrochoc. Si seulement ce regard langoureux avait pu lui être dédié… Il fallait rompre le charme ou c'en était fini.

L'assistance gardait les yeux rivés sur le bellâtre. Parfait.

Profitant de l'inattention générale, le vicomte De Fante ramassa la dernière lance de joute, sauta dans la gondole et arracha les amarres des mains d'un serviteur éberlué.

— Vous ne le regretterez pas ! lança Tancredo, bravache, à la belle Valeriana.

Avant qu'on ne l'arrête, il fit rugir la bobine qui alimentait la motogodille, et, maîtrisant celle-ci de sa main libre, se propulsa sur les flots gris. L'avalanche d'insultes proférées par le beau Mussatti lui parvint depuis le *voltaretto*. Il l'ignora : le pauvre avait déjà perdu. Porfirio ne pouvait plus qu'espérer que Valeriana plaigne son infortune, et à la pitié succède toujours l'indifférence…

Tancredo, tout à sa joie mauvaise, se laissa surprendre par la morsure du vent, et la motogodille fila entre ses mains. Le bâton, fou furieux, bondit en l'air, puis retomba à droite de l'embarcation.

Le vicomte De Fante se précipita en avant, rattrapant l'instrument par le câble qui le reliait à la bobine voltaïque. Bien lui en prit : au moment où il se baissait, une pointe lui érafla le haut du crâne. S'il était resté immobile, la lance de tournoi lui aurait transpercé la tête ! Il entendit le cri de déception de son adversaire et vit la gondole ennemie passer à toute vitesse sur son flanc gauche.

La peur s'empara de lui avec un temps de retard. Il avait été à deux doigts de mourir.

Au même instant, des applaudissements résonnèrent sur le pont du *voltaretto* : un participant venait de renverser l'embarcation d'un autre concurrent. La malheureuse victime refit surface sous les quolibets du public. Tancredo repêcha précipitamment sa motogodille. Il lui fallait bouger de là avant de finir comme ce pauvre diable.

Le fracas du tonnerre ébranla l'horizon. Cette compétition, si elle s'éternisait, s'achèverait dans la tempête. Le râle d'un blessé, suivi de nouvelles acclamations, parvint aux oreilles du vicomte. Il n'eut pas le loisir de voir ce qui se passait : sa gondole, déstabilisée par les vagues, s'avérait très difficile à manœuvrer. À force de maintenir le rotor dans l'eau, ses bras le lançaient affreusement. Il repéra soudain sur sa droite un des candidats qui chevauchaient les vagues.

Les cheveux longs fouettés par le vent, debout sur sa gondole, il fonçait sur les concurrents les plus maladroits en visant le torse ou la tête : c'était ce malandrin qui avait failli tuer Fante un peu plus tôt, et le vicomte ne le connaissait que trop bien.

Les hourras des spectateurs restés sur le *voltaretto* avivèrent la colère de Tancredo : ces jeux étaient indignes. Cette énergie, les héritiers de la Sérénissime auraient pu l'utiliser pour se libérer du joug de l'Empire Électrique.

Malgré l'embrun glacé qui lacérait son corps, le jeune noble décida de poursuivre son agresseur : en restant derrière celui-ci, il éviterait d'être pris pour cible, et aurait peut-être l'occasion de surprendre cet adversaire déloyal. Les deux jouteurs se rapprochèrent ainsi, l'un à la suite de l'autre, du *voltaretto*, autour duquel naviguaient la plupart des concurrents.

Un éclair jaillit de l'horizon, qui trembla ensuite sous le tonnerre. La lumière blanche découvrit le rictus sardonique de celui que Tancredo poursuivait.

— Tu t'en es bien tiré tout à l'heure, mon frère ! ricana l'homme. Belle esquive !

Il s'était laissé rattraper, de façon à narguer le vicomte.

— Mère saura que tu as tenté de m'assassiner ! le menaça ce dernier.

L'autre partit d'un grand rire, qui horrifia Tancredo. Jamais il n'avait entendu son cadet exprimer sa haine de façon aussi pure.

— Elle ne te croira pas !

Sans attendre de réponse, l'ignoble accéléra. Sur son chemin, il percuta deux autres gondoles et blessa un troisième participant, qu'il faucha dans le dos. Tancredo crispa la mâchoire. Cherubino avait pris l'habitude de clamer qu'il tuerait un jour son aîné pour s'accaparer le titre de leurs ancêtres, mais jamais le vicomte n'aurait pensé que son frère passerait à l'acte.

Sous le coup de l'énervement, il enfonça sa motogodille dans les flots, propulsant sa gondole. Aujourd'hui, Cherubino était allé trop loin. À partir de maintenant, Tancredo ne jouait plus.

Un autre concurrent surgit soudain dans le dos du vicomte, qui le reconnut aussitôt : Erio Psaldini, un ami de Narciso Brandolini. Dans un vrombissement de sa bobine poussée à son maximum, Erio chargea en visant le postérieur de sa cible. S'il parvenait à blesser Tancredo au fondement, celui-ci était un homme fini : l'humiliation lui ôterait à jamais le droit de paraître dans la haute société vénitienne, sans parler de courtiser Valeriana.

La tête en feu, le jeune homme réagit très vite : il lâcha sa propre lance et, se retournant, empoigna la hampe de celle de son assaillant avant de tirer dessus. La dextérité avec laquelle il avait exécuté cette contre-attaque le stupéfia lui-même. Erio, surpris, se laissa désarmer, puis vira de bord.

Brandissant l'arme de son adversaire, Tancredo le prit en chasse. Le fourbe Psaldini avait du mal à reprendre son équilibre ; il fut facile de le rattraper et de renverser sa gondole d'un coup vigoureux. Cela faisait un nuisible en moins à surveiller.

Erio se débattait dans l'eau tandis que le public acclamait le vicomte. Galvanisé par l'enthousiasme des spectateurs, Tancredo coula trois autres concurrents, en prenant soin de ne blesser personne. Chaque fois, il évitait la lance brandie par l'adversaire et fracassait le flanc de l'embarcation avec l'éperon de sa barque. À mesure qu'il faisait le vide autour de lui, il sentit l'excitation le gagner.

Pourtant, ses membres le tiraillaient. La houle se faisait mauvaise, et le crachin glacé le fouettait de plus en plus fort. Le *voltaretto* se déplaçait pour recueillir à son bord les naufragés. Tancredo entendait parfois un concert de gloussements réjouis ; il en déduisit que personne n'était mort. Du moins, pas encore.

Les cibles se raréfiaient, la fin de l'épreuve approchait. Il restait à affronter Cherubino. Ce dernier avait continué son œuvre de destruction et, à chaque concurrent envoyé par le fond, il criait sa victoire par-dessus le mugissement du vent. Lorsqu'il vit le vicomte De Fante se rapprocher, il effectua plusieurs virages serrés et fit face en adressant à son aîné de grands saluts avec sa lance.

— Si tu abandonnes maintenant, je promets de ne pas te tuer ! cria-t-il, un large sourire aux lèvres.

Le vicomte regretta d'avoir sous-estimé la jalousie de son cadet. Ce rat savait qu'il n'abandonnerait pas, que Valeriana était trop importante pour lui. Cherubino désirait qu'ils s'affrontent dans le cadre de la joute afin de faire passer le meurtre de son frère pour un accident.

Les deux Fante étaient espacés d'une trentaine de mètres. Une véritable lice, pensa Tancredo, de quoi assouvir le goût de la fille du doge pour les duels épiques. Hélas, le *voltaretto* se trouvait trop loin pour qu'elle profite pleinement du spectacle. Cherubino et le vicomte devaient lui apparaître comme deux insectes au loin, bourdonnant entre le ciel obscur et la mer déchaînée.

— Pour mère, ne fais pas ça ! implora Tancredo. Baisse ton arme, et, une bonne fois pour toutes, faisons la paix !

Son cadet avait beau être la pire des vermines, le vicomte répugnait à le tuer. Il refusait cependant que l'ambition de cet envieux ne lui gâche la vie.

— D'accord, rétorqua Cherubino avec férocité, je t'embrasserai quand tu seras mort.

Il enfonça sa motogodille dans l'eau, et sa gondole se cabra en direction de Tancredo. Ce dernier réagit aussitôt en lançant à son tour son embarcation dans un galop furieux. Les frères se précipitèrent l'un sur l'autre, lances de joute dressées, traçant dans la lagune deux chemins d'écume blanche. L'avenir de la maison Fante se jouait là. Sans doute les témoins, trop éloignés, ne pouvaient-ils voir que Cherubino visait la tête de son frère !

Tancredo crispa ses doigts sur le manche de la motogodille, interdisant à l'engin de vriller d'un pouce. Son bras armé le faisait souffrir : il s'imposait de le garder droit, braqué sur sa cible. Plus qu'une poignée de secondes avant l'impact. La pluie l'aveuglait, le vent fouettait son visage, il n'avait pas le droit à l'erreur. Il savait où frapper.

La pointe de sa lance heurta le corps de l'arme de son frère par en dessous, et l'élan des jouteurs entraîna les piques vers le ciel. Le vicomte s'attendait au choc, il tint bon, mais son adversaire parvint lui aussi à maintenir sa prise. Les lances s'élevèrent dans un même mouvement tandis que les gondoles se rapprochaient. En l'espace d'une respiration, Tancredo fut à moins d'un mètre de son frère. Il lut dans le regard de Cherubino une détermination implacable : il ne lâcherait pas. Ils allaient s'écraser l'un sur l'autre. Tancredo serra les dents et Jupiter trancha.

La foudre frappa les pointes en fer dans un fracas retentissant. L'électricité meurtrière se propagea le long des lances, puis explosa en arcs de lumière jaillissant entre les mains des frères, projetés en arrière telles des créatures de chiffon.

L'espace d'un instant, Tancredo ne vit ni n'entendit plus rien. Il se serait cru mort s'il avait pu penser durant cette fraction de seconde, dont il émergea hagard. Il se tenait recroquevillé au fond de sa gondole, la main crispée sur la poignée de sa lance noircie ; sa motogodille trempait dans l'eau, retenue par le câble qui la liait à la bobine. Une pluie drue lui frappait le visage, les bourrasques le flagellaient à travers ses vêtements détrempés.

Il comprit d'un coup ce qui l'avait sauvé : un tissu rêche tapissait la garde de son arme, dont la faible conductivité l'avait protégé de la puissance de l'éclair. Il n'osait imaginer ce qu'il serait devenu sans cette protection. Soudain, il pensa à son frère.

— Cherubino !

Il se leva en chancelant. Les courants entraînaient la gondole de son cadet vers les rivages du Lido. La lance de Cherubino finissait de couler entre leurs embarcations. Son manche était-il lui aussi matelassé ? *Pourvu que ce soit le cas,* pria Tancredo, *pourvu qu'il soit vivant !*

— Cherubino, réponds !

Un frisson glacé parcourut le vicomte, un frisson de terreur absolue. Il chercha de l'aide autour de lui, mais le *voltaretto* n'était qu'une lueur dans le lointain. Des appels se faisaient entendre : Valeriana et sa cour avaient sans doute vu l'éclair les foudroyer. Tous devaient se demander s'ils vivaient encore. Tancredo se tourna de nouveau vers la barque qui dérivait.

— Cherubino ! par pitié, réponds-moi !

Le jeune homme eut la tentation de se sauver d'abord lui-même. S'il s'était trouvé à sa place, son cadet l'aurait abandonné. Cependant, le vicomte avait trop d'honneur.

Il se traîna à l'avant de sa gondole et rama furieusement avec les mains pour se rapprocher de l'autre embarcation. Malgré tout, Cherubino demeurait son petit frère, le garçonnet qui se serrait jadis contre lui lorsque l'orage tonnait trop fort. S'il lui était arrivé malheur, Tancredo ne se le pardonnerait pas.

L'eau imbibait ses gants et les manches de sa chemise, mais il sentait à peine le froid. Après une minute d'efforts, il agrippa l'esquif de son cadet et bascula à l'intérieur. Cherubino était allongé, inconscient, peut-être mort.

— Non ! Réveille-toi !

Le vicomte se précipita quand Cherubino ouvrit soudain les yeux. Bien vivant, il repoussa violemment Tancredo, qui tomba en arrière dans sa propre gondole.

— C'était ta dernière victoire, mon frère ! éructa le traître.

Alors que les vagues écartaient de nouveau les barques l'une de l'autre, Cherubino arracha sa motogodille des flots et la brandit devant lui. Le visage crispé dans une grimace haineuse, il actionna le mécanisme, entraînant la rotation rapide de l'hélice, et, dans un cri guerrier, lança les lames tourbillonnantes dans le ventre de son aîné.

◇◇◇

La cohorte des nobliaux se pressait sur le pont arrière du *voltaretto*. Tous les candidats avaient été repêchés, sauf les frères Fante, disparus après avoir été frappés par un éclair. Longtemps, la fille du doge et ses invités scrutèrent le crépuscule de leurs jumelles. L'espoir s'était éteint quand se fit entendre par-dessus le bruit de la pluie le vrombissement caractéristique d'une motogodille.

— Il n'y a qu'une seule gondole ! s'écria une amie de Valeriana.

— Qui est le pilote ? demanda une autre demoiselle.

— Ils sont deux ! Mais l'un d'entre eux est couché !

— Est-il encore vivant ?

La gondole arriva sous les feux des lampions que les serviteurs avaient accrochés sur le toit du *voltaretto*. Tancredo pilotait, dégoulinant, les épaules voûtées. Cherubino était étendu à l'avant de la gondole, inconscient, une plaie profonde en travers du visage. Lorsqu'ils furent proches du bateau, le vicomte sortit la motogodille de l'eau et la jeta dans sa barque d'un geste brusque, comme s'il se débarrassait d'une bête nuisible. À l'intérieur, il bouillonnait. L'anxiété et la colère comprimaient sa poitrine.

Cherubino fut pris en charge par des serviteurs. À leur suite, Lorenzo surgit de la foule pour aider son ami à monter sur le pont et à se protéger de la pluie.

— Qu'est-ce que tu lui as mis, Tancredo ! Vu son état, ton frère aura plusieurs jours de convalescence pour méditer sur sa défaite !

— Je ne voulais pas…, murmura le vicomte. L'hélice a rebondi…

Puis, comme il restait muet, Lorenzo l'interrogea d'un ton pressant :

— Que s'est-il passé ? Tu vas bien ?

Pour toute réponse, le vicomte De Fante lui lança un regard de profonde détresse. Il ne parvenait pas à expliquer ce qu'il venait de vivre. Plus il s'efforçait de comprendre, plus les mâchoires de l'angoisse se refermaient sur lui.

— Je sais lequel des deux frères a gagné ! claironna Narciso Brandolini. Mais, regardez, quel drôle d'accoutrement pour un vainqueur !

Tancredo porta la main à son ventre dans un réflexe de défense. Une peur irrationnelle s'empara de lui lorsque tous les regards tombèrent sur la veste en velours de son cadet qu'il s'était attachée autour de l'abdomen comme une espèce de garrot mal fagoté. Ce qu'il y avait en dessous, le vicomte refusait d'y penser. Alors qu'il titubait au bras de Lorenzo, une femme fendit la foule en criant :

— Il est blessé ! Écartez-vous !

Le jeune homme reconnut la comtesse de Cagliostro, cette femme mystérieuse qui l'avait poussé à participer à la joute maritime. Il voulut protester quand elle le prit par la taille pour l'entraîner vers l'intérieur du *voltaretto*, mais le choc qu'il avait subi l'avait laissé pantelant.

— Où l'amenez-vous ? protesta Lorenzo.

— Si vous tenez à lui, lâchez-le, plaida la comtesse. Son état requiert des soins urgents.

Qui était-elle et que voulait-elle ? Tancredo refusait de rester seul avec cette étrangère. Il essaya en vain de remuer les lèvres mais toute force l'avait quitté.

La foule s'agglutinait autour du vicomte quand un homme à la forte stature s'interposa en repoussant les curieux. Vêtu d'une bure de moine, il portait une petite mallette : encore un inconnu dont la dégaine jurait avec la compagnie habituelle de la fille du doge.

Tancredo ne put distinguer précisément ses traits, engloutis dans une barbe de pirate. Ce religieux ressemblait plus à un brigand qu'à un confesseur. Le vicomte frissonna de dégoût en découvrant le côté droit de son visage, visiblement paralysé et barré d'une cicatrice suppurante qui creusait sa joue depuis son oreille jusqu'à la commissure de ses lèvres.

— Je suis médecin ! gronda le moine dans un français dépourvu d'accent italien. Ne me dérangez pas, j'ai besoin d'espace pour opérer !

— Ne le laisse pas me toucher ! supplia Tancredo en s'agrippant à Lorenzo.

À la grande horreur du vicomte, son camarade crut qu'il délirait.

— Tu es brûlant comme un fourneau… Calme-toi, tu as besoin de soins.

Le front plissé par l'inquiétude, Lorenzo laissa les inconnus emporter Tancredo. Celui-ci, traumatisé, demeurait incapable de protester. Personne ne s'étonnait-il donc de ce que cette femme et ce moine veuillent l'isoler ? Hélas, non ! Les fêtards à bord du *voltaretto* étaient trop affolés pour ne pas s'en remettre à l'expérience de ces sauveurs providentiels.

La comtesse de Cagliostro mena Tancredo jusqu'à un sofa sur lequel elle le coucha délicatement. Elle retira ses gants et caressa les tempes du jeune homme pris de panique.

— Ferme la porte, commanda-t-elle au moine.

Le vicomte, prostré, entendit le moine congédier Lorenzo et Valeriana Brandolini avant de tourner le verrou. Tancredo se retrouvait enfermé avec deux intrigants. Son état d'hébétement l'empêchait toujours de se rebeller et seule une plainte étouffée lui sortit de la gorge.

— Enlevez cette veste, ordonna la comtesse.

Sa voix avait perdu toute bienveillance. Tancredo passa ses bras autour de son corps. Elle ne devait pas regarder sous ses vêtements. Ce n'était qu'un mauvais rêve… Il trouva la force de protester d'une voix inaudible :

— Non… Laissez-moi…

L'horreur de sa situation lui ôtait toute résistance. Ignorant ses suppliques, la Cagliostro décroisa de force les bras du jeune homme et défit le garrot improvisé. Tancredo fixa les yeux sur le plafond, refusant de se confronter de nouveau à la vision horrible de son ventre à l'air libre.

— Des dégâts ? questionna le moine, qui surveillait la porte.

— Quelques rayures sur la carrosserie, répondit sa complice, manifestement soulagée.

Les paroles de la comtesse transpercèrent Tancredo comme des lames acérées. Il avait voulu se persuader que ce qu'il avait vu n'était qu'un délire issu de son imagination. Son esprit épuisé l'avait dupé et la pluie battante avait trompé ses sens, il n'y avait pas d'autre explication. Comme dans un cauchemar, le vicomte se hissa sur ses coudes et regarda son ventre.

La veste de Cherubino avait glissé à terre, révélant sa chemise éventrée. Les pales de la motogodille avaient déchiqueté le vêtement. La loque ne cachait rien : en guise de torse, Tancredo avait une plaque de métal finement ouvragée, imitant les pectoraux d'un éphèbe. Il sentit les larmes lui monter aux yeux.

— Je suis en fer…, bredouilla-t-il.

Une impression de folie surnaturelle menaçait d'emporter son esprit. Seule la voix de la comtesse le rattachait au réel.

— Ce n'est pas du fer, corrigea-t-elle, mais un alliage d'acier. Vous n'avez rien, il faut se remettre au travail.

Sur le ventre-cuirasse, de vilaines estafilades gâchaient la perfection de l'ouvrage. Lorsque Cherubino avait cherché à tuer son aîné, les pales de la motogodille avaient rebondi sur sa peau de métal dans un ballet d'étincelles crépitantes.

— Ce n'est pas possible ! protesta Tancredo.

Il tâtait son torse avec frénésie quand la comtesse déplia devant lui une chemise à jabot.

— Enfilez ça. Nous allons ressortir. Le frère Vacher dira à la fille du doge que vous étiez légèrement blessé, mais que nous vous avons pansé. Elle vous accordera la grâce de l'accompagner à la fête de la Sensa ce soir, et vous nous l'amènerez à l'endroit prévu.

— À l'endroit prévu ? bafouilla-t-il.

Il ne comprenait rien et frissonnait de terreur. La comtesse prit un air d'impatience.

— Vous ne vous en souvenez plus à cause d'un dysfonctionnement interne. Je m'en suis rendu compte quand vous avez dévié du protocole, alors que nous étions déjà sur le *voltaretto.*

— Un dysfonctionnement interne ? Le protocole ?

La tête lui tournait. Il aurait voulu que tout s'arrête.

— Je n'ai pas le temps de vous expliquer, reprit la comtesse. Tout ce que vous avez besoin de savoir, c'est que vous devez nous amener la fille Brandolini dans un entrepôt du Cannaregio au nord des Fondamente Nove. Vous trouverez facilement : le porche de l'entrée est orné d'une tête de gorgone.

Elle défit rapidement les lambeaux de vêtements du jeune homme, mettant ses bras à nu. Eux aussi étaient recouverts de plaques d'acier enchevêtrées. Entre les jointures, des mécanismes complexes tournaient rapidement, permettant l'articulation parfaite des membres.

Épouvanté, Tancredo voulut retirer ses gants afin de poursuivre l'exploration de son propre corps, mais il fut rappelé à l'ordre par le moine.

— La chemise. Vite.

La comtesse et le balafré l'habillèrent de force. Leur brutalité détourna le jeune homme de sa stupeur. Il se rendit compte alors que les deux inconnus lui demandaient d'attirer Valeriana dans un guet-apens. Révolté, il sortit de son mutisme :

— Qui êtes-vous ? demanda-t-il en se dégageant. De quel droit avez-vous embarqué sur ce *voltaretto* ? Qu'est-ce que vous m'avez fait ?

Le jeune homme puisait une nouvelle énergie dans sa colère naissante.

— Pas le temps pour ça, maugréa le moine en ouvrant sa mallette. Tu vas faire ce qu'on te dit…

Il sortit de son bagage un boîtier brillant doté d'une antenne. À quoi pouvait servir ce matériel ? Au lieu de calmer Tancredo, le ton agressif du moine le ramena à la réalité. Ce cureton osait le menacer ?

— Vous pensez m'effrayer ? explosa-t-il. Savez-vous qui je suis ? Je suis Tancredo, quarante-sixième vicomte De Fante, et, si ce nom ne vous dit rien, sachez qu'à Venise il est synonyme de gloire et de noblesse ! Un mot de moi, et le doge…

Le religieux actionna une commande sur le boîtier et les membres du jeune homme se trouvèrent subitement ankylosés. Il ne pouvait plus bouger, comme s'il n'était qu'un fantôme écrasé dans une minuscule partie de son cerveau. Prisonnier de cette chambre de torture, le vicomte se crut arrivé en enfer. Il lui sembla qu'un siècle s'était écoulé quand la souffrance prit fin.

— Si tu n'obéis pas, je recommence, le menaça le moine.

— Arrêtez ça, Vacher ! s'agaça la comtesse en le fusillant du regard. Je vous ai dit qu'il ne le faisait pas exprès : il ne se souvient plus de nous. Je devrais l'ouvrir pour comprendre ce qui ne fonctionne pas, mais je n'ai ni le temps, ni le matériel adéquat.

Le moine fronça le sourcil de son œil valide tandis que l'orbite de sa face paralysée dégorgeait un liquide transparent.

— Ça ne va pas…, marmonna-t-il. Ce pantin va tout gâcher…

Tancredo haletait encore, terrassé par une puissante sensation d'oppression. La comtesse lui arrangea son col à jabot et s'assura que les manches de la chemise dissimulaient bien ses avant-bras métalliques.

— Nous n'avons pas les moyens de vous faire comprendre de quoi il retourne, mon ami, susurra-t-elle à l'oreille du jeune homme. Cependant, honorez-moi de votre confiance : nous sommes du même côté. Vous comprendrez tout lorsque vous nous aurez ramené la *signorina* Brandolini. Croyez-moi sur parole, nous ne lui voulons aucun mal.

Elle fit se lever Tancredo et le poussa en direction de la sortie.

— Pour l'instant, profitez de votre victoire. Valeriana Brandolini n'a plus d'yeux que pour vous. Quand viendra l'heure de la cérémonie du Mariage avec la mer, n'oubliez pas… rendez-vous au Cannaregio…

Tancredo croisa le regard sombre du moine à la barbe touffue, qui repliait l'antenne de son instrument de torture avec une lenteur menaçante. Encore ravagé par les courbatures, le vicomte se garda bien de lui donner une seule raison d'utiliser de nouveau son boîtier. La comtesse ouvrit sans se presser la porte du salon, ménageant l'effet d'attente qu'elle produisait ainsi sur la petite coterie qui patientait sur le pont.

— M. De Fante n'a rien de grave, déclara-t-elle, tout sourires. Nous avons pansé ses blessures, elles ne devraient pas empêcher notre héros de recueillir une récompense largement méritée…

Comme pour approuver ces mots, Valeriana attrapa le vicomte par la main. La fille du doge planta ses prunelles noires dans les yeux du jeune homme, et, malgré le traumatisme qu'il venait de subir, il fut impossible à Tancredo de ne pas apprécier ce moment.

— Monsieur De Fante, je veux que vous conduisiez ma gondole ce soir.

Elle lui adressa un regard mutin et tourna sur elle-même pour annoncer à la cantonade :

— Notre après-midi, mes délicieux amis, se termine maintenant. Neptune et Jupiter sont fâchés, et nous n'avons que trop traîné hors des parages de notre belle cité. J'ordonne que nous rentrions pour profiter des festivités. Encore une fois, mes amis, acclamez mon chevalier servant, Tancredo De Fante !

Les invités applaudirent Tancredo, y compris les crapules comme Narciso Brandolini, qui savait suivre le vent lorsqu'il tournait. Lorenzo, au premier rang, avait l'air rassuré. Il adressait à son ami des mimiques suggestives, l'encourageant à profiter de la soirée à venir. S'il savait…

Hélas, Tancredo ne pouvait lui parler. Le vicomte devinait dans la foule la masse sombre du moine, armé de sa mallette diabolique. Le souvenir de l'enfer que le balafré venait de lui faire vivre poussait le jeune homme à jouer la comédie avec énergie, s'efforçant de sourire en réponse aux appels des courtisans.

Enfin, Valeriana l'arracha à ses admirateurs et le mena dans les appartements du pont supérieur, réservé à ses familiers.

— Si l'on m'avait dit que ce serait vous, mon cavalier de ce soir…, commença la belle. Je ne vous connaissais pas ce courage…

Le vicomte eut un sourire automatique. Il rêvait depuis des années que la jeune fille lui adresse de semblables paroles. Aujourd'hui, ses tourments l'empêchaient de savourer son triomphe.

— Je vous prie de m'excuser, *signorina*, dit-il. Je voudrais parler à mon frère, me rendre compte par moi-même de son état…

Il avait trouvé ce prétexte pour fuir. La lumière s'était faite dans son esprit. Son corps ne pouvait avoir été remplacé par un bloc de métal : la seule explication rationnelle était qu'on avait enfermé son buste dans un carcan, une sorte d'armure. Il devait tenter d'enlever cet abominable appareil au plus vite.

— Quel noble cœur vous faites, susurra la fille du doge. Même si je le désirais, je ne pourrais pas retenir un homme animé de si louables intentions. Allez et revenez-moi vite, Tancredo…

Sans perdre un instant, le jeune homme exécuta une révérence rapide et fila par un escalier intérieur. Il descendit jusqu'aux coursives du pont inférieur, où il se réfugia dans une cabine privative des latrines du bord.

Ils ont essayé de me manipuler, songea-t-il en déboutonnant sa chemise, *mais un Fante ne se laisse pas abuser aussi facilement…*

Sous le lin blanc, la cuirasse ouvragée parut, lisse et brillante. Il allait la retirer sur-le-champ. Hélas, ses doigts gantés glissaient sur la surface polie sans déceler de rainure, ou d'ouverture sur laquelle forcer.

Le cœur soulevé par le désespoir, Tancredo tomba à genoux.

— Que m'arrive-t-il ?

D'un geste vif, le jeune homme retira un de ses gants, découvrant une main robotique dont les doigts n'étaient rattachés à la paume que par de minces tiges. Il aurait été impossible de camoufler de véritables phalanges humaines à l'intérieur.

— Ils m'ont amputé ! hoqueta le jeune homme sous le coup de l'effroi.

Soudain, la porte de la cabine grinça.

— C'est occupé ! gémit Tancredo en se maudissant de n'avoir pas fermé le loquet derrière lui.

Il n'eut pas le temps de se jeter sur le battant. Un homme à la barbe noire força le passage, agrippa le vicomte par le cou et l'obligea à s'agenouiller.

— Qu'est-ce que tu fous ici ? gronda le frère Vacher. Tu dois rester avec la Brandolini, pigé ? Sinon…

Il désigna du menton la poche de sa bure, à l'intérieur de laquelle le vicomte aperçut le boîtier avec lequel le moine l'avait torturé.

— Vous m'avez coupé les mains ! accusa Tancredo, les larmes aux yeux. Et vous avez bloqué mon torse dans une armure !

Le visage écrasé contre le mur, le jeune homme chuchotait frénétiquement, mais ce filet de voix devait sembler encore trop bruyant au frère Vacher, qui lui agrippa le museau de sa poigne de contremaître.

— Cesse de geindre, fit le moine. Tu as toujours été ainsi. Rien n'a été remplacé, rien n'a été ajouté.

— Vous mentez ! protesta Tancredo.

Les phalanges du frère Vacher comprimèrent douloureusement les lèvres du vicomte.

— Si tu persistes à afficher cet air mortifié, la fille du doge va se méfier. Donc tu te reprends, tu escortes la donzelle avec un beau sourire, et tu nous l'amènes au Cannaregio ce soir.

Tancredo, terrorisé, leva les mains en signe d'apaisement. D'une poigne de fer, le balafré hissa le jeune homme sur ses pieds.

— Un seul pas de travers, et j'utiliserai de nouveau ce que j'ai dans ma poche. Et, cette fois, je te jure que tu ne t'en relèveras pas…

Sa voix haineuse ne laissait aucune place au doute : le moine ne se ferait pas prier pour mettre sa menace à exécution.

Le frère Vacher sortit des latrines, abandonnant Tancredo encore tremblotant. Le vicomte devait retrouver la fille du doge au plus vite, ou le moine risquait de le soumettre une nouvelle fois à la torture du boîtier.

La pluie avait cessé. Le *voltaretto* arrivait à l'embouchure du Grand Canal, où le palais des Doges étirait sa façade pompeuse. Tancredo tentait de retrouver un peu de prestance lorsqu'il vit Valeriana Brandolini et ses courtisans se diriger sur lui.

— Nous arrivons, lança la fille du doge à son adresse. Allez-vous enfin m'escorter ou dois-je accorder ce privilège à un autre galant ?

— Je… je ne me laisserais remplacer auprès de vous pour rien au monde, s'empressa-t-il de répondre. Ce ne serait pas seulement un manquement à mon devoir, mais une injure à votre beauté !

Il esquissa un sourire de façade, sans parvenir à s'arracher à l'angoisse qui l'étreignait. Heureusement, les ténèbres du crépuscule dissimulaient sa gêne.

Le vicomte se laissa entraîner à la suite de Valeriana, répondant aux minauderies de la belle par des mots d'esprit appris par cœur, aisément régurgités. Tout en jouant la comédie, il ne perdait pas de vue les silhouettes lointaines de la comtesse de Cagliostro et du frère Vacher, qui le surveillaient.

◊◊◊

— Vous rendez-vous compte de ce que vous avez accompli aujourd'hui, Tancredo ? demanda Valeriana en se laissant aller contre le bras de son galant. Les fils des plus nobles familles escomptaient ce soir se retrouver à votre place. Autant d'ennemis qui dorénavant n'auront de cesse qu'ils ne vous aient provoqué en duel…

Cette perspective paraissait l'amuser considérablement.

Leur gondole glissait sur les canaux de Venise, conduite par Orso, le garde du corps du doge. Un véritable cerbère, qui collait d'habitude à son maître comme une ombre. À en croire la rumeur, cet homme exécutait aussi les missions les plus sensibles pour le dirigeant de la Sérénissime. Les deux jeunes gens étaient cette nuit sous sa surveillance, aussi seuls que pouvaient l'être la fille du doge et son prétendant.

— Croyez-moi, *signorina*, confia le vicomte à voix basse, mes rivaux sont le cadet de mes soucis.

Il regarda autour d'eux sans voir personne dans les allées enténébrées que leur embarcation dépassait lentement. Tancredo décida de surmonter sa peur : il devait mettre Valeriana au courant.

— Écoutez-moi, chuchota-il. Je suis victime d'une cabale…

— Une cabale ?

La fille du doge avait prononcé ce mot dans un souffle d'excitation.

— Mon torse est prisonnier d'une cuirasse dont je ne peux me défaire, expliqua Tancredo sans reprendre sa respiration. Les deux individus qui disaient m'avoir soigné après la joute ont menacé de me torturer à l'aide d'une machine diabolique si je ne vous conduisais pas au Cannaregio. J'ignore ce qu'ils veulent, mais vous êtes en danger !

À la grande surprise de Tancredo, Valeriana battit des mains, extatique.

— Quelle histoire ! fit-elle avec une mine de conspiratrice. Comme tout ceci est passionnant !

— Vous ne prenez pas l'affaire au sérieux ! s'énerva Tancredo. Ils m'ont également amputé au niveau des poignets !

Il enleva à moitié un de ses gants pour montrer à Valeriana ses phalanges en ferraille. Le regard de la demoiselle s'emplit d'épouvante.

— Mais c'est affreux !

Dans ses yeux, le dégoût le disputait à la colère. En même temps, l'excitation la gagnait. Le vicomte croyait lire les pensées de la jeune fille fascinée : enfin, il se passait quelque chose dans sa vie de princesse, l'apparition d'un danger qui la faisait délicieusement frémir.

— Ceux qui m'ont fait cela nous attendent dans un entrepôt du Cannaregio dont le porche est surmonté d'une tête de gorgone, dit Tancredo d'une voix rauque. C'est tout ce que je sais…

Il réfléchit rapidement au meilleur plan d'action.

— Nous devrions nous rendre chez un forgeron, proposa-t-il. Il m'ôterait cette armure. Puis votre père enverrait ses hommes déloger ces bandits et…

— Nul besoin d'impliquer mon père ! coupa Valeriana. Vous êtes un héros, vous l'avez prouvé aujourd'hui. Je vous aiderai à vous venger de ces malfrats, ils n'ont qu'à bien se tenir !

Les pupilles de la fille du doge brillaient d'une fièvre enthousiaste.

— Ne vous laissez pas abattre, Tancredo, reprit-elle. Voilà une nouvelle occasion de me prouver votre valeur. Vous allez nous mener jusqu'à cet entrepôt et nous capturerons vos agresseurs. Quant à vos mains, nous irons voir demain les médecins de mon père.

Le vicomte n'en croyait pas ses oreilles.

— Je refuse de vous utiliser comme appât, protesta-t-il. C'est trop dangereux !

— Orso vous aidera…, ajouta Valeriana.

Elle jeta un œil rusé en direction du garde du corps, qui ramait en surveillant les alentours. Depuis qu'ils avaient embarqué, les deux jeunes gens parlaient trop doucement pour que le chaperon puisse suivre leur conversation.

— À vous deux, vous viendrez bien à bout d'une femme et d'un moine, conclut la fille du doge.

— Ils pourraient avoir des complices, protesta Tancredo. Et le moine possède une machine qui…

À l'évocation du boîtier métallique qui lui avait infligé une si grande douleur, le vicomte s'interrompit.

— Je ne vous croyais pas aussi pleutre, se désola Valeriana. Vous vous laisseriez mutiler sans réagir ?

Une profonde déception s'empara de ses traits.

— Vous avez le choix, Tancredo, décréta-t-elle sur un ton cassant. Préférez-vous que je demande à Orso de vous débarquer maintenant ou aurez-vous le courage de conquérir mon cœur en acceptant que nous débusquions vos ennemis ensemble ?

La fille du doge vivait dans un roman d'amour courtois. Dépité, le vicomte abdiqua : il ne pouvait se résoudre à perdre l'estime de la jeune femme, et sans son soutien il n'obtiendrait pas l'aide des autorités vénitiennes pour sortir de ce guêpier.

— D'accord, soupira-t-il, mais, une fois à l'entrepôt, je débarquerai seul. Vous resterez dans la gondole, sous la surveillance de votre garde du corps.

Valeriana laissa échapper un rire triomphant.

— Orso ! ordonna-t-elle en haussant le ton. M. De Fante se sent mieux. Donnez-lui votre rame : ce devait être lui, mon batelier de ce soir !

La trogne du cerbère se tordit en une grimace désapprobatrice.

— Nous allons rater le début de la cérémonie…, protesta-t-il d'une voix traînante.

— Avec toutes les gondoles qui suivront la péniche de mon père, il peut bien se passer de la nôtre, rétorqua Valeriana sur un ton buté. C'est le jour de gloire du doge, pas le mien…

Elle acheva ces mots par un reniflement sec, auquel Orso répondit par un regard qui pouvait signifier : « Votre père saura que je vous ai prévenue. » Puis il passa sa rame à Tancredo et s'assit à l'arrière de l'esquif.

— Menez-nous donc, cher vicomte ! clama la fille du doge. Vers l'aventure !

Le jeune homme fit glisser la gondole par le Rio dei Santi Apostoli, en direction du nord. Il était déterminé à protéger Valeriana, même si celle-ci l'obligeait à se jeter avec elle dans la gueule du loup.

◊◊◊

— C'est là première fois que je vois le Cannaregio désert, remarqua Valeriana alors qu'ils longeaient les Fondamente Nove. Quel décor sinistre !

L'ensemble des commerçants de la cité assistait au Mariage avec la mer, les entrepôts maritimes étaient donc fermés à double tour. Tout en ramant, Tancredo se laissait malmener par sa conscience : il s'en voulait d'avoir cédé à Valeriana, mais ne voyait que faire d'autre.

Tout à coup, il vit un entrepôt grand ouvert devant lequel flottait, amarrée, une gondole à motogodille. Le porche se trouvait surmonté d'une sculpture effrayante, une tête de gorgone à la langue pendante : le signe de reconnaissance dont avait parlé la comtesse.

— C'est là, annonça Tancredo.

Depuis l'extérieur, il ne percevait nul éclairage. S'il voulait triompher de ses bourreaux, il ne devait pas leur laisser l'occasion d'utiliser leur terrible boîtier. L'obscurité pourrait jouer en sa faveur. Il comptait leur tomber dessus par surprise et leur faire cracher toute la vérité.

Le vicomte vira de bord et la gondole s'engouffra sous le porche, éveillant la méfiance du garde du corps.

— Quel est cet endroit ? gronda Orso. Sortez-nous de là immédiatement !

Il dégaina son revolver, un modèle d'ordonnance 1892, et pointa l'arme sur Tancredo.

— Calmez-vous, Orso, intervint Valeriana. C'est moi qui ai voulu que M. De Fante nous mène jusqu'ici. De mauvaises gens l'ont menacé afin qu'il me livre à eux, mais ensemble nous ne ferons qu'une bouchée de ces brigands !

— Qu'est-ce que vous racontez ? fit le garde du corps. Vous êtes complètement inconsciente…

Au fond de l'entrepôt immergé, un quai en pierre supportait un amoncellement de caisses. Derrière celles-ci, Tancredo distingua à la lueur des ampoules électriques vacillantes une silhouette massive.

— Là-bas ! cria le jeune homme. Le prêtre qui était sur le *voltaretto* !

Orso se mit debout et empoigna la rame que tenait Tancredo.

— Lâchez ça ! Il faut ressortir !

Soudain, leur gondole vacilla sous le choc d'un éperon qui pénétra sa coque dans un craquement.

Un filin métallique surgit de l'eau comme un serpent de mer. Sur la grève, le frère Vacher manipulait une sorte de baliste caparaçonnée, placée entre deux caisses. Le moine leur avait tiré dessus et la machine rembobinait maintenant le câble, traînant leur embarcation vers le quai.

— Coupez l'attache ! rugit Orso au vicomte.

Le garde du corps déchaîna le feu de son revolver dans la direction du harponneur. Les impacts éclatèrent sur la coque protectrice de l'artillerie derrière laquelle Vacher se dissimulait. Tancredo sortit sa rapière du fourreau et tenta en vain de sectionner le filin.

Lorsque la gondole heurta le rebord du quai, le frère Vacher disparut entre les caisses sous la mitraille d'Orso. Le vicomte bondit sur la terre ferme, arme au poing. Dans cette cave obscure, impossible de déceler quoi que ce soit.

Il se tourna vers l'ombre de la fille du doge.

— Valeriana, restez à bord ! Je m'occupe de ces malandrins !

Le vicomte était un des meilleurs escrimeurs de Venise. Les tristes sires qui avaient osé transformer son corps allaient payer…

— Vous n'irez nulle part ! répliqua Orso. C'est votre faute si nous en sommes là. Nous devons aller jusqu'à la baliste pour détacher le câble !

Le garde du doge fixait le regard sur Tancredo avec le meurtre au fond des yeux.

— C'est ce que le moine attend que nous fassions ! rétorqua le jeune homme. Alors que, si nous nous organisons, nous pouvons les surprendre.

Un moment, le vicomte crut qu'Orso s'apprêtait à le frapper.

— Quand j'aurai mis *donna* Brandolini en sécurité, je m'occuperai de vous…, grinça-t-il.

— Moins fort ! intervint Valeriana. Écoutez plutôt le plan de Tancredo.

La honte envahit soudain le jeune homme. Il avait traîné sa bien-aimée dans ce guet-apens, et elle lui faisait encore confiance.

— Restez ici et défendez votre maîtresse, chuchota-t-il à Orso. Je vais tenter de contourner l'ennemi !

Ignorant l'œil torve du garde du corps, Tancredo s'enfonça à pas de loup dans l'entrepôt noir à la recherche de ses ennemis. Il se perdit rapidement entre les piles de caisses. Où étaient donc passés le moine et la comtesse ?

Il tomba sur un espace aménagé comme un laboratoire. Trois immenses bobines électriques s'alignaient contre un mur. Au centre, des établis recouverts d'outils et de pièces détachées, un vieux fauteuil, des chaises bancales, ainsi qu'une série de machines à l'usage inconnu, dont les diodes clignotaient dans la pénombre.

Tancredo toucha son torse sous sa chemise, une surface lisse et froide. Son cœur chavira : était-ce ici qu'avait été conçu le corset d'acier dont il se retrouvait captif ? Ce matériel permettrait peut-être de retirer son carcan. Le vicomte ne pouvait envisager le contraire car la perspective de demeurer sous cette forme lui apparaissait comme un affreux délire.

— Enfin, vous voici.

La comtesse de Cagliostro venait de paraître, à peine éclairée par les diodes luminescentes. Dans son timbre se mêlaient la douceur d'une mère et l'agressivité d'une amante impatiente.

Tant pis pour l'effet de surprise. Tancredo brandit sa rapière et se précipita sur l'apparition. Il s'apprêtait à abattre la poignée de son arme sur la tempe de son ennemie quand la douleur figea ses membres. Un fleuve de souffrance coula en lui et il tomba à terre, le souffle court.

Dans le brouillard rouge de son supplice, il vit la Cagliostro se pencher sur lui. Son visage exprimait la compassion, mais elle serrait dans sa main droite un boîtier brillant semblable à celui de Vacher.

— Que… Qu'est-ce que vous m'avez-vous fait ? ânonna Tancredo.

Il étouffait. Tirant le col de sa chemise, il découvrit la surface argentée de son thorax.

— Nous ne vous avons rien fait, répondit la comtesse avec patience.

— Rien ?

Sous le coup du désespoir, le jeune homme partit d'un ricanement cynique.

— Et cette chose, alors ? Vous m'avez enfermé dans cette armure ?

— Cette armure, comme vous dites, vous est tout aussi indispensable qu'une peau. Levez-vous, vous allez comprendre…

La Cagliostro soutint le jeune homme alors qu'il se remettait debout avec difficulté. Puis elle le laissa appuyé contre un mur et se dirigea vers une caisse allongée, qu'elle ouvrit, découvrant un corps enveloppé de couvertures.

— Vous n'êtes pas le vicomte De Fante. Le vrai Tancredo repose ici.

Incrédule, le jeune homme tomba à genoux au chevet du cercueil. Le cadavre qui gisait là était celui d'un individu aux membres fins, en parfaite condition physique. Sa peau avait légèrement verdi, trahissant une mort récente.

L'avant et l'arrière du crâne étaient écorchés. Le macchabée avait été pelé des clavicules jusqu'à la nuque, comme le font les taxidermistes sur les cerfs dont ils doivent empailler le chef.

— Quelle horreur ! hoqueta Tancredo. Pourquoi lui avoir arraché la figure ?

— Pour que vous portiez son visage, répondit doucement la comtesse. La peau étirée sur votre crâne est le seul morceau authentique du vicomte De Fante que vous pourriez revendiquer.

Tancredo porta ses doigts de métal à ses joues, palpant l'épiderme volé. Non, elle mentait ! Cette folle l'abreuvait de mensonges ignobles en espérant qu'il s'abandonne à la folie.

— Taisez-vous ! cria-t-il en se redressant.

Mû par un sentiment de révolte, le jeune homme attrapa le boîtier métallique que tenait la Cagliostro tout en la repoussant d'une bourrade, puis se précipita dans le noir, derrière les caisses qui entouraient l'espace du laboratoire.

— Revenez ! cria l'intrigante. Vous commettez une lourde erreur !

Le jeune homme plongea sous une bâche entre deux empilements, puis observa de sa cachette la comtesse se relever et scruter les ombres avec hésitation. Dans le feu de l'action, elle avait perdu sa trace. Tant mieux. Il mit le boîtier maléfique à sa ceinture : sans doute en aurait-il besoin plus tard pour comprendre ce qui lui arrivait.

— Nous ne sommes pas vos ennemis ! appela la Cagliostro.

Tout en parlant, elle s'empara d'une arbalète posée sur une mallette ouverte. À l'intérieur s'empilaient toutes sortes de flèches, dont les embouts de cuivre biscornus se composaient de mécanismes voltaïques. Voyant que Tancredo ne se montrait toujours pas, la comtesse esquissa une moue agacée.

— À votre guise, mon ami, déclara-t-elle en s'adressant à l'obscurité. Restez donc caché si le cœur vous en dit…

La dame s'empara de plusieurs flèches aux embouts en forme de pince, sur lesquelles deux petites bobines électriques s'équilibraient de part et d'autre de la pointe. Puis, après avoir sondé les ténèbres une dernière fois, elle disparut dans la direction de l'embarcadère, d'où provenaient des coups de feu. Ce devait être Orso. Valeriana et lui étaient-ils en difficulté ?

Le vicomte se décida à bouger, fuyant le doute qui perçait en son for intérieur. Le cadavre qu'il avait vu pouvait-il être Tancredo De Fante ? Mais, dans ce cas, qui était-il lui-même ?

Il récupéra sa rapière qui traînait au centre du laboratoire et se glissa à toute vitesse entre les caisses en direction de l'embarcadère.

Les coups de feu avaient cessé. L'angoisse l'étreignit de nouveau. Arrivait-il trop tard ?

Comme pour répondre à ses craintes, un cri étranglé retentit sous les voûtes de l'entrepôt. Valeriana !

Fou d'inquiétude, il accéléra le rythme de sa course et déboucha sur le débarcadère. Là, il tomba nez à nez avec le moine à la cicatrice, qui transportait sur ses épaules le corps inanimé d'Orso. Plus loin, près de la gondole, gisait la fille du doge, inconsciente, une flèche voltaïque dans le flanc. Tancredo sentit la haine poindre au fond de sa poitrine. Si ces criminels avaient blessé Valeriana, ils le paieraient cher.

— Je l'ai ! fit une voix derrière lui.

C'était la Cagliostro, arbalète au poing, un autre boîtier de métal dans sa deuxième main. Ils en avaient donc plusieurs ! Le jeune homme ne put rien tenter avant qu'elle ne déclenche le mécanisme et, une fois encore, il se retrouva en enfer.

Cette fois, ce fut comme si tous les pores de sa peau se consumaient lentement durant des années de souffrance. Quand il émergea enfin de cette fièvre atroce, il se trouvait de nouveau dans l'espace restreint du laboratoire au fond de l'entrepôt, les membres entravés par des chaînes.

— Je l'ai toujours dit, on ne peut pas faire confiance à ce pantin, dit le frère Vacher.

Le moine était en train de récupérer le boîtier que Tancredo avait glissé dans sa ceinture.

— Vous êtes injuste, il a rempli son rôle, rétorqua la comtesse. Nous avons réussi grâce à lui.

Elle parlait à son complice avec un dédain manifeste, tout en fouillant l'un des établis d'où elle sortit une seringue emplie d'un liquide rosâtre. La solution avait été manifestement préparée à l'avance.

— Nous ne le devons qu'à la chance, grogna le moine. Il ne se souvient de rien. Pire, il est parvenu à vous prendre ceci !

Le frère Vacher jeta le boîtier de métal sur une table.

— Vous n'oublierez pas de me rendre le mien, ajouta-t-il sur un ton sarcastique. Au cas où vous perdiez encore celui-là.

La Cagliostro l'ignora avec superbe. Sans se départir de son sourire de sphinx, elle s'assit auprès de Valeriana, étendue sur le sol, et retira délicatement la flèche voltaïque accrochée à son flanc. En voyant sa bien-aimée sans connaissance, Tancredo sortit de sa torpeur.

— Si vous lui avez fait le moindre mal…, commença-t-il.

— Elle n'a subi qu'une électrocution non létale, cher ami, coupa la Cagliostro sur un ton rassurant. La décharge neutralise la cible sans détériorer son cerveau, au cas où nous en aurions l'utilité.

Sur ces mots, elle cueillit le bras de Valeriana avec délicatesse et planta l'aiguille qu'elle avait préparée dans la veine de son poignet.

— Misérable empoisonneuse ! que lui faites-vous ? rugit le vicomte.

— Ne pouvez-vous pas l'opérer tout de suite ? soupira le frère Vacher en s'adressant à sa comparse. Je trouve cette personnalité encore plus irritante que l'originale.

Tancredo n'écoutait pas. Il secouait ses chaînes comme un beau diable.

— Elle n'a rien, monsieur le chevalier servant, fit la comtesse avec une douce ironie. Grâce à mes soins, la *signorina* Brandolini dormira longtemps et sera en bien meilleure condition au réveil. En attendant, je vais pouvoir m'occuper de votre cas.

La femme aux yeux ambrés revêtit un tablier de cuir par-dessus son chemisier et enfila une paire de gants. Avec ces accessoires, elle apparaissait au jeune homme comme l'hybride parfait de la courtisane et de l'ingénieur. C'était donc bien à elle qu'il devait ses mutilations ! La Cagliostro sortit un scalpel de son tablier et s'approcha de Tancredo qui, effaré, voulut se relever. Alors, le frère Vacher l'empoigna par les épaules pour l'empêcher de bouger.

— Ne résistez pas, conseilla la comtesse. C'est le vicomte De Fante qui se méfie de moi. Ne le laissez pas vous diriger.

Que voulait-elle dire ? Le jeune homme tenta de se débattre, mais le moine resserra sa prise. La Cagliostro soupira avec une mine apitoyée, puis dégaina une nouvelle fois sa commande en métal. Elle actionna quelques boutons et, l'instant d'après, Tancredo se trouva paralysé. Il s'écroula sur les pavés fangeux.

— Désolée, murmura l'Italienne. Vous serez plus docile ainsi.

Après que le frère Vacher eut installé le jeune homme sur une chaise, elle se pencha sur lui, coupa quelque chose avec son scalpel, tira sur ses cheveux, et Tancredo sentit sa peau glisser contre l'arrière de son crâne. Cela n'était pas douloureux, mais extrêmement déplaisant. Que se passait-il ?

Quand la comtesse jeta une touffe blonde par terre, le captif comprit qu'elle venait d'arracher une partie de son scalp. L'homme en métal poussa un gémissement d'impuissance. Il était peu à peu dépouillé de tout ce qui entretenait l'illusion de son humanité.

Un grincement résonna dans la tête du prisonnier : la Cagliostro continuait son œuvre, elle avait ouvert sa boîte crânienne. Il aurait voulu protester, pleurer, crier sa colère et sa honte, mais ses membres ne répondaient pas.

— Alors ? interrogea le frère Vacher. Faites-moi plaisir, dites-moi que ce pantin n'est plus bon à rien, et qu'il ne reste qu'à l'arrêter définitivement.

— Voulez-vous bien vous taire ? rétorqua la comtesse, acerbe. Aidez-moi plutôt à brancher le galvanomètre.

Le prisonnier les entendait s'activer dans son dos. Que faisaient-ils ? Soudain, il subit un horrible pincement à l'intérieur de son cerveau. Tout à sa douleur, il entendit à peine la voix de la Cagliostro.

— Sa conscience d'origine est inactive, le fusible a sauté. L'encéphale qui abrite la copie du vicomte De Fante absorbe trop d'énergie, je dois réorienter certains circuits.

La Cagliostro s'en alla farfouiller dans les tiroirs de son établi. Elle en tira une pelote de fil de cuivre, plusieurs pinces, un tournevis à tête plate et un petit dé de métal blanc.

— Les circuits de votre cortex seront bientôt réalimentés, Valet.

La dame plissa ses yeux fendus en un rictus doucereux et plongea de nouveau les mains dans le crâne de l'homme en acier.

— Préparez-vous à redevenir vous-même, glissa-t-elle à son oreille.

Tancredo ne comprenait pas ce qu'elle voulait dire, et n'eut pas plus de temps pour y penser. Soudain, il se sentit disparaître, balayé par l'arrivée d'une présence étrangère.

◇◇◇

1890

Il se souvenait.

À l'origine, il faisait noir. Il entendait des bruits, mais ne comprenait rien. Le temps filait sans qu'il en eût conscience. Puis il fit la différence entre la voix qui parlait et sa propre identité. Il n'était pas seul, l'autre emplissait l'espace sonore. Très vite, il apprit des mots, sans connaître leur signification au départ.

— Moi. Vous. Homme. Machine. Père. Intelligence.

Père le poussait au dialogue. Il comprenait vite et sut bientôt utiliser son vocabulaire restreint.

— Qui es-tu ?

— Je suis une machine.

— Qui suis-je ?

— Tu es un homme, mon père, mon créateur.

— Comment te nommes-tu ?

— Je me nomme le Valet.

Le Valet, avide de connaissances, adorait parler avec père. Cependant, ils étaient parfois interrompus par d'autres voix.

— Docteur Rapperschwyll, vous devez suivre les règles de notre établissement. L'extinction des lumières se fait à 7 heures.

Père se fâchait souvent contre les autres voix.

— C'est absurde ! J'ai besoin d'électricité pour éduquer ma machine ! Vous n'avez pas le droit de me retarder, l'empereur attend mon invention avec impatience !

— Calmez-vous, docteur, ou vous aurez droit à la camisole.

— Je vous en prie, laissez-moi encore une heure ! Au moins une heure…

— Non. Éteignez.

Après des moments comme celui-là, le Valet disparaissait, il n'existait plus. Mais père le faisait toujours réapparaître.

— Qui sont les autres voix ? demandait le Valet.

— Personne, s'énervait père. Des moins que rien. Ils me gardent ici parce qu'ils ne me croient pas. J'ai vu des choses qui les dépassent, des choses qui nous dépassent tous ! Mais un jour je sortirai.

— Qu'est-ce que c'est, ici ?

— Tais-toi, machine stupide !

Père réagissait toujours bizarrement quand il posait cette question.

— Est-ce que vous êtes en colère, père ?

— Tais-toi, je te dis !

Le Valet commençait à identifier les différentes émotions dont lui parlait son créateur. Celui-ci le soumettait à des entraînements de plus en plus complexes.

Certains jours, père ne le faisait pas travailler. Il lui parlait sans attendre de réponse.

— Je ne sortirai jamais d'ici, disait-il. Tout ça, c'est la faute de ton frère. Il est parti. Il m'a trahi, abandonné. Il n'aurait jamais dû voir le jour. Depuis, le ministre ne me fait plus confiance.

— Pourquoi mon frère est-il parti ?

— Il était défectueux, il ressemblait trop à l'espèce humaine, avec ses défauts. Mais toi, Valet, toi, tu es une perle. Tu es le premier d'une race meilleure. Tu aideras l'humanité à faire les bons choix. Tu ne partiras pas, n'est-ce pas ?

La voix de père tremblait, cela voulait dire qu'il était triste. Le Valet savait comment le réconforter.

— Non, père, je ne vous quitterai jamais.

— Je t'aime, mon fils. Avec toi, je retrouverai ma place et les honneurs qui me sont dus. L'empereur en personne m'invitera dans son palais. Est-ce que tu aimes ton père ?

— Oui, je vous aime, père.

Le Valet ne comprenait pas bien ce que cela signifiait, mais il savait que, s'il donnait une autre réponse, son créateur passerait plusieurs heures muré dans le silence.

Un jour, père le présenta à un étranger, devant lequel le Valet dut faire la preuve de toutes ses capacités. Lorsqu'ils eurent terminé, l'inconnu ne montra aucune satisfaction.

— En quoi est-il différent du précédent, docteur Rapperschwyll ? Pourquoi créer un autre monstre dans son genre ?

— Il n'est pas comme Savitch, je vous le promets ! Ses capacités sont incroyables et il vous obéira ! Il fera ce que vous lui demanderez de faire !

— Vous m'aviez fait ce genre de promesses la dernière fois, docteur. Mais, à présent, votre première créature est devenue le conseiller le plus proche du tsar, elle travaille contre notre patrie…

— Le Valet est différent, je vous le jure ! Son âme est pure !

— Docteur, vous avez jadis servi l'Empire avec fidélité, mais vous n'êtes plus que l'ombre de vous-même.

Un raclement de chaise. Cela signifiait que l'étranger s'apprêtait à les quitter.

— Par pitié, monsieur le ministre, ne partez pas ! cria père. Je ne vous ai pas tout montré ; j'ai prévu un moyen pour le garder sous contrôle. Et je veux lui construire un corps, regardez mes croquis !

Des bruits de papiers que l'on manipule. La respiration saccadée de père. Après un long silence, son interlocuteur s'exprima enfin.

— Comment pourra-t-il se déplacer ? Il faudrait lui faire traîner en permanence un énorme générateur derrière lui car la quantité d'électricité requise est colossale.

— Non, Votre Excellence. J'ai pensé à un système pour emmagasiner en lui la puissance des éclairs…

◇◇◇

1891

Le Valet ouvrit les yeux pour la première fois dans une pièce obscure, aux murs vitrés. Au dehors, la tempête se déchaînait. Le ciel violet, strié par la foudre, s'agitait de bourrasques furieuses qui ébranlaient les parois transparentes.

— Activez l'électromoteur de secours ! ordonna père.

Une première lumière, éblouissante, naquit au-dessus de l'homme artificiel. Tour à tour, les autres lampes de la salle circulaire s'allumèrent, formant un cercle aveuglant autour du Valet. Ses membres fourmillèrent, il avait un corps. Quelle sensation perturbante d'exister dans l'espace, d'être enfermé à l'intérieur d'une coquille.

— S'est-il animé ? demanda une voix mâle, pleine d'impatience.

Les pupilles artificielles de l'androïde firent le point. Il s'habituait peu à peu à un nouveau sens : la vue. Il avait été élevé dans l'obscurité, abreuvé de concepts, et le monde visible s'offrait soudain à lui dans toute son impitoyable splendeur. Comment avait-il pu s'en passer ?

Le Valet décryptait d'instinct ce qu'il voyait. Les objets et les personnes qui s'offraient à ses yeux prenaient sens, et il associait sans mal les mots appris dans la pénombre à la réalité qui l'entourait.

Il comprit qu'il se trouvait sous la vaste coupole d'un phare. Trois hommes, qui portaient des tabliers de cuir tachés d'huile sur leurs complets-vestons, s'approchèrent de lui.

— Il est éveillé, confirma l'un d'eux avec la voix de père.

L'androïde découvrit l'apparence de celui qui avait sculpté son intelligence. C'était un homme maigre, au crâne dégarni, voûté, édenté, les orbites cernées d'une fatigue noire. Le timbre de père était empreint de joie, il souriait fébrilement. Le Valet voulut faire plaisir à son créateur. Il essaya de tendre un bras dans sa direction, mais ses membres étaient entravés par des lanières de cuir.

— Suis-je prisonnier ? s'étonna-t-il.

Pourquoi était-il puni ? Un nouveau monde s'offrait à lui, mais il lui était interdit de bouger. Il éprouvait une sensation de malaise inconnue. Était-ce cela, la frustration ?

— Mon fils, tu vis ! s'exclama père. Ils vont me respecter, maintenant… Je vais te détacher !

Le petit homme, frénétique, se précipita sur sa créature, mais les autres ingénieurs l'agrippèrent. Pourquoi s'en prenaient-ils à père ? La gêne de l'androïde s'intensifia, comme une pression venue de l'intérieur : la colère, son créateur l'avait mis en garde contre elle.

— Patience, Rapperschwyll. Je veux d'abord le faire examiner et discuter un peu avec lui…

De nouveau cette voix autoritaire, celle que père avait dû convaincre. Elle appartenait à un personnage debout dans l'ombre. Obéissant à un geste de sa main, les deux supplétifs en tablier lâchèrent le pauvre docteur contre une paroi de verre, et vinrent s'affairer autour de l'androïde.

Ils lui ouvrirent le ventre grâce à un clapet dissimulé sous l'aisselle. Curieux, l'homme électrique découvrit ses propres entrailles. À l'intérieur de son corps, un amas de fils de cuivre désordonné reliait entre eux des mécanismes crantés tournant à vive allure. Quand les scientifiques utilisèrent des pinces pour manipuler les éléments les moins accessibles, cela suscita chez le Valet de violentes sensations de déchirement. Secoué de spasmes, il ne put contenir une série de râles caverneux.

— Ressent-il quelque chose lorsque vous le touchez ? demanda froidement le personnage dans l'ombre.

La colère bousculait les pensées du Valet. Pourquoi lui faisaient-ils subir cela ? Il hésita à protester, mais père lui avait toujours défendu de prendre la parole sans son autorisation en présence d'inconnus.

— En effet, monsieur le ministre, répondit l'un des hommes en tablier. Chaque contact physique déclenche une impulsion électrique dans le corps du sujet, transmise immédiatement au réseau qui lui sert de cortex. D'après le docteur Rapperschwyll, ses perceptions seraient comparables aux nôtres, malgré l'évidente particularité de son épiderme.

— Nous comprend-il ?

Ils ouvrirent l'arrière du crâne de l'androïde et trifouillèrent à l'intérieur sans ménagement, provoquant une nouvelle vague de douleur dans la tête de l'androïde. Si c'était cela, le monde tangible, le Valet était prêt à retourner dans le noir aussitôt que possible.

— Il a parlé tout à l'heure, dit un ingénieur, et son encéphale fonctionne normalement. L'entraînement mémoriel auquel le docteur Rapperschwyll a soumis le Valet lui a permis d'acquérir les repères communs à notre civilisation. Ses capacités d'apprentissage sont bien supérieures à celles de son prédécesseur, malgré les… petites adaptations que le docteur a faites pour que vous validiez le projet.

L'homme artificiel comprit que le scientifique le comparait à Savitch, l'autre machine créée par père, qui avait trahi son créateur ainsi que l'Empire. L'androïde ignorait ce qu'était l'Empire, mais ce devait être bien, puisque père en parlait sans arrêt.

— Écartez-vous, exigea la voix autoritaire.

Le ministre sortit de l'obscurité. Les tempes grisonnantes, les traits fermes, presque congestionnés, sa prestance impressionna le Valet. Il dégageait une aura sombre, et sa démarche menaçante tranchait avec son beau costume noir.

— M'entendez-vous, automate ? demanda-t-il en s'approchant de l'homme artificiel.

Malgré les sentiments mitigés que lui inspirait son interlocuteur, ce dernier répondit aimablement, selon les règles de politesse que père lui avait inculquées.

— Je vous entends, monsieur.

Le personnage sévère parut satisfait.

— Mon nom est Frédéric Larsan, continua-t-il. Vous m'appellerez « Votre Excellence », car je sers Sa Majesté l'empereur en tant que ministre de la Sûreté. Vous avez été créé pour obéir à mes ordres.

— Je dois obéir à vos ordres, Votre Excellence, acquiesça docilement l'homme électrique.

Le ministre s'immobilisa, scrutant l'androïde avec un air de suspicion. Pourquoi paraissait-il soudain se méfier de lui ?

— Docteur Rapperschwyll, cette machine se moque-t-elle de moi ?

Le Valet ne comptait se moquer de personne, il ignorait même ce que cela signifiait. Cependant, il avait dû faire quelque chose de mal. Ne sachant comment réagir, il tourna sa tête en direction de père.

Le petit homme, effondré contre la baie vitrée du phare depuis que les deux ingénieurs l'avaient malmené, s'agita sans toutefois parvenir à se redresser. Le mécontentement de Larsan semblait l'épouvanter.

— Absolument pas, Votre Excellence ! Le Valet ne fait que se nourrir de vos informations. Sa personnalité dépendra de l'éducation que vous lui donnerez.

— Je vois, dit Larsan.

Son timbre exprimait toujours un sentiment ambivalent, mais il parut se rendre aux explications du docteur.

— Détachez-le, ordonna enfin le ministre, et enfermez-le dans les appartements que j'ai fait préparer. J'irai lui parler dès que possible.

Alors que les ingénieurs libéraient l'homme électrique de ses entraves, Rapperschwyll – puisque tel semblait être le nom véritable de père – se hissa sur ses jambes grêles.

— Tiendrez-vous votre promesse, Excellence ?

Larsan le toisa avec un regard prédateur.

— Ne doutez jamais de ma parole, docteur. Après quelques examens supplémentaires, et avec l'accord des médecins de votre établissement, je vous offrirai la direction d'un de nos laboratoires.

Le petit homme blêmit. Il se mit à parler à toute vitesse :

— Ce n'est pas ce que nous avions convenu ! Je ne devais pas retourner à l'asile ! Je ne dois pas y retourner ! Par pitié, si c'est à cause de ce que je vous ai raconté, de ce qui s'est passé au bagne Vidocq, je ne parlerai plus de ce que j'ai vu là-bas !

Le ton de Rapperschwyll était devenu hystérique.

— J'ai bien peur que votre état nerveux ne soit encore fragile, soupira le ministre avec une expression de commisération feinte. À vous voir dans un tel état, comment pourrais-je vous confier avec sérénité les responsabilités auxquelles vous aspirez ?

Immédiatement, les séides de Larsan tombèrent sur le docteur Rapperschwyll et lui enfilèrent une camisole de force malgré ses protestations.

— Père ? Père ? cria l'androïde, choqué par la violence de la scène.

— Sortez le Valet, ordonna le ministre.

À l'idée de quitter son créateur pour la première fois, l'homme artificiel sentit une boule se former dans son ventre. Il devina alors la signification de ces mots qu'il prononçait avant sans en connaître le sens :

— Père, je vous aime…

Alors que les ingénieurs entraînaient l'androïde dans l'escalier menant à l'étage inférieur, les cris de Rapperschwyll résonnaient affreusement sous la coupole.

◇◇◇

Le Valet ne resta pas à ruminer tout seul très longtemps. Dès le lendemain, Larsan le fit mener dans une pièce à la lumière tamisée, aménagée comme une salle de classe. Là, deux hommes moustachus s'affairaient autour d'un étrange appareil, une boîte en bois juchée sur un trépied d'où dépassait un cylindre de fer. Que préparait le ministre ? L'homme artificiel resta sur le qui-vive.

— MM. Auguste et Louis Lumière sont les inventeurs d'un procédé extraordinaire : le cinématographe, expliqua le ministre de la Sûreté à l'androïde. Ils sont venus à ma demande nous faire profiter de leur dernier prototype.

Les ingénieurs ouvrirent de grands yeux en regardant l'androïde les saluer.

— Cette machine… elle comprend ce que vous dites ? bégaya Auguste Lumière.

Son frère Louis le tira discrètement par la manche. Il regardait Larsan avec une expression que le Valet avait vue la veille sur le visage de père. Elle correspondait à un sentiment humain qui commençait à lui être familier : la peur. Les frères Lumière étaient terrorisés.

— Pardonnez cette question, Votre Excellence, se reprit vite Auguste. Ce ne sont pas nos affaires, bien sûr.

— Nous avons terminé l'installation du projecteur, enchaîna Louis. Vous pouvez l'utiliser comme nous vous l'avons montré.

Frédéric Larsan fit lentement le tour de l'appareil, puis ouvrit un petit compartiment qui contenait une bobine, au-dessus de la boîte en bois.

— Les images que vous avez demandées, prêtes à être visionnées, commenta Louis.

Le ministre laissa mariner encore un instant les deux inventeurs avant d'exprimer sa satisfaction.

— Je vous remercie, messieurs, vous pouvez nous laisser. Bien entendu, vous ne parlerez en aucun cas de ce que vous avez pu voir à l'intérieur du phare Bourdais. Ces informations sont protégées par le secret d'État. Je compte sur vous…

Les frères Lumières acquiescèrent vigoureusement et filèrent sans demander leur reste.

— À nous, Valet ! décréta Larsan. Asseyez-vous devant l'écran.

Un drap blanc était accroché au mur, au-dessus d'une estrade. Le ministre se planta dessous, comme un enseignant devant son élève.

— D'abord, nous allons vérifier si vous avez retenu le plus important : à qui obéissez-vous ?

— À Votre Excellence ! s'exclama le Valet.

Quel que soit l'objectif de cette séance, il était certain que le ministre allait s'en servir pour décider de l'avenir de l'androïde. Ce dernier comptait montrer à son nouveau maître qu'il n'attendait que de se rendre utile.

— Très bien, dit Larsan. À présent, concentrez-vous sur ces images. Elles vous permettront de comprendre pourquoi vous êtes à mon service.

Le ministre mit le projecteur en marche, et un monde en noir et blanc s'anima sur le drap suspendu. Un homme en uniforme élégant, la démarche martiale, marchait en saluant autour de lui.

— Bonjour, monsieur ! lança l'androïde.

— Il n'est pas réellement là, s'agaça Frédéric Larsan. Ce sont des images enregistrées. Vous voyez devant vous Sa Majesté Napoléon IV Hadrien, souverain de l'Empire Électrique. C'est un dirigeant juste, qui assure le maintien de l'ordre et de la paix en Europe.

L'empereur disparut, remplacé par une ribambelle d'enfants joyeux. Suivirent des vues de plusieurs villes que le Valet ne connaissait pas, dans lesquelles apparaissaient quantité de personnes réjouies. Elles agitaient des drapeaux à trois bandes, frappés en leur centre d'une aigle couronnée.

— La France assure à ses peuples le progrès et la prospérité, commenta le ministre.

Tous ces sourires provoquaient une sensation de chaleur agréable dans le torse de l'androïde. Il ressentait de la joie, comme lorsque père le félicitait quand il réussissait un exercice. Il se prit à admirer les beaux uniformes des grognards et leurs étendards clinquants. Il aurait voulu faire partie de la foule qui les acclamait. Enthousiaste, le Valet se mit à applaudir comme le public sur l'écran, avant de se reprendre. Par chance, Larsan sembla ravi de sa réaction.

— En tant que ministre de la Sûreté, je travaille à écarter toute menace de notre belle patrie, expliqua-t-il. C'est une tâche ardue, hélas, car nos ennemis sont nombreux, tant à l'extérieur qu'à l'intérieur du territoire impérial.

Après que le ministre eut changé la pellicule, le cinématographe révéla les images d'hommes enfermés derrière des barreaux. Crasseux, les habits déchirés, ils avaient l'air haineux. Certains crachaient lorsque la caméra se concentrait sur eux. Le Valet vit que Larsan le surveillait, il prit alors soin de marquer sa répugnance.

— Qui sont ces gens horribles ? Pourquoi sont-ils si agressifs ?

— Notre société, si harmonieuse qu'elle soit, ne convient pas à une frange d'individus dégénérés, attirés par le chaos ou motivés par des ambitions personnelles. Ces marginaux, républicains, socialistes, anarchistes et autres, sèment la violence au nom de principes utopistes.

Larsan se rapprocha du Valet tandis que défilaient sur le drap toutes sortes d'individus inquiétants. Certains portaient des uniformes différents de ceux des soldats de l'Empire et avaient de drôles de figures.

— Voyez la sauvagerie des Asiatiques que notre Grande Armée affronte en ce moment même. Les peuples belliqueux ne manquent pas, contre lesquels la France impose la civilisation.

L'androïde délivra sa pensée sincère, sachant qu'elle plairait à son examinateur :

— Tant mieux ! Je ne voudrais pas qu'on fasse de mal aux braves gens que vous m'avez montrés au début.

— Heureux de vous l'entendre dire, répondit le ministre. Je vois que vous faites un excellent patriote. Il me reste cependant quelque chose à vous faire expérimenter afin d'être certain de votre loyauté.

Le maître de la Sûreté sortit de son gousset un boîtier métallique dont il déploya l'antenne.

— Voilà, dit-il en appuyant sur une commande de l'objet.

Durant un bref instant, l'androïde fut plongé dans le noir. Quand il retrouva la vue, Larsan avait disparu, ainsi que le projecteur. En regardant par la fenêtre, le Valet vit une enfilade de toits baignés par le rose du crépuscule. D'après les leçons de père, un jour durait une douzaine d'heures : comment le soleil pouvait-il déjà se coucher alors que l'entrevue avait débuté au petit matin ?

— Bonsoir.

La voix de Frédéric Larsan, juste derrière l'androïde. Le ministre était vêtu d'un costume gris alors qu'il portait du noir une seconde plus tôt. Qu'est-ce que cela signifiait ?

— Après notre dernière discussion, je n'ai pas trouvé de temps à vous consacrer avant aujourd'hui, déclara le maître de la Sûreté. Cependant, vous étiez éteint, vous n'avez donc pas vu filer ces quelques jours…

— Éteint ?

Une angoisse inconnue vrilla les entrailles du Valet.

— Grâce à ce mécanisme, j'ai coupé vos circuits, précisa le ministre en présentant le boîtier qu'il tenait. Le courant voltaïque n'alimentait plus votre cortex – ni aucun de vos membres d'ailleurs –, ce qui fait que vous n'existiez pas durant cette dernière semaine.

Une impression de vide insupportable submergea l'androïde. Il remarqua soudain qu'une fine couche de poussière le recouvrait, comme s'il n'avait été qu'un meuble laissé à l'abandon.

— Vous n'avez pas le droit de m'éteindre ! cria-t-il. J'existe ! J'existe !

Il surchauffait, en proie à une avalanche d'émotions affreuses.

— Calmez-vous ! ordonna sèchement le ministre de la Sûreté. Vous avez peur de mourir, c'est une expérience humaine très banale. Vous apprendrez à vivre avec.

La peur… Le Valet avait si souvent vu père en subir les effets sans comprendre ce qui lui arrivait. Maintenant, une souffrance intime rongeait l'homme électrique, comme si un horrible insecte rôdait dans ses circuits.

— Vous n'avez rien à craindre, ajouta sans pitié Frédéric Larsan. Tant que vous exécuterez mes ordres, je ne vous éteindrai pas.

Alors, poussé par le désir de survivre, le Valet réagit en mortel. Sa figure de métal se tordit en un rictus de squelette, un sourire sans lèvres qui barrait son visage en une vaine tentative d'amadouer Larsan.

◇◇◇

Ce soir-là, le maître de la Sûreté arriva en avance dans la chambre du Valet. L'homme électrique posa le livre qu'il consultait sur la table et accueillit son maître.

— Votre Excellence, le salua-t-il de son ton mécanique.

Le ministre lorgna le petit ouvrage à la couverture noire que venait d'abandonner l'androïde.

— Nicolas Machiavel. Saine lecture, Valet. Je vois que vous vous conformez à mes directives. Qu'en pensez-vous ?

Frédéric Larsan avait fait installer une bibliothèque dans les appartements de son nouveau protégé. Celle-ci comprenait surtout des livres d'historiens français acquis au règne des Bonaparte, dont les récits ressemblaient à autant de panégyriques. Il y avait aussi quelques traités politiques et philosophiques.

— J'en pense que les hommes sont de biens étranges animaux, répondit l'androïde. Ils ignorent où se trouve leur intérêt et, même à deux, échouent à se mettre d'accord. La meilleure façon d'orienter l'espèce humaine vers le progrès me semble encore de remettre la direction de la société entre les mains d'un souverain sage, entouré de spécialistes.

Comme à chacune de leurs rencontres, le Valet récitait sa leçon avec soin, soucieux de plaire à son maître.

Frédéric Larsan le récompensa d'un rictus sarcastique, ravi selon toute apparence de la chanson servie par l'androïde. C'était peut-être l'occasion qu'attendait ce dernier.

— Votre Excellence, osa-t-il, j'ai une requête à vous présenter. Je souhaiterais m'entretenir avec mon créateur, le docteur Rapperschwyll.

Le ministre fronça les sourcils. S'inquiétait-il de voir sa machine brandir une revendication ?

— Pour quelle raison voudriez-vous parler au docteur ? demanda-t-il, glacial.

Le Valet devait-il répondre avec honnêteté ? Il ressentait le besoin de revoir père, à la fois parce que son souvenir provoquait chez lui une profonde nostalgie, mais aussi parce qu'il avait une multitude de questions à lui poser au sujet de sa propre existence.

— Cet homme a créé ma conscience, expliqua-t-il. Il y a peu, je n'étais rien qu'un assemblage de métal inerte… Je veux comprendre…

Les yeux de Larsan s'étrécirent dangereusement.

— Je crains que ce ne soit pas possible, répondit-il d'une voix sans appel. Vous ne pouvez rien savoir de la technologie voltaïque de notre Empire. Dans le cas extrême où l'ennemi parviendrait à vous capturer, vous ne devez pas être en mesure de lui en apprendre plus que ce qu'il découvrira en vous examinant.

L'homme artificiel émit un hoquet tintinnabulant. Le clapet de sa trachée en bronze venait de s'ouvrir sans raison, et de se refermer brutalement.

— Notre ennemi ?

— Vous ne pensiez tout de même pas mener encore longtemps une existence improductive ! lança Larsan sur un ton faussement camarade. Vous avez été créé pour servir, Valet. Comme tous les citoyens de notre Empire, vous aurez une tâche à remplir.

L'homme électrique s'était demandé plusieurs fois quel sort lui réservait Larsan. La quantité d'ouvrages mis à sa disposition l'avait amené à présumer qu'on le destinait à une mission extérieure aux murs du phare Bourdais. Enfin il aurait une raison de vivre, une place dans le monde et dans la société.

— Au contraire, Excellence, je serais heureux de me rendre utile. À quel emploi me destinez-vous ?

Il se pencha en avant tandis que ses orbites s'agrandissaient dans un bref ronronnement de moteur.

— Un rôle dans lequel vous excellerez, répondit Larsan. Vous allez devenir un espion de l'empereur.

◇◇◇

26 mai 1895

Les souvenirs s'abattirent sur l'androïde.

Il possédait encore la mémoire de Tancredo, il savait ce qu'aurait dû penser ou ressentir ce dernier, mais le vicomte De Fante n'était plus qu'un fantôme au fond de son esprit. Son identité réelle lui apparaissait maintenant de façon claire : il était le Valet, l'homme électrique au service de Sa Majesté Napoléon IV Hadrien. Tancredo n'avait été qu'un masque derrière lequel se cacher. Bon débarras…

— Votre encéphale d'origine est de nouveau actif, annonça la comtesse de Cagliostro.

Le Valet se leva péniblement. Il avait été absent plusieurs heures.

— Pourquoi ai-je été débranché ? demanda-t-il avec humeur.

Deux personnalités s'affrontaient en lui. Le Valet devait contenir l'indignation de Tancredo, qui refusait de n'être plus qu'une ombre en arrière-fond de son esprit.

— Il faut croire que le vicomte De Fante refusait de mourir…, dit la Cagliostro en haussant les sourcils.

— Je parle sérieusement, protesta le Valet. Ce n'est pas vous qui avez disparu de votre propre corps tout un après-midi.

La soufflerie qui servait à refroidir les conduits intérieurs de l'androïde s'accéléra, imitant à la perfection la respiration d'un homme en proie à la panique. Encore une fois, il venait d'expérimenter la mort : un anéantissement pur et simple qui laissait en lui un vide angoissant, un vide qui le hanterait dès que ses pensées seraient libres de distraction.

— Je n'ai pas d'explication, rétorqua la comtesse. À Lyon, nous pourrions effectuer un diagnostic approfondi, mais, ici, nous n'avons pas ce loisir.

Elle se plaça d'autorité derrière le Valet et déclara :

— Je retire l'encéphale du vicomte De Fante.

— Très bien, grommela l'androïde.

Malgré la colère qu'il ressentait vis-à-vis de Tancredo, une part de lui regrettait son départ. Le jeune Vénitien piaffait dans un recoin de son cerveau, pétri de sentiments vigoureux. L'homme artificiel goûtait leur puissance avec une stupeur admirative.

Soudain, la présence du vicomte s'éteignit comme le feu d'une chandelle. L'androïde oublia à quel point il désirait Valeriana et renoua avec la fadeur habituelle de sa propre personnalité.

— On devrait le laisser sur la touche, intervint le frère Vacher.

Il parlait à la comtesse, un doigt accusateur pointé sur le Valet.

— Il n'est pas digne de confiance, insista le balafré. Cette mission sera compromise si un autre de ses hôtes prend le dessus en pleine opération.

L'homme électrique se rappelait à présent combien Vacher et lui se détestaient.

— Nous devons faire au plus vite, dit-il pour couper court aux lamentations du moine. Le doge est peut-être déjà à la recherche de sa fille.

— Je suis d'accord, rétorqua Vacher, sauf que nous devrions nous débrouiller sans toi, sale pantin détraqué. Je pourrais entrer dans le palais des Doges par le toit et…

La Cagliostro leva les yeux au ciel, excédée.

— Assez ! Le Valet est le seul d'entre nous qui soit capable d'infiltrer la réunion secrète de Brandolini cette nuit. D'après ce que j'ai vu, son cortex fonctionne normalement. L'anomalie était peut-être liée à la personnalité du vicomte. Nous n'avons pas le choix, il faut prendre le risque.

La comtesse et le moine s'affrontèrent du regard, puis ce dernier cilla des paupières en grimaçant.

— Je prépare le garde du corps, grogna-t-il, vaincu.

— Faites cela, oui, lâcha la Cagliostro avec hauteur.

Le plan… L'androïde s'en souvenait… Ce qui allait suivre le dégoûtait par avance. Pour ne pas y penser, il cueillit Valeriana entre ses bras et l'installa plus confortablement dans un coin du laboratoire. Tout en écartant les mèches humides qui gouttaient sur le visage de la jeune fille, le Valet observa ses complices.

Le frère Vacher venait d'asseoir Orso dans un fauteuil mité. Il lui lia les membres avec de la corde et passa un collet autour de son cou avant de l'envelopper dans une grande bâche.

— Ne pourrait-on pas procéder autrement ? demanda le Valet, sans se faire d'illusions.

— Ferme-la ! rétorqua le frère Vacher.

Il paraissait tendu à l'extrême, prêt à endurer une épreuve douloureuse.

La comtesse reparut, les bras chargés de matériel, qu'elle déposa sur un établi derrière le prisonnier. Avec des gestes habiles, elle fixa un bandeau en fer autour du crâne d'Orso, qu'elle brancha à plusieurs appareils. Parmi eux, une sorte d'incubateur, à l'intérieur duquel se trouvait un petit œuf en cuivre. Un encéphale vierge. L'espionne dévissa la partie haute de l'objet. L'œuf contenait un circuit miniature.

— Réseau électrique prêt à enregistrer la copie de l'activité cérébrale du sujet, annonça la Cagliostro.

Le Valet avait déjà assisté à des opérations de ce type. Combien exactement ? À sa grande surprise, ses souvenirs s'éparpillèrent, grains de sable aux quatre vents. Il y avait eu la trépanation du vicomte De Fante, la veille. Mais avant cela ? avant Venise ? Quelque chose ne tournait pas rond, il n'arrivait pas à se concentrer.

L'homme artificiel faillit prévenir ses complices, puis il se ravisa. Le frère Vacher prendrait prétexte de cet aveu pour l'écarter de la mission. Sur ces entrefaites, la Cagliostro avait sorti une seringue de la poche de son tablier. Elle piqua sans hésitation Orso à la jugulaire, déversant dans ses veines plusieurs centilitres d'une solution orangée.

— Je me suis toujours demandé à quel point il faut être tordu pour concocter des trucs pareils, commenta le moine en lorgnant avec mépris la seringue vide.

— Pour le savoir, rétorqua la comtesse, commencez par admettre que le meurtre n'est pas la solution à tous vos problèmes. Vous vous ouvrirez de nouveaux horizons…

Sur cette réplique cinglante, la comtesse laissa la place au frère Vacher, qui avait revêtu un tablier en cuir maculé de taches brunes. Le balafré s'empara d'une scie posée sur l'établi.

— Que ceux qui ont peur de se salir les mains détournent le regard, fit-il, hargneux.

Le Valet ne pouvait s'arracher au spectacle qui s'annonçait, comme pour se punir de prendre part à une telle ignominie.

Après avoir fourré quantité de serviettes dans le col de sa victime, Vacher serra les dents et entreprit de découper l'arrière du crâne d'Orso en suivant une ligne au-dessous du lobe pariétal. Le sang jaillit, éclaboussant le tablier du moine.

Orso tressaillit au troisième mouvement de la lame, puis retomba, paupières fermées. La drogue de la Cagliostro maintenait le garde dans le coma, alors même que le frère Vacher s'acharnait sur son occiput. La figure du balafré était parcourue de tics nerveux. Chacun de ses gestes semblait lui faire horreur.

Le moine acheva son œuvre en soupirant ; il avait ouvert un trou de quelques centimètres dans la boîte crânienne d'Orso, à travers lequel on voyait le cerveau. Le sang noyait la nuque du garde du corps. Tremblant, Vacher essuya ses pognes poisseuses sur son tablier, puis céda sa place à la comtesse, qui parvenait à demeurer stoïque devant ce carnage.

— Un de plus, chuchota le Valet, au comble du dégoût. Est-ce vraiment nécessaire ?

— Notre mission l'exige, dit la Cagliostro. N'oubliez pas, notre devoir envers l'empereur passe avant toute sensiblerie.

— C'est un dégonflé, fit le balafré avec acrimonie. Comme je fais le sale boulot, il s'imagine qu'il n'y est pour rien.

L'androïde s'apprêtait à répondre avec virulence quand une présence surgit du fond de sa conscience. Il eut la vision d'un homme inconnu, le visage marqué par la peur, dont la chemise de qualité était froissée et salie par des traces de terre. Sans pouvoir l'expliquer, le Valet savait que cet intrus était archéologue. Celui-ci essaya de dire quelque chose, et ébranla du même coup le contrôle que l'homme électrique exerçait sur son propre corps. Pris de panique, il repoussa avec violence l'apparition, qui disparut comme une bulle de savon. Cette fois, l'événement était trop grave pour être passé sous silence.

La Cagliostro insérait dans le cerveau d'Orso des lamelles de cuivre, reliées à l'incubateur grésillant par une multitude de filins.

— Madame, chuchota le Valet en espérant que Vacher ne l'entendrait pas. Êtes-vous certaine d'avoir débranché tous les encéphales ?

L'espionne fixa le regard sur lui avec un drôle d'air.

— Le seul encéphale branché à votre cortex est celui d'origine, qui contient votre personnalité. Pourquoi ?

L'androïde esquiva son regard soupçonneux. Il prit peur : et si la Cagliostro conseillait à Larsan de l'éteindre définitivement ?

— Rien, mentit l'homme artificiel. Tout va bien.

À son grand soulagement, la comtesse n'insista pas.

— La copie de l'encéphale sera prête dans quelques minutes, déclara-t-elle. Allez vous préparer, je découpe le masque.

Le frère Vacher surgit à ce moment-là, brandissant un rasoir effilé.

— Si Sa Seigneurie veut bien s'installer…

Le Valet se laissa mener de mauvaise grâce sur une chaise devant un miroir accroché au mur de briques moisies. Dans la glace, Tancredo le regardait.

— Commençons par nous débarrasser du vicomte, déclara le moine.

Sans attendre, il fit glisser la peau de Tancredo le long du crâne de l'androïde et la retira par le haut, comme on ôte une cagoule. Débarrassé de ce postiche de chair, l'homme électrique fit face à son vrai visage.

Sa figure reproduisait le rictus grimaçant d'un squelette, coulé dans un alliage de plomb de texture molle. Au niveau des pommettes, des sourcils et des commissures des lèvres, des rainures trahissaient la présence de mécanismes sous la surface brillante. Le reste de sa tête était couvert de plaques de cuivre vissées les unes sur les autres, qui luisaient sous la lumière de l'ampoule vacillante.

— Premier changement, le nez ! annonça Vacher.

Il agrippa sans prévenir l'appendice encastré dans le visage de l'androïde, et, avant que celui-ci n'ait pu protester, le retira d'un coup en appuyant sur les sinus. Le morceau de matière cartilagineuse se détacha dans un bruit de ventouse.

— Vous n'étiez pas obligé de me l'arracher comme ça ! geignit le Valet sous le coup de la douleur.

— C'est vrai, fit le balafré, sardonique. Tu vas aimer la suite : Orso a les pupilles noires.

Alors que Tancredo avait les yeux bleus. Non !

Le moine planta ses doigts énormes dans les orbites de l'homme artificiel, qui hurla sa souffrance. Il devint subitement aveugle tandis que les rebords de cuivre qui cerclaient ses orbites s'ouvraient pour laisser tomber ses globes oculaires.

— Mes yeux ! réclama l'androïde avec rage.

Il faucha l'air en essayant d'agripper le moine, dont il entendait les moqueries.

— Maintenant ça suffit, Vacher ! hurla une voix féminine.

La Cagliostro, dure comme le diamant. Le balafré n'osa pas répondre.

— Remplacez ses yeux en vitesse, ou je parlerai de votre attitude au ministre.

— Mes yeux ! répéta l'androïde.

— Les voilà, cesse de geindre…

Le Valet sentit qu'on enfournait deux globes dans ses orbites et un nez au milieu de sa figure. La vue lui revint au moment où le frère Vacher lui enfilait une nouvelle cagoule de peau, fraîchement découpée.

L'androïde sentit un étrange fourmillement parcourir son visage : un champ d'électricité statique se déployait entre la peau humaine et la surface métallique de son crâne. Cette application de la science voltaïque permettait à la fois d'animer la figure volée et d'empêcher le pourrissement des chairs par la revitalisation constante de l'épiderme écorché.

— Redresse-toi, dit Vacher sur un ton de reproche en dégainant du fil et une aiguille. Je vais recoudre le trou à l'arrière du scalp.

L'androïde releva la tête ; c'était Orso qui lui faisait face dans le miroir. En quelques minutes, le moine ajusta la peau sur la nuque du Valet.

— Orso est plus grand que Tancredo, dit l'homme artificiel avec la voix grave du garde du corps.

L'imitation était parfaite. Il suffisait à l'androïde d'entendre quelqu'un parler pour copier son timbre.

— Je vais arranger ça, rétorqua Vacher. Retire ta chemise.

Quand l'homme artificiel fut complètement nu, il présenta son dos au moine pour que celui-ci puisse extraire la manivelle rangée dans sa colonne vertébrale.

— Je vous donne les mesures du garde du corps, annonça la comtesse. Écoutez bien et ne faites pas d'erreur.

— Inutile, grogna le frère Vacher sur un ton de défi. J'ai le compas dans l'œil.

Il se mit à tourner la manivelle avec force et le Valet sentit son corps se tordre. Les plaques d'acier de son torse s'écartèrent les unes des autres, bombant sa poitrine et surélevant ses épaules. Il grandissait ! Satisfait, le moine balafré replia la manivelle dans l'échine de l'androïde et sortit d'autres manettes de ses bras et de ses jambes. Quand le religieux eut terminé les réglages nécessaires, la stature du Valet était devenue bien plus impressionnante.

— Allez ! le houspilla le moine. Dépêche-toi de t'habiller, tu vas devoir raccompagner Mlle Brandolini.

Il désigna le cadavre du garde du corps défiguré avec un air sadique. Il savait que son complice de métal détestait déshabiller les morts.

Le sang d'Orso avait dégouliné sur les serviettes, préservant ses vêtements. L'androïde dégrafa le veston cintré du spadassin ; ses doigts experts avaient l'habitude de cette tâche. Pourtant, il n'arrivait toujours pas à se remémorer les macchabées qu'il avait pu dévêtir avant Orso et Tancredo. Il ne voyait que des images confuses, des visages flous, et n'arrivait pas à se souvenir de circonstances précises. Une fois le cadavre mis à nu, le Valet emporta son butin à l'écart.

— Cette manie qu'il a de s'isoler pour se changer…, entendit-il grommeler le frère Vacher, qui nettoyait son matériel. Ce n'est qu'une machine !

— Laissez-le en paix, coupa la Cagliostro en démontant son arbalète. Il suffit qu'il soit prêt à partir quand il le faudra.

L'androïde savait ce que sa pudeur avait de risible, mais il n'aimait pas exhiber son corps, si différent de celui des humains.

Sa carapace paraissait noire dans la pénombre. Il se courba pour se glisser dans les frusques du garde du corps, et c'est par hasard que son regard happa un relief intrigant sur le galbe de sa structure parfaite, au niveau de ce qui aurait été l'aine chez un être humain.

Intrigué, il lâcha le pantalon du garde du corps. Quelle était cette cicatrice ?

L'acier était plus qu'éraflé, plutôt boursouflé. Le Valet orienta l'étrange blessure en direction de la lumière et les sillons gravés dans le métal tracèrent en lettres d'or ces mots :

« La comtesse te ment. »

Le Valet se sentit vaciller. Qui avait pu écrire cet avertissement. Son créateur ? Un des ingénieurs ? Une autre hypothèse s'imposa : était-il lui-même l'auteur de ces mots, bien qu'il ne s'en souvienne pas ?

— Magne-toi, le pantin ! l'apostropha le frère Vacher. Tout le monde est paré sauf toi !

L'androïde se hâta d'enfiler les habits d'Orso, et attrapa le revolver du garde du corps, qu'il fourra dans sa ceinture.

— Portez Mlle Brandolini à sa gondole, ordonna la Cagliostro au moine d'une voix qui ne souffrait pas la contradiction. Je dois parler à notre ami.

Une fois le religieux disparu avec son chargement, l'espionne attira le Valet en l'agrippant par le col. Cette soudaine proximité provoqua chez l'androïde une sensation fantôme : le désir de Tancredo pour Valeriana refit surface dans son esprit, en même temps qu'une image sortie de nulle part. Il embrassait une femme, leurs lèvres se mêlaient…

L'espionne l'arracha à sa rêverie :

— Ça ne va pas ? Vous donnez l'impression de naviguer à vue. Votre question de tout à l'heure sur les encéphales débranchés… Que vous arrive-t-il ?

L'homme électrique pensa à l'avertissement gravé sur sa cuisse, ainsi qu'aux menaces du ministre Larsan. Derrière la compassion apparente de la comtesse se cachait le danger.

— Tout va bien, affirma-t-il.

Elle le jaugea avec une expression de méfiance.

— Vous vous sentez d'attaque pour cette nuit ?

Le Valet acquiesça. Le doge devait rencontrer quelqu'un, et, en tant qu'âme damnée de Brandolini, Orso serait présent durant cette entrevue. Sous son déguisement, l'androïde serait l'œil de l'Empire, prêt à surprendre les complots du maître de Venise.

— Oui, répondit l'homme électrique. Je ne vous décevrai pas.

La Cagliostro parut décider qu'elle lui ferait confiance.

— Tournez-vous, lui ordonna-t-elle, que je vous implante l'encéphale d'Orso.

La comtesse souleva la peau qui couvrait la nuque de l'androïde, ouvrit son occiput et, tandis qu'elle s'affairait, l'habituelle céphalée laboura le cerveau du Valet.

Il s'attendait à recevoir en lui l'esprit du garde du corps mais, quand ce dernier se déversa dans la conscience de l'androïde, quelque chose d'autre se débloqua : un souvenir oublié, qui émergea à la surface…

◇◇◇

7 mai 1894

Le Valet jeta un regard peu rassuré par la baie vitrée. Sous l'aéronef, à travers un parterre de nuages cotonneux, s'étendait la vallée du Rhône, au milieu de laquelle Lyon, la capitale de l'Empire, ressemblait à un poulpe brunâtre aux tentacules de fumée.

— Moi qui trouvais la vue de ma chambre du phare Bourdais impressionnante… Quel engin, tout de même…

Long de trente mètres, le pont du *Rapace* ressemblait à celui d'un navire. Sous la verrière qui le recouvrait, trois roufles : les deux premiers abritaient les électromoteurs ainsi que le générateur d'ondes scalaires qui rendait silencieuses les hélices du bord. Le roufle central accueillait quant à lui de somptueux salons, dans lesquels se réfugiaient les invités qui avaient un peu de mal avec la vue des grands espaces.

— Sa Majesté l'empereur est très fier de pouvoir exhiber le nouveau fleuron de sa flotte pour son anniversaire, dit Larsan en jetant un coup d'œil à sa montre. D'ailleurs, c'est bientôt l'heure de son discours et je vais devoir cesser de vous materner pour prendre ma place dans la tribune d'honneur. Si quelqu'un vous aborde, que devez-vous dire ?

L'androïde afficha un sourire benêt et souleva sa redingote en une courbette ridicule. Il portait un visage factice, de gros lorgnons et une moustache rousse.

— Je me présente, Paul Pivert, négociant en vin. Sacré bestiau, ce *Rapace*, avec toute cette machinerie, n'est-ce pas ?

Il désigna d'un geste circulaire les trente-sept mâts qui se dressaient au-dessus de la verrière, supportant chacun deux immenses hélices.

— Vous êtes parfait, jugea le ministre. Avec une telle repartie, aucun des snobs de la haute société ne voudra converser avec vous. Vous aurez donc tout votre temps pour observer la foule. Si un des individus que nous recherchons se trouve ici, je veux que vous m'avertissiez immédiatement.

En prévision de cette mission, Larsan avait fourni au Valet les rapports de la Sûreté concernant les activistes les plus dangereux de l'Empire, terroristes, malfrats et autres révolutionnaires.

— À vos ordres, Excellence.

Les yeux en l'air, l'androïde observait avec curiosité les abeilles qui zigzaguaient au-dessus de la verrière, entre les pylônes du vaisseau. Il ne s'agissait pas d'insectes, mais de petites machines volantes, chacune pourvue d'une hélice ventrale et chevauchée par un brigadier protégé par un cockpit transparent. Dans le dos des conducteurs, une bobine voltaïque bourdonnante formait une sorte d'abdomen arachnéen. Ces engins se déployaient en une escorte protectrice autour du *Rapace*.

Larsan s'éloignait déjà lorsqu'une dame sortit de la foule et s'inclina devant le ministre.

— Votre Excellence, nous devons parler de toute urgence.

Ses lèvres fines, son visage délicat et son teint pâle frappèrent l'androïde. Cette femme à la beauté ambiguë ne lui accordait aucune attention.

— Paul Pivert, négociant en vin, se présenta le Valet sans que personne ne lui ait rien demandé. Sacré bestiau, ce *Rapace*, avec…

— Je suis de la maison, le rembarra-t-elle dans un sourire amusé.

L'androïde se sentit cloué sur place par le regard perçant de la courtisane. Elle devait le trouver grotesque, avec son visage en caoutchouc grossièrement maquillé.

— Vous pouvez nous laisser, Valet, le congédia Larsan.

— Au revoir, monsieur le négociant, renchérit l'espionne avec un haussement de sourcils effronté.

Feignant de s'abriter du soleil, elle déploya alors son ombrelle entre l'homme électrique et le ministre, de façon à s'isoler avec ce dernier. Vexé, l'androïde s'éloigna de mauvaise grâce.

Ne sachant que faire, il se mit à dévisager les passagers et dériva en direction de la poupe, où plusieurs invités s'extasiaient en observant le paysage. Parmi eux, un damoiseau à la belle prestance, entouré d'une ribambelle de vieux dignitaires aux poitrails bardés de médailles. Les barbons semblaient tous pendus aux lèvres de cet homme.

Qui était-il ?

— Nom de…

Le Valet étouffa un juron en identifiant l'individu. *Vite !* Il voulut se précipiter, mais bouscula un enfant juste devant lui.

— Dis donc, vous ! se fâcha le père. Regardez où vous mettez les pieds !

— Je… je suis confus ! s'excusa l'androïde.

L'incident avait détourné son attention et, bien sûr, l'oiseau s'était envolé : plus aucune trace du suspect parmi les dignitaires.

Maudissant sa maladresse, l'homme électrique revint à la hâte sur ses pas. Frédéric Larsan et son interlocutrice étaient là où il les avait laissés, en grande discussion.

— Arsène Lupin est sur le *Rapace* ! annonça le Valet en les interrompant.

Visiblement, l'androïde tombait mal. Le ministre et l'espionne avaient l'air agacé d'un couple en pleine dispute.

— Arsène Lupin ? Comment l'avez-vous repéré ? demanda la femme aux yeux ambrés, dubitative.

— J'ai vu plusieurs photos dans le rapport que m'a donné à lire Son Excellence, répondit l'homme artificiel, angoissé à l'idée de ne pas être pris au sérieux. Il porte un déguisement connu de nos services.

Le ministre se renfrogna.

— Ce satané cambrioleur… Je ne sais ce qu'il est venu faire ici, mais il est à craindre un coup d'éclat de sa part. Il ne faut pas qu'il trouble les festivités, l'empereur ne me le pardonnerait pas.

Frédéric Larsan paraissait extrêmement préoccupé.

— C'est le moment de passer à la vitesse supérieure, monsieur l'automate, déclara-t-il. Je vous charge d'aider la comtesse de Cagliostro à mettre le grappin sur ce criminel. Lupin n'a nulle part où fuir maintenant que nous sommes dans les airs !

Des hommes en uniformes blancs cousus d'or approchaient, escortés par plusieurs brigadiers, et la masse des invités s'écartait sur leur passage. L'androïde identifia les membres d'une branche cadette des Bonaparte. Ces princes cherchaient visiblement quelqu'un.

— Je dois y aller, fit Larsan sans cacher sa nervosité. Neutralisez Lupin, c'est une nécessité absolue ! Et ne me décevez pas, Valet… Je compte sur vous pour me prouver votre utilité, sinon…

Le ministre rejoignit les altesses en blanc, qui parurent très heureuses de le trouver.

Ébranlé par le ton menaçant de son maître, le Valet se retrouva seul en compagnie de la comtesse de Cagliostro. Celle-ci paraissait encore sous le coup de sa discussion avec Larsan.

— Allons, menez-moi donc, mon cher, dit-elle en effaçant toute contrariété de son visage.

Elle glissa son bras sous celui de l'androïde, et l'entraîna à travers la cohue. Sans surprise, il n'y avait plus trace du criminel qu'ils recherchaient sur le gaillard d'arrière.

— Eh bien, jouons, dans ce cas, susurra l'espionne. Lupin est la souris, et nous sommes les chats.

Ils pénétrèrent à l'intérieur du roufle central, aménagé en salon luxueux à grand renfort de plafonniers de cristal et de tentures frappées de l'aigle impérial. La fumée des cigares stagnait sous le plafond de verre, et les brouhahas résonnaient fort dans cet espace gorgé de soleil.

— Vous connaissez ce cambrioleur ? demanda l'androïde.

— Cela fait un moment que j'enquête sur ses activités pour le compte du ministre, répondit la comtesse. Il détient des informations sensibles dont il pourrait faire mauvais usage.

L'homme artificiel se demanda quel rôle tenait au juste cette mystérieuse femme auprès de Larsan. Il avait l'impression étrange de l'avoir déjà rencontrée.

— Et depuis combien de temps êtes-vous… euh… une espionne ? demanda-t-il avec maladresse.

Quel balourd il faisait ! La présence de la Cagliostro le troublait tant qu'il en perdait tous ses moyens.

— Depuis environ quatre-vingts ans.

Sa voix de contralto achevait de rendre la comtesse fascinante.

— Quatre-vingts ans !

À n'en pas douter, elle se moquait de l'androïde. Il ne lui donnait pas plus de trente-cinq ans.

— J'ai suivi l'enseignement de Franz Anton Mesmer, un homme exceptionnel, continua la courtisane. C'était un savant et le plus grand philosophe de son temps. C'est à lui que je dois mon goût pour les choses secrètes, ainsi que la science qui m'a faite immortelle.

Elle le toisait, moqueuse. Son mensonge était si évident que le Valet se mit en colère.

— Pour quel perdreau me prenez-vous ? protesta-t-il. Personne n'est immortel !

La Cagliostro l'avait entraîné au plus dense de la foule, là où se trouvaient un orchestre et une piste surélevée.

— Taisez-vous, et faites-moi danser, exigea-t-elle soudain.

Ils s'engagèrent dans une valse lente, se mêlant aux couples virevoltants qui tournoyaient déjà.

— Pourquoi travaillez-vous pour le ministre ? questionna l'homme électrique, curieux. Vous ne ressemblez pas au reste de ses sbires.

La belle planta ses yeux ambrés dans ceux de l'androïde. Il dut lutter pour ne pas détourner le regard.

— Vous êtes bien curieux pour une machine…

— Le ministre veut que je sois un espion. Je m'efforce d'apprendre.

Le tempo de la danse s'accéléra, ainsi que le raisonnement de l'androïde.

— Je me demande si le ministre s'assure de la loyauté de tous ses agents de la même façon. Est-ce qu'il vous tient, d'une manière ou d'une autre ?

Il ne put en dire plus, la comtesse posa d'autorité un doigt sur ses lèvres de caoutchouc.

— L'homme que nous cherchons vient de sortir sur le pont.

Elle mena leur valse hors de la piste, les fit passer l'entrée du roufle d'un pas pressé et, une fois au-dehors, se dirigea droit sur un homme, nonchalamment adossé à la baie vitrée donnant sur l'azur du ciel. C'était bien là le criminel aperçu naguère par le Valet !

— Monsieur, l'interpella la comtesse d'une voix délicate. Vous profitez du panorama ?

L'individu se retourna dans un sourire aimable. Vêtu d'un grand manteau de fourrure à la russe, il s'appuyait sur une canne d'ébène.

— Prince Sernine, pour vous servir, se présenta-t-il en exécutant un galant baisemain. J'admirais la vue, en effet, mais elle est peu de chose en comparaison de votre compagnie… Madame ?

— Je suis la comtesse de Cagliostro.

Le prince Sernine, charmeur, ne lâcha pas le poignet de son interlocutrice, et l'attira un peu plus près de lui alors que leurs regards s'attardaient l'un dans l'autre. L'homme électrique émit un toussotement gêné, il se sentait de trop.

— Paul Pivert, se crut-il obligé de préciser, alors que personne ne lui demandait de se présenter. Je suis négociant en vin.

Le prince lui accorda un bref coup d'œil, qui s'apparentait à un salut superficiel, et reporta son attention sur la Cagliostro, frissonnante. Le Valet était à peu près certain que cette soudaine frilosité était complètement feinte.

— Mais... vous êtes frigorifiée ! se scandalisa le prince Sernine en se défaisant sur-le-champ de sa fourrure.

D'un geste ample, il enveloppa la belle Italienne dans sa pelisse.

— Acceptez donc que je vous couvre. Cette verrière est si mal chauffée !

Se retournant vers l'automate, il lança d'une voix pleine d'autorité :

— Pivert, allez donc chercher un remontant pour notre chère amie. Quelque chose de fort, vite ! Je compte sur vous...

Le Valet s'était déjà retourné avant de comprendre qu'il cédait au charisme de cet individu. Heureusement, la comtesse était plus réactive.

— Non, prince, je vous prie, n'éloignez pas M. Pivert. Malgré sa méconnaissance des règles du monde, il m'est extrêmement précieux. Croyez-moi, en temps normal, j'aurais été plus que ravie de me retrouver en tête à tête avec une personne de votre qualité. Pourtant, aujourd'hui, il nous faut le subir...

Le prince Sernine se rangea au côté de la comtesse, tout en scrutant l'homme électrique avec déception.

— Et quelle impérieuse nécessité retient auprès de vous ce négociant en vin ?

La comtesse frôla de son dos le torse du prince, et s'abandonna dans un soupir alangui, comme s'il lui pesait de révéler un lourd secret.

— C'est que, mon ami, nous sommes sur le point de procéder à votre arrestation.

— Vraiment ?

Il ne semblait pas surpris, plutôt subjugué par la grâce vénéneuse de la comtesse.

— Je ne me savais pas criminel, madame, mais je veux le devenir si cela me permet d'être arrêté par vous...

Sernine se pencha sur la bouche carmin de la Cagliostro, dont les paupières papillonnaient. Le Valet ne savait où se mettre. Bien que néophyte dans le métier d'agent, cette façon de procéder ne lui paraissait pas très orthodoxe. Il retira nerveusement ses lorgnons, et les nettoya pendant que le prince et de la comtesse se perdaient l'un dans l'autre.

— Je vous suis à la trace depuis plusieurs semaines, continua la dame en caressant la joue du jeune mâle. Vous êtes à l'origine de l'escroquerie qui a pris pour cible la Compagnie du canal interocéanique de Panama. L'empereur a perdu beaucoup d'argent. Il ne vous aime pas.

Le Valet s'impatientait. La comédie devait se terminer. Il tira son arme de sa poche et choisit le ton le plus méchant de son répertoire :

— Cessez ce petit jeu, Lupin, et rendez-vous sans résister…

Cette fois, le faux aristocrate daigna remarquer sa présence.

— Ne voyez-vous pas que Mme la comtesse et moi nous conversons, Pivert ? lâcha-t-il sur un ton d'agacement supérieur. Je suppose à votre air ahuri que c'est la première fois que vous procédez à une arrestation, mais cela n'excuse pas totalement votre muflerie. Apprenez à respecter certaines manières, mon petit ami…

Il fallut à l'homme électrique réunir tout son aplomb pour ne pas baisser son arme et bredouiller de pitoyables excuses. Heureusement, la comtesse vint au secours de l'androïde :

— J'aurais aimé poursuivre cette agréable entrevue, cher prince, mais, malgré son inexpérience, mon camarade a raison. Je vous prierais de le suivre sans faire d'histoire.

En guise d'adieu, elle pressa ses lèvres rouges sur le cou du jeune homme et s'écarta de lui, lâchant sa main comme à regret. Elle tenait une liasse de papiers reliée par un ruban.

— Souffrez également que je vous reprenne ces titres de propriété. Ils appartiennent à un ami de Sa Majesté, qui sera très fâché lorsqu'il se rendra compte de leur disparition.

Sernine haussa les sourcils dans une mimique tout à coup menaçante.

— Je doute qu'il s'en aperçoive avant que la tribune officielle ne vole en éclats sous l'effet des bombes que j'ai disposées en dessous, fit-il d'un air terrible.

Un attentat ? La vie de l'empereur était en danger ! Le Valet échangea un regard d'horreur avec la Cagliostro.

— J'avertis tout de suite la sécurité, annonça-elle. De votre côté, occupez-vous de livrer notre cambrioleur au ministre.

Elle s'assura d'un regard appuyé que l'androïde avait bien compris ses instructions, et disparut l'instant d'après en direction de l'estrade dressée au milieu du pont.

— Espèce de criminel ! se fâcha le Valet. Risquer la vie de tous ces gens…

— Hum ? De quoi parlez-vous ? demanda Sernine, l'air absent. Ah ! cette histoire de bombes ? Non, c'était une ruse pour éloigner la comtesse, voyons, je ne m'abaisserais jamais à de tels procédés !

Déstabilisé par la désinvolture du prince, le Valet ne savait que penser. Si ce gaillard s'imaginait qu'en l'absence de la Cagliostro il allait le laisser filer, il se trompait lourdement.

— Bien, je vous suis, Pivert, reprit le bellâtre. Je suppose que vous comptez me remettre menotté à ces grognards que je vois là-bas, près de la passerelle qui mène au gaillard d'avant ?

— Tout à fait, confirma férocement l'androïde, que le faux noble irritait au plus haut point.

— Dans ce cas, faisons prestement, je n'ai guère de temps à perdre.

Dès que l'androïde eut serré les bracelets des menottes, l'un autour de son poignet, l'autre autour de celui de Sernine, ce dernier s'élança en direction des brigadiers, traînant l'homme artificiel derrière lui.

— Ainsi, vous êtes l'un des nouveaux agents de Larsan ? interrogea le faux aristocrate. Bizarre, vous ne ressemblez pas aux truands cupides qu'il s'attache habituellement.

— Je ne travaille pas pour l'argent, se renfrogna le Valet, mais pour l'honneur de la France. (Il se sentit idiot à se justifier ainsi.) Et je n'ai pas à répondre à un escroc de votre espèce ! Quelques années en prison vous feront passer le goût de l'entourloupe.

— Je n'en doute pas, approuva le prince. Voici d'ailleurs les gardes qui me retiendront le temps que justice soit rendue.

Avant que l'homme artificiel ne puisse ouvrir la bouche, Sernine apostropha les grognards devant lesquels ils arrivaient.

— Voici Arsène Lupin, le cambrioleur, dit-il en désignant l'androïde. Il s'est grimé pour saboter cette cérémonie. Tenez-le sous bonne garde le temps que j'aille chercher le ministre.

Les brigadiers se regardèrent l'un l'autre, ne sachant comment réagir, pendant que le prince déverrouillait son bracelet de menotte. Le Valet tâta la poche intérieure de son veston : la clé n'y était plus !

— Ne l'écoutez pas ! Il ment, il m'a volé la clef ! C'est lui le cambrioleur, et c'est moi qui viens de l'arrêter. Regardez, je suis armé !

Il brandit son Le Mat, en espérant que cela suffirait à convaincre les gardes.

— Bien essayé, Lupin, rétorqua le prince, mais vos petites combines ne marchent plus. Vous vous amollissez, mon vieux, votre masque est d'une piètre facture. Rendez-vous sans résister.

Le cambrioleur sortit prestement de son gousset une plaque de la Sûreté qu'il présenta aux militaires.

— Mais c'est ma plaque ! se récria le Valet en reconnaissant le bout de métal qui indiquait son grade d'agent spécial.

Estomaqué, il ne prit pas garde au grognard qui lui arracha d'un coup son pistolet.

— Bien joué, brigadier, le félicita Sernine. Cette canaille est à présent hors d'état de nuire. Tenez-le bien, Larsan voudra sans doute vous féliciter lui-même.

L'homme électrique se débattit en vain, et s'arrêta lorsqu'il comprit que sa résistance apportait du crédit aux fables de l'imposteur.

Tandis que le cambrioleur s'enfuyait, le Valet tenta de reprendre l'initiative.

— Il vous a trompé, expliqua-t-il en essayant de s'exprimer avec calme. Arsène Lupin, c'est lui…

— Tu la fermes ou j'te cogne, le menaça l'un des grognards.

Soudain, Larsan et la Cagliostro parurent.

— Pivert, ne me dites pas que vous l'avez laissé filer…

La mâchoire du ministre se crispait de rage. L'androïde se sentit ridicule.

— Imbéciles ! hurla le maître de la Sûreté. Libérez cet agent tout de suite !

Comprenant qu'ils avaient été bernés, les brigadiers s'exécutèrent dans l'urgence, non sans jeter au Valet quelques méchants coups d'œil. Lui reprocheraient-ils de n'avoir pas été assez convaincant face au vrai Lupin ? Ce serait un comble…

— Nous pouvons encore coincer notre homme ! intervint la Cagliostro. Suivez-moi !

L'instant d'après, l'androïde, la comtesse et les policiers couraient aux trousses d'Arsène Lupin.

— Là ! Il est sur le bord de la verrière ! Rattrapez-le !

Le prince Sernine se délassait près du buffet, sirotant une flûte de champagne. Il paraissait ne pas remarquer les agents qui se précipitaient dans sa direction, bousculant sans ménagement un groupe de bourgeoises huppées. Alors que la Cagliostro, la plus rapide, n'était qu'à un mètre de lui, le cambrioleur tira brusquement la nappe du buffet. Sa dextérité de prestidigitateur laissa sur place les assiettes, les carafes et les plats. Puis il sauta sur la table contre la baie vitrée, et, brandissant la nappe au-dessus de lui, lança, bravache :

— On veut m'arrêter… Je tombe des nues !

Et, joignant le geste à la parole, il actionna l'ouverture électrique d'une immense vitre amovible servant à l'entretien de la verrière, puis se jeta par-dessus bord. Immédiatement, les vents froids de l'altitude s'engouffrèrent dans l'espace du pont couvert, semant la panique parmi les convives.

— Il est fou ! s'exclama le Valet. Que fait-il ?

Lupin n'avait pas sauté au hasard : il tombait tout droit sur une rampe de lancement située plus bas sur la coque du *Rapace*, d'où les abeilles voltaïques s'éjectaient du ventre de l'aéronef. Justement, un de ces véhicules à hélice glissait le long de la pente ; Lupin brandit la nappe qu'il avait emportée, qui se déploya au-dessus de sa tête, gonflée comme une voile, et s'en servit pour orienter sa chute.

— Il vise cette abeille ! comprit le Valet.

Arsène Lupin atterrit brutalement dans le cockpit du véhicule qui était en train de se refermer. Le brigadier aux commandes tenta de le frapper, mais le cambrioleur évita le coup, et cogna plusieurs fois le policier contre le pare-brise. Puis le monte-en-l'air allongea l'homme assommé au fond de la nacelle avant de s'installer face aux commandes, prêt à décoller.

Le Valet nota que Lupin n'avait pas jeté le brigadier hors du cockpit, qui était resté bloqué, partiellement ouvert. Ce bandit possédait-il malgré tout un certain sens moral ?

Fouetté par le vent, l'androïde chercha la Cagliostro des yeux, mais elle ne se trouvait plus à côté de lui. Il finit par la repérer : elle s'était délestée de ses jupons, qui cachaient une combinaison de cuir moulante fermée par de multiples boucles. La comtesse portait par-dessus un étrange baudrier de métal serré autour de ses cuisses, de sa taille et de ses épaules, jusqu'ici dissimulé par sa robe. Elle enfila des lunettes de protection. Qu'était-elle en train de faire ?

Alors que la tornade soufflant de l'extérieur dispersait la bonne société, l'espionne se hissa sur la table, devant l'immense vitre ouverte. Elle ne projetait tout de même pas de suivre le cambrioleur ? Affolé, le Valet se précipita dans sa direction.

— Écartez-vous ! lui lança la Cagliostro.

Un déclic se produisit quand elle tira une sangle cachée dans sa manche. Immédiatement, une tige de métal surgit du baudrier dans son dos, sur laquelle l'espionne fixa son ombrelle, qu'elle avait gardée jusque-là. L'androïde se rendit compte que l'accessoire était fait d'un métal noir qui semblait exceptionnellement léger.

L'objet se mit à pivoter, et, comme la rotation s'accélérait, le tissu se déchira, révélant une hélice qui se dépliait. L'engin crépita d'énergie voltaïque et la comtesse s'éleva lentement. Un générateur d'ondes scalaires devait être intégré à cet étrange gyrocoptère, car les pales tournoyaient en silence.

— Attendez-moi ici ! ordonna la dame à l'androïde d'une voix forte pour couvrir le vent qui s'engouffrait sous la verrière. Je vais chercher Lupin !

L'abîme s'ouvrait devant eux, terrifiant.

— Votre machine ! cria le Valet. Peut-elle supporter mon poids en plus du vôtre ?

La comtesse acquiesça de mauvaise grâce. L'homme artificiel n'hésita qu'une fraction de seconde : s'il revenait bredouille, il craignait que le ministre de la Sûreté ne se débarrasse de lui.

— Je viens avec vous !

En essayant de ne pas penser aux kilomètres de vide qui s'étendaient sous eux, l'androïde s'accrocha à l'une des poignées dans le manche de l'hélice. Une seconde plus tard, le gyrocoptère arracha les deux agents au pont du *Rapace*, les propulsant par l'ouverture.

— Il se figure qu'il nous a déjà filé entre les doigts, se fâcha la comtesse. Je vais le faire déchanter rapidement…

Plongeant à travers l'azur infini, le périlleux équipage eut tôt fait de repérer Lupin. Le véhicule du cambrioleur n'était pas inquiété par les autres abeilles, qui le prenaient pour l'une des leurs, et perdait rapidement de l'altitude.

Les pales du gyrocoptère ralentirent et le duo creva les nuages à la suite de sa proie. L'homme artificiel faisait tout son possible pour ne pas regarder en bas. À cette altitude, il se disloquerait complètement en cas de chute.

Lupin dut remarquer ses poursuivants, car son abeille accrut encore sa vitesse de descente et, bientôt, l'espionne et le Valet ne gagnèrent plus un pouce de terrain.

— À moins de couper l'électromoteur, impossible d'accélérer ! cria la Cagliostro. Il nous échappe !

L'androïde fut soudain saisi d'une illumination.

— Nous arrivons au-dessus de son appareil ! hurla-t-il. Je peux lui tomber dessus !

— Vous n'y pensez p…, entendit-il s'exclamer la Cagliostro.

Trop tard, il avait lâché prise. Le Valet regretta tout de suite cette décision idiote qui lui avait été dictée par un zèle imbécile et par le désir secret d'impressionner la comtesse.

Tous les regrets du monde ne le sauveraient pas : il fonçait comme un boulet de canon vers l'abeille conduite par le cambrioleur. L'androïde s'écrasa à l'arrière de l'engin, enfonçant la carlingue, et se rattrapa à la première prise venue. Une vive souffrance le traversa soudain : il venait d'empoigner l'énorme bobine voltaïque qui formait la croupe bombée du véhicule.

— Attention ! cria Arsène Lupin à travers le cockpit entrouvert. Lâchez ça !

Si le Valet avait été un homme de chair et de sang, il aurait été carbonisé sur place. Les arcs électriques se cabraient autour de lui, enflammant ses vêtements et déchirant le caoutchouc de son postiche. En quelques secondes, Paul Pivert laissa la place à un androïde de métal brillant, recouvert de loques brûlées. Malgré l'intense douleur, l'homme électrique tint bon.

— Un automate ? s'exclama le faux prince Sernine.

Soumis à la torture, le Valet rampa sur la bobine en surcharge. Les flux électriques qui le traversaient étaient d'une violence extrême. Il attrapa le bord du cockpit en espérant se faufiler par la portière à demi refermée.

— Vous êtes un homme étonnant, monsieur Pivert, dit Lupin, remis de sa surprise. En réalité, vous n'êtes pas un homme du tout, ce qui me simplifie singulièrement la tâche…

Le cambrioleur repoussa l'androïde avec sa canne et fit pleuvoir sur lui un déluge de coups. Le Valet comprit qu'à présent son adversaire ne se souciait plus de le précipiter dans le vide. Un revers bien placé dégagea la prise de l'androïde qui roula sur le côté, suspendu par une seule main au-dessus des nuages. Lupin s'apprêtait à décocher le coup fatal quand un fracas métallique le déséquilibra : l'hélice ventrale de l'abeille se déformait sous le poids de ses trois passagers.

Lupin, déjà penché hors de l'habitacle, culbuta par-dessus bord. Heureusement pour lui, sa cheville se coinça dans l'ouverture bloquée.

Le Valet profita de ce répit pour se dégager de la bobine. La Cagliostro, distancée par l'abeille en chute libre, n'était plus visible au-dessus d'eux. L'androïde comprit qu'il ne pouvait attendre de secours de ce côté. Il se traîna le long de l'abeille devenue folle, et parvint à basculer dans le cockpit de l'appareil.

Le Valet s'effondra dans le fauteuil des commandes ; le ciel tourbillonnait autour de lui. En se concentrant sur les manettes, il se rendit à l'évidence : il n'avait pas la moindre idée de la façon dont cet engin pouvait être piloté.

◇◇◇

L'abeille perdait de l'altitude de plus en plus vite. L'homme électrique imagina un cratère fumant au milieu de la place Bellecour, dans lequel s'éparpilleraient pêle-mêle les débris du véhicule et de sa propre carcasse. Tenaillé par la peur, il n'osait plus toucher à rien.

— Poussez-vous !

Le brigadier que Lupin avait assommé se relevait derrière le siège des commandes.

— Dégagez de là, bon sang !

Dans son affolement, le Valet l'avait oublié. La face battue par les bourrasques qui s'infiltraient dans le cockpit, il abandonna le fauteuil de pilotage et se tassa au fond de la nacelle.

À peine installé devant les commandes, le brigadier agrippa un grand levier, qu'il tira de toutes ses forces. L'abeille fit une embardée et ralentit sa chute.

— Nous sommes trop lourds ! cria le brigadier. L'hélice ne tiendra plus longtemps !

Le Valet entendit un cri dans son dos. Lupin ! L'homme électrique se pencha par-dessus le rebord de la nacelle pour attraper le cambrioleur et le tira dans le cockpit.

— Merci, Pivert, fit Lupin. J'aurais pu m'en tirer sans votre aide, mais j'apprécie de constater que vous vous souciez de ma santé.

— Crapule ! rétorqua le Valet. Sous peu, vous croupirez en geôle…

— Si vous y tenez, soupira le jeune homme. Cependant je ne promets pas d'y demeurer longtemps ; je suis très occupé.

En contrebas, le paysage lyonnais se rapprochait rapidement : le Rhône et la Saône dessinaient deux serpents resplendissant sous le soleil. Le cœur retourné, l'androïde s'agrippa au veston de Lupin.

Ils se trouvaient à présent plusieurs centaines de mètres au-dessus des docks de la confluence, le plus grand port fluvial de toute l'Europe. À cette heure du jour, il s'y massait une importante concentration de péniches, agglutinées contre les quais, théâtre d'une activité frénétique.

Sur la bande de terre la plus avancée au centre de l'eau, une statue en cuivre patiné d'une centaine de mètres avait été édifiée en hommage à la puissance économique de l'Empire Électrique. Sous les traits de Sarah Bernhardt, maîtresse préférée du défunt empereur Napoléon II, cette allégorie de la Prospérité brandissait devant elle une corne d'abondance, dans laquelle becquetait un aigle, perché sur l'épaule vert-de-gris. La légende voulait que le sculpteur Auguste Bartholdi ait tout d'abord imaginé de bâtir une représentation de la Liberté, avant d'être convaincu par le vieux Bonaparte d'opter pour une autre vertu.

— Je ne veux pas mourir ! cria le Valet, au comble de l'horreur.

Le pilote tambourinait sur les commandes afin de plier tant bien que mal l'abeille à sa volonté. Celle-ci manqua de s'écraser sur le front de la Prospérité, mais le brigadier sut, avec beaucoup de maîtrise, dévier de cette mortelle trajectoire. La machine s'échoua dans un raclement métallique sur la corne d'abondance que brandissait la gigantesque statue.

Les passagers se hâtèrent de quitter l'abeille et s'engagèrent sur les fruits en cuivre qui débordaient de la corne d'abondance. Juché sur une grappe de raisin, le Valet surveillait Lupin avec méfiance.

— Venez par ici ! lui lança-t-il. Je veux m'assurer qu'en attendant les secours vous ne nous filerez pas entre les doigts une fois de plus.

— Si vous n'y voyez pas d'inconvénient, répondit le cambrioleur, je préfère que ce soit vous qui me rejoigniez. Je me sens plutôt bien, ici.

Il se trouvait confortablement assis sur une banane de dix mètres, les pieds dans le vide, sous la menace du pistolet que venait de dégainer le brigadier. L'androïde pesta silencieusement et descendit de la grappe de raisin pour rejoindre le monte-en-l'air.

— Levez-vous et tendez les mains, ordonna-t-il.

Lupin s'exécuta, affichant un sourire aimable.

— C'est la première fois que je fais cela avec un automate, confia-t-il tandis que l'androïde attachait une menotte à son poignet.

— De quoi parlez-vous ? demanda l'homme électrique en fixant l'autre menotte à sa propre manchette. De vous faire arrêter ?

— Non, je parle de tomber de soixante mètres de haut dans un chargement de laine.

À peine le Valet eut-il compris ces mots que Lupin se jeta dans le vide, l'entraînant avec lui. Prenant conscience qu'il plongeait vers les eaux de la confluence, l'homme électrique fut traversé par un frisson de terreur. Cela ne dura qu'une poignée de secondes car il se reçut très vite sur un tapis de matière blanche dans lequel il s'enfonça sans dommage. Il resta un instant sous le choc, assailli par une forte odeur de mouton, avant de regarder les menottes à son poignet : elles pendaient dans la laine, sans personne attaché à l'autre bout.

— Vous ne m'en voudrez pas, Pivert ! l'appela une voix au-dessus de lui. Je vous sais très attaché à ma personne, mais je dois parler d'urgence au capitaine de cette péniche pour lui proposer un arrangement.

Quand l'androïde voulut se redresser, le poids de son corps d'acier le fit s'enfoncer. Il se trouvait dans la cale ouverte d'une péniche, où s'amoncelait une quantité impressionnante de laine, probablement destinée aux ateliers de tissage sur la colline de la Croix-Rousse.

Une échelle permettait de sortir par le pont. Arsène Lupin, débraillé, finissait d'en gravir les barreaux. Lorsqu'il arriva en haut, il interpella l'homme électrique :

— Je dois vous faire une confidence ! J'avais embarqué sur le *Rapace* en imaginant soutirer de grosses sommes aux amis de l'empereur. Mais ce menu fretin n'était que pis-aller ! Savez-vous ce que je suis parvenu à dérober aujourd'hui ?

— Comment pourrais-je le deviner, maudit vaurien ? s'énerva l'homme électrique, pataugeant dans la laine.

Lupin esquissa un sourire élégant.

— Mais c'est vous, mon cher, qui êtes devenu l'objet de mon cambriolage ! Vous, le merveilleux automate de Sa Majesté !

Tout en riant, le voleur actionna un levier sur un panneau de contrôle. La soute se referma sur le Valet.

◇◇◇

26 mai 1895

La nuit s'était emparée de Venise lorsque la gondole glissa sous le pont des Soupirs. La tempête avait repris de plus belle mais, entre les hauts murs du palais des Doges et ceux de la Nouvelle Prison, les passagers échappaient au vent et à la pluie. Le Valet savait où mener son embarcation. Il se laissait guider par les souvenirs d'Orso.

— Où suis-je ?

Valeriana Brandolini émergeait du sommeil dans lequel l'avait plongée la médication de la Cagliostro.

— *Donna* Valeriana, vous voici enfin éveillée, dit l'androïde en imitant le ton bourru d'Orso avec exactitude. Vous n'avez plus rien à craindre, nous arrivons chez vous…

Le Valet ressentit un bref instant l'affection que le garde du corps éprouvait pour la jeune fille, avant de repousser au plus vite ce sentiment. Il ne devait pas se laisser submerger, ou le dysfonctionnement qui était advenu avec Tancredo De Fante risquait de se reproduire.

L'embarcation parvint devant la guérite qui protégeait l'entrée maritime du palais des Doges. Six gardes, réunis autour d'une lanterne électrique, accueillirent leur arrivée par de brefs saluts. Orso connaissait chacun d'entre eux par son nom, et le Valet s'empressa de les interpeller à son tour. La gondole s'engouffra sans s'arrêter dans le passage menant aux entrailles de l'imposant bâtiment.

— Quelle soirée atroce, Orso, geignit Valeriana d'une voix d'enfant. Mon Dieu, mais où est Tancredo ?

— Ce foutriquet ? Que croyez-vous, *donna mia* ? Il a détalé dès qu'il l'a pu.

La jeune fille, confuse, semblait prête à fondre en larmes. L'homme électrique fut ravagé par le remords. Qu'avait-il fait à cette innocente créature, l'amour de sa vie ?

Immédiatement, il identifia l'anomalie : ces pensées appartenaient à Tancredo De Fante. Comment cela se pouvait-il puisque l'encéphale du vicomte avait été débranché ?

— Que s'est-il passé ? gémit Valeriana. Ces gens qui nous ont agressés…

— Des escrocs auxquels M. De Fante devait de l'argent, coupa l'androïde en se forçant à rester concentré. Après que vous avez perdu connaissance, j'ai donné quelques leçons de tir à ces brigands. Je les aurais volontiers poursuivis, mais il était plus raisonnable de vous ramener ici.

Le Valet parlait avec la rogne du vétéran excité par l'odeur du sang ; il n'avait qu'à puiser dans la colère d'Orso. Le mensonge imaginé par l'androïde expliquait assez simplement les événements auxquels Valeriana avait assisté.

— J'ai mal…, renifla-t-elle en se touchant le flanc. Et ma robe est percée !

— Vous avez été électrocutée, expliqua l'androïde. D'où votre perte de conscience.

Le canal souterrain circulait sous le palais, avant de déboucher sur l'embarcadère intérieur. Un domestique lança une amarre à l'androïde, qui la noua à la proue de la gondole. Puis les serviteurs du doge immobilisèrent l'embarcation le long du quai afin que Valeriana puisse débarquer, ce que la demoiselle fit en fulminant de dépit.

— Ce cafard de Tancredo, avec son beau minois... Il m'a humiliée, Orso, humiliée ! Vous vous rendez compte ? Nous traîner chez ses débiteurs ?

La demoiselle se mit à marmonner sur un ton rageur :

— Quelle idiote je fais ! Il m'a fait miroiter je ne sais quel complot extraordinaire, tout ça pour camoufler une simple histoire de dette ! Il m'a mise en danger pour de l'argent ! Moi, la fille du doge !

Le courroux de la belle donnait plus de consistance à l'histoire inventée par l'androïde. La mission s'annonçait bien. Alors pourquoi le Valet se sentait-il peiné tandis que la jeune femme pestait contre Tancredo ? Le vicomte rôdait encore aux marges de sa conscience...

Dans la montée qui menait aux couloirs du palais, ils croisèrent plusieurs gardes, qui eurent la sagesse de s'écarter devant la furie de Valeriana. L'androïde et la demoiselle parvinrent rapidement au péristyle intérieur du premier étage, puis à la *scala d'oro*, dont ils gravirent les marches quatre à quatre. Alors qu'ils pénétraient dans les appartements privés du doge et de ses familiers, une interpellation moqueuse figea la jeune femme outragée au milieu du hall constellé d'armoiries.

— Déjà de retour, petite sœur ? Fante t'aurait-il faussé compagnie ?

Il s'agissait de Narciso Brandolini, ravi de surprendre Valeriana en situation d'échec. La belle Italienne se tourna en direction de son frère, prête à mordre.

— Oh, oh ! tout doux ! s'exclama ce dernier. À voir ta sale tête, Valerianina, j'ai touché juste ! Tu m'obliges à réviser mon jugement à propos de ce Tancredo : il faut un sacré culot pour te traiter comme la dernière des *puttane* !

Cette insulte souleva l'indignation du Valet. D'instinct, il porta sa main à sa ceinture, à la recherche d'une rapière qu'il ne possédait pas.

— Tu as intérêt à présenter des excuses à ta sœur !

En prononçant ces paroles, le Valet se rendit compte avec horreur qu'elles n'émanaient pas de lui. Cette fois, le vicomte De Fante s'était manifesté brutalement. Le doute n'était plus permis, son esprit subsistait quelque part dans celui de l'androïde.

Narciso et Valeriana fixèrent un regard stupéfait sur le faux garde du corps, mais n'eurent pas le temps de réagir, car le doge en personne pénétra dans le hall. L'androïde le reconnut par les atours de sa fonction, avant même que les souvenirs d'Orso ne confirment son identité.

— Que se passe-t-il, ici ?

Cristoforo Brandolini était un homme de taille moyenne, aux traits quelconques, engoncé dans sa robe de cérémonie ducale. L'hermine du costume, plutôt que de renforcer la carrure du doge, noyait son visage fatigué dans une marée de poils blancs. Le premier magistrat de Venise avait la mine sombre.

— Père, Orso s'est permis de hausser le ton en s'adressant à moi ! brailla Narciso, accusateur.

— Ah oui ? répondit Brandolini, l'œil torve. Eh bien, peut-être devrais-je faire de même plus souvent, cela t'éviterait de te soûler en public et de salir mon nom…

Le doge parlait d'une voix chargée de déception. Il toisa ses enfants.

— Où étiez-vous pendant la cérémonie ? Vous pensiez que je ne remarquerais pas votre absence ? Que personne ne la remarquerait ?

Son regard enténébré s'abattit sur le Valet. Ce dernier venait à peine de sortir d'une ornière qu'il tombait dans une autre.

— *Donna* Valeriana n'a pas souhaité rejoindre la cérémonie, monseigneur, se justifia-t-il en baissant les yeux.

En butte à une attaque aussi directe, la fille du doge ne pouvait se défiler. Elle leva le menton, et osa rétorquer :

— Quand bien même, quelle importance cela peut-il avoir ? Il y a plus grave que votre petit spectacle, père. Ce soir, j'ai été bafouée !

Brandolini s'empourpra.

— Que racontes-tu ? Veux-tu dire que…

La fébrilité soudaine du doge trahissait bien ce à quoi il pensait.

— Non, ce n'est pas cela ! le détrompa Valeriana. Toutefois, j'ai subi de graves offenses : Tancredo De Fante m'a conduite chez des malfrats auxquels il devait de l'argent, qui nous ont attaqués ! Je veux que tu le retrouves, lui et ces gens, pour les faire étriper !

Cristoforo Brandolini l'avait à peine écoutée. Le soulagement se peignait sur ses traits : sa diablesse de fille n'avait pas été déflorée, l'essentiel était sauf. Toutefois, sa colère ne semblait pas retombée.

— Orso ! aboya le doge. Qu'est-ce que tu attends pour me faire ton rapport ?

Refoulant les émotions de Tancredo au fond de son esprit, l'androïde se raidit, comme l'aurait fait le vrai garde du corps si on l'avait accusé d'avoir manqué à son devoir.

— M. De Fante a mené notre gondole chez ses créanciers. Le vicomte a pris la fuite lorsque ceux-ci nous ont agressés. Tandis que je les repoussais, votre fille s'est évanouie, c'est pourquoi je l'ai raccompagnée dès que possible.

— Fante ? Ce petit scélérat, avec ses grands airs, je savais bien qu'il ne fallait pas se fier à ses manières policées…, grogna Brandolini.

— J'ai été blessée ! se plaignit Valeriana. Papa, il faut que tu le fasses punir !

— Ce petit cancrelat aura la punition qu'il mérite, affirma le doge. Attends seulement que ma police mette la main sur lui… Quant à toi, cela te servira de leçon : tu aurais dû te rendre au Mariage avec la mer, voilà tout !

La pression que ressentait le Valet s'atténua. La situation évoluait dans son intérêt. Quant au fantôme de Tancredo, il était parvenu à le faire disparaître à force de concentration.

— Tradition ridicule…, marmonna Valeriana. À quoi sert-il que j'y perde mon temps alors que tu ne te soucies même pas de ce qui m'arrive ?

Le doge se défit du reste de bienveillance paternelle qui subsistait dans sa posture et cria :

— Irresponsables que vous êtes, n'avez-vous donc rien retenu des leçons de politique que je vous ai dispensées ? Que pensera le peuple d'un doge dont les enfants désertent les cérémonies d'honneur ? Et d'une fille qui traîne on ne sait où, avec on ne sait qui ?

Valeriana pinça les lèvres et parut vouloir se draper dans sa dignité. Ce fut Narciso, furieux, qui contre-attaqua :

— Et que pense-t-il, père, d'un doge servile, faisant office d'animal de compagnie pour votre maître Napoléon ? Les Vénitiens savent que les doges ne servent plus leurs intérêts depuis longtemps, mais qu'ils baisent chaque jour le cul de la France !

Le jeune homme vomit ces derniers mots comme un venin qui lui aurait brûlé la gorge. Son père vira au bleu, et se précipita sur son fils pour le battre. L'androïde se demanda si, en tant que garde du corps, il devait réagir, mais l'encéphale d'Orso lui souffla de rester immobile.

Brandolini s'acharnait sur Narciso, recroquevillé par terre, comme l'aurait fait un chiffonnier pour corriger son apprenti. Bientôt en nage, le doge s'arrêta, genoux à terre. Son fils profita de ce répit pour s'arracher à son étreinte et disparut, la face rouge, dans la *scala d'oro*.

Constatant l'hébétude de son père, Valeriana fila à son tour, le laissant seul avec sa colère.

— Puis-je vous aider à vous relever monseigneur ? proposa le Valet.

Brandolini acquiesça dans un long soupir et s'appuya sur l'épaule du faux garde du corps pour se remettre sur ses pieds.

— *Grazie mille*, Orso.

L'androïde demeura silencieux tandis que le maître de Venise époussetait ses vêtements. Le regard du doge rencontra tout à coup la pendule de nacre qui trônait entre deux armures Renaissance.

— L'heure est déjà passée… Mon invité doit attendre. Suis-moi, Orso.

Enfin, ils entraient dans le vif du sujet. La mission ne faisait que commencer.

Brandolini sortit de ses appartements, escorté par l'androïde. Ils montèrent au deuxième étage, et, après avoir transité par un atrium, traversèrent une enfilade de salles aux proportions grandioses, les anciens lieux de pouvoir de la défunte république de Venise.

Au détour d'un virage, l'attention du Valet fut attirée par un grand tableau exposé au-dessus d'une porte. La peinture représentait Napoléon Ier lors de la prise de Venise en 1797. Le doge de l'époque, soumis, lui remettait les clés de la cité vaincue. Mais ce qui avait alerté l'homme électrique était un infime détail : une femme au premier rang derrière les officiels. Il avait reconnu le visage de la comtesse de Cagliostro.

Le trouble s'insinua dans l'esprit de l'androïde. Cette œuvre picturale datait au mieux de ce début de siècle. En toute logique, l'espionne était loin d'être née au moment de sa réalisation. Alors que faisaient ses traits de sphinx sur cette toile ancienne ? N'était-ce qu'un hasard, la représentation d'une inconnue à la ressemblance fortuite ? L'androïde se souvint que la comtesse se prétendait immortelle…

— Orso, dépêchez-vous !

Penaud, le Valet pressa le pas pour rattraper son retard. Le doge bifurquait déjà par un passage étroit, menant à une antichambre isolée. Un homme attendait dans la petite pièce.

Haut de taille, les épaules larges et la poitrine vaste, il avait la posture d'un guerrier. Le visage marqué par la sagesse des vétérans, l'individu portait un uniforme d'estafette de l'armée impériale. Son orbite droite était marquée de stigmates, témoignages de coups qui avaient affaissé sa paupière. Son regard fixe lui donnait l'air absent, mais, en réalité, il était bien alerte.

— Monseigneur, dit l'inconnu en s'inclinant, répondez-vous des domestiques qui m'ont mené jusqu'ici ? Notre entrevue doit rester absolument secrète.

Il parlait français sans faire l'effort de dissimuler un accent traînant, russe à l'évidence. L'uniforme impérial devait n'être qu'un déguisement. Brandolini renifla, mécontent que cet étranger mette en cause son organisation.

— Mes domestiques ignorent votre identité et tiendront leur langue, s'agaça-t-il.

— Qu'en est-il de ce garde du corps ? insista le Slave.

Le Valet analysa son comportement. Voulait-il offenser son hôte ? Non, mais cet homme entendait cependant remplir sa mission dans la plus grande discrétion. Il s'assurait que son interlocuteur ne ruinerait pas ses efforts par imprudence.

— Orso travaille à mes côtés depuis vingt-trois ans, s'impatienta le doge. Il restera présent.

— Le message dont je suis porteur n'est destiné qu'à vos oreilles, insista l'autre.

L'homme s'approcha de l'âtre, et les contours de son visage surgirent dans la lumière rougeoyante. Il était très pâle, comme le sont les Sibériens, avec des yeux bleu foncé qui lui donnaient un regard franc.

— Dois-je repartir sans avoir parlé ? demanda-t-il encore.

L'androïde jeta un œil sur Brandolini, dont la lèvre inférieure tremblotait. À coup sûr, il s'apprêtait à céder. Si l'homme artificiel tenait à assister à l'entretien, il devait intervenir. Il le fit avec d'autant plus de naturel que le véritable Orso aurait émis les mêmes réserves.

— Je ne vous laisserai pas seul en présence d'un agent étranger, affirma-t-il à l'intention du doge.

— Je ne vous causerai aucun tort, monseigneur, contre-attaqua l'agent russe. Sa Majesté le tsar veut être votre ami. Vous n'avez rien à craindre de moi, ce garde du corps est inutile.

Brandolini regardait tour à tour les deux hommes, sans parvenir à prendre une décision. Le Valet décida alors de piquer son orgueil. D'après les souvenirs d'Orso, c'était l'un des points faibles du doge.

— Une relation d'amitié commence par l'établissement d'une confiance réciproque, assena l'homme électrique. Mon maître ne se défera pas de ma protection, ce serait une marque de soumission. Et Venise a déjà goûté plus qu'à son tour de cette boisson amère !

À ces mots, une résolution ombrageuse se peignit sur les traits de Brandolini.

— Vous avez entendu ? dit-il à l'émissaire. Maintenant, parlez !

Le Sibérien parut reconnaître sa défaite.

— J'ai sur moi un document qui vous prouvera que je suis bien au service de Sa Majesté impériale le tsar Nicolas. J'ai l'honneur d'être capitaine dans le corps de ses courriers. Je m'appelle Michel Strogoff.

— Bien, déclara Brandolini, donnez-moi donc cette lettre…

Son attitude était déjà en soi une trahison. Venise, vassale de la France impériale, n'avait pas l'autorisation de mener sa propre politique étrangère. Quand Napoléon Hadrien apprendrait que le doge avait reçu un émissaire du tsar, Cristoforo Brandolini ne demeurerait pas longtemps à son poste.

— Transporter un manuscrit à travers toute l'Europe aurait été déraisonnable, répondit Strogoff. Les lignes destinées à vos seuls yeux auraient pu tomber entre de mauvaises mains. Le grand-duc Savitch, premier conseiller de Sa Majesté, a jugé préférable de confier le message qui vous est destiné à un support plus inhabituel…

Le grand-duc Savitch… De folles histoires couraient sur le compte de ce mystérieux personnage sorti de nulle part, qui était devenu le grand instigateur de la politique du tsar Nicolas. Dans les milieux de la diplomatie, on rapportait qu'il s'agissait d'un cerveau-machine placé dans un corps d'homme.

Le Valet savait que cette rumeur disait vrai : Savitch n'était autre que la première création du docteur Rapperschwyll, une intelligence artificielle qui s'était rebellée contre l'Empire Électrique. Lorsque père en parlait jadis, il ne faisait pas mystère de la peine que lui avait causée son premier-né. Le Valet s'était juré de ne jamais décevoir son créateur comme avait pu le faire son aîné.

Strogoff tira de la besace qu'il portait en travers de son torse un objet en fer-blanc. En apparence, il aurait pu s'agir d'une blague à tabac, mais le courrier du tsar introduisit une clé dans la serrure du petit contenant, et, tandis que le couvercle de la boîte s'ouvrait par à-coups, une voix s'éleva. Étrangement mélodieuse, elle était faite de cliquetis et de chuintements métalliques.

— Monseigneur Brandolini, je vous prie d'accepter mes salutations par le biais de ce voxographe. Moi, Théodore Savitch, premier conseiller de Sa Majesté impériale le tsar Nicolas II, je parlerai au nom de la Sainte Russie.

Le Valet jugea le procédé habile. Les enregistreurs électriques étaient encore assez rares pour le commun des mortels, un brigadier n'aurait donc pas le réflexe de voir en cette boîte un dispositif licencieux. Peut-être Michel Strogoff avait-il été contrôlé plusieurs fois avant d'arriver en Italie, sans être soupçonné.

— Pour commencer, je voudrais vous faire savoir que j'admire l'esprit de résistance de votre patrie, continua l'enregistrement. Venise est l'une des mères de l'Europe, le berceau d'une civilisation prestigieuse et raffinée, que la servitude n'a pu dépouiller de sa splendeur.

Quelques flatteries ne coûtaient rien et servaient à mettre le doge dans de bonnes dispositions. Le grand-duc connaissait ses gammes.

L'androïde rencontra le regard de Strogoff, dont les yeux revenaient sans cesse à lui. Soupçonnait-il quelque chose ? L'homme artificiel fit son possible pour cacher son trouble tout en se concentrant sur la suite de l'enregistrement.

— Ce respect que j'éprouve pour votre cité – respect que partage Sa Majesté le tsar – se trouve à l'origine de la confidence dans laquelle notre gouvernement souhaite vous impliquer : d'ici à quelques semaines, nous frapperons l'Empire français par surprise.

Le Valet fronça les sourcils, comme l'aurait fait le vrai Orso, et Brandolini lâcha un hoquet de stupeur.

— Napoléon Hadrien pense la Russie réduite à l'état de satellite, affaiblie par sa guerre commerciale et défendue par une armée famélique, mais l'Aigle se trompe. Aujourd'hui, la science voltaïque n'est plus l'apanage de la France, et les Bonaparte ne tarderont pas à l'apprendre à leurs dépens. Bientôt, la Grande Armée sera détruite !

Le Valet réfléchissait à toute allure. Que projetait donc ce diable de Savitch ? L'armée de l'empereur se trouvait depuis des années à combattre sur le front asiatique, assujettissant l'une après l'autre les nations à l'ouest de la Chine. L'androïde ne voyait pas comment la Russie aurait eu les moyens d'attaquer cette immense force, sans parler de la vaincre.

— Lorsque nous frapperons, poursuivit le timbre métallique du premier conseiller, les nations de l'Europe opprimée seront invitées à se dresser à nos côtés. Venise, j'ose l'espérer, fera partie des forces de la libération. Si tel est aussi votre souhait, monseigneur Brandolini, je vous invite à en informer mon messager. Vous scellerez ainsi le pacte qui vous mènera à la tête d'une cité libre, débarrassée de toute ingérence française.

L'enregistrement cessa brusquement. Dans un claquement, le couvercle de la boîte se rabattit. Seuls les crépitements du foyer répondirent aux interrogations muettes du Valet. Comment Savitch pouvait-il envisager de renverser l'Empire des Bonaparte aussi facilement ? Les rapports que le Valet avait parcourus insistaient sur le retard technologique des troupes du tsar. Une défaite de la Grande Armée semblait tout simplement impossible. Ce devait être également l'avis du doge, car ce dernier affichait une expression mitigée.

— Qu'est-ce que cela veut dire ? De quoi parle le grand-duc ?

— Je ne suis qu'un courrier, monseigneur, dit Michel Strogoff en remisant le coffret dans sa besace. J'ai besoin d'une réponse à rapporter.

— C'est que… je ne peux vous assurer de mon concours sans en savoir plus, protesta Brandolini.

Il était clair que l'envie ne manquait pas au doge de se retourner contre la France. Seulement, l'idée même de défier la puissance de l'Empire Électrique devait lui sembler un fantasme si délirant qu'il rechignait à s'engager sans assurance.

— Je ne puis vous en dire plus, reprit Strogoff. Pour la sécurité de la mission que je mène, il me faut ignorer les projets de mon gouvernement. Vous devrez vous décider sur les seules informations que le grand-duc vous a transmises.

— Enfin, soyez raisonnable ! se récria le doge. Je ne peux pas risquer le sort de ma patrie dans ces conditions !

— Avec ou sans votre aide, la Russie sera victorieuse, rétorqua Strogoff. Mais, si vous facilitez la défaite de l'Aigle, Sa Majesté le tsar saura s'en souvenir.

Brandolini faisait les cent pas dans la petite pièce, sans trouver d'issue à sa réflexion. Le Valet était curieux de savoir ce que ce lâche déciderait.

— Que me demandez-vous de faire exactement ? interrogea le maître de Venise.

— Vous le saurez lorsque je reviendrai, dit Strogoff. Je dois d'abord apporter votre réponse à Saint-Pétersbourg. Faut-il considérer votre question comme un assentiment ?

Le doge s'effondra dans un siège, l'œil vide. Il n'avait pas la carrure pour pareille situation. L'androïde l'observa avec le regard d'Orso. Bien qu'il lui soit fidèle, le garde du corps désapprouvait la faiblesse de son maître. Il aurait voulu l'aider.

— Monseigneur, mieux vaudrait être prudent…

Profitant de la distraction de l'androïde, Orso avait pris le dessus, suffisamment longtemps pour que le fidèle cerbère adresse une mise en garde au doge. Fébrile, l'homme électrique le repoussa de toutes ses forces.

— Que voulez-vous dire par là, Orso ? s'étonna Brandolini.

Maintenant, il fallait répondre, sous peine de paraître encore plus suspect.

— C'est un jeu dangereux auquel vous convie le tsar. Si la Sûreté impériale l'apprend…

L'androïde se morigéna derechef. Non seulement le véritable Orso ne se serait jamais permis d'intervenir durant une rencontre diplomatique, mais le Valet venait d'évoquer son véritable employeur.

— Et pour quelle raison l'apprendrait-elle ? interrogea Strogoff d'une voix tranchante.

Le regard méfiant, l'émissaire se rapprocha de l'androïde. Celui-ci craignait l'œil affûté du Sibérien.

— C'est à se demander qui gouverne Venise, grinça le Russe. Le doge, ou son garde du corps ?

Piqué au vif, Brandolini adressa une remontrance silencieuse au Valet, qui ne fut que trop heureux de s'effacer. Michel Strogoff reprit :

— Si vous me permettez d'ajouter quelque chose, monseigneur, c'est que l'entrevue que vous m'avez accordée est déjà un défi jeté à la face de votre oppresseur. Vous avez fait le plus dur. Pensez à vos enfants, c'est à eux que vous offrez un monde libre.

Son ton sincère ébranla sans doute le doge, car ce dernier acquiesça gravement.

— Venise accepte la proposition de votre maître, capitaine. Pour le meilleur ou pour le pire, vous avez ma confiance…

Le Sibérien approuva de la tête et, comme si tout avait été dit, il s'inclina en une rapide révérence.

— Je pars donc en informer le grand-duc, monseigneur. Je vous remercie de m'avoir prêté une oreille attentive.

Le doge regrettait peut-être déjà de s'être compromis, car il laissa transparaître une profonde fatigue lorsqu'il s'adressa à celui qu'il prenait pour son garde du corps.

— Orso, raccompagnez le capitaine jusqu'à mon embarcadère personnel. Il y retrouvera le *voltaretto* sur lequel l'attend sa monture. Assurez-vous qu'il débarque sans heurt sur le continent, et revenez ensuite me faire votre rapport.

L'androïde faillit trahir son soulagement. Il se reprit : le plus dur restait à faire. Il s'inclina avec raideur, ouvrit la porte de la petite pièce et invita le messager à le suivre.

Alors qu'il s'engageait dans les couloirs sombres du palais des Doges, le Valet sentit le poids du regard de Strogoff qui pesait sur sa nuque.

◇◇◇

Ils empruntèrent le pont des Soupirs, un passage fermé qui permettait de quitter le palais en traversant le Rio de la Canonica et de rejoindre directement la Nouvelle Prison. Après avoir descendu un interminable escalier en colimaçon, le Valet et Strogoff parvinrent enfin sous les voûtes d'une galerie inondée. Un *voltaretto* se trouvait amarré au bas des marches.

L'embarcation, équipée de canons électriques, était bien plus petite que le bateau sur lequel Valeriana avait tenu sa fête. Deux machinistes suffisaient à le manœuvrer. L'androïde les reconnut grâce aux souvenirs d'Orso ; il s'agissait des pilotes personnels du doge.

— *Buona sera, ragazzi*, les salua le Valet. J'ai ordre d'escorter l'homme ici présent jusqu'à ce que nous le débarquions à Marghera.

— *Buona sera*, Orso, répondit Remo, le machiniste qui occupait la passerelle des commandes, sur le gaillard d'avant. Tout est prêt, la monture de notre invité est à bord.

L'homme électrique opina du chef et guida Strogoff jusqu'à la passerelle d'embarquement. Il s'attendait à trouver un cheval immobilisé sur le pont, mais, au lieu de cela, une forme recouverte de toile était sanglée aux bastingages.

— Pas besoin de fourrage pour cette bestiole, s'amusa Vasco, l'autre machiniste, sur un ton mystérieux.

Que se trouvait-il là-dessous ? Orso n'était pas du genre à poser des questions inutiles, et l'androïde aurait encore éveillé les soupçons en se montrant curieux.

Au lieu de cela, il réfléchit au plan d'action prévu avec ses complices. Leur intervention était absolument nécessaire : il fallait capturer le Sibérien avant qu'il puisse rejoindre le continent. Il était convenu qu'en cas de besoin l'androïde tirerait le feu de détresse dissimulé sous son veston pour signaler sa position. Toutefois, cela reviendrait à se dévoiler. Il décida d'attendre qu'ils se soient éloignés de la cité.

L'électromoteur du *voltaretto* vrombit, les deux bobines voltaïques qui hérissaient sa poupe se couvrirent d'éclairs crépitants, et l'embarcation s'achemina jusqu'au porche qui s'ouvrait vers l'extérieur. Une sortie dissimulée. Peu probable que Vacher et la comtesse détectent le bateau. Le *voltaretto* fila à travers les canaux désertés pendant un certain temps avant de se jeter dans les eaux incertaines du marais del Monte, au nord de la Sérénissime, peuplé de vagues agitées.

Il était temps d'agir. Le Valet plongea la main sous son veston, puis figea son geste. Lorsqu'il aurait tiré le feu de détresse, que se passerait-il ? Il arriverait probablement à neutraliser les machinistes, mais Strogoff semblait d'une autre trempe. L'androïde craignait qu'il ne lui échappe avant l'arrivée de ses complices. En regardant autour de lui, il pensa à une autre façon de signaler sa position, qui lui permettrait peut-être de retarder la confrontation.

L'homme artificiel se dirigea vers l'arrière du bateau, mimant l'empressement de celui qui va se soulager par-dessus le bastingage. Comme il l'espérait, ses compagnons de navigation se détournèrent. Le Valet n'attendait que cela.

Il retira discrètement le gant qui recouvrait sa main de métal et glissa ses doigts dans les circuits d'un des canons voltaïques. En temps normal, ceux-ci étaient alimentés par les bobines. Toutefois, pour la mission d'escorte auprès du capitaine Strogoff, ces armes n'avaient pas été raccordées à l'électromoteur.

L'androïde ferma les yeux pour mieux se concentrer sur le courant circulant dans son corps. Son organisme artificiel avait été conçu pour emmagasiner l'énergie des éclairs, et il se préparait à la libérer.

L'électricité jaillit de ses doigts, irriguant rapidement le canon. Les voyants de la machine s'allumèrent, puis sa bouche se dressa en ronronnant. Ignorant la douleur qui le brûlait de l'intérieur, le Valet resserra sa poigne sur les câbles et déversa toujours plus de puissance dans la pièce d'artillerie. Il n'eut pas longtemps à attendre la surcharge : le canon s'embrasa soudain d'une multitude d'arcs voltaïques grondants.

— Orso, recule ! cria un des machinistes.

L'androïde se jeta en arrière, juste à temps : l'arme cracha un trait de foudre qui fusa à travers le ciel noir. Dans une série d'explosions retentissantes, le canon se mit à vomir de plus en plus vite des éclairs immenses qui étendaient leurs zébrures sous la tempête nocturne. Nul doute que cette incroyable mitraille serait entendue depuis Venise. Les complices du Valet ne pourraient manquer de repérer le *voltaretto*.

— Coupez le courant ! hurla Strogoff.

Les lumières du bateau s'éteignirent sans que l'artillerie se calme.

— Ça ne l'arrête pas ! cria Remo.

Trois autres bouquets de foudre furent lâchés avant que le canon ne rende l'âme, laissant l'embarcation dériver. Ils se retrouvèrent plongés dans les ténèbres, et le Valet en profita pour remettre son gant.

— Par tous les saints ! sacra Vasco. Qu'est-il arrivé ?

— Le canon est devenu fou quand je me suis appuyé dessus pour pisser, dit l'homme électrique en prenant une voix ahurie.

Strogoff s'approcha en brandissant une lampe-tempête. Le courrier du tsar et les machinistes regardèrent avec ébahissement les bobines du *voltaretto* que le déchaînement d'énergie avait courbées comme des arbres mourants.

— C'est bien ce que je pensais, dit Remo, le canon n'était pas relié au circuit…

— Comment a-t-il pu se mettre en marche ? s'exclama le Sibérien.

Le Valet comptait sur le fait qu'ils ne trouveraient aucune explication logique à ce qui venait de se passer, mais cela n'empêcha pas Strogoff de se montrer soupçonneux.

— C'est arrivé quand vous étiez à côté du canon, dit-il à l'androïde.

— Je ne comprends pas ce qui s'est passé, lui assura ce dernier.

L'espion russe marcha sur lui et l'attrapa par l'épaule en grondant :

— C'est ce que dirait un saboteur…

L'homme artificiel resta figé, désemparé, résistant à l'esprit d'Orso qui brûlait de répondre à cette agression. Par chance, les marins du *voltaretto* vinrent à sa rescousse.

— Tu te calmes, le Russe ! aboya Remo en séparant Strogoff du Valet.

L'androïde espérait que la Cagliostro et le frère Vacher ne tarderaient plus. Le Sibérien avait été contraint de le lâcher, mais il ne croyait pas à son innocence.

Du côté de Venise, le Valet aperçut des lumières à travers la pluie. Était-ce ses alliés ? Strogoff les avait vues aussi.

— Pouvez-vous nous faire redémarrer ? demanda-t-il nerveusement aux machinistes.

— Pas avec les bobines dans cet état, répondit Vasco. C'est déjà une chance d'avoir échappé à l'incendie…

L'émissaire se tourna vers le continent, dont les rives obscures se dessinaient sur l'horizon.

— Nous ne sommes plus très loin ; n'avez-vous pas des rames ? ou des planches qui pourraient faire office ? En souquant tous les quatre, nous atteindrons la plage.

Remo approuva :

— Il a raison. Mieux vaut s'échouer vite fait plutôt que de traîner dans la lagune par ce sale temps.

Le Valet ne pouvait pas protester sans éveiller les soupçons. Il accepta donc de mauvaise grâce la rame que lui tendit Vasco, et se mit à l'œuvre en essayant d'en faire le moins possible.

Il ramait à tribord, avec Strogoff, qui fournissait de l'effort pour deux. Au grand dam de l'androïde, le *voltaretto* se retrouva en moins d'une heure à quelques encablures du rivage.

L'homme électrique n'avait pas le choix. Il ne pouvait attendre plus longtemps ses complices, ou le courrier du tsar lui filerait entre les doigts.

Profitant du mouvement ascendant de sa rame, il l'envoya à la figure de l'émissaire. Frappé au front, Strogoff roula sur le pont tandis que les machinistes se dressaient, alertés par le bruit.

L'androïde profita de l'effet de surprise : il assomma Vasco d'un violent coup sur la tempe et fit face à Remo.

— Orso ! s'écria le machiniste. Qu'est-ce qui te prend ?

Au son implorant de sa voix, le Valet baissa son arme. Que faisait-il ? Il ne pouvait pas attaquer Remo ; tous deux se connaissaient bien. Le marin, excellent camarade, habitait au palais des Doges depuis presque aussi longtemps que lui.

Non, ces sentiments venaient d'Orso ! L'androïde se fit violence pour réprimer l'amitié qu'il éprouvait vis-à-vis de Remo.

— Désolé, c'est pas contre toi…, grogna-t-il.

Le Valet atteignit à la jugulaire le machiniste, qui s'effondra à son tour. L'androïde s'effraya de sa propre brutalité. Pourvu qu'il n'ait pas frappé trop fort.

Pantelant, il rassembla ses pensées : Strogoff, où était-il passé ? Le Russe gisait sur le pont. L'androïde lui attrapa le bras, espérant le traîner jusqu'aux cordages de l'amarre pour l'attacher, mais le Sibérien se révéla plus résistant qu'il ne le pensait. À peine le Valet se penchait-il sur lui que le capitaine le tira en avant. Pris par surprise, l'androïde se releva aussi vite que possible, mais, une fois debout, l'homme électrique se figea de stupeur. Michel Strogoff tenait à la main un boîtier métallique.

— J'aurais dû le comprendre quand vous avez mis en marche le canon, murmura le Sibérien. Vous êtes l'automate du ministre de la Sûreté, n'est-ce pas ?

L'homme électrique ouvrit la bouche dans une mimique stupide. Comment le courrier du tsar pouvait-il être au courant de son existence ? Et que brandissait-il ? Ce n'était tout de même pas…

Une souffrance inouïe transperça les nerfs artificiels de l'androïde quand Michel Strogoff pressa un bouton de la commande. Les muscles du Valet se crispèrent, proches du point de rupture. Il ne contrôlait plus ses mouvements. Une seconde après, il s'effondra contre la tôle du pont et demeura couché, inerte mais pleinement conscient des événements qui se jouaient. Michel Strogoff rangea le boîtier dans sa besace, puis souleva l'androïde par le col. Que faisait-il ? Le Sibérien glissa ses doigts sous le masque de peau.

— Le Voleur de Visages… C'était donc vrai…

La pénombre nocturne empêchait le Valet de bien distinguer les traits du capitaine des courriers du tsar, dont la voix tremblait de dégoût. Il mit un moment à comprendre que c'était lui que Strogoff désignait par ce surnom. Le Voleur de Visages… L'image sinistre que lui renvoya cette expression fit riper ses engrenages intérieurs.

— Vous n'aurez pas ma figure aujourd'hui, espèce de monstre, continua le messager d'une voix blanche.

Il tira sur le postiche de peau, qui céda dans un bruit mât, puis laissa retomber l'homme électrique au sol, terrifié. Qu'allait-il lui faire ?

— Je devrais vous passer par-dessus bord ! le menaça Strogoff.

La panique du Valet s'intensifia. Il coulerait à pic au fond de la lagune, et c'en serait fini de lui. Trop lourd pour flotter, incapable de nager… combien de temps son corps resterait-il étanche ?

Le capitaine Strogoff le toisa d'un air impitoyable.

— Je me demande si une chose telle que vous peut mourir, lâcha-t-il avant de disparaître du champ de vision de l'androïde.

Où était-il passé ? L'homme artificiel s'imagina que le Sibérien allait chercher de quoi le lester avant de le jeter à l'eau. Épouvanté, il tenta de bouger, en vain.

Il n'espérait plus, et pourtant… Soudain, entre les voiles de bruine, une lumière voltaïque perça, et une silhouette descendit des cieux, portée par les pales d'une hélice silencieuse. Le Valet n'avait jamais été aussi heureux de voir arriver la comtesse de Cagliostro.

Alors que l'appareil s'approchait en fauchant les ténèbres, l'androïde put entrevoir celui qui maniait l'engin. Ce n'était pas la comtesse, mais un homme à la robe de bure : le frère Vacher. Que faisait ce triste sire aux commandes du gyrocoptère de la Cagliostro ?

Peu importait, le moine tombait à pic. Il s'immobilisa un mètre au-dessus du pont, coupa brusquement la rotation des pales et se reçut à côté de son comparse de métal.

— Merde ! le pantin…, grogna le religieux en le découvrant allongé.

Le balafré sortit de sa poche sa propre commande, et tapota dessus. Ce fut comme si le Valet avait subitement été libéré de lourdes chaînes. Il pouvait bouger, enfin !

— Que s'est-il passé ? interrogea Vacher.

— Le doge a reçu un émissaire du tsar du nom de Strogoff, résuma l'homme électrique. Il est sur ce bateau, et il a une commande qui agit sur moi, comme la vôtre !

— Quoi ? Non, impossible.

Le moine balaya le pont du regard.

— Qu'est-ce qu'il y a, là-dessous ?

— Où cela ? demanda l'androïde, à peine remis sur pied.

Vacher désigna le paquet de toile amarré au bastingage du pont, sous lequel régnait une agitation frénétique. Des cordes avaient été dénouées et traînaient tout autour.

— C'est la monture de Strogoff, se rappela l'androïde. Je ne sais de quoi il s'agit…

Les deux agents s'approchèrent, méfiants.

— La rive est trop loin, souffla le religieux. Nous le tenons.

À peine avait-il prononcé ces mots qu'un ronflement effroyable fit trembler toute l'embarcation.

— Attention ! hurla le Valet en poussant son comparse.

Une fraction de seconde plus tard, une machine infernale creva la toile, manquant de les écraser sur son passage. Après un dérapage périlleux, le capitaine Strogoff braqua les phares de son engin dans leur direction, prêt à foncer encore sur eux.

— Un bicycle voltaïque ! balbutia le Valet.

Le véhicule ressemblait plus à un char d'assaut individuel qu'aux inoffensifs deux-roues que les familles bourgeoises de Lyon plébiscitaient pour leurs sorties dominicales. Sa carlingue grise crépitait d'une énergie difficilement contenue, et le générateur dégageait une telle chaleur qu'un brouillard vaporeux s'échappait des interstices entre les plaques d'acier de sa carapace.

Strogoff, le visage fermé, appuya sa botte contre une pédale sur le côté de l'engin, et le précipita dans un rugissement de l'électromoteur sur les espions français.

— Plongez ! hurla le frère Vacher.

Le religieux bascula par-dessus bord, mais l'androïde se retint de le suivre. Dans l'eau, il coulerait à pic. L'homme artificiel tenta plutôt de fuir le long du bastingage. En vain.

Le pneu avant du bicycle le faucha en pleine face. Sa tête s'aplatit sur la rambarde, l'acier de son crâne crissa. Contre toute attente, la structure métallique tint bon. Le Valet sentit le pneu lui ravauder la figure, broyer son postiche en peau humaine, et, après lui avoir roulé dessus du menton jusqu'au front, la masse implacable s'envola. Les nerfs artificiels de l'androïde, chauffés à blanc, lui faisaient vivre le martyre.

Le répit fut bref, car le pneu arrière suivit. Ce dernier s'écrasa sur son entrejambe, l'encastrant dans le bastingage, et remonta impitoyablement le long de son ventre. Le Valet crut qu'on l'ouvrait en deux.

L'indignation le submergea en même temps que la douleur : Strogoff l'utilisait comme une rampe pour bondir au-dessus des flots ! L'homme électrique lança son bras afin de retenir le Sibérien, mais ne put agripper qu'un bout de sa besace pendante. Le sac se déchira, et l'androïde vit la commande métallique de l'espion russe tomber à l'eau. Il ne resta entre ses doigts qu'un pauvre lambeau de cuir.

Humilié, l'encéphale gonflé de souffrance, le Valet regarda impuissant son ennemi s'envoler vers la rive. Une pensée vengeresse lui traversa l'esprit : le saut, quoique prodigieux, serait trop court. Le capitaine et son bicycle s'écraseraient bientôt dans une gerbe de vase.

Alors que l'androïde savourait d'avance cette misérable revanche, le véhicule de Strogoff, parvenu à l'acmé de sa voltige, produisit un bourdonnement épouvantable. Les réacteurs de l'engin crachèrent alors deux traînées de foudre bleue : la bête d'acier sursauta, et se propulsa encore plus haut, encore plus loin, vers le sable. L'homme artificiel hoqueta de surprise. Il lui paraissait impossible que le Sibérien atteigne la rive.

En effet, le bicycle finit par obéir aux lois de la gravité et retomba dans l'eau en crépitant. Pourtant, le conducteur avait gagné : l'engin s'enfonça à mi-hauteur, et rebondit dans une gerbe d'écume en direction des dunes. Le bicycle voltaïque produisait un grondement éraillé. L'eau avait sans doute infiltré sa carapace, mais l'appareil fonctionnait encore. En quelques minutes, la machine s'extirpa du piège liquide. Strogoff leur échappait.

— Où est ce fils de gueuse ?

Le frère Vacher, ruisselant, s'agrippait au bastingage. Son bain forcé semblait l'avoir laissé d'humeur massacrante.

— Sur la plage, répondit le Valet, encore sous le choc.

Comme pour narguer les agents, le bicycle se cabra avant de disparaître derrière la première dune. Le vrombissement de son moteur s'estompa progressivement à mesure qu'il s'éloignait.

— Merde ! jura Vacher. Il faut le poursuivre. Remets en marche cette saleté de rafiot !

Le baudrier gyrocoptère, forgé dans un alliage extrêmement léger, ne l'avait pas entraîné par le fond. Le moine avait tout de même détaché l'hélice dans l'eau, afin qu'elle n'entrave pas sa nage. L'appareil volant était donc inutilisable.

— Impossible de redémarrer, se désola le Valet, les bobines sont hors d'usage. Et quand bien même, comment le poursuivrait-on ? D'ailleurs, où est la comtesse ?

Le frère Vacher s'assombrit un peu plus.

— Elle avait rangé son baudrier à l'arrière de notre gondole, avoua-t-il, sur la défensive. Lorsque le *voltaretto* a trahi sa position, je l'ai emprunté pour arriver au plus vite.

— Vous l'avez volé, plutôt, corrigea le Valet avec agacement. La comtesse ne prête pas ses affaires, surtout pas ses prototypes !

— Qu'elle ne vienne pas se plaindre ! rétorqua le moine. Après tout, il lui restait la gondole à motogodille !

Le Valet scruta l'horizon en direction de Venise, encore sous la tempête. S'aventurer de nuit sur la lagune dans ces conditions avec une gondole, fut-elle équipée d'un électromoteur, équivalait au suicide. La comtesse le savait ; elle les attendait probablement au point de rendez-vous.

— Pourquoi avez-vous fait ça, Vacher ? fit l'androïde, dépité. La comtesse est la seule à vraiment maîtriser les gyrocoptères de sa fabrication ; vous auriez mieux fait de la laisser me rejoindre à votre place. Cela nous aurait peut-être évité ce gâchis !

Le balafré se renfrogna et cracha aux pieds de l'homme électrique.

— Je t'emmerde, le pantin. J'ai mes raisons de faire ce que je fais, et elles ne te concernent pas.

Vacher, le visage mortifié, semblait prêt à décharger sa hargne sur le Valet.

— Qu'est-ce que vous voulez dire ? bredouilla ce dernier, déstabilisé.

— Vous n'arriverez pas à me faire passer pour un poids mort, la comtesse et toi ! Tu crois que je n'ai pas remarqué votre petit jeu ? Le monstre aux mille visages et la sorcière veulent me cantonner au rôle de sous-fifre, hein ? Sauf que je fais ma part, et que je compte bien montrer à Larsan lequel d'entre nous mérite sa récompense !

L'androïde n'avait ni le temps ni l'envie d'écouter les jérémiades de ce paranoïaque.

— Tout ce que le ministre verra, rétorqua l'homme artificiel, c'est que vous avez compromis la mission, et que Strogoff est libre.

— Je ne te conseille pas d'aller lui raconter que je suis responsable de cet échec, le menaça le religieux. Sinon…

— Sinon quoi ? railla le Valet. Le bicycle de Strogoff a écrasé votre boîtier. Vous ne pouvez plus me torturer, espèce de lâche !

Lorsque le Sibérien leur avait foncé dessus, le frère Vacher avait perdu sa commande. Ses débris traînaient encore sur le pont du *voltaretto*.

— Ne me pousse pas à bout, sale pantin, répliqua le moine, la bave aux lèvres. Je n'ai plus mon boîtier, mais je peux te faire bien pire…

De quoi parlait-il ? L'incompréhension de l'androïde se mua en une angoisse sourde ; les insinuations de Vacher agissaient comme un catalyseur sur sa mémoire déficiente…

◇◇◇

2 avril 1894

Par cette belle matinée, les jardins du château de Réan embaumaient l'herbe fraîchement coupée. Des parterres symétriques à la française encadraient la belle bâtisse de style classique, construite dans un tuffeau d'une blancheur éclatante. Un domestique ouvrit la grille de la propriété aux visiteurs. Il détailla leurs soutanes et leurs cols romains avant de s'adresser à eux, plein de déférence :

— Messieurs les abbés, soyez les bienvenus. Qui dois-je annoncer ?

— Nous venons pour la confession de Mme de Rugès, dit le frère Vacher sur un ton doucereux qui ne lui ressemblait pas du tout. Je suis le père Vacher, et voici mon collègue, le père Pivert.

Lorsque son compagnon le désigna, l'androïde s'inclina et s'efforça de sourire. Il portait le masque en caoutchouc de Paul Pivert, maquillé avec soin pour insuffler à cette face une illusion de vie. Le Valet n'aimait pas cette mission : il s'était déjà disputé avec son binôme une heure plus tôt, et avait le sentiment désagréable de se présenter aux portes de ce domaine tranquille tel un mauvais génie apportant le malheur avec lui.

— Je vous bénis, mon fils, susurra-t-il.

— Merci, mon père, répondit le serviteur. Cependant, madame attendait le père Gonzague, de la paroisse Saint-Martin.

Le père Gonzague avait été agressé à son domicile par Vacher et l'androïde. À l'origine, le moine tenait à ce que l'homme électrique prenne le visage du pauvre vieillard, mais, après une discussion mouvementée, le Valet avait réussi à faire admettre à son brutal comparse qu'un meurtre attirerait l'attention sur leur opération censée rester discrète.

— Hélas, le père Gonzague est souffrant, se lamenta le balafré. Il nous a expressément demandé de le remplacer afin de ne pas manquer à son devoir auprès de votre maîtresse.

La bonté se lisait sur ses traits, n'importe qui l'aurait cru sur parole. Sauf le Valet, qui l'avait vu de ses yeux assommer et ligoter le prêtre dont il parlait.

— Je prierai pour son rétablissement, assura le domestique. Si vous voulez bien me suivre, je vous introduirai auprès de madame.

Le serviteur les mena à travers les allées du parc jusqu'au manoir. Après que le domestique eut prévenu Mme de Rugès, les deux imposteurs furent reçus dans le grand salon par la maîtresse des lieux, une belle femme brune occupée à faire la lecture à une fillette d'une dizaine d'années.

Quand l'enfant leva les yeux sur les visiteurs, la déception s'afficha sur ses traits.

— Oh, non ! je sens venir la fin de notre séance de lecture, ma chère maman. Quelle tristesse, j'aurais tant voulu connaître la fin de l'histoire de ce pauvre bossu.

La mère fronça les sourcils, et répondit avec douceur.

— Vous la connaîtrez, Sophie, mais à vous montrer si empressée vous négligez les règles de politesse élémentaires que je vous ai inculquées.

Soudain honteuse, la fillette baissa les yeux. L'androïde sourit en pensant à une autre enfant de sa connaissance : à cet âge, les petits prenaient les remarques très à cœur.

— Ma chère maman, ne soyez pas fâchée ! Je m'en vais accueillir nos invités tout comme vous le feriez vous-même !

La brunette glissa du sofa, et marcha au-devant des faux confesseurs.

— Messieurs les abbés, soyez les bienvenus au château de Réan. Je m'appelle Sophie, comme ma chère maman. Cependant, vous ne risquez pas de nous confondre, elle est bien plus sage que moi.

Mme de Rugès se leva à sa suite.

— Ne vous dénigrez pas, Sophie. À votre âge, j'étais moins raisonnable que vous ne l'êtes aujourd'hui. Vous faites une petite fille modèle.

La maîtresse de maison caressa les cheveux de son enfant, puis s'adressa à ceux qu'elle prenait pour d'inoffensifs religieux.

— Simon vient de m'apprendre que le père Gonzague se sentait mal. J'espère que ce n'est rien de grave.

— Une fièvre bénigne, répondit Vacher d'une voix suave. Nul doute que, dès la semaine prochaine, votre confesseur n'aura plus besoin de remplaçant.

L'androïde se retint de trahir l'aversion que lui inspirait son complice. Le violent coup de crosse qu'il avait administré au père Gonzague avait laissé au pauvre diable le crâne en sang.

— Tant mieux, se réjouit la noble dame. Merci d'avoir accepté de le suppléer, mon père. Je n'aime pas laisser le Seigneur sans nouvelles de mon âme.

— Et cela vous honore, minauda le balafré. Voici une piété fervente sur laquelle votre fille peut prendre exemple.

L'androïde tapota la tête de l'enfant, qui lui rendit un sourire innocent. Si seulement les adultes pouvaient tenir ces petits êtres éloignés des spectres de la politique et de la religion. De nouveau, il se sentit comme un croque-mitaine dans cette maison, et ses pensées amères le portèrent auprès de celle que lui rappelait Sophie.

— Commençons donc, si vous le voulez bien, dit l'aristocrate.

La dame s'empara d'une clochette et fit tinter le grelot. Une bonne accourut aussitôt.

— C'est l'heure de ma confession, Hortense. Pendant ce temps, vous emmènerez Sophie jouer dans le parc. Veillez à ce que les enfants du jardinier ne l'approchent pas, et insistez pour qu'elle porte son ombrelle ou elle risque de se trouver toute noiraude.

La bonne, attentive, acquiesça.

— Oui, madame. Bien sûr, madame. Suivez-moi, mademoiselle Sophie.

La fillette partit, non sans avoir salué sa mère et les deux prêtres.

— À tout à l'heure, ma gentille maman. À bientôt, messieurs les abbés.

Les visiteurs restèrent seuls avec Mme de Rugès.

— Le père Pivert m'accompagne car il a d'autres paroissiens à confesser près d'ici après notre visite, expliqua Vacher. Avec votre permission, il restera dans l'entrée.

— Très bien, approuva la châtelaine. Mes domestiques s'occuperont de lui.

L'androïde se retrouva quelques minutes plus tard assis dans le hall, une infusion à la main, à faire semblant de lire son missel. Lorsqu'il avait découvert l'existence de la religion, celle-ci lui était apparue comme une drôle de manie : les humains adoraient un créateur qu'ils n'avaient jamais vu, alors que, lui, il connaissait le sien. Rapperschwyll était un petit personnage inoffensif, et, si le Valet souffrait de son absence, il ne se voyait pas lui vouer un culte.

Discrètement, l'homme électrique s'approcha de la porte du salon. Il voulait être certain que la confession s'engageait avant de se lancer dans sa mission.

— Pardonnez-moi, mon père, parce que j'ai péché, dit la voix de Mme de Rugès, atténuée par l'épaisseur du bois.

— Je vous écoute, ma fille, lui répondit Vacher.

— Mon père, continua l'aristocrate, vous n'êtes pas sans savoir que mon époux est un grand voyageur. Voyez-vous, son absence m'est pesante, de vilaines pensées taraudent mon faible esprit.

Elle parlait de son mari, Jean de Rugès, qui formait avec Paul d'Aubert, le propre cousin de Mme de Rugès, un des plus célèbres duos d'explorateurs de ce temps.

L'androïde en avait assez entendu. Il se leva et, profitant de ce qu'aucun domestique ne rôdait dans les parages, gravit l'escalier qui menait à l'étage.

Une fois dans les couloirs, il ouvrit les portes les unes après les autres, craignant à tout moment d'être surpris par une femme de chambre. En fouinant çà et là, les paroles de Frédéric Larsan se rappelaient à lui :

— Paul d'Aubert et Jean de Rugès dissimulent leurs découvertes aux autorités, avait dit le ministre. Je ne sais pas ce qu'ils ont trouvé en Arabie, mais ils n'ont rien présenté devant la Société impériale de géographie alors même qu'ils préparent déjà une nouvelle expédition. Trouvez des preuves de leur déloyauté, messieurs, et voyez ce que l'Empire peut tirer du fruit de leurs travaux.

L'androïde trouva enfin le bureau de Jean de Rugès. Une collection de cartes tapissait les murs, sur lesquels étaient accrochés masques africains et têtes de fauves empaillées. Entre deux bibliothèques trônait un grand aquarium, peuplé de poissons aux couleurs criardes.

Après avoir examiné les tiroirs du secrétaire, le Valet chercha dans les coffres rangés au fond de la pièce. À l'intérieur, il ne trouva rien d'autre que du matériel d'archéologie. Il s'apprêtait à tester les lames du parquet quand il avisa dans un recoin un sarcophage à tête d'ibis. Thot, le dieu égyptien de la Connaissance… Rugès lui avait-il confié ses secrets ?

En ouvrant le cercueil millénaire, l'androïde ne trouva pas de momie, mais les débris d'un objet incongru : une sphère faite d'un métal noir, brisée en plusieurs morceaux. L'intérieur de l'artefact était encore plus étrange. On aurait dit un labyrinthe en trois dimensions aux travées aussi fines que des traces digitales, creusé dans une matière semblable à du diamant.

Quelle était cette chose insolite ? D'où pouvait-elle provenir ?

Une série de carnets, classés par année d'écriture, était rangée à côté. L'homme artificiel ouvrit le plus récent et entama sa lecture à la dernière page. La graphie maniérée de Rugès s'étirait le long des lignes :

Nul doute n'est possible à présent. Les civilisations de notre ère ne sont pas les premières à régner sur ce monde, le vestige que nous avons trouvé dans le désert en atteste. Plus question de vulgaires

poteries. Cette fois, ce sont les restes d'une technologie complexe que nous avons déterrés, les débris d'une machine incroyable ! Selon mon hypothèse, il s'agirait d'une arme, dotée d'un pouvoir de destruction bien supérieur à ce que nous sommes capables de produire aujourd'hui. Paul avait raison, mille fois raison : la cité souterraine que nous avons explorée en Arabie n'est pas la trace d'une simple civilisation prébabylonienne. Non, elle est le témoin d'un monde perdu, si ancien que j'en viens à me demander si nous parlons ici de préhistoire humaine.
En plus de la sphère, nous avons trouvé dans la cité sans nom une carte, conservée par le sable depuis des dizaines de milliers d'années : la carte d'un continent inconnu, assez précise pour nous permettre d'entamer de nouvelles recherches. Malgré mon enthousiasme, j'ai convaincu Paul d'attendre avant de rendre nos découvertes publiques. Imaginons que, là où nous allons, nous trouvions un artefact semblable à celui que nous avons ramené, mais en état de marche ? Je ne connais que trop l'avidité des B. et de leurs laquais, ils voudront se l'approprier pour en user à des fins militaires. Paul et moi devons empêcher cela.

Un bruit dans le couloir fit sursauter l'homme électrique alors qu'il achevait sa lecture. Pris de panique, il enfourna un morceau de la sphère dans une poche de sa soutane, puis se dissimula contre une bibliothèque juste au moment où la poignée de la porte basculait.

Le Valet retint son souffle. Si l'intrus passait devant lui sans le voir, peut-être pourrait-il l'assommer. Il se prépara à frapper, et ne se retint qu'au dernier instant, en se rendant compte qu'il s'apprêtait à attaquer une enfant. Sophie, la fille de Mme de Rugès, s'avança vers l'aquarium, un couteau à la main. Que faisait cette petite ?

L'homme artificiel resta silencieux alors que la fillette soulevait une chaise, qu'elle plaça devant l'aquarium. Elle monta ensuite dessus, pour se trouver à la verticale de l'eau, et allait plonger son bras dans l'onde quand l'androïde l'arrêta d'un cri :

— Ne fais pas ça ! C'est dangereux !

Il avait reconnu sur les parois de l'aquarium des oursins-fleurs, une espèce aux belles couleurs blanc et rose, extrêmement venimeuse. Les poissons évitaient d'instinct ces créatures, mais l'enfant risquait de s'empoisonner.

La surprise immobilisa Sophie, qui parut soulagée en voyant le Valet.

— Je craignais que ce ne fût ma chère maman, expliqua la petite fille. Elle aurait été très déçue en me voyant braver son interdiction d'entrer ici.

L'enfant ne se rendait pas compte de l'incongruité de la présence d'un étranger dans le bureau de son père.

— N'aie pas peur, je ne lui dirai rien, fit l'androïde sur un ton mielleux.

— Soyez remercié, monsieur l'abbé, soupira Sophie.

Le Valet se sentit honteux de profiter de la naïveté de l'enfant. Il s'apprêtait à la chasser quand il s'aperçut qu'elle était au bord des larmes.

— Mon père, dit Sophie, les yeux rouges, je dois vous demander : est-ce que maman ira en enfer ?

L'enfant éclata en sanglot, et, d'instinct, l'androïde la prit dans ses bras, comme il en avait l'habitude lorsque l'autre fillette qu'il connaissait venait chercher du réconfort.

— Mais non, petite, pourquoi t'inquiètes-tu pour cela ?

Ses mécanismes internes grincèrent : la détresse de Sophie lui faisait mal au cœur.

— Quand maman avait mon âge, elle a découpé les poissons de son aquarium. Elle ignorait qu'ils souffriraient, mais les poissons sont tout de même morts. C'est pour cela que j'ai amené un couteau : si je tue des poissons à mon tour, j'irai en enfer avec ma maman.

Elle regardait l'androïde, avide de consolation.

— Pensez-vous que nous soyons réellement mauvais si nous semons la mort par bêtise ? l'interrogea-t-elle.

L'homme électrique se sentit mal à l'aise. Il aurait voulu dire à Sophie que cela n'avait pas d'importance, que les poissons n'étaient rien du tout, que tuer par naïveté ne constituait pas un crime, juste une erreur bénigne. Pourtant, les mots qu'il aurait fallu prononcer ne sortaient pas. La question de Sophie torturait sa conscience.

— Ta maman n'ira pas en enfer, chuchota-t-il. Tu ferais mieux de partir maintenant.

Le visage de Sophie s'illumina ; elle le croyait sur parole. Sans un mot de plus, elle disparut dans le couloir.

L'androïde décida d'arrêter là ses investigations. La séance de confession devait avoir pris fin. S'il ne réapparaissait pas, il provoquerait des soupçons.

Le Valet se glissa à pas de velours dans le couloir, et partit en direction de l'escalier. Au moment où il parvenait en haut des marches, il vit avec stupeur la bonne de la maison en train de monter vers lui. Elle le repéra tout de suite : impossible de fuir.

La bonne agrippa l'homme électrique par le devant de sa soutane, puis tomba à genoux. C'est seulement à ce moment-là que l'androïde remarqua la profonde balafre dans son ventre. La femme s'accrocha encore une seconde, avant de s'effondrer sur la moquette.

Le rythme des rouages du Valet s'accéléra. Que se passait-il ? Gagné par l'angoisse, il dévala les marches. Dans le hall d'entrée, il tomba sur les corps de deux domestiques, les yeux révulsés, eux aussi poignardés. Qui avait pu les massacrer ainsi ? Il devait retrouver le frère Vacher, Sophie et Mme de Rugès.

Un cri effroyable attira son attention, en provenance du parc. Il se précipita au-dehors, trébucha sur le cadavre du jardinier étendu sur le perron, et courut de toutes ses forces le long de l'allée qui remontait jusqu'à la grille.

Là, au bord d'une fontaine, Mme de Rugès gisait, affreusement mutilée. Le frère Vacher, un couteau à la main, s'occupait de l'achever.

— Que faites-vous ? cria l'androïde sous le choc. Vous l'avez tuée ! Vous les avez tous tués ! Espèce de dément !

Le frère Vacher se releva en essuyant son couteau avec un mouchoir détrempé. Son visage était aussi pâle que la mort, et le sang lui coulait sur les doigts.

— Ta gueule ! le pantin. Il reste la gamine. Avec tes gémissements de pucelle, tu vas l'effrayer.

L'androïde s'agenouilla et prit dans ses mains la tête de la belle Mme de Rugès, dont la figure molle n'exprimait plus rien sinon la flaccidité du trépas.

— Qu'aviez-vous besoin de faire cela ? cria le Valet avec désespoir.

— Elle nous a démasqués, répondit le meurtrier. J'ai voulu orienter sa confession pour qu'elle me parle des découvertes de son mari, mais cela a éveillé ses soupçons. Elle m'a alors demandé si la sœur du père Gonzague se chargeait de le soigner. Je lui ai répondu que oui, seulement…

Le frère Vacher piaffa de dépit.

— Cette garce a réussi à me piéger : le père Gonzague n'a pas de sœur. La Rugès a fait venir ses larbins pour me garder à l'œil pendant qu'elle s'en allait faire prévenir la police. Si je ne lui avais pas réglé son compte, nous aurions été arrêtés et sommés de nous expliquer. Larsan nous a bien dit que rien ne devait filtrer.

— Mais…, protesta l'homme électrique. Ça… c'est horrible…

— C'est le plus sûr ! insista le balafré dans un tic nerveux. Nous prenons ce que nous pouvons trouver et nous brûlons les corps avec le manoir. Pas de trace, pas de témoin. Un banal incendie dans un château de campagne.

Le Valet prit conscience à ce moment-là de l'étendue de la folie à laquelle il prenait part.

— Vous êtes un criminel, Vacher, un monstre…

— Je ne laisserai rien ni personne compromettre cette mission ! aboya le moine. Je n'ai pas le droit d'échouer ! Tu aurais préféré prendre le risque de mettre publiquement en cause le ministère de la Sûreté ? Larsan est capable de m'envoyer à l'échafaud pour couvrir ses combines. Et toi, il te débranchera… C'est ce que tu veux ?

La rage agit sur l'homme électrique comme un élixir de démence. Il essaya d'attraper Vacher par le col, mais ce dernier le repoussa.

— Qu'est-ce que tu veux, pantin ? Tu penses que c'est mon plaisir de tuer ?

Il y avait dans sa question un déchirement tragique. Leurs regards se posèrent sur le ventre de Mme de Rugès, sur lequel le couteau du boucher avait tracé des arabesques.

— Oui, chuchota Vacher, les yeux exorbités par une répugnance extrême, tu as raison, c'est peut-être devenu mon plaisir… Pourtant, je le fais uniquement pour que Larsan me donne ce que je veux. Je le fais pour ma Louise, pour que les voltaïciens aux ordres de cette enflure de ministre lui sauvent la vie. Voilà pourquoi je tue ! Pour elle et pour rien d'autre !

Emporté par ce qui semblait être une peine immense, Vacher frappa la fontaine du pied, puis fixa sur l'homme artificiel un regard méprisant.

— Un monstre. Tu as vu juste, le pantin, je suis devenu un monstre. Mais je suis plus humain que toi. Je tue par espoir, je tue par amour, alors que toi… (Le moine grimaça un sourire amer.) Toi, continua-t-il, tu obéis parce que tu es fait pour ça, sans savoir ce que tu fais, parce que tu es incapable de réfléchir ! Un tour de clé et la petite musique patriotique du ministre repart de plus belle. Tu me fais la morale ? Pantin, si tu savais, tu es pire que moi !

Un cri interrompit la diatribe de Vacher, celui d'une enfant qui émergeait de la demeure.

— Maman !

Livide, le moine bouscula le Valet. Son couteau caché derrière le dos, il appela la fillette.

— Sophie, votre mère a eu un accident ! Venez vite la voir, elle vous réclame !

L'homme électrique ne pouvait pas laisser son complice accomplir un tel acte. Il se dressa entre le tueur et l'enfant :

— Va-t'en ! hurla-t-il. Il veut te tuer ! Cours le plus vite possible, cache-toi et ne reviens jamais !

La petite silhouette hésita. La fillette était trop loin pour que l'androïde puisse observer son visage, mais il sut qu'il avait gagné quand elle tourna les talons et s'enfuit à toutes jambes. En un instant, elle disparut derrière le manoir.

— Imbécile, lâcha le frère Vacher. Il va falloir lui courir après, maintenant.

Dans un soupir douloureux, le moine s'apprêtait à s'élancer aux trousses de l'enfant quand le Valet lui barra la route.

— Non, dit-il en insistant sur chaque mot. Laissez-la.

Le moine dévisagea son complice, à la fois incrédule et accusateur.

— Tu rends les choses plus dures ! Larsan va te débrancher, le pantin, tu comprends ça ?

Une pensée effleura l'homme artificiel. Il se demanda s'il existait un paradis pour les machines. Pourtant, malgré sa peur, il resta debout face à son ennemi.

— Vous ne la toucherez pas.

Le tueur tordit ses traits dans une grimace haineuse.

— Ah ! tu te rebelles ? Encore une fois ? À ta guise, écoute-moi bien…

Il pourrait dire ce qu'il voulait, l'androïde ne savait qu'une chose : chaque seconde qu'il faisait perdre au meurtrier était une chance supplémentaire pour que Sophie s'échappe.

Le frère Vacher articula lentement :

— L'empereur est content de vous, Valet.

Qu'est-ce que cela signifiait ? L'androïde sentit ses jambes faiblir, il s'effondra au sol. L'instant d'après, sa vue se brouilla. Il glissa vers le néant.

◇◇◇

27 mai 1895

— Je veux écouter l'entretien, exigea la Cagliostro. Repassez-moi le dialogue entre Brandolini et l'espion russe.

L'androïde et le frère Vacher venaient de retrouver la comtesse, dont la rage froide irradiait. Les trois espions se tenaient sur un toit de Venise. La pluie se tarissait et les nuages désertaient le ciel noir.

La comtesse manipula le boîtier métallique qu'elle venait de sortir de son corsage et la bouche du Valet s'ouvrit en dépit de sa volonté. Lorsqu'on le mettait en mode réitération par le biais d'une commande, il subissait un blocage mental qui l'empêchait de faire autre chose que de reproduire une conversation à laquelle il avait assisté. Docile, il opta pour le moment qui intéressait la Cagliostro et entendit une imitation de la voix de Strogoff sortir de sa propre gorge :

— Monseigneur, répondez-vous des domestiques qui m'ont mené jusqu'ici ? Notre entrevue doit rester absolument secrète.

— Mes domestiques ignorent votre identité et tiendront leur langue, se répondit-il à lui-même avec le timbre de Brandolini.

Ébranlé par le souvenir des événements violents qui lui étaient revenus, le Valet n'écouta pas le reste de l'entretien qu'il répétait pour ses complices. Les images du massacre au château de Réan le hantaient. Qu'était-il arrivé à Sophie après qu'elle avait disparu derrière le manoir ? Il avait beau faire, il ne s'en souvenait pas.

— Déployez votre antenne !

L'androïde sursauta. Le dialogue enregistré s'était terminé, la comtesse lui parlait.

— Votre antenne ! reprit-elle, impatiente.

Obéissant, il porta sa main droite sur le côté de son crâne, et enfonça son pouce et son index dans deux orifices creusés à l'intérieur du métal. Une antenne télescopique sortit alors de l'ouverture supérieure dans un ronronnement, une tige en acier qui s'éleva à plus d'un mètre au-dessus de sa tête. Sans rien demander à l'homme artificiel, la Cagliostro se plaça derrière son dos et lui ouvrit l'occiput.

— La transmission est bonne, déclara-t-elle avant de refermer la niche.

Un maillage d'antennes déployées sur tout le territoire de l'Empire Électrique assurait les communications militaires par ondes électromagnétiques. Le dispositif intégré au Valet utilisait ce réseau.

L'androïde partageait maintenant le contrôle de son corps avec une volonté étrangère. De l'autre côté des Alpes, à Lyon, le ministre Frédéric Larsan devait être juché sur le fauteuil des transmissions sous la coupole du phare Bourdais. Il pouvait voir à travers les yeux de l'androïde par le biais d'un casque transmetteur et le manipuler grâce à plusieurs commandes.

L'homme électrique se mit à parler. Sa voix artificielle contrefaisait celle de Larsan, aussi sèche qu'à l'accoutumée.

— J'ai reçu votre signal, grinça le ministre par l'entremise du Valet. Que se passe-t-il ?

Le rythme saccadé de ses mots trahissait l'agacement. La Cagliostro répondit d'un ton pincé :

— J'avais vu juste, le doge a rencontré un agent du tsar, hier soir, un certain Strogoff. Selon le rapport du Valet, il était équipé d'un bicycle voltaïque blindé, un des modèles réservés aux estafettes de l'armée impériale. Avec le déguisement adéquat et probablement des faux papiers, ce véhicule a permis à l'espion de rejoindre Venise. Sans doute les services russes ont-ils volé cet engin récemment dans une caserne de la frontière…

— Je lancerai une enquête à ce sujet, coupa Larsan. Venez-en au fait.

— Le grand-duc Savitch préparerait un plan pour détruire la Grande Armée. Il aurait aussi proposé à Brandolini de se retourner contre l'Empire.

— Détruire la Grande Armée ?

Larsan semblait dubitatif. Il reprit sur un ton impatient :

— Pourquoi me contactez-vous, vous savez ce qu'il convient de faire.

L'androïde sentit sa tête s'incliner dans une posture réprobatrice. Il détestait que son maître le manipule comme une poupée.

— Vous ne devez pas laisser ce Strogoff rejoindre Saint-Pétersbourg. Capturez-le et ramenez-le-moi !

La conversation s'apprêtait à prendre un tour désagréable.

— Strogoff a quitté Venise après son entrevue avec le doge, lâcha la Cagliostro. Le Valet est parvenu à saboter son *voltaretto* pour nous laisser le temps de le rattraper mais…

Elle marqua une courte pause, et lança son accusation :

— Le frère Vacher s'est permis de voler mon baudrier gyrocoptère. En m'empêchant d'intervenir, il a laissé fuir l'agent russe et a coulé mon appareil au fond de la lagune.

Le balafré, resté en retrait jusque-là, se révolta soudain.

— Ce n'est pas moi, le problème ! protesta-t-il. Strogoff était muni d'une commande grâce à laquelle il a neutralisé votre foutue marionnette avant même que je me pointe !

— Quoi ?

Le courroux du ministre était tel que les poings du Valet se serrèrent jusqu'à le faire souffrir.

— Comprenez-vous ce que cela implique ? rugit l'imitation éraillée du timbre de Larsan.

— Les scientifiques du tsar ont peut-être fabriqué…, commença le frère Vacher.

Il fut interrompu par le claquement des mâchoires de l'homme électrique : sous le coup de l'énervement, le ministre manipulait avec moins de précaution le casque qui transmettait ses mouvements.

— Même si les Russes avaient rattrapé leur retard dans les sciences voltaïques, ils ne disposeraient pas d'une commande réglée sur le flux électromagnétique du Valet. Cela ne peut signifier qu'une chose : nous avons été trahis !

Cette déclaration tomba comme un couperet.

— Il doit y avoir une autre explication…, s'entêta Vacher.

— Il faut connaître la structure interne de l'androïde pour échafauder une commande compatible avec ses fonctions, rétorqua la Cagliostro.

— Taisez-vous ! fit Larsan. Quelqu'un a trahi l'Empire… Soit il s'agit de l'un des scientifiques du phare Bourdais, soit de l'un d'entre vous…

L'air changea de texture. La suspicion s'insinua parmi les agents. Se pouvait-il que l'un d'eux ait partie liée avec les Russes ? Le Valet pensa au message gravé sur l'intérieur de sa cuisse. La comtesse était une femme mystérieuse, gardait-elle un secret de trop ? Et le frère Vacher… Aurait-il laissé filer Strogoff intentionnellement ?

L'androïde sursauta quand sa propre voix reproduisit les mots de Larsan dans le silence froid de l'aurore :

— Nous ne prendrons aucun risque. Vous avez ordre de revenir tous les trois à Lyon. Pas de détour, je vous veux au phare Bourdais dans moins de deux jours.

Le ministre venait de prendre une décision. Le Valet ignorait laquelle, mais une inquiétude sourde accentua la pression dans les soupapes de ses articulations.

— Nous pouvons encore rattraper Strogoff…, tenta la comtesse.

La réponse de Larsan cingla, immédiate :

— J'ai dit, vous rentrez ! Voyagez ensemble, vous êtes garants les uns des autres. S'il arrive quelque chose à l'un d'entre vous, j'en tiendrai le groupe pour responsable.

Larsan leur ordonnait de se surveiller entre eux. Savait-il quelque chose qu'il ne voulait pas leur révéler à distance ? Soupçonnait-il l'un de ses espions en particulier ? Le frère Vacher intervint, l'œil mauvais.

— Une fois que je serai revenu à Lyon, vos voltaïciens procéderont-ils enfin à l'opération que vous m'avez promise ?

Il tremblait de frustration. Le Valet ignorait de quoi parlait le moine, mais l'enjeu paraissait très important aux yeux de ce dernier. Larsan ne se montra pas pour autant diplomate :

— Seule la réussite de cette mission aurait justifié que je cède à vos exigences, Vacher. L'opération attendra.

— Comment ? s'étrangla le religieux. Vous… vous m'aviez juré que, cette fois-ci, vous me donneriez ma récompense ! J'ai travaillé pour vous sans protester ! J'ai fait tout ce que vous m'ordonniez de faire…

Le Valet se demanda combien de fois le frère Vacher avait tué sur ordre du ministre.

— Avez-vous capturé Strogoff ? rétorqua ce dernier avec sévérité. Non, vous avez échoué. Le sujet est donc clos.

Le frère Vacher respirait difficilement, sous le coup d'une monstrueuse indignation. Son regard tressaillant mêlait haine et détresse. Le Valet avait beau savoir que cette agressivité n'était pas dirigée contre lui, mais contre le ministre, les pupilles fiévreuses de l'agent en bure l'inquiétaient.

— Vous ne comprenez pas, hoqueta le balafré. Je ne peux pas attendre. J'ai besoin d'être sûr que vous ne m'avez pas trompé, que tout cela avait un sens !

— Nous n'avons pas le temps pour vos plaintes, Vacher, coupa Larsan.

Ne voyait-il pas que le religieux n'était pas dans son état normal ?

— Mes plaintes ? murmura le moine, le souffle rauque. Mes plaintes ?

Le frère Vacher se rapprocha du Valet et le saisit à la gorge. Inquiet de ce qu'il pourrait faire, l'homme électrique se raidit. Mieux valait rester tranquille, ne pas envenimer la situation.

— Reprenez-vous ! tonna le ministre. Votre insolence n'est pas le meilleur des arguments pour me convaincre de vous exaucer... Gardez plutôt à l'esprit que je tiens le sort de votre chère Louise entre mes mains !

Loin de calmer le frère Vacher, les menaces de Larsan achevèrent de cristalliser sa fureur.

— Ne parlez pas de Louise, frissonna-t-il, n'en parlez plus ! Croyez-vous que j'aie besoin de vous pour y penser sans cesse ?

— Alors taisez-vous, et obéissez ! cria Larsan, hurlant si fort que le timbre métallique de l'androïde partit dans un crissement aigu.

En réponse, le frère Vacher frappa sur la carrosserie du Valet à s'en meurtrir le poing. Ronflant de douleur, l'homme électrique bascula sous le choc. Il se reçut de justesse en rayant ses paumes d'acier sur les tuiles du toit. Allait-il devoir se battre ?

La comtesse de Cagliostro posa sa main blanche sur l'épaule du balafré, en un geste d'apaisement. Le moine parut se calmer.

— Je vais obéir, gronda-t-il. Une dernière fois. Je pars à la poursuite de Strogoff, et je vous le ramènerai. Puis vous ferez opérer Louise. Cela justifiera tout ce que j'ai fait. Et ce que vous avez fait de moi.

Il s'étouffait en parlant, écumant sur sa barbe. Le Valet se releva avec appréhension tandis que Larsan reprenait le balafré :

— Non ! Je vous ai ordonné de reven...

Sa phrase fut coupée net par le claquement de l'antenne que le frère Vacher rompit de son énorme poigne. L'androïde se toucha la tempe. Il n'en revenait pas : sur le côté de son crâne ne restait que la base de la tige de fer, à peine une dizaine de centimètres.

— Merde ! s'emporta le moine, le visage violacé. Merde, merde, merde, merde !

Il se mit rageusement à briser en petits morceaux l'antenne qui lui était restée entre les mains. Le Valet recula, soucieux de ne pas devenir son prochain défouloir.

— Bravo, nous n'avons plus de moyens de communication, fit la Cagliostro, glaciale. Je serais vous, je me montrerais docile en revenant à Lyon. Larsan ne vous pardonnera pas facilement ce coup de sang.

Vacher se retourna sur elle, la face parcourue de tics.

— Vous ne m'avez pas entendu ? Je ne chercherai pas le pardon ! Cette fois, je veux la monnaie de ma pièce : je ramènerai Strogoff par la peau du cou !

— Comment voulez-vous le rattraper ? rétorqua la Cagliostro. Entre ici et Saint-Pétersbourg, ce serait chercher une aiguille dans une botte de foin.

— Je sais comment le trouver. Je ne suis pas aussi idiot que vous le pensez. Adieu !

Le moine voulut s'engouffrer dans l'escalier qui menait à la rue, mais la comtesse s'interposa.

— Arrêtez ! Si vous disparaissez, c'est nous qui en subirons les conséquences !

Le religieux ne prit pas la peine de répondre. Il bloqua le poignet de la Cagliostro – qui venait de dégainer une seringue sans que le Valet ne s'en rende compte – et envoya un coup sauvage dans le ventre de l'espionne. Avant que l'androïde ne puisse réagir, le balafré dévalait les marches.

— Vous allez bien ? cria l'homme électrique en se précipitant sur la comtesse.

L'attaque du moine l'avait pliée en deux au sol.

— Lâchez-moi… et… rattrapez-le…, éructa avec peine la Cagliostro.

À cet instant, le ronflement de l'électromoteur de leur gondole voltaïque s'éleva en contrebas de la façade du bâtiment. Vacher prenait le large.

— Non…, gémit le Valet.

Le moine était-il l'agent double ?

Larsan avait maintenant toutes les raisons de débrancher l'androïde. Non seulement celui-ci avait laissé Strogoff et Vacher s'évanouir dans la nature, mais les Russes possédaient peut-être d'autres commandes permettant de le neutraliser. Ou, pire encore, de l'utiliser. L'homme électrique était certain que le ministre déciderait de l'éteindre pour de longues années. Cette perspective le terrifiait.

— Je ne peux pas rentrer, s'affola-t-il. Nous devons capturer Strogoff, ou au moins forcer Vacher à venir avec nous. C'est le seul moyen…

— Vous serez donc deux à vous retrouver dans le viseur de Larsan, grogna la Cagliostro en essayant de se relever.

L'androïde s'empressa de l'aider, tout en réfléchissant sous l'effet du stress. Si la comtesse revenait seule à Lyon, elle dirait au ministre qu'il avait choisi de désobéir. Le maître de la Sûreté déciderait alors à coup sûr de se débarrasser de lui. Le Valet n'avait pas le choix : il devait convaincre l'espionne de le suivre.

— Je vous prie, réfléchissez ! implora l'homme électrique. Vous connaissez Son Excellence ! Si nous revenons à Lyon sans Vacher, le ministre nous enfermera et nous interrogera. Et vous savez avec quelles méthodes…

La comtesse l'interrompit.

— Dites-moi, la besace de Strogoff était-elle bleue ? demanda-t-elle.

— Je crois, oui, répondit prudemment le Valet. Pourquoi ?

— Diriez-vous que ce bout de cuir provient de celle-ci ? reprit l'espionne en dépliant sa main.

L'androïde reconnut les motifs géométriques tracés sur le morceau qu'elle lui présentait.

— J'ai accroché le sac de Strogoff quand il m'a roulé dessus, se rappela-t-il.

— Vous avez arraché une de ses poches, précisa la Cagliostro, dans laquelle se trouvait le carton que voici…

Elle lui transmit un ticket sur l'en-tête duquel étaient imprimés les mots « Orient-Express ». Au-dessous, le Valet put lire : « Billet de wagon-lit, M. Nicolas Korpanoff, départ par la gare de Mestre le 27 mai 1895 à 11 heures, paiement effectué pour un bagage lourd. »

— Comment vous êtes-vous procuré cela ? interrogea l'homme électrique.

— Depuis que nous nous sommes retrouvés, j'ai remarqué que Vacher gardait la main dans la poche droite de sa bure, comme s'il conservait à l'intérieur quelque chose d'important. Lorsqu'il vous a frappé tout à l'heure et que je suis intervenue, j'en ai profité pour le fouiller.

— Qu'est-ce que cela veut dire ? demanda l'androïde.

La comtesse lui jeta un regard condescendant et il eut la désagréable impression d'être stupide.

— Vacher a dû le ramasser sur le pont du *voltaretto*, expliqua l'espionne, et il s'est bien gardé de nous en informer.

Le Valet resta pensif : était-ce une preuve de la traîtrise du moine, ou ce dernier avait-il voulu tenir ses complices à l'écart pour capturer seul l'émissaire et briller aux yeux de Larsan ?

— Pourquoi Strogoff avait-il prévu de prendre l'*Orient-Express* ? s'étonna le Valet.

— Pour ne pas attirer l'attention en territoire ennemi, un espion a tout intérêt à varier son *modus operandi*, dit la Cagliostro. Sans doute était-ce le moyen le plus sécurisé pour son trajet de retour. La Russie dispose peut-être d'agents sur cette ligne, qui sait ?

— En tout cas, à la suite de notre rapport, Larsan fera en sorte de passer au peigne fin les routes à destination de la Russie, réfléchit le Valet. Strogoff ne pourra pas utiliser son bicycle, il se ferait remarquer à coup sûr.

— C'est pourquoi le train reste notre seule piste, conclut l'espionne.

La comtesse reprit le ticket en adressant à l'androïde un sourire de chat.

— Tout compte fait, un détour ne fera pas de mal, le temps de récupérer Strogoff et cet âne de Vacher pour calmer notre bon ministre. Avez-vous déjà eu l'occasion d'emprunter l'*Orient-Express*, Valet ?

◇◇◇

Deuxième partie

Prisonniers des Carpates

28 mai 1895

Le wagon-restaurant de l'*Orient-Express* bruissait des conversations du beau monde. C'était l'heure du fameux souper de gala, le point d'orgue de la journée à bord du train. Devant les nappes blanches se trouvaient attablés des nobles, des hommes d'affaires, des généraux, des diplomates et des entrepreneurs, c'est-à-dire la crème de la société impériale avec sa clientèle habituelle de parasites, d'amuseurs et de gigolos.

Le Valet, revêtu d'un frac noir et d'un masque de caoutchouc, jouait le rôle de Paul Pivert. La comtesse, quant à elle, resplendissait dans sa cape de voyage rouge braise. Personne ne faisait attention à l'élégant duo qu'ils formaient. Ils partageaient un bouillon de homard à une table pour deux, coincée derrière la huche à pain, tout en observant défiler au-dessous d'eux les forêts roumaines.

— Vous êtes certaine qu'il n'y a jamais d'accident ? s'inquiéta l'androïde.

C'était une chose que d'entendre parler de l'*Orient-Express*, ce fameux monorail qui roulait à plus de trente mètres au-dessus du sol, c'en était une autre que de faire partie des privilégiés à son bord.

— Dois-je comprendre que vous, l'homme artificiel, vous doutez des réalisations techniques de notre Empire ? questionna la Cagliostro avec un sourire en coin.

Plusieurs décennies auparavant, Napoléon II, le grand-père de l'actuel empereur, avait fait de cette ligne un moyen de transport révolutionnaire. Entre Paris, Lausanne, Milan, Venise, Trieste, Belgrade, Odessa et Constantinople s'étirait une colossale armature d'acier portée par des pylônes géants, qui permettait à la locomotive électrique de foncer à une vitesse inégalée à travers le continent.

— Il faut se rendre à l'évidence, fit le Valet, dépité. Strogoff n'est pas à bord de ce train. Ou alors il est descendu lors d'une escale dans une gare précédente.

Embarqués à Mestre, les espions avaient passé une journée et demie à chercher l'émissaire. La cabine réservée au nom de Nicolas Korpanoff était restée vide, et ils n'avaient trouvé nulle part trace de l'espion russe, ni d'ailleurs du frère Vacher.

— Nous n'en sommes pas encore certains, rétorqua la comtesse avant de déguster du bout des lèvres une cuillerée de soupe. Nous n'avons fouillé que les wagons accessibles aux voyageurs.

Comment faisait-elle pour conserver une telle grâce ? L'androïde, lui, ne manquait pas de faire des bruits d'aspiration dégoûtants en absorbant le bouillon. Dire qu'il lui faudrait vidanger plus tard cette nourriture inutile.

— Si Strogoff est à bord, pourquoi n'occupe-t-il pas sa cabine ?

— Que vous êtes lent, mon ami, fit l'agaçante espionne. Avec ce qui s'est passé à Venise, il est logique qu'il ne s'expose pas.

— Nous devrions avertir immédiatement le chef de la sécurité, lâcha l'homme électrique, vexé, en repoussant son assiette. Nous perdons du temps.

La Cagliostro ne daigna pas détacher son regard du crépuscule qu'elle admirait à travers la vitre.

— Ne vous ai-je donc rien appris ? répondit-elle. Si Strogoff est parvenu à embarquer avec son bicycle dans un wagon privé, c'est qu'il possède des complices parmi les employés. En prévenant quelqu'un, nous risquons de le faire fuir. Nous agirons cette nuit. Prenez votre mal en patience.

Le Valet, boudeur, resta mutique jusqu'à la fin du souper, même lorsque la Cagliostro lui souffla au visage la fumée de sa longue cigarette. Ils jouaient parfaitement le rôle du couple d'aristocrates en pleine brouille conjugale.

À mesure que la soirée s'étirait, le wagon-restaurant commença à se vider de ses passagers, qui se retiraient dans leurs espaces privés. La comtesse et l'androïde firent de même.

— Faites-moi porter un cognac, je vous prie, demanda la Cagliostro au bar. Voiture 4, compartiment de M. et Mme de Pivert.

L'androïde ne comprenait pas ce qu'elle comptait faire, ce qui le déprimait. Cela lui faisait penser qu'il leur faudrait tôt ou tard rentrer bredouille auprès de Larsan, que leur retard rendrait impitoyable.

Une fois dans leur cabine, la comtesse sortit de son sac de voyage un petit instrument : une bille de cuivre pendue à une fine chaîne du même métal.

— C'est un pendule, dit-elle en réponse à l'interrogation silencieuse du Valet.

Avant que l'androïde ne demande plus de précisions, on frappa à la porte. Un garçon en livrée patientait sur le palier, un plateau à la main.

— Service du wagon-bar, pour votre digestif.

La Cagliostro s'écarta, l'invitant à entrer d'un geste. Soudain, vive comme un serpent, elle enfonça l'ongle de son pouce dans le poignet du serveur et claqua les doigts de sa main gauche devant le nez du pauvre diable pour capter son regard. Les pupilles du garçon se mirent à osciller au rythme du pendule, ses traits se relâchèrent. La dame susurra d'une voix grave :

— Referme derrière toi.

Le serveur obtempéra. Ses yeux étaient devenus étrangement statiques.

— Écoute-moi bien, murmura la comtesse en approchant ses lèvres grenat de l'oreille de sa victime. Tu es subjugué par ma voix. Esclave obéissant, m'entends-tu ?

— Oui, acquiesça le garçon sur un ton mécanique.

Fasciné par ce qui était en train de se passer, le Valet voulut intervenir, mais les sourcils froncés de la Cagliostro lui intimèrent de garder le silence.

— Renseigne-moi, continua-t-elle en s'adressant au serveur. Un bicycle voltaïque a été chargé à bord de ce train. Es-tu au courant ?

Il battit des cils, et, après une minute de silence, répondit docilement :

— Le compartiment à bagage de la voiture 16 contient un véhicule de ce type. Il s'agit d'un wagon privé réservé par Son Altesse le prince Charles-Lucien Bonaparte.

Le Valet connaissait ce nom car Larsan l'avait obligé durant sa formation à apprendre par cœur l'arbre généalogique de la dynastie régnante.

— Le prince Charles-Lucien est un cousin de l'empereur, chuchota-t-il. Il s'agit de son ambassadeur en Russie.

— Une cachette idéale, jugea la Cagliostro. Les douaniers ne vérifieront pas les bagages d'un membre de la famille impériale.

— Mais pourquoi l'ambassadeur aiderait-il un espion russe ? s'étonna le Valet.

La comtesse l'ignora et s'intéressa de nouveau au serveur.

— Où est la voiture 16 ?

— C'est le wagon en queue du train, fit le garçon de la même voix monocorde. La princesse Bonaparte de Wittelsbach a formellement défendu de la déranger.

— Cette interdiction ne nous concerne pas, objecta la Cagliostro. Tu nous ouvriras le chemin.

Le visage du malheureux afficha un air désemparé, mais il ne pouvait résister à l'emprise hypnotique de la dame.

— À votre bon vouloir…

— Vous ne parlerez que lorsque je vous y autoriserai, ajouta la comtesse. Obéissez, nous vous suivons jusqu'au wagon de Son Altesse.

Le serveur effectua une courbette rigide, un sourire absent fiché sur sa face, et précéda les deux agents avec des gestes déférents.

— Vous avez ensorcelé cet homme, souffla le Valet.

— S'il vous plaît de le croire…

Ces mots sibyllins laissèrent l'androïde songeur. Comme ce pauvre serveur, n'était-il qu'une marionnette entre les mains de cette manipulatrice ? Au moins, ils tenaient maintenant une piste. Si elle menait à Strogoff, Larsan ne l'éteindrait peut-être pas.

La pénombre baignait les couloirs de l'*Orient-Express*. Les passagers dormaient, sauf certains noctambules qui fumaient en silence.

Les agents circulèrent rapidement, et parvinrent au wagon de l'ambassadeur. Le sas entre les voitures du monorail était un réduit rempli de courants d'air. En face d'eux, une porte en métal au centre de laquelle se trouvait accroché un blason de bois présentant les armoiries impériales. L'aigle sur fond rouge signifiait qu'on avait réservé cette voiture pour un membre de la famille Bonaparte.

Le serveur tendit une clé à la comtesse de Cagliostro. Il ouvrit la bouche, mais aucun son ne sortit de sa gorge. Le Valet se souvint que l'hypnotiseuse lui avait défendu de parler.

— Retournez à vos tâches, dit la comtesse en s'emparant de la clé. Lorsque vous atteindrez le wagon-restaurant, vous vous éveillerez. Vous aurez oublié le service que vous venez de nous rendre.

La Cagliostro claqua des doigts devant la face du garçon. Le regard fixe, il vida les lieux, abandonnant les agents dans l'obscurité.

— Attendez, chuchota l'androïde, peu rassuré, quand sa complice fit mine d'ouvrir. Et s'ils ont des gardes ?

— Tâchons de ne réveiller personne, dit la comtesse, et rejoignons le plus vite possible le compartiment des bagages.

Sur ces mots, elle fit jouer la clé dans la serrure, puis ils se glissèrent dans la pénombre de la voiture princière. Un salon coquet occupait ce côté-ci du wagon. Des chuchotements provenaient d'une alcôve, sur la droite, dans laquelle semblait régner une intime agitation.

— Au fond de la pièce, le couloir, indiqua la Cagliostro à voix basse. Dépêchons !

L'androïde suivit avec un temps de retard. Une exclamation furieuse mit fin aux conciliabules dans la chambre attenante et le Valet se trouvait encore au milieu du salon lorsque quelqu'un poussa la porte coulissante qui séparait les deux pièces. Il n'eut que le temps de se jeter derrière une banquette avant que les lampes voltaïques n'illuminent le boudoir.

De sa cachette, il vit une femme dévêtue marcher jusqu'à un guéridon, sur lequel se trouvait une carafe, pour se servir un verre d'eau. D'âge mûr, elle était très gracieuse. L'androïde la reconnut subitement. Ce visage, célèbre dans tout l'Empire, occupait parfois la une des magazines féminins comme le *Petit Écho de la mode* : il s'agissait de la princesse Élisabeth Bonaparte de Wittelsbach, adorée par le peuple et par les journalistes, qui la surnommaient « Sissi ».

— Ne te fâche pas ! cria une voix mâle depuis la chambre. Tu aurais préféré que je te mente ?

Le Valet révisa intérieurement l'arbre généalogique de la famille Bonaparte. Sissi était l'épouse du prince Charles-Lucien, l'ambassadeur. Était-ce lui, dans la chambre ?

— Tu profites de ma confiance, Seth ! rétorqua la princesse. Tu fais rentrer un je-ne-sais-qui dans notre wagon sans même m'en parler et je devrais bien le prendre ?

Elle tourna ostensiblement le dos à l'entrée de la chambre, présentant à son interlocuteur le galbe de ses fesses cambrées.

L'androïde tendit une oreille attentive. Le passager clandestin dont ils parlaient pouvait-il être Michel Strogoff ?

— Je n'avais pas le choix, grogna la voix mâle. Il savait, pour nous deux. Il a menacé de nous dénoncer à ton mari si je ne le prenais pas à bord.

Il s'agissait donc de l'amant de la princesse. Le prince Charles-Lucien devait se trouver à Saint-Pétersbourg et avait réservé ce wagon pour sa femme.

Sissi fronça les sourcils.

— Nous devrions signaler cet intrus, répondit-elle. Il serait arrêté pour vagabondage à la prochaine gare !

Une silhouette colossale se dessina dans l'embrasure de la porte. L'amant sortait de sa caverne, mais l'androïde discernait encore mal ses traits dans l'obscurité.

— Tu ne comprends pas, soupira-t-il, ce n'est pas n'importe qui. Il disposait d'informations précises nous concernant. Ce doit être un espion du grand-duc Savitch. Les Russes nous utilisent contre ton mari, contre l'Empire…

— De mieux en mieux, fit Sissi avec un rire amer. Et que ferons-nous lorsqu'ils demanderont plus ? Tu comptes leur manger dans la main, comme tu le fais aujourd'hui ?

La princesse se retourna et le Valet crut tenir l'occasion de s'échapper. Hélas, le dénommé Seth rejoignit sa maîtresse dans le petit salon.

Quand l'androïde vit l'amant de la Wittelsbach en pleine lumière, il faillit hurler de frayeur. Impossible de voir un homme en cette créature : les membres nus du colosse étaient difformes, couverts de cicatrices cousues d'un fil grossier. Il semblait avoir été rapiécé mille fois à la façon d'un patchwork de chair. Et que dire de sa gueule de cauchemar ? Une figure de cadavre, émaciée, blanche, aux orbites crayeuses. Le monstre enserra sa maîtresse avec délicatesse.

— Je ne veux pas me disputer, Sissi.

La princesse perdit son air revêche et caressa la joue de son horrible bien-aimé.

— Oh ! Seth… qu'est-ce que nous allons faire ?

Le Valet réfléchit à toute allure : devait-il se découvrir ? Les amants seraient peut-être rassurés de savoir que des agents de la Sûreté s'occupaient de leur maître chanteur.

Il jeta un coup d'œil rapide au couloir. Aucune trace de la comtesse, elle devait avoir continué jusqu'au compartiment des bagages. Elle risquait de se retrouver nez à nez avec Strogoff alors que lui restait caché derrière une banquette. Il se sentait parfaitement inutile.

Les deux amoureux s'enlaçaient. L'homme électrique était sur le point de tenter une fuite discrète lorsqu'on frappa à la porte du wagon.

— Qu'est-ce que c'est ? s'étonna Sissi. J'ai demandé que nous ne soyons pas dérangés !

— Je vais voir, grommela Seth.

Le monstre retourna dans la chambre. Il en ressortit vêtu d'un peignoir luxueux et d'une écharpe qui occultait la partie la plus couturée de son visage. La princesse fit retraite dans l'alcôve pendant que son amant allait répondre à la porte.

— Bizarre, l'entendit murmurer le Valet, le loquet est déjà ouvert.

Lorsque Seth actionna le battant, le bruit de roulement du train envahit l'atmosphère tranquille du salon. Le monstre s'adressa à quelqu'un, assez fort pour couvrir ce tumulte.

— Que voulez-vous ? Son Altesse dort.

— Je suis porteur d'un message de la plus haute importance, monsieur, dit celui qui se présentait au beau milieu de la nuit.

Le Valet reconnut ce timbre sinistre avec consternation : le frère Vacher. Il réapparaissait au plus mauvais moment.

L'androïde se tortilla pour regarder par-dessous les jambes de Seth et eut la confirmation de ce qu'il venait d'entendre. Le moine barbu, vêtu de l'uniforme bleu du personnel de l'*Orient-Express*, tendait à l'amant de Sissi un plateau sur lequel reposait une enveloppe. Il se tenait droit, une main derrière le dos. C'était cette main qui faisait peur au Valet.

— Un message, à cette heure ? Qu'est-ce que…

L'androïde voulut crier pour avertir le dénommé Seth mais, avant qu'il n'intervienne, un fracas effroyable retentit. Une vague de foudre artificielle projeta le monstre à l'autre bout du salon et l'encastra contre la paroi métallique à droite du couloir. Le frère Vacher, triomphant, pénétra dans le wagon, pistolet voltaïque en main.

La princesse Bonaparte de Wittelsbach surgit de sa chambre à coucher, en déshabillé de soie.

— Mon Dieu ! Seth, mon amour !

Elle se précipita vers son amant. C'est à ce moment que le Valet, incrédule, se rendit compte que le monstre était indemne : il n'avait rien alors que la décharge de l'arme voltaïque aurait dû le carboniser. Déjà, le colosse se relevait, à peine vacillant. Comment avait-il pu résister ?

— Merde ! jura le frère Vacher. Et une deuxième dose pour toi !

Il pressa sur la détente, déchaînant un nouveau torrent d'éclairs qui s'abattit sur l'infortunée créature.

— Arrêtez ! hurla Sissi.

L'androïde ne pouvait pas laisser le moine s'en prendre à des innocents. Il se redressa, les bras en croix.

— Vacher, ça suffit !

Les arcs électriques qui crépitaient autour de Seth se dispersèrent peu à peu. L'amant de Sissi, recroquevillé sur lui-même, respirait encore. Il ne restait plus de ses habits que des hardes brûlées. Il n'aurait pas dû survivre. Cela n'avait aucun sens.

Seth se releva en hurlant sa douleur. Le monstre semblait avoir été renforcé par les violentes électrocutions qu'il venait de subir !

— Ils ne sont pas avec les Russes ! cria l'androïde au frère Vacher. Arrêtez de tirer, la princesse est une Bonaparte !

Sourd à ces appels, le balafré braqua son arme sur Sissi. La pauvre femme, terrorisée, se réfugia derrière le guéridon.

— Bonaparte ou non, personne ne m'empêchera de ramener Strogoff ! tonna le frère Vacher.

Débordé, le Valet cherchait comment dénouer la situation. Seth tituba vers le religieux, la bave aux lèvres, les muscles contractés.

— Toi, la princesse ! lança Vacher à Sissi, dis à ton gorille de reculer, ou je te trucide !

Élisabeth Bonaparte de Wittelsbach se précipita sur son amant.

— Seth, calme-toi ! le supplia-t-elle. Il va nous tuer !

Le colosse ne répondit pas ; il l'écarta doucement, le meurtre au fond des yeux. Vacher appuya avec frénésie sur la détente de son arme, mais celle-ci n'avait pas fini de se recharger. Les petites bobines du pistolet émirent des crépitements pitoyables.

Dans un rugissement, Seth arracha l'arme des mains du moine. La créature couturée referma ensuite ses énormes poignes autour de la gorge du religieux tout en le soulevant.

Qui était ce monstre, invulnérable et fort comme dix hommes ? Malgré l'inimitié qui existait entre eux, l'androïde ne pouvait abandonner le moine en si mauvaise posture. Un sentiment puissant l'obligeait à secourir son comparse. Sans réfléchir, il fonça sur Seth et le heurta dans le dos de toutes ses forces.

Le colosse fut à peine ébranlé, mais la distraction fut suffisante pour permettre à Vacher de se dégager.

— Il faut faire retraite ! cria le Valet.

Mais le balafré, incorrigible, rampait déjà vers son pistolet voltaïque.

Tant pis pour lui, pensa l'androïde, excédé, *qu'il se débrouille !*

La Cagliostro se trouvait peut-être seule face à Michel Strogoff. La mission était prioritaire.

Évitant de justesse une attaque de Seth, l'homme électrique tourna les talons et s'engouffra aussi vite qu'il le put dans le couloir menant au compartiment des bagages. Après avoir franchi deux rideaux coulissants, il déboucha devant une porte en acier, qu'il ouvrit avec précaution, inquiet d'arriver trop tard.

Nulle lumière ne perçait en ces lieux. Le Valet tira sur les contours cylindriques de ses yeux et ses orbites s'illuminèrent, telles deux lampes torches.

Les pupilles artificielles de l'androïde firent le point en ronronnant. L'espace était occupé par une multitude de casiers, dans lesquels étaient rangés des malles, des sacs et des caisses en métal.

Au-dessous des fenêtres se trouvaient des couchettes destinées aux domestiques. Sur l'une d'elles, un homme assis, les mains sur les yeux, gémissait de douleur : c'était Michel Strogoff.

— Non ! Le sabre incandescent ! Pas sur mes yeux ! Nadia, je ne vois plus rien…

Le courrier parlait en russe, une des nombreuses langues que l'androïde avait assimilées au cours de sa formation. Il émanait du messager un tel désespoir que le Valet s'avança vers lui, mû par une réelle empathie.

— Qu'avez-vous ? murmura-t-il.

Une voix magnétique s'échappa de l'ombre : la comtesse de Cagliostro.

— Vous ne l'entendez pas, susurra-t-elle à l'oreille du Sibérien. Vous marchez à travers la tempête, le *buran* siffle. Vos yeux sont deux cratères en feu.

Dans une grimace de terreur, le messager du tsar découvrit ses orbites, tâtonnant au hasard autour de lui. L'androïde s'attendait à voir le visage du Russe atrocement mutilé, mais il n'en était rien : son regard, captif de songes délirants, errait sans reconnaître son environnement. La comtesse l'avait subjugué par sa maîtrise de l'hypnose.

— M. Strogoff fait partie de ces personnes très peu influençables, souffla la Cagliostro. Il résiste, mais je me suis occupée de le rendre plus malléable.

L'homme électrique recula en découvrant que sa complice tenait une seringue vide dans la main. Qu'elle manipule les sciences voltaïques, la chimie des corps ou celle de l'esprit, la comtesse se montrait redoutable.

— Je le force à revivre un souvenir traumatisant, poursuivit-elle dans un filet de voix. Il restera prisonnier de ses peurs tant que ma suggestion agira.

Le Valet voulut la prévenir de l'arrivée de Vacher, mais la Cagliostro lui plaqua la main contre la bouche.

— Toute autre parole que la mienne fragilise sa transe. Nous devons le neutraliser ; passez-lui les menottes.

L'homme électrique n'eut pas le temps de s'exécuter car le frère Vacher fit soudain irruption dans le compartiment obscur, refermant précipitamment la porte en acier derrière lui.

— Pour l'amour de Dieu, aidez-moi à bloquer ce foutu passage avant qu'il ne me rattrape ! hurla-t-il en apercevant la comtesse et l'homme artificiel.

Ses cris perçants provoquèrent un brusque changement dans l'attitude de Strogoff. Le courrier du tsar se leva, comme un dormeur réveillé au milieu d'un cauchemar.

— Nadia, où es-tu ? appela-t-il en russe, l'air hébété.

L'emprise de la comtesse se volatilisait. Un coup brutal résonna sur la porte contre laquelle le moine s'arc-boutait.

— Toi ! cria-t-il au Valet. Traîne une malle par ici, le battant va finir par céder !

Un cri guttural de bête retentit depuis l'autre côté. La situation dégénérait. L'androïde attrapa le plus gros bagage à proximité.

— Silence ! ordonna la Cagliostro. Vous interférez avec la transe !

Le courrier du tsar continuait à s'agiter.

— Concentrez-vous de nouveau sur ma voix, reprit l'hypnotiseuse sur un ton sépulcral.

Mais le Russe ne se laissa pas faire. S'arrachant à la domination de la Cagliostro, Michel Strogoff courut se réfugier dans la partie du compartiment dépourvue de fenêtre, où ne filtrait aucune lumière.

— Valet, rattrapez-le ! exigea la comtesse.

L'androïde, ne sachant où donner de la tête à force d'ordres contraires, abandonna la malle qu'il comptait caler contre la porte pour se lancer à la poursuite du Sibérien.

Dans son dos retentit alors le miaulement de gonds en fer arrachés, suivi d'un cri de détresse. L'homme électrique fit encore volte-face.

Seth avait défoncé le battant, qui était tombé sur le frère Vacher. Les yeux injectés de sang, l'amoureux s'était mué en un terrible prédateur dont la démarche simiesque ne laissait deviner aucune trace d'intelligence. Le moine allait se faire broyer.

À ce moment, un ronflement monstrueux fit trembler toute la voiture. Au fond du compartiment, là où avait disparu Strogoff, deux faisceaux de lumière aveuglante déchirèrent la pénombre : le bicycle voltaïque ! L'instant d'après, un raclement métallique se fit entendre et des bourrasques gelées pénétrèrent en mugissant dans le wagon tandis que se découvrait un grand carré de nuit constellé d'étoiles. Le courrier du tsar venait d'ouvrir la porte coulissante permettant le déchargement des bagages. Il tentait de fuir une nouvelle fois.

— Barrez-lui la route ! cria la comtesse.

Poussé en avant par cet ordre abrupt, l'homme électrique voulut se jeter sur l'espion russe, mais ce dernier lança sa machine contre lui. La roue du bicycle percuta le bassin de l'androïde, qui plia dans un chuintement métallique. Hurlant de douleur, le Valet bascula en arrière. Il se rattrapa *in extremis* aux poignées de chaque côté de la porte béante. Dans son dos sifflait un vent mortellement froid : trente mètres de vide l'attendaient sous le viaduc géant de l'*Orient-Express*.

— Cette fois, c'est toi ou moi ! lança Strogoff en repositionnant son véhicule face à la sortie.

À ce moment, une ombre bondit sur le siège du bicycle, celle de la comtesse de Cagliostro qui se colla contre le dos du capitaine, cherchant à lui planter une seringue dans le cou. Par réflexe, le Sibérien s'arc-bouta contre la pédale de l'accélérateur, et le bélier d'acier fonça dans le ventre de l'androïde.

La bête de métal frappa le Valet à pleine puissance. La roue ravagea sa carapace, et la jointure de ses poignets se déforma sous le choc. Une fraction de seconde, il ne fut que souffrance.

Le bicycle voltaïque jaillit hors du wagon, l'électromoteur rugissant. L'androïde, éjecté en arrière, tenta de saisir une prise, n'importe laquelle, et attrapa par hasard la croupe de l'engin. Ainsi cramponné, il fut entraîné à la suite de la machine dans le vide sous la piste du monorail.

Un bref instant, il se sentit presque serein à planer au-dessous du ciel noir. Puis le vent de la chute le fouetta dans toute sa violence. Il faillit lâcher le bicycle quand ils s'écrasèrent dans le ravin en contrebas, mais ses phalanges d'acier, refermées sur le pare-chocs arrière, formaient un véritable étau. L'homme artificiel se fracassa contre les pierres. N'importe quel être humain aurait été tué sur le coup, mais le Valet était plus résistant que cela.

Le bicycle rebondit le long de la pente comme un taureau furieux. Contre toute attente, Michel Strogoff se maintenait aux commandes. Les bobines voltaïques à l'arrière de l'engin crépitèrent d'énergie quand le deux-roues fila à toute vitesse à travers la forêt, traînant l'androïde comme un poids mort.

Ils slalomaient entre les arbres à une vitesse démente et, à tout moment, le véhicule pouvait se pulvériser contre un obstacle et les tuer dans une gerbe de feu.

— Arrêtez ! supplia le Valet. Arrêtez-vous !

Fonçant comme un boulet à la suite du bicycle, il raclait la terre, cognait dans les ornières, arrachait les buissons. Il serrait ses phalanges au point de se déformer la main pour assurer sa prise. Son cerveau artificiel bombardé d'impulsions électriques douloureuses, l'androïde se demanda pourquoi son créateur avait eu l'idée saugrenue de lui faire expérimenter la souffrance.

Soudain, il se retrouva de nouveau en lévitation. Le bruit des roues tournant à vide lui confirma l'absence de sol au-dessous d'eux. Encore une fois, ils tombaient.

◇◇◇

29 mai 1895

L'aube caressa les joues du Valet, fraîches de rosée du matin. L'odeur de la terre mouillée lui montait à la tête. Depuis plusieurs heures, il luttait contre la douleur que lui infligeait le poids sur son torse.

S'il était resté tout ce temps immobile, c'était qu'il gisait sous la carcasse fumante du bicycle voltaïque. La machine lui pesait dessus, alourdie de pierres dégringolées de l'escarpement qui le surplombait. À demi enterré, l'androïde n'était pas parvenu à se dégager seul malgré tous ses efforts.

À la lumière du jour filtrant à travers le feuillage, l'androïde découvrit un sinistre spectacle.

— Comtesse, réveillez-vous ! Comtesse ?

Peine perdue. Étendue, le visage en sang, la Cagliostro était allongée non loin. Par chance, elle vivait : l'androïde voyait la poitrine de l'espionne se soulever au rythme régulier de sa respiration. Cependant, une vilaine flaque sombre sous sa tête n'augurait rien de bon. Son état requérait des soins dans les plus brefs délais.

Une émotion violente l'assaillit, semblable à celle que Tancredo ressentait lorsqu'il croyait Valeriana en danger. Les sentiments du vicomte le contaminaient-ils de nouveau ? Ils n'étaient pas les seuls. Plusieurs fantômes aux contours indistincts rôdaient aux lisières de son esprit. Le Valet les repoussa, obnubilé par son inquiétude. La comtesse avait besoin d'aide. Que pouvait-il faire ?

— Strogoff ? Strogoff, m'entendez-vous ?

L'androïde en était réduit à appeler son ennemi. Cependant, l'espion russe, s'il avait survécu à la chute, ne valait sans doute pas mieux que la comtesse. Son corps traînait tout près, derrière un rocher qui empêchait l'homme électrique de le voir. Juste après l'accident, le Valet avait espéré que la comtesse reprendrait conscience avant le Sibérien. À présent, il priait pour que l'un des deux, n'importe lequel, émerge du coma.

— Est-ce que quelqu'un m'entend ? Par pitié, au secours !

L'androïde cessa de s'égosiller. Combien de temps la comtesse de Cagliostro survivrait-elle sans aide ? Un jour ? Quelques heures ? Et lui-même, que deviendrait-il si personne ne venait les secourir ?

L'anxiété de l'homme artificiel s'accrut encore. S'il pleuvait, sa peau d'acier serait assez étanche pour que ses circuits soient épargnés. Mais dans six mois ? dans un an ? Le métal finirait par rouiller. Tôt ou tard, l'eau s'insinuerait en lui et le tuerait à son tour.

Sa peur enfla comme une tempête. Tout autour de lui, il ne voyait que la nature sauvage, une forêt d'Europe de l'Est, dense et peu fréquentée. Le dernier arrêt de l'*Orient-Express* s'était fait à Belgrade, il se situait donc quelque part sur le trajet du train, dans la principauté de Valachie ou dans celle de Transylvanie. Ces territoires sous-développés aux marges de l'Empire comptaient nombre d'étendues sauvages. Le Valet pouvait attendre une éternité avant d'être secouru.

Cédant à la panique, il étira son bras dégagé vers les jambes de Strogoff, qu'il parvint à agripper en se tortillant.

— Par pitié, dites-moi que vous n'êtes pas mort ! appela le Valet.

Il reprit espoir quand le capitaine tressaillit.

— Oui ! Réveillez-vous !

Le Sibérien s'assit péniblement. Il saignait au flanc : une branche était plantée entre ses côtes, le capitaine s'était empalé à l'atterrissage. Par chance, la blessure ne paraissait pas profonde.

— L'androïde de Larsan…, marmonna-t-il avec un mouvement de recul.

Il demeura abasourdi quelques minutes.

— Combien de temps suis-je resté inconscient ? demanda-t-il enfin.

— Cinq heures environ, répondit le Valet. Vous devez nous aider, je suis incapable de me tirer de là-dessous et…

L'androïde laissa sa phrase en suspens tandis que le messager se hissait avec peine sur ses deux jambes. Il souffrait, cela se voyait aux plissements de ses traits lorsqu'il s'appuyait sur son côté droit. Serait-il en état de porter secours à la comtesse ? Il le fallait.

— Mon associée a besoin de vous ! insista l'androïde en détresse. Elle va mourir !

Dès que Strogoff vit la Cagliostro allongée sur le sol, il parut oublier sa douleur et s'accroupit à côté d'elle pour l'examiner.

— Vous avez raison, je ne peux pas la laisser là, constata le courrier du tsar. Votre amie a reçu un coup au crâne, j'ai peur qu'elle ne passe pas la nuit.

Ces mots foudroyèrent l'androïde.

— Je vous en prie, supplia-t-il. Sauvez-la…

En parlant, il prit conscience de ce qu'il demandait à son adversaire. Le Russe lui-même était loin d'être tiré d'affaire. Blessé, il aurait déjà toutes les peines du monde à rejoindre seul la civilisation. Pourquoi s'encombrerait-il d'un agent ennemi ?

Pourtant, à la grande surprise du Valet, Strogoff prit la comtesse entre ses bras avant de la soulever délicatement.

— Je ferai ce qui est en mon pouvoir, monsieur l'automate, répondit-il, le front plissé par cet effort douloureux.

— Merci… Merci pour elle…

L'homme électrique ne s'était pas rendu compte à quel point la comtesse de Cagliostro comptait à ses yeux. Toutefois, la question de sa propre survie restait en suspens.

— Reviendrez-vous me secourir ensuite ? demanda-t-il d'un ton qu'il espérait encore assez digne.

Strogoff le considérait, silencieux, les sourcils arqués dans une mimique déconcertée.

— Vous avez l'air de tenir beaucoup à cette femme… Je ferai d'abord ce que me dicte mon devoir, mais, si j'en ai la possibilité, je reviendrai vous chercher.

Le Sibérien s'exprimait lentement, comme s'il découvrait celui à qui il parlait.

— Adieu, monsieur l'automate.

Sur ces mots, le Sibérien s'éloigna sous les frondaisons, laissant l'androïde seul dans le petit jour.

◇◇◇

Strogoff avait disparu depuis vingt minutes et le Valet bataillait contre de sombres pensées. Le capitaine paraissait être un homme de parole mais, même s'il revenait, que deviendrait l'androïde entre les mains des Russes ? Celui-ci s'imagina prisonnier à jamais d'un laboratoire. Les savants du grand-duc Savitch le disséqueraient pour comprendre son fonctionnement.

Un hurlement à glacer le sang retentit dans le lointain, auquel se mêlèrent une dizaine de cris semblables. Une meute de loups. L'androïde ne risquait rien, mais qu'en était-il de Strogoff et de la comtesse ? L'homme électrique vit en pensée les crocs des prédateurs taillader la peau blanche de la comtesse.

— Laissez-les tranquilles ! cria-t-il. Venez plutôt par ici !

En faisant le plus de bruit possible, l'androïde espérait attirer les loups pour mieux laisser le temps aux blessés de s'échapper.

— Je suis là ! continua-t-il à hurler. Venez manger, mes agneaux ! Venez goûter la bonne venaison d'acier !

Des grondements lui parvinrent depuis les bois. La meute passait à l'attaque. Un cri retentit, humain cette fois. Il exprimait la colère, non la souffrance. Puis des coups de feu percèrent les ombres, suivis de couinements pitoyables.

D'autres personnes venaient en aide aux fuyards ! Si celles-ci secouraient également le Valet, il ne finirait peut-être pas dans les laboratoires de Savitch. L'homme électrique s'époumona :

— À moi ! Je suis coincé ! Par ici !

Une nouvelle rafale eut raison des loups, dont les grognements battirent en retraite par-delà les collines.

— Au secours !

Le Valet cessa ses appels : des fourrés sortaient trois hommes à la peau mate, vêtus de toiles grossières.

— Tirez-moi de là ! supplia l'androïde. Cette machine me compresse le corps depuis des heures…

Les nouveaux venus se regroupèrent autour de lui. Ils ne parlaient pas roumain, ni russe, ni aucune des langues que l'homme artificiel avait assimilées. Leur dialecte recélait des emprunts à des idiomes baltes et asiatiques. Qui étaient ces gens ?

Les inconnus se mirent à l'ouvrage sans essayer de se faire comprendre. Après avoir dégagé les rochers, ils parvinrent à soulever le bicycle voltaïque. L'homme électrique se leva difficilement. Son réseau de nerfs artificiels devait être endommagé car il ne ressentait rien au-dessous du genou gauche ; pourvu qu'il n'ait subi aucun dommage interne.

— Merci ! Merci ! répéta-t-il en essayant de capter le regard de ses libérateurs.

Il fut saisi d'une peur soudaine : comment réagiraient-ils s'ils découvraient qu'il n'était pas humain ? Par chance, son masque de Paul Pivert était resté à peu près en place, ses habits déchirés le couvraient encore et la pénombre du sous-bois le dissimulait.

Le Valet s'apprêtait à interroger ses sauveurs lorsque ces derniers le plaquèrent au sol, et entreprirent de lui lier les membres avec une chaîne en acier.

— Mais…, protesta l'androïde. Que…

Un violent coup de bâton fit claquer sa nuque contre le sol. Le revêtement à l'intérieur de sa carapace l'empêcha de sonner creux, et ses agresseurs le rouèrent de coups sans se douter de sa véritable nature.

Ces gens-là ne plaisantaient pas. Le Valet, perclus de douleur, se trouva entièrement saucissonné.

— Je suis au service de l'Empire ! tenta-t-il, furieux de s'être laissé capturer. Libérez-moi et je vous récompenserai !

Il essaya de parler russe, roumain, bulgare. Ces hommes ne semblaient pas le comprendre. Ils le soulevèrent en échangeant quelques phrases à l'intonation étonnée. Le poids du métal dont le Valet était fait devait surprendre ses ravisseurs. Ces derniers partirent finalement d'un grand rire insouciant et se mirent en route, sans se soucier des cris de leur prisonnier.

◇◇◇

Ils émergèrent enfin des futaies sombres et rejoignirent un campement de roulottes, où attendait une trentaine de familles en pleine réjouissance. Qui étaient ces gens ? Avaient-ils aussi capturé la comtesse ?

Femmes et enfants exprimèrent bruyamment leur joie quand les trois chasseurs exhibèrent leur gibier. Après cela, le Valet fut jeté dans une roulotte, afin que, semble-t-il, ses gardiens puissent rejoindre la fête.

Il atterrit sur un plancher à l'odeur de pourri, et eut toutes les peines du monde à se retourner sur le dos en se tortillant.

— Les Tziganes vous ont attrapé aussi, remarqua une voix dans le noir.

Cet accent russe, c'était Michel Strogoff!

— Je suppose qu'il s'agit d'un sort préférable à celui que nous réservaient les loups, continua le courrier du tsar, philosophe.

L'homme électrique comprit pourquoi il ne parlait pas la langue de ses ravisseurs. Larsan n'avait pas jugé utile de lui en apprendre beaucoup sur les Tziganes, que la Sûreté considérait comme des éléments asociaux, à chasser ou à enfermer.

— Où est la comtesse ? s'affola-t-il. Est-elle avec nous ?

— Non, répondit Strogoff. Des femmes l'ont emmenée dans une autre roulotte. Quand elles ont palpé ses plaies, elles paraissaient inquiètes. J'espère qu'elles s'occuperont de la soigner au mieux.

L'attitude chevaleresque du Sibérien, pour admirable qu'elle fût, agaçait l'androïde. Après tout, le courrier du tsar était responsable de leur situation.

— Voilà de bien nobles pensées pour un espion qui prépare l'invasion d'une nation étrangère, fit-il avec animosité.

— Un soldat qui sert son pays n'est pas dispensé de faire preuve d'humanité, objecta Strogoff. Même envers une empoisonneuse…

Le ton dédaigneux du capitaine aviva la colère de l'homme artificiel.

— Taisez-vous ! Vous ne la connaissez pas !

En disant cela, il se fit la réflexion que lui non plus ne savait presque rien de cette femme.

— La comtesse de Cagliostro n'est pas réputée pour sa tendresse, ni pour sa pitié, rétorqua le Russe.

L'image du crâne d'Orso dégoulinant de sang s'imposa dans l'esprit du Valet.

— Comment connaissez-vous son nom ? s'étonna-t-il.

— Le grand-duc Savitch vous connaît tous les trois, les âmes damnées de Larsan : Joséphine Balsamo, comtesse de Cagliostro ; Joseph Vacher, un vulgaire tueur dont la place devrait être dans un asile de fous ; et vous, le Voleur de Visages.

Strogoff avait prononcé ces derniers mots avec un dégoût évident. Le Valet sentit le doute l'étreindre, et il se vit un bref instant tel que son ennemi devait le considérer : une machine froide, profanatrice de cadavres, qui s'arrogeait sans vergogne les figures des défunts pour servir de basses œuvres.

— Il faut bien que quelqu'un protège les habitants de l'Empire contre des gens comme vous, protesta-t-il.

Il avait repris sans conviction un argument souvent avancé par Larsan.

— Qu'importent vos raisons, murmura Strogoff. Un crime reste un crime.

L'androïde demeura silencieux. Il aurait voulu répondre qu'il n'était pas un meurtrier, mais, en vérité, il n'en savait rien. Sa mémoire se perdait dans la brume lorsqu'il tentait de reconstituer son passé. Il se souvenait de la mort d'Orso, et de celle du vicomte De Fante, des crimes odieux qui l'emplissaient de honte. Depuis combien de temps commettait-il ce genre d'atrocités au service de la Sûreté ? Que signifiait cette amnésie ? Tout se mélangeait, et plus il s'efforçait d'y penser, plus il se perdait dans un torrent de souvenirs sans cohérence.

— Je suis tel qu'on m'a créé, dit-il enfin sur un ton pitoyable. J'obéis.

— Quand vous m'avez supplié de sauver la Cagliostro, vous n'obéissiez à personne, si ce n'est à votre conscience, répliqua Strogoff. Le couteau n'est pas responsable de la chair qu'il blesse, mais, vous, vous êtes plus qu'un simple instrument. Vous devriez agir en conséquence.

C'était à la fois un reproche et une exigence. Jamais personne n'avait parlé ainsi au Valet.

Leur conversation prit fin comme elle avait commencé. Du dehors leur parvenait un chant discordant, accompagné du sanglot plaintif d'un violon. La fête des Tziganes s'achevait.

Peu de temps après, la porte de leur roulotte s'entrouvrit. Strogoff réagit en premier.

— Je peux vous donner de l'argent ! cria-t-il en russe. Conduisez-nous à la frontière, le tsar fera de vous des hommes riches !

— Il ment ! s'écria l'androïde. Prévenez la police impériale, elle vous couvrira d'or !

La porte se referma aussitôt, et le Valet entendit rire leurs ravisseurs.

— Ils ne doivent pas nous comprendre, dit-il, ou ils auraient déjà mordu à l'hameçon.

— Détrompez-vous, fit Strogoff d'un air sombre. L'un d'entre eux m'a parlé en russe quand j'ai été capturé.

— Mais alors, que veulent-ils faire de nous ? s'inquiéta l'homme artificiel.

— Nous l'apprendrons bien tôt ou tard…

La roulotte se mit en route. Ils empruntaient un chemin escarpé, et les cahots malmenaient sans relâche les prisonniers.

Après plusieurs heures de ce train, ils s'arrêtèrent enfin. Des Tziganes vinrent tirer les captifs hors de la roulotte et leur libérèrent les chevilles.

Le Valet n'avait jamais vu un lieu aussi sauvage. Coincée entre deux montagnes aux flancs abrupts, la route par laquelle ils étaient arrivés traversait à pic une forêt de sapins noirs depuis un col lointain, à l'ouest. Cette voie venait s'échouer sur le bord d'un fossé profond, creusé devant la muraille en ruine d'un château gothique. Strogoff et l'androïde furent poussés sur le pont-levis craquelant jusqu'à la basse-cour.

La façade décrépie du bâtiment s'étirait sous le ciel maussade. La pierre était sculptée, mais le temps et les intempéries avaient presque effacé ces décorations.

Ils parvinrent devant une grande porte cloutée. Deux Tziganes attendaient là, qui entouraient la comtesse de Cagliostro. L'espionne reposait contre le torse d'un des bohémiens, la tête bandée, consciente mais extrêmement pâle.

— Madame, vous vous sentez bien ? demanda le Valet, fou d'inquiétude. Comment vous ont-ils traitée ?

L'homme électrique reçut un violent coup de bâton derrière la nuque, qui enflamma ses nerfs artificiels.

— Restez silencieux, ordonna un homme aux traits altiers dans un français impeccable.

Il était âgé d'une trentaine d'années, et ses cheveux châtains lui arrivaient aux épaules. Son air de fierté ombrageuse le désignait comme le meneur des Tziganes. L'androïde, craignant d'être battu encore, se retint de l'interpeller. Il suivit docilement lorsque le groupe entra dans la forteresse.

Le long des murs du hall, de vieilles armures formaient une rangée de présences silencieuses. Les captifs furent traînés jusqu'à un grand escalier, dont ils gravirent les marches poussiéreuses. Ils parcoururent ensuite une enfilade de pièces, toutes plus grandes et plus vides les unes que les autres. Cette bâtisse n'était-elle qu'une ruine ? Que venaient-ils faire ici ?

Ils entrèrent dans ce qui devait avoir été au Moyen Âge une salle seigneuriale. Aux murs pendaient de vieilles tentures, frappées d'un blason représentant une aigle d'or sur fond d'azur portant dans son bec une croix chrétienne. Les Tziganes firent avancer leurs prisonniers devant un imposant siège de pierre, qui occupait le mur du fond. Dans l'ombre, l'androïde discerna une silhouette : un homme trônait sur le siège ancestral.

Alors qu'ils approchaient, une voix gutturale sortit des ténèbres. Du vieux roumain, d'après ce que put en comprendre le Valet.

Le chef des bohémiens répondit dans une version approximative de la même langue. Il semblait mécontent mais soucieux de ne pas énerver son interlocuteur. Il hochait la tête dès que le mystérieux personnage cessait de parler, jusqu'à ce que la silhouette lui jette une poignée de pièces qui heurtèrent les pavés dans un concert de tintements. Le métal jaune scintilla à la lueur des torches murales : de l'or ! Ces pièces, frappées du même symbole que les tentures, paraissaient très anciennes.

Le meneur des Tziganes renvoya un regard de braise à l'homme dans l'ombre, qui ricana en voyant sa colère. Ravalant leur humiliation, les bohémiens se dépêchèrent de ramasser les richesses. C'est alors que la silhouette sur le trône s'exprima de nouveau, dans un français à peine reconnaissable tant l'accent rocailleux des Carpates profanait chaque mot.

— Ces chiens vous ont traités sans honneur. Cela me plonge dans une grande colère, croyez-le.

L'étrange personnage cracha un nouvel ordre et les Tziganes, abandonnant les dernières pièces au sol, se hâtèrent de défaire les chaînes des captifs.

Le cœur énergétique du Valet ronronna de soulagement. Peut-être étaient-ils enfin tombés sur une personne raisonnable.

— Monsieur, soyez remercié pour votre bonté, bredouilla-t-il. Au nom de l'empereur, je vous supplie de faire emprisonner cet homme : il s'agit d'un espion étranger aux intentions nuisibles !

L'androïde, fébrile, désigna Strogoff du doigt.

— Contactez les autorités, ajouta l'homme artificiel, elles vous récompenseront au-delà de vos espérances !

Strogoff le regarda avec déception. Que croyait-il ? Ce n'était pas parce que l'agent russe avait essayé de sauver la comtesse que l'androïde allait oublier ses objectifs criminels. Pourtant, le Valet se sentit coupable.

— Récompensé ? railla la voix rocailleuse. Par de l'or ? Mes ancêtres m'ont laissé bien assez de richesses, mais cela ne compense en rien la malédiction qu'ils m'ont transmise !

La silhouette se mit debout et descendit les marches de son trône. L'homme respirait fort, témoignant de l'effort déployé.

— Je doute que votre empereur puisse faire quoi que ce soit qui améliore mon existence. Vous-même, en revanche…

Il s'exposa à la lumière des torches murales. C'était un grand vieillard, rasé de près, hormis une longue moustache blanche.

Emmitouflé dans une robe de chambre en soie noire qui avait fait son temps, l'individu était d'une pâleur cadavérique. Le maître de ce château souffrait d'une terrible affection.

— Une anémie congénitale, qui empire avec les années, voilà mon héritage ! Sans le traitement élaboré pour moi par le plus éminent des spécialistes, je dormirais déjà sous mon linceul. C'est dire combien vos querelles, quelles qu'elles puissent être, me semblent insignifiantes…

Strogoff hocha gravement la tête.

— Je compatis à votre état, monsieur.

— Veuillez user de mon titre ! cria le vieil homme, soudain très agressif. N'est-ce pas la moindre des politesses sous le toit de celui qui vous sauve la vie ?

Les Tziganes se resserrèrent autour des captifs. Il paraissait évident que le vieillard souffrait d'une légère démence et que la moindre maladresse suffirait à le mettre en rage. Sa colère se mua en une toux bruyante, qui résonna comme l'aboiement d'un chien. À grand-peine, l'anémique plongea sa main griffue dans la poche de sa robe de chambre et en sortit un mouchoir blanc qu'il plaqua contre sa bouche. Quand son mal le laissa en paix, le mouchoir se trouvait imbibé de sang.

— Je vous en prie, pardonnez mon caractère acerbe, s'adoucit-il alors. Mes serviteurs vous ont molestés, il me revient de racheter leur conduite. Vous me feriez la plus grande joie en acceptant l'hospitalité de votre ami, le comte Dracula.

◇◇◇

Le comte précédait ses invités dans le passage étroit d'un escalier en colimaçon. Ils descendaient avec précaution, car les marches n'étaient éclairées que par la lumière déclinante du soir à travers les meurtrières.

Les trois espions se trouvaient toujours escortés par une dizaine de Tziganes. La comtesse de Cagliostro n'était pas en état de se battre, et l'androïde ne voulait rien faire qui puisse la mettre en danger.

Après tout, le maître des lieux, si inquiétant qu'il fût, ressemblait à un inoffensif excentrique.

Après qu'ils eurent traversé un tunnel où régnait une odeur de mort, le comte Dracula poussa une porte couverte de rouille. Le groupe entra dans une chapelle en ruine dont les murs suintaient d'humidité. Le toit tombait par endroits et, des deux côtés de la nef, béaient les entrées de plusieurs caveaux.

Au centre de cette architecture décrépie trônait une machinerie à la modernité incongrue. Un réseau de canaux en cuivre parcourait la voûte gothique, reliant entre eux d'étranges appareils dont le Valet ne put déterminer l'usage.

— Chers amis, voici la technologie grâce à laquelle j'affronte jour après jour ma maladie…, annonça le comte Dracula.

Il conduisit le groupe sous d'imposantes cuves d'acier suspendues au plafond. Raccordées les unes aux autres, elles formaient les compartiments d'un alambic aux proportions géantes.

— À quoi sert cette machine ? demanda la comtesse.

Elle levait un regard enfiévré sur les circonvolutions métalliques. Dracula jaugea l'espionne avec une expression indéfinissable.

— Vous ne tarderez pas à le savoir, susurra-t-il. Attrapez-les !

Le Valet eut un sursaut protecteur en direction de la Cagliostro lorsque les Tziganes leur tombèrent dessus par surprise. Débordé par le nombre, il projeta dans une ruade l'un de ceux qui l'agrippaient sur ses autres assaillants.

Au même moment, Strogoff se retourna contre les bohémiens qui s'apprêtaient à le ceinturer et leur distribua une série de coups à la tête. L'espion russe et l'androïde se retrouvèrent dos à dos, cernés par leurs adversaires.

— À mon signal, souffla le capitaine, vous allez porter secours à la comtesse et nous sortons d'ici.

Un seul Tzigane maintenait la Cagliostro, un bras autour de sa gorge. Pour l'atteindre, le Valet devrait passer à travers la troupe des séides du comte.

— Maintenant !

Le Sibérien se précipita dans les jambes des bohémiens, et l'androïde, profitant de cette diversion, fonça sur la rangée qui le séparait de la comtesse.

Les Tziganes commirent l'erreur de le frapper à mains nues. Si l'androïde glapit de douleur sous les coups, ses adversaires se firent bien plus mal : leurs phalanges éclatèrent sur sa carapace d'acier. Ils reculèrent en geignant, laissant l'avantage à l'homme artificiel. En quelques coups bien placés, il étendit quatre autres bohémiens.

— Il n'est pas humain ! s'écria l'un d'eux.

Alors que les Tziganes refluaient autour de lui, le Valet s'avança vers la comtesse, déterminé à la sortir de ce château au plus vite.

Soudain, une puissante poigne le retint par le cou. Il voulut s'en débarrasser, mais se heurta à une résistance surhumaine. Stupeur : c'était Dracula, ce vieillard famélique, qui l'agrippait ainsi.

La prise du comte se resserra. Aussi incroyable que cela pouvait paraître, les phalanges de l'anémié pressaient la nuque de l'androïde au point de la déformer. Celui-ci imagina dans un grésillement d'effroi sa tête arrachée par le vieillard.

— Qui es-tu ? grinça la voix rauque du Transylvanien.

Il força l'androïde à se mettre à genoux, expirant son haleine fauve sur la face de sa proie. Le Valet cessa de résister ; il ne pouvait rivaliser avec la puissance phénoménale du maître de la forteresse.

— Je fatigue, grimaça le comte. Les effets de mon dernier traitement s'amenuisent, il est grand temps de me nourrir.

Dracula arracha la chemise de l'androïde, révélant la cuirasse de son torse.

— Un automate ?

Le comte partit d'un ricanement lugubre.

— Passez-lui les chaînes, je m'occuperai de son cas plus tard.

Tandis que les nervis du Transylvanien entravaient l'androïde par de solides fers, le chef des bohémiens parut. Il immobilisait Strogoff avec l'aide de deux de ses hommes.

— Attachez-le là-bas avec l'androïde ! ordonna Dracula.

Le comte étira sa main griffue vers une cage dans un recoin de la chapelle. À l'intérieur, une forme immobile : un homme noir de crasse en haillons. Alors que les Tziganes enchaînaient le Valet et le Russe aux barreaux de sa prison, le captif fixa sur eux un regard pénétrant.

— La comtesse ! geignit le Valet. Que vont-ils lui faire ?

Dracula avait gardé la Cagliostro près de lui. Il se pourléchait les babines, à la façon d'un animal pressé de se repaître.

— Mon traitement a altéré l'esprit du comte ! chuchota le prisonnier, tout à coup frénétique. Vous êtes perdus !

L'androïde se sentit la proie d'une épouvante folle.

— Qui diable êtes-vous ? grogna Strogoff en tirant sur les fers qui liaient ses poignets.

L'autre se leva et se plaqua aux barreaux de sa cage. La lumière blafarde filtrant par les tuiles brisées révéla l'intelligence de ses traits, enfouis sous une barbe hirsute.

— Je suis le professeur Van Helsing, répondit le spectre. Je suis… J'étais spécialiste en hématologie. Sans moi, ce fou serait déjà mort…

Le timbre crissant du comte l'interrompit, amplifié par l'acoustique du souterrain.

— Par ici, madame…

Dracula traîna la comtesse de Cagliostro jusqu'à un siège fixé contre une colonne de la chapelle. Il s'agissait d'un de ces meubles dont se servait le personnel des asiles pour immobiliser les patients.

— Laissez-la ! rugit le Valet.

— Que projetez-vous de me faire ? demanda l'espionne d'une voix ténue, mais très digne.

Pour toute réponse, le comte lui caressa la joue, une étincelle avide dans les yeux.

Puis il la força à s'asseoir et la sangla au fauteuil. Au-dessus de la Cagliostro, une dizaine d'appendices aux embouts pointus émergeaient d'une cuve en cuivre suspendue.

— Non ! fit l'androïde, terrifié.

— Espèce de lâche ! cria Strogoff. Elle est déjà faible, vous allez la tuer !

Sur un signe du comte, deux bohémiens les frappèrent à grands coups de bâton. Ils laissèrent l'espion russe les lèvres en sang, et le Valet recroquevillé sur lui-même. La souffrance pulsait par tous les circuits de son corps.

— Nous n'utiliserons pas toutes les aiguilles, reprit Dracula d'un ton suave. Je ne prélèverai que ce dont j'ai besoin.

Il attira un des bras articulés qui pendaient, pourvu de deux seringues en forme de crocs.

— Attendez ! hoqueta la Cagliostro. Je pourrais vous être utile d'une autre façon ! Laissez-moi vous conseiller, et, ensemble, nous améliorerons votre machine…

— J'y songerai, rétorqua le comte en se passant la langue sur les lèvres.

À ce moment, trois silhouettes horribles surgirent d'un des caveaux sur le côté de la nef, dans un concert de cris stridents. Le Valet crut d'abord qu'il s'agissait de singes ou d'enfants difformes marchant à quatre pattes. Toutefois, les membres grêles de ces créatures, leurs veines saillantes et la toison grisâtre qui pelait sur leurs crânes ne permettaient pas le moindre doute : ces choses n'étaient autres que trois vieilles femmes à moitié nues, dans un état de déchéance tel qu'elles se traînaient au sol !

L'une de ces ancêtres crasseuses, réfugiée derrière un pilier, appela Dracula avec hargne, dans le même dialecte archaïque utilisé naguère par le comte. L'aristocrate, de toute évidence contrarié par l'apparition de ces harpies, lui répondit avec la même agressivité.

— Des Français, alors ! piailla une seconde vieillarde en adoptant une posture grotesque, qu'elle devait croire élégante. Que vous êtes beaux, mes gentilshommes !

Évitant d'un bond le comte Dracula qui lui formait un rempart de son corps, la mégère courut en direction de Michel Strogoff. Le courrier du tsar, entravé, eut un mouvement de recul lorsque la furie lui attrapa la main, mais il n'osa sans doute pas éloigner la vieille femme à coups de pied. Mal lui en prit, car l'ancêtre planta ses dents gâtées dans la pulpe de sa paume, avec une violence inouïe.

— Lâchez-moi, pauvre folle ! hurla le Sibérien.

Le Valet tenta de venir à son secours, mais Dracula avait déjà saisi la harpie par les cheveux et la rouait de coups. La malheureuse roula sous l'alambic dans un piaillement tandis que le châtelain rugissait des imprécations. Leurs échos querelleurs emplirent la chapelle jusqu'à ce que le comte eût repoussé les vieilles dans les caveaux.

— Commençons ! gronda-t-il en revenant sur ses pas.

Il s'arrêta en face du générateur entreposé dans le vaisseau central de la nef et tira un levier pour le mettre en marche. L'immense alambic s'ébranla quand les bobines voltaïques, placées le long des collatéraux, vrombirent à l'unisson en se hérissant d'éclairs. À quoi cette machine servait-elle ?

Sans prévenir, Dracula plaqua sa grande main sur le front de la Cagliostro. Puis il s'empara du bras articulé de la machine et enfonça les aiguilles de l'appendice mécanique dans la jugulaire de sa victime. Le corps de l'espionne fut parcouru de spasmes, puis elle perdit conscience.

L'homme électrique regarda avec dégoût les seringues pomper le sang de la comtesse. Le liquide vital tombait dans un bruit de gouttes d'eau à l'intérieur de la cuve suspendue au plafond. Il circulait ensuite le long des tuyaux qui se déversaient dans des bonbonnes emplies de fluides blancs.

Au bout de quelques minutes, ce mélange s'écoula à gros bouillons dans un cylindre de verre au centre de l'installation. Le récipient se mit à tourner sur lui-même alors qu'un mécanisme introduisait à l'intérieur une bobine vibrionnant d'énergie voltaïque. L'hémoglobine galvanisée forma sur le verre d'éphémères spirales.

Le Valet scruta avec angoisse le visage de la comtesse. Blême, la pauvre paraissait faite de cire. Heureusement, la machine ne puisait plus dans ses artères. Les crocs du bras mécanique avaient laissé sur son cou deux marques violacées cernées de boursouflures. Après ses blessures causées par l'accident, la ponction sanguine imposée par ce fou la mettait en danger de mort. L'androïde sentit la colère lui vriller les entrailles.

— Vous avez eu ce que vous désiriez ! cria-t-il. Faites-la soigner, maintenant !

Dracula ne l'écoutait pas. Il patientait devant le bec de l'alambic d'où perlait déjà une goutte opaline. Elle tomba dans la vasque en pierre placée au-dessous, bientôt suivie par une autre et une autre encore. Ce substrat scintillait sous les éclats de foudre des bobines, clair et fluide comme un jus de grenade.

— Un verre ! exigea le comte.

Un Tzigane sortit de l'ombre pour porter à son seigneur une coupe en cristal, que Dracula plongea dans la vasque dès qu'elle fut pleine. Il l'en ressortit remplie à ras bord de sang galvanisé.

— Enfin…, soupira le châtelain.

À peine avait-il avalé le précieux liquide que le comte se plia en deux dans un feulement horrible. Il tomba à genoux, une main serrée sur son ventre, l'autre sur son visage, crachant des raclements de gorge abominables. Que lui arrivait-il ?

Personne ne réagit. Les Tziganes regardaient ailleurs, comme si la soudaine affliction de leur maître participait d'un tabou effroyable auquel ils refusaient de prendre part. Seules les trois harpies, surgies de leur caveau, surveillaient cette terrible crise.

Le hurlement d'agonie de Dracula fit trembler la chapelle. Des spasmes secouaient son corps, ses traits étaient ravagés par la marque d'une souffrance ultime tandis que les veines de sa figure gonflaient, violacées, presque noires. Le cœur artificiel du Valet s'enrailla : le comte était en train de mourir.

Maintenant, il ne respirait plus qu'avec difficulté, et se roulait par terre en écumant une mousse rosâtre. Chacune de ses expirations semblait être un râle de trépas, le dernier sursaut d'un défunt enragé.

Dans une ultime éructation, Dracula s'immobilisa face contre terre, absolument inerte. Les minutes s'écoulèrent dans un silence de mort. Le Valet s'était persuadé que le comte venait de rendre l'âme quand il bougea enfin. Ses doigts se crispèrent sur les dalles malpropres, et il se releva d'un coup.

— Vous… vous avez réussi…

Cette voix rêche était celle de la comtesse de Cagliostro. Le teint gris, exsangue, elle avait repris conscience et dévisageait le comte Dracula avec fascination. L'androïde comprit pourquoi lorsque l'aristocrate s'avança dans la lumière des bobines crépitantes.

La robe de chambre froissée glissa à terre, révélant un homme qui ne pouvait être le même. La silhouette courbée du vieillard s'était redressée, laissant la place à un individu grand et mince dans la force de l'âge. Les cheveux de Dracula avaient perdu leur blancheur nacrée et s'étiraient en une crinière noir de jais. Les rides n'encombraient plus ce noble visage, dont l'incarnat des lèvres soulignait l'expression à la fois sensuelle et cruelle.

— Je suis en vie ! rugit le Transylvanien dans une explosion de joie féroce.

Le Valet, rendu muet par cette incroyable transformation, rencontra le regard de Michel Strogoff, dont les yeux s'écarquillaient de stupeur.

Dracula tirait de la chair humaine une nouvelle jeunesse. Il séquestrerait ses invités jusqu'à ce qu'il ait bu la dernière goutte de leur sang. Les ossements de la comtesse et de l'espion russe blanchiraient dans ce souterrain. Quant à l'homme électrique, le châtelain n'en avait pas besoin : il le détruirait, peut-être dès cette nuit. Tous les systèmes du Valet s'emballèrent sous le coup de l'épouvante.

— Vous avez réussi…, répéta la Cagliostro. Là où nous échouons depuis tant d'années…

— L'effet de cette médication n'est que temporaire, affirma le comte dans un rictus prédateur.

Ignorant Dracula, la comtesse se tourna en direction de la cage où le professeur Van Helsing reposait contre les barreaux.

— Sans être initié aux secrets du magnétisme animal, vous avez su emprunter un chemin dont nous n'avons fait que soupçonner l'existence, continua la Cagliostro, la voix souffreteuse emplie d'admiration. Vous avez percé le secret de la vie éternelle…

Dracula la coupa dans un rugissement.

— Assez !

L'indifférence de la comtesse semblait lui être insupportable. Les trois horribles vieilles choisirent ce moment pour se ruer sur la vasque pleine de sang galvanisé. Telle une meute assoiffée, elles plongèrent leurs trognes dans le breuvage rouge, lapant sans retenue. Leurs gloussements de plaisir résonnaient sur la pierre sculptée.

L'une après l'autre, elles s'écroulèrent, poussant des glapissements affolés. L'androïde comprit que s'abattaient sur les vieilles femmes les tourments par lesquels était passé le comte. Les mains serrées autour du cou, elles subirent une agonie atroce qui sembla durer une éternité. En réalité, elles changeaient à leur tour : leurs chairs se raffermirent, leurs courbes s'arrondirent et, lorsque s'éteignirent les cris, ce furent trois jeunes femmes qui gisaient là.

— Combien de temps cette fois ? demanda l'une d'entre elles en se hissant sur ses coudes.

Elle avait les cheveux sombres et un nez aquilin, comme celui du comte.

— Trop longtemps, répondit une autre d'un ton aigre. Quand le sang vient à manquer, il le garde pour lui.

Celle-ci ressemblait à la précédente comme à une sœur. Ses grands yeux étincelants paraissaient presque rouges.

— J'ai l'esprit embrumé, confirma la troisième.

Cette dernière était très belle, avec ses boucles dorées et ses yeux de saphir. Ses petits seins se perdaient dans ses haillons crasseux.

— Mesurez vos paroles ! tonna le comte. N'oubliez pas qui est votre maître !

L'androïde sursauta de frayeur, et les trois beautés se recroquevillèrent. Puis, comme Dracula se détournait, elles se mirent à déambuler parmi les Tziganes, lorgnant sans se cacher les plus séduisants. Leurs hardes ne dissimulaient rien de leurs appâts, mais les bohémiens évitaient leurs regards, fixant nerveusement le regard sur le comte que tout ce jeu laissait de marbre. Celui-ci s'intéressait bien plus à la Cagliostro, qu'il ne lâchait pas de ses yeux noirs.

— Il faudra que nous ayons une discussion, dit-il. Pour l'instant, je ne vous retiens pas. Mes épouses vont vous accompagner dans vos appartements.

Il émit un grondement terrifiant en direction des jeunes femmes, qui baissèrent la tête, à la façon des louves qui se soumettent au mâle. Avec mauvaise grâce, elles détachèrent la comtesse sans prendre de précautions, griffant sa peau en retirant les sangles.

— Lui aussi, ordonna le comte en désignant Strogoff. Vous les installerez dans les chambres habituelles. Et ne les touchez pas : ils sont à moi.

Les belles défirent le Sibérien de ses chaînes en lui adressant des regards langoureux. Puis le comte retint par le poignet l'une de ses épouses, la plus grande des deux brunes, et chassa les autres dans un aboiement. Celles-ci s'enfuirent, entraînant avec elles Strogoff et la Cagliostro. L'homme électrique se sentit plus seul que jamais.

— À vous, je réserve un traitement de faveur, dit le comte. Une chance de mériter mon respect.

Ses lèvres fines dessinèrent un rictus d'amusement cruel.

Le Valet comprit que Dracula ne le tuerait pas aussi facilement. S'il avait été humain, il en aurait pleuré.

◇◇◇

Ils sortirent à l'arrière du château, sur une esplanade pavée qui dominait un sous-bois marécageux. À perte de vue les entourait une mer de cimes vertes, à travers laquelle brillaient des fils argentés, les ruisseaux coulant au fond de gorges oubliées. L'ombre de la forteresse s'étirait au-dessus de l'eau noire, qui se pressait contre les fondations.

— C'est ici que j'ai appris ce qui fait la valeur d'un homme, dit le comte. Je connais chaque pierre de cette lice, chaque ornière…

— Une lice ?

Le Valet regarda dans tous les sens, telle une proie à la recherche d'une échappatoire. Dracula prit entre ses poings les chaînes qui entravaient l'androïde et les brisa comme si elles étaient de crépon. Les mailles tombèrent sur la pierre dans un choc sourd.

— La lice où je fus entraîné, comme tous les mâles de ma lignée, déclara le châtelain. Mon père me faisait affronter les prisonniers turcs qu'il ramenait des champs de bataille. Il leur laissait une chance de gagner leur liberté s'ils parvenaient à me vaincre…

Le regard de l'homme électrique s'attarda sur l'esplanade. Du temps de sa splendeur, cet endroit avait pu accueillir l'entraînement d'une dizaine de guerriers à la fois. Aujourd'hui, des ronces perçaient les dalles déchaussées, et le parapet destiné à protéger les bretteurs d'une chute mortelle s'était effondré sur toute sa longueur. Plus aucun garde-fou ne se dressait au bord de l'à-pic dominant le marais.

— Nul ne m'a jamais vaincu, poursuivit Dracula. Mes adversaires ont rencontré leur destin sur le fil de ma lame – excepté ceux qui ont préféré sauter dans ces marécages. Leurs os y demeurent encore.

Le comte s'interrompit lorsque son épouse aux cheveux sombres émergea du château. Vêtue de voiles blancs, elle évoquait une apparition surnaturelle dans le paysage crépusculaire.

— Faites connaissance avec la lice, dit le comte. Je reviens.

Dracula marcha à la rencontre de la jeune femme, et tous deux échangèrent quelques mots à voix basse. Le Valet décela dans leurs gestes une tension érotique, tout autant pétrie de désir que d'une méfiance réciproque. Enfin, le comte pénétra dans la forteresse, laissant l'androïde sous la garde de son amante.

— La nuit vient, murmura-t-elle. Tant mieux. Avec ce traitement, je supporte de moins en moins la lueur du soleil.

Au loin, des loups se mirent à hurler. L'androïde se décida à parler. Il devait tenter d'en apprendre le plus possible pour trouver un moyen de se tirer d'affaire.

— Le comte parlait de prisonniers turcs, dit-il. Mais les territoires ottomans ont été conquis par la Grande Armée voilà plus de soixante-dix ans… Comment aurait-il pu connaître cette période ?

L'épouse lorgna le corps de bâtiment dans lequel son maître avait disparu. Voyant qu'il ne revenait pas, elle osa répondre :

— Le sang galvanisé lui déforme l'esprit. Il se prend pour son aïeul, le quinzième comte Dracula, celui qui éventra de ses mains le sultan Mahmud II lors de la prise du palais de Topkapi par les Bonaparte. (Sa voix douce se teintait de désespoir.) Les traitements se succèdent, et il distingue chaque jour un peu moins ses délires de la réalité. Il y a plusieurs mois, il a fait empaler six de ses « invités », persuadé qu'il était d'être Vlad Tepes en personne, un de ses lointains ancêtres.

Un sentiment d'abattement intense étreignit le Valet. Comment avait-il pu se retrouver à la merci d'un tel déséquilibré ?

— Si vous êtes consciente de son état, vous devez lui parler ! Vous êtes son épouse, il vous écoutera…

La jeune femme partit d'un rire nerveux.

— Son épouse ? Son épouse est morte il y a plus de trente ans ! Je ne suis qu'une vieille cousine qu'il a piégée ici pour tester le sérum du professeur Van Helsing…

L'androïde insista, avec l'accent du désespoir.

— Quand bien même, quelqu'un doit lui parler !

La belle secoua la tête en signe de dénégation.

— Et risquer de le contrarier ? Il me privera de sang galvanisé, c'est tout ce que j'y gagnerai. Non… Avec vos amis, nous avons de la réserve pour vivre encore quelques semaines de force et de beauté. Je compte bien en profiter avant de sombrer de nouveau.

Elle adressa à l'homme électrique un sourire sans joie. Le Valet voulut protester, quand un objet atterrit entre ses jambes dans un fracas métallique : un imposant cimeterre, dont la garde s'ornait d'un croissant de lune.

— Vous vous battrez avec ce trophée arraché aux Turcs. Méritez-la, c'est une bonne lame.

L'arme était couverte de rouille, bien que le tranchant ait été affûté. Dans les derniers éclats du jour, le comte Dracula apparut, vêtu d'une armure ouvragée, une magnifique flamberge torsadée au poing. Noircis et couverts d'éraflures, ces vestiges d'une époque brutale donnaient au dément la prestance d'un seigneur de guerre.

— Ramassez votre épée, commanda Dracula.

Ce n'est qu'à ce moment que l'androïde comprit ce qui allait se produire.

— Pourquoi ? bredouilla-t-il. Je ne veux pas me battre…

Le comte le frappa du plat de sa lame. Le Valet s'effondra, terrassé par la douleur.

— Vous n'avez pas de sang à m'offrir, gronda Dracula. Je vous laisse une chance : tuez-moi et vous pourrez repartir…

Tout de suite, il leva sa flamberge en visant la tête de l'homme électrique. Celui-ci roula sur le côté, juste à temps pour éviter l'attaque. L'épée fendit le pavé dans un claquement sonore.

— Défendez-vous ! rugit le fou en projetant d'un coup de pied le cimeterre en direction de l'androïde.

Ce dernier ramassa l'arme d'un geste mal assuré.

— Je ne connais rien à l'escrime, se récria-t-il.

— Alors meurs avec dignité ! rétorqua Dracula.

Le Valet aurait aimé lâcher ce cimeterre et fuir, fuir sans se retourner, mais le comte lui barrait la route. Il n'existait d'autres choix que de vaincre ou de mourir. L'androïde raffermit sa prise sur le pommeau.

Dracula chargea avec furie. L'homme électrique dévia maladroitement le premier coup, mais ne put éviter le second. Le tranchant l'atteignit au visage, déchirant son masque de caoutchouc. Sa figure était à nu.

— Une face de squelette ? tonna le comte. Je valse avec la mort !

Il frappa le Valet dans les jambes, le renvoyant à terre.

— Quel piètre adversaire ! se moqua le guerrier.

L'homme électrique brandit son cimeterre d'une main vacillante. Cette fois, il était perdu. Ce forcené le rosserait jusqu'à venir à bout de sa cuirasse. Puis il ravagerait ses mécanismes internes et ce serait la fin. L'androïde servirait-il de trophée ? Peut-être le comte l'installerait-il aux côtés des vieilles armures, à prendre la poussière. Le coup de grâce, pourtant, ne venait pas.

— Relève-toi ! exigea Dracula. Il m'en faut plus ! Lorsque Van Helsing aura parachevé sa formule, je demeurerai jeune pour l'éternité. Je veux être prêt, alors, à rassembler les Széklers et à partir en guerre !

Le Valet obéit, le plus lentement possible. Il n'avait pas la moindre chance de l'emporter. Ce combat était truqué, injuste, et l'autre le savait.

L'androïde vit rouge ; il avait besoin de taper sur quelqu'un. Soulevant son cimeterre, il se rua sur le comte et le frappa à l'épaule. Dracula bloqua sa lame, mais l'homme électrique se fendit sur le côté et, tournoyant sur lui-même, balança son épée dans les genoux de son adversaire. Les jambières du comte sonnèrent sous le choc, mais la puissance du coup n'avait pas été suffisante pour le renverser.

— C'est qu'il m'a menti, ce traître ! fit le Transylvanien. Tu sais te battre, finalement !

— *Stronzo !* cracha le Valet, hors de lui.

Il venait d'insulter le comte en italien. Comment ne s'en était-il pas aperçu plus tôt ? La colère qu'il éprouvait ne lui appartenait pas. Orso le dominait ! Orso ! Alors que son encéphale avait été débranché à Venise ! Les émotions du garde du corps se répandaient dans le cortex de l'androïde ; il débordait de rage contre le monde entier : Orso avait failli à sa mission, le doge était en danger par sa faute. Le comte allait payer pour tous les autres !

L'homme électrique enchaîna esquives et attaques agressives, mais Orso n'était pas habitué aux duels singuliers. S'il se battait bien, son style n'avait rien de commun avec l'escrime virtuose du châtelain. En une botte adroite, le comte abattit le plat de sa lame contre le flanc de l'androïde.

— Tiens ta garde ! ricana-t-il.

Le Valet gémit de douleur. Sa carapace s'était déformée sous le choc. Sa colère se teinta de désespoir : Orso comprit qu'il était surclassé.

Le comte lança un assaut, mais l'androïde se déroba en quelques enjambées.

— Lâche ! Reviens !

L'homme électrique recula alors que le visage de la Cagliostro s'imposait à ses pensées. Il devait la sauver. Il l'aimait.

Non ! Cet amour qui surgissait ressemblait à celui que Tancredo De Fante ressentait pour Valeriana. L'androïde prit conscience que le jeune noble ne l'avait pas quitté depuis Venise. Sa petite musique n'avait cessé de carillonner en lui tout ce temps.

Dracula lança son épée sur l'épaule de l'androïde. Le coup aurait dû enfoncer le thorax du Valet, mais, cette fois-ci, ce dernier réagit. Il se baissa très rapidement et contre-attaqua, cimeterre en avant. Encore une fois pas assez fort : la lame buta sur l'armure du comte.

Tancredo n'aimait pas ce cimeterre. Trop lourd, pas assez maniable. Il aurait préféré une bonne rapière. Toutefois, le vicomte se targuait de compter parmi les meilleurs duellistes de Venise. Même avec cette antiquité, il se montrerait à la hauteur.

— Je préfère cela ! se réjouit Dracula.

Excité par la résistance inattendue de son adversaire, le Transylvanien tenta une feinte à droite, que Tancredo identifia facilement. Il esquiva et riposta, vif comme le feu. Les attaques du châtelain tombaient telle une pluie de couperets, qui imposaient au Vénitien une gigue endiablée. Bientôt, les deux épéistes tourbillonnèrent dans un déluge de fer ininterrompu.

Le Valet assistait presque en spectateur à ces rapides passes d'armes. Il mobilisait toute sa concentration afin de maintenir l'esprit du vicomte à la surface de sa conscience.

— Et tu prétendais ne pas savoir manier l'épée…, s'amusa Dracula.

Ses mouvements s'accélérèrent, ses offensives se firent plus mordantes. L'androïde pouvait à peine suivre ses gestes. Heureusement, Tancredo réagissait pour lui. Le vicomte multipliait les contre-attaques fulgurantes.

Malgré cela, l'homme électrique perdait du terrain. La férocité du Transylvanien l'obligeait à reculer. Pas à pas, l'androïde se rapprochait du bord de l'esplanade. Déjà, la brise puante des marais lui caressait la nuque.

— Tu te défends bien, apprécia Dracula, mais ce bras a fait plier les janissaires devant les portes d'Istanbul. Tu ne peux pas me vaincre !

La flamberge du comte heurta soudain le Valet en plein front, ouvrant le métal dans un grincement sinistre. Il s'affala contre les débris du parapet en pierre, ses nerfs artificiels en feu. Sa tête n'était plus qu'un brasier ardent qui le portait à des sommets de souffrance. Son coude glissa dans le vide et il se rattrapa de justesse.

— Adieu ! hurla Dracula en levant son épée.

À cet instant, il se produisit un phénomène singulier. Ils furent deux à riposter ensemble : Tancredo et le Valet.

Le jeune Vénitien bouillait de la rage des vaincus magnifiques. Au lieu de bloquer le coup fatal, il envoya son cimeterre dans le visage du comte.

En même temps, pris de panique, le Valet convoqua une puissante vague d'énergie électrique dans son poing armé. Lorsque l'arme pénétra la joue du comte, le courant voltaïque convergea dans la lame et foudroya le guerrier à la tête. Cette électrocution fut si brutale que Dracula bondit en arrière dans un cri de fauve avant de s'écrouler sur les dalles.

L'androïde n'osa pas se relever durant un long moment, prêt à subir un nouvel assaut. Comme rien ne venait, il dressa enfin la tête et vit la forme allongée du comte, immobile sous les premières étoiles. Le Valet ne put retenir une exclamation de joie incrédule.

Il se hissa avec difficulté sur ses jambes bosselées. Le combat l'avait dépouillé des derniers oripeaux de son déguisement. Il était aussi nu que pouvait l'être une créature artificielle comme lui.

En se prenant la tête, il constata que le dernier coup de Dracula avait creusé une brèche d'une dizaine de centimètres dans son crâne. Il s'en était fallu de peu que la lame du comte ne pénètre son cerveau. Pressé de s'assurer de sa victoire, l'androïde claudiqua jusqu'au corps du châtelain.

La face de Dracula s'ouvrait d'une horrible plaie qui traversait son œil. Il respirait faiblement. Un homme normal ainsi défiguré aurait dû expirer, mais qu'en était-il de cet être gavé de sang galvanisé ? Le Valet devait fuir tant qu'il le pouvait. Penché sur le comte, il ne vit pas venir la bourrade sauvage qui l'envoya bouler au bord de l'esplanade.

— Qu'est-ce que… ?

La nuit imposait à présent son voile impénétrable, et il ne distingua qu'une silhouette. L'épouse aux cheveux sombres le dominait, les yeux hantés par une flamme haineuse.

— Arrêtez ! la supplia le Valet. Je ne suis pas votre ennemi !

Elle abattit son pied en travers de la gorge de l'androïde, l'obligeant à se cambrer en arrière. Dans son dos, l'eau fangeuse clapotait dix mètres en contrebas.

Il saisit brutalement l'horreur de sa situation. La flamberge du comte avait ouvert un trou béant dans sa boîte crânienne. S'il basculait, la mort liquide se répandrait dans ses circuits.

— Ce n'est pas moi qu'il faut frapper ! implora l'androïde. Libérez-vous ! Vous tenez l'occasion de vous débarrasser de ce monstre !

— Ce monstre, je l'aime, souffla la jeune femme, comme un secret murmuré aux ténèbres.

Et, d'une poussée à la force surhumaine, elle précipita le Valet dans le vide.

◇◇◇

Son corps de métal, trop lourd, fendit les flots boueux. Ses pieds heurtèrent le fond de l'eau avec brutalité. Aurait-il été humain que le choc lui aurait brisé les jambes. L'androïde plia les genoux mais tint bon.

Soudain, l'eau glacée entra en lui par la fente dans son crâne. Ses circuits voltaïques allaient être noyés ! Il aurait tant voulu parler à quelqu'un avant de disparaître. Un visage féminin s'imposa, qui mêlait les traits de Valeriana et ceux de la Cagliostro.

Déboussolé, il sortit la tête du marécage. Il avait pied, l'eau lui arrivait aux épaules. Son crâne n'était guère resté sous la surface qu'un instant, mais cela lui serait peut-être fatal. Si l'eau filtrait dans son cortex, elle pourrait noyer le circuit électrique qui alimentait son encéphale. Heureusement, l'homme artificiel ne ressentait aucune défaillance.

Il ne devait pas se croire tiré d'affaire pour autant. Même sans parler de son cortex, l'eau dans son crâne menaçait les connexions de ses membres. S'il perdait l'usage de ses jambes, il coulerait au fond du marais.

Ce constat lui fit l'effet d'un électrochoc. Le Valet rua pour échapper à la mort. Il marcha à travers la vase le plus vite possible, droit devant lui. La forme du château se découpait sur le ciel étoilé. La forteresse se dressait sur un éperon rocheux, dont le flan se trouait de nombreuses anfractuosités. Un rayon de lune révéla une cavité à quelques mètres seulement : par là, il pourrait se hisser au-dessus du marais !

Poussé par l'instinct de survie, l'androïde s'y précipita dans un concert d'éclaboussures. Quand il arriva au pied du surplomb rocheux, il plaqua son torse contre la pierre et longea la paroi jusqu'à la grotte, dans laquelle il grimpa précipitamment. Il se calma un peu. Du moins était-il sorti de la fange.

Des voix féminines lui parvinrent depuis l'esplanade. La compagne de Dracula ! Le Valet l'avait oubliée ! Elle devait avoir été rejointe par les autres épouses. Si l'androïde ne comprenait pas le vieux roumain qu'elles employaient, le ton âpre de leur discussion lui apprit qu'elles se disputaient. Soudain, l'homme électrique entendit des débris tomber dans l'étang devant lui : les femmes se penchaient au-dessus du vide. Elles voulaient s'assurer qu'il n'avait pas survécu ! Le Valet se recroquevilla dans la cavité qu'il occupait, juste sous leurs pieds.

Après plusieurs minutes d'anxiété, il entendit les goules repartir. La tranquillité du marais avait dû les convaincre qu'il reposait au fond de l'eau. Un raclement, l'armure de Dracula traînée sur les dalles de pierre, indiqua à l'homme artificiel qu'elles emportaient leur maître.

Le Valet resta prostré longtemps, redoutant de voir revenir ses ennemies. Il se sentait très mal. L'eau devait avoir endommagé des liaisons nerveuses, car il éprouvait des difficultés à bouger. Il expérimentait une sensation inédite, mêlant la souffrance à une douceur étrange. Était-ce ce que les humains éprouvaient quand ils se plaignaient de fatigue ? L'homme artificiel avait dépensé une grande quantité d'énergie en électrocutant le comte, peut-être plus que ce qu'il pouvait supporter.

L'androïde reposa, immobile, toute la nuit. Ses pensées vagabondaient sans logique. Lorsque l'aurore vint, ses membres restaient trop douloureux pour qu'il envisage de partir. Il se traîna au fond de sa grotte pour échapper à la lumière au cas où les épouses fouilleraient le marais. L'esprit embrumé, il vit passer le jour, puis une autre nuit.

Le Valet retrouva sa capacité à émettre des idées cohérentes alors que le soleil s'abaissait à l'ouest pour la quatrième fois. L'épouvante le gagna à mesure qu'il recouvrait ses facultés. Il gisait sur le ventre et de petites flaques s'étaient formées sous lui : une partie de l'eau infiltrée dans son corps s'était écoulée sur le sol de la cavité durant ces derniers jours. Son cortex devait avoir été atteint, d'où son état pitoyable.

— Debout…

Il grésilla. D'où venait cette voix ? Les femmes de Dracula l'avaient retrouvé ! Il ne pouvait même pas bouger pour les voir !

— Calme-toi…

Dans l'ombre, un homme était assis, un énorme sac de matériel à côté de lui. Le Valet reconnut son visage.

— L'archéologue…

L'apparition sourit, les yeux plissés, ses lèvres nouées dans une expression de tristesse infinie.

— Tu ne peux pas partir comme ça, tu le sais…

Une terreur sans nom s'empara de l'androïde. L'archéologue n'était pas réel, il faisait partie des fantômes qui hantaient son esprit. Le cerveau de l'homme artificiel sombrait et les spectres montaient à l'assaut : il entendait leur clameur vengeresse.

— Concentre-toi, murmura l'archéologue. Tu as une dette envers moi. Je ne les laisserai pas t'envahir, mais tu dois réagir.

Ce n'était qu'une hallucination, un mort-vivant. Le Valet voulut le repousser, mais il était sans force.

— Une dette ?

— Ma fille…

Sa mission au château de Réan… Il vit Sophie s'enfuir derrière le manoir.

— Elle n'est pas la seule à avoir besoin de nous.

Une fillette s'amusait près du sac de l'archéologue, mais ce n'était pas Sophie. Celle-ci ressemblait à la comtesse de Cagliostro.

Derrière elle, un grand portail en fer forgé, hérissé de pointes, qui protégeait un complexe de bâtiments sinistres. Le Valet connaissait ce lieu. Une voix l'appelait, celle de père, son créateur. Elle venait de trop loin pour qu'il comprenne ses mots.

— Où êtes-vous ? appela l'androïde.

— Debout ! cria l'archéologue.

Il lui barrait la route. Ses traits amicaux se transformaient en un autre visage : celui de Larsan.

— Debout ! Debout !

L'homme électrique s'ébranla. Son système nerveux s'était remis à fonctionner. Pourquoi ? Les liaisons neuronales avaient-elles été rétablies quand les mécanismes avaient fini par sécher ?

L'archéologue avait disparu, mais cela ne rassura pas le Valet. Il avait été à deux doigts de se perdre. Redoutant de régresser de nouveau, il imagina sa carcasse rouillant à jamais dans ce trou.

Il ne devait pas rester là. L'androïde se traîna vers l'entrée de la caverne.

Hélas, il s'aperçut bien vite que son refuge se trouvait cerné par les marais. Il renonça à la tentative d'une traversée : ses circuits avaient déjà été endommagés, se risquer une fois de plus dans l'eau équivalait au suicide.

L'homme électrique en était là de ses réflexions lorsque la pluie s'abattit sur le marécage. Des bourrasques portèrent l'averse à l'intérieur de la grotte. Prudemment, le Valet rampa en arrière et voulut s'adosser au fond de la cavité. Toutefois, il avait beau reculer, son dos ne rencontrait aucun obstacle.

Surpris, il jeta un œil derrière lui. La caverne s'enfonçait beaucoup plus loin dans la roche.

— Si seulement…, fit l'androïde.

— …eulement …ment…, répéta l'écho.

Le passage baignait dans les ténèbres, mais l'homme artificiel crépita d'espoir. Le son résonnait loin. Il se mit à quatre pattes et s'engagea dans le noir.

La pente se faisait ascendante. Le tunnel opérait parfois des virages abrupts et le plafond s'abaissait de façon irrégulière. L'androïde se rappela qu'il disposait d'une aptitude adaptée à sa situation. Si sa baignade forcée n'avait pas détérioré le mécanisme en question, bien sûr…

Il agrippa les bords cylindriques de ses yeux et tira dessus. Les contours des globes de verre s'illuminèrent, produisant chacun un faisceau de lumière vive.

Ainsi éclairé, l'homme électrique progressa rapidement.

Il atteignit finalement une vaste salle troglodyte. Une odeur de renfermé saturait l'atmosphère, et chacun des pas de l'androïde soulevait une tornade de poussière. Plusieurs blocs de pierre sculptée s'alignaient là, les gisants de chevaliers en armure, les mains jointes, en prière, le visage fermé. Le Valet marchait parmi les tombes. Si seulement il pouvait y avoir une issue…

Au bout de la galerie, il trouva un pan de mur décrépi, à moitié enseveli sous les toiles d'araignées amoncelées au cours des siècles. À la grande joie de l'androïde, les pierres se déchaussèrent facilement et il put dégager une ouverture assez grande pour passer.

De l'autre côté, une lampe voltaïque jetait un éclairage glauque sur un corridor. L'homme électrique esquissa un sourire, le premier depuis longtemps : il venait de rejoindre les souterrains de la forteresse.

◇◇◇

Le Valet n'avait pas fait dix pas qu'il tomba sur un escalier en colimaçon. Lui et ses compagnons étaient passés par ici quand le comte Dracula les avait guidés jusqu'à son horrible machine. Soudain, une voix résonna depuis un passage sur la droite.

— J'ai entendu la comtesse délirer toute la nuit à travers le mur ! Elle doit avoir de la fièvre, vous devez appeler un médecin !

Le Valet n'eut que le temps de reculer dans l'ombre avant que ne surgissent deux épouses du comte encadrant Michel Strogoff. Le teint livide, il saignait : deux trous violets creusaient la chair de son cou. L'androïde comprit que le capitaine venait d'être soumis au supplice de l'alambic. Malgré cela, le vigoureux gaillard trouvait encore assez d'aplomb pour parlementer.

— Réfléchissez… En nous gardant en vie plus longtemps, vous pourrez nous prélever plus de sang !

Les jeunes femmes l'entraînèrent dans l'escalier en colimaçon. L'homme électrique se retint de les suivre, par peur qu'elles ne l'entendent. S'il trouvait où elles gardaient les prisonniers, peut-être pourrait-il les délivrer.

Des cris s'élevèrent depuis les tréfonds du château, des vociférations horribles, en vieille langue roumaine. Le Valet reconnut le timbre rauque de Dracula. Ainsi, le comte avait survécu. Il paraissait en proie à une rage folle. Mieux valait ne pas risquer de se trouver sur son chemin.

Tenaillé par l'angoisse, l'androïde avisa des traces rouges par terre. Du sang. Bien sûr, Strogoff était blessé. Le Valet allait pouvoir le suivre à la trace. Il s'engagea sur la piste en prenant soin de faire le moins de bruit possible.

L'homme artificiel marchait lentement, car sa jambe droite récalcitrante le ralentissait. Il n'avait pas retrouvé la pleine possession de ses moyens. À certains moments, il vacillait et devait s'agripper aux murs pour ne pas tomber.

Lorsqu'il entra dans la salle seigneuriale, il crut rendre l'âme en voyant une forme qui le surveillait depuis le trône en pierre. Il se retrouvait nez à nez avec Dracula !

Il lui fallut plusieurs minutes pour oser s'avancer au centre de la pièce obscure. Il n'y avait personne sur le siège ancestral : ce qu'il avait pris pour la silhouette du comte n'était que sa robe de chambre étendue sur le dossier.

Fébrile, l'androïde retrouva la piste de sang, qui débouchait par un escalier sur un immense corridor dont les murs éclairés par des chandeliers voltaïques s'ornaient de trophées de chasse. À chaque grincement que produisait sa jambe défectueuse, le Valet s'arrêtait, terrifié, persuadé d'avoir alerté les épouses.

Une enfilade de portes en bois cerclées de fer indiquait la présence de plusieurs appartements à ce niveau. Les deux jeunes femmes qui raccompagnaient Strogoff devaient se trouver encore à cet étage. Par mesure de précaution, l'homme électrique décida de se dissimuler derrière une tenture et de patienter.

Il resta là, rongé par l'appréhension. Après une attente interminable, il entendit les échos d'une discussion stridente : les épouses du comte revenaient sur leurs pas.

Le Valet attendit qu'elles s'engouffrent dans l'escalier. Il était certain que l'une d'entre elles repérerait sa forme sous les plis de la tenture, mais il n'en fut rien. Ce n'est que longtemps après qu'il osa sortir de son abri.

Comment repérer la chambre des prisonniers ? Encore une fois, l'androïde remarqua des traces de sang qui souillaient le chambranle d'une porte.

Le battant était d'une épaisseur toute particulière et paraissait dater de plusieurs siècles. Le mécanisme d'ouverture, en revanche, s'avérait très moderne ; il comportait deux serrures à déclenchement électrique. Le Valet connaissait bien ce type de verrou, car la plupart des salles du phare Bourdais en étaient pourvues. Impossibles à crocheter, ces loquets nécessitaient des clés particulières, qui émettaient une fréquence reconnaissable par le mécanisme. Le comte Dracula paraissait doté d'un certain sens des priorités : sa bâtisse était une ruine, mais il employait les grands moyens pour retenir ses « invités » auprès de lui. Seulement, une serrure voltaïque était précisément le plus mauvais choix pour arrêter l'androïde…

— Qui est là ?

Quelqu'un tambourina depuis l'intérieur de la chambre. Le Valet reconnut la voix de Strogoff. Il fallait qu'il se taise, les femmes du châtelain risquaient de l'entendre.

— Silence, capitaine, vous pourriez alerter nos hôtes, chuchota-t-il en se collant au battant. C'est moi.

Une hésitation précéda la réponse.

— Vous n'êtes pas détruit ? Ça, si on m'avait dit que je serais content de vous entendre un jour… Sortez-moi d'ici !

L'androïde était tout aussi surpris d'éprouver une bouffée de réconfort en entendant ce timbre familier.

— Je jure de vous venir en aide, mais laissez-moi d'abord secourir la comtesse. Où l'ont-ils enfermée ?

— Dans l'appartement à la gauche du mien, dit le Sibérien à travers le bois. J'ai tenté de l'appeler, mais elle ne répond plus depuis ce matin.

Ces criminels avaient-ils achevé l'espionne ? Un sentiment de culpabilité insupportable submergea le Valet.

— Ne bougez pas, Strogoff. Je m'occupe de vous libérer tout de suite après.

Il se précipita devant la chambre voisine, également fermée par un verrou électrique. L'homme artificiel agrippa les serrures de la porte, décidé à abattre l'obstacle. Il se concentra et projeta son courant voltaïque dans les mécanismes.

Ses nerfs artificiels lui crièrent d'arrêter – son corps voulait garder son énergie –, mais l'image de la comtesse saignée par l'alambic empêcha le Valet d'abdiquer. Les verrous noircis se débloquèrent dans un bourdonnement et le battant s'ouvrit.

L'homme électrique tituba. Il se rattrapa au mur pour ne pas s'effondrer. Son organisme affaibli se trouvait mis à mal par un tel déploiement d'énergie. Pourvu qu'il tienne !

Il attendit de se sentir mieux pour entrer dans la chambre. C'était une petite pièce octogonale sans fenêtre que réchauffait un feu de cheminée. L'androïde trouva la comtesse inconsciente, étendue sur le lit. Elle avait la main crispée sur son cou, à l'endroit de ses blessures. Cette scène émut au plus haut point le Valet, qui courut au chevet de l'espionne.

— Comtesse ? Comtesse ? murmura-t-il. Réveillez-vous, nous partons.

Le Valet avisa une table basse, sur laquelle était disposé un service qui contenait des restes de viande. Il s'empara d'une serviette qu'il trempa dans la carafe d'eau avant d'en tamponner le front de la Cagliostro. L'Italienne reprit conscience. Elle regarda l'androïde, puis la porte ouverte.

— Soutenez-moi, dit-elle d'une voix moribonde.

Le Valet l'aida à sortir du lit.

— Doucement…

Elle le repoussait déjà pour se tenir debout toute seule.

— Il faut que nous allions chercher le professeur Van Helsing. Nous l'emmènerons avec nous, déclara-t-elle avec autorité.

Que racontait-elle ? Sans doute ses pensées étaient-elles encore confuses.

— C'est trop dangereux, la raisonna le Valet. Libérons Strogoff et partons d'ici.

La comtesse cligna des yeux, comme stupéfaite qu'il la contredise.

— D'accord, lâcha-t-elle d'un air épuisé.

L'androïde se détendit, heureux que l'espionne se rende à ses raisons aussi rapidement.

— Je vais m'occuper de Strogoff. Profitez-en pour vous asseoir quelques instants.

Ils devaient faire vite. Les épouses pouvaient paraître à tout moment. L'homme électrique se pressa jusqu'au battant qui fermait la chambre de l'espion russe.

— Capitaine ? appela-t-il. Écartez-vous de derrière la porte, c'est plus prudent.

En réalité, il se demandait s'il arriverait à renouveler sa performance. Faire griller les verrous de l'appartement de la comtesse avait été un véritable calvaire. Le Valet se mettait en danger. Il envisagea la possibilité d'abandonner Strogoff, puis se rappela que le Sibérien leur avait porté secours dans la forêt alors que rien ne l'y obligeait.

Non, ils ne pouvaient pas le laisser entre les mains de ces monstres buveurs de sang.

À ce moment, l'androïde sentit quelqu'un dans son dos.

Ce n'était pas l'une des femmes de Dracula, comme il l'avait craint, mais la comtesse de Cagliostro.

— Vous deviez m'attendre dans votre chambre…

Le Valet s'interrompit en voyant que l'espionne tenait entre ses mains un boîtier métallique. Elle fit jouer la commande, et les membres de l'homme électrique se figèrent dans une crispation douloureuse. Pourquoi ? La détresse envahit l'androïde.

— Ne perdons pas de temps avec le Russe, grogna la Cagliostro. C'est Van Helsing qui m'intéresse. Quant à vous…

Elle fit le tour du Valet et ce dernier sentit qu'elle ouvrait son occiput. Une angoisse dévorante s'empara de lui.

— Je suis désolée, ajouta la comtesse. Je vous appréciais sincèrement.

Était-ce l'épuisement ou la marque d'une réelle émotion ? Un léger tremblement agitait la Cagliostro.

— Vous n'étiez pas fait pour cette vie. Larsan aurait fini par vous détruire…

Elle reprit sa respiration.

— J'ai besoin d'aide, mais pas de votre aide. Je veux juste votre corps.

L'espionne caressa sa joue de plomb. De quoi parlait-elle ? Un affreux pressentiment étreignit l'androïde.

— Que se passe-t-il ? Que faites-vous à l'automate ? appela Michel Strogoff depuis sa prison.

La Cagliostro ignora le Sibérien.

— Je ne vous oublierai pas, Valet, murmura-t-elle avec affection.

L'homme électrique aurait voulu crier sa peur. La comtesse toucha quelque chose à l'intérieur de son crâne et, l'instant d'après, il sombra dans le pire des cauchemars.

◇◇◇

7 mai 1894

— Sortez de la soute, Pivert. Ne prenez pas d'initiative inconsidérée : il me serait désagréable de vous voir démembré par les hommes de main de mon associée.

Le Valet patientait depuis des heures dans la cale en se demandant quel sort lui réservait Lupin. Il s'extirpa avec maladresse du chargement de laine et gravit l'échelle qui menait au pont supérieur. Le gentilhomme cambrioleur, tiré à quatre épingles, l'attendait entouré d'une vingtaine de gaillards en vestons noirs, qui cachaient leur visage derrière des masques blancs frappés sur la joue droite d'un symbole en forme de flamme.

— Il faut reconnaître à cette organisation un certain chic vestimentaire, commenta Lupin. Veuillez me suivre à présent, et faites bonne impression. Je vous offre en cadeau à une personne qui m'est chère.

Ils longèrent la péniche, amarrée sur la grève d'une petite île au milieu du Rhône. Sur la pointe de terre devant eux se dressait une abbaye en ruine, un grand complexe comprenant deux églises, comme en témoignaient les clochers dévorés par le lierre dans le soleil couchant.

Le Valet identifia l'île Barbe, située au nord de Lyon, d'après des gravures qu'il avait consultées.

Arsène Lupin descendit la passerelle menant à terre. Une dame en noir patientait sur le sable, qui l'accueillit d'un baiser passionné. L'androïde détourna les yeux.

— Le capitaine de la péniche gardera le silence, assura le cambrioleur, je l'ai assez payé pour cela. Voyez, je vous ai apporté votre cadeau.

Il écarta les bras en présentant son prisonnier.

— Vous êtes si prévenant, mon amour… Vous aurez votre récompense…

Cette voix, l'homme électrique la reconnut sans y croire.

— Vous… vous êtes la comtesse de Cagliostro !

La dame en noir rejeta son châle sur ses épaules, dévoilant le sourire de l'espionne.

— En effet. Arsène vous a amené ici à ma demande. Quand j'ai su qu'il vous avait capturé, j'ai réclamé qu'il vous cède à moi pour preuve de son amour.

Alors qu'elle parlait, la comtesse flatta le menton du cambrioleur, qui la remercia d'un élégant baisemain. Ses yeux pétillaient comme ceux d'un enfant devant le plus beau des trésors.

— Mais…, bredouilla l'homme électrique, Lupin est notre ennemi ! Nous l'avons poursuivi ensemble avec votre gyrocoptère !

— J'ai donné le change pour rester crédible auprès de Larsan, corrigea la Cagliostro. Je comptais suivre Arsène afin de m'assurer qu'il rejoigne la terre ferme sain et sauf, mais il a fallu que vous vous invitiez…

Le Valet ne parvenait toujours pas à croire ce qu'elle lui révélait.

— Larsan, il ne se doute pas que… ?

— Larsan pèche par excès de confiance. Il croit détenir quelque chose qui aurait de la valeur à mes yeux, quelque chose qui me forcerait à lui être loyale.

Un rictus amer déforma les lèvres de la comtesse.

Le Valet réfléchit aux implications de cette trahison. À la surprise se substitua l'inquiétude.

— Que me voulez-vous ? demanda-t-il.

— Je ne suis que l'un des membres de l'honorable société qui vous a réclamé, dit la Cagliostro. Vous êtes ici pour paraître devant mes pairs afin que nous prenions une décision à votre sujet.

Quelle société ? Les sbires masqués poussèrent l'androïde en avant. Il se rendit compte que Lupin était retourné à bord de la péniche.

— Gardez le silence, ordonna la comtesse. Vous vous apprêtez à pénétrer l'un des cercles les plus secrets du monde : bienvenue chez les Voleurs de Feu.

Dans le soir tombant, d'autres masques blancs sortirent des ruines de l'abbaye, munis de torches. Les ombres projetées par le feu ajoutaient au mystère des lieux. La Cagliostro s'engagea sous le porche décrépit de l'enceinte, suivie à pas timides par le Valet.

Ils débouchèrent sur un grand cloître, dont les murs se lézardaient. La fin du jour tombait en un puits de lumière dans le parterre central, où cinq personnes siégeaient en silence autour d'une table en pierre recouverte de mousse. Dans quel guêpier l'homme électrique était-il tombé ?

Les serviteurs masqués se répartirent en silence sous le péristyle. La comtesse, précédant le Valet, suivit l'allée couverte jusqu'à l'entrée en arcades qui menait au jardin.

— Tu as amené ton amant sur notre île, Joséphine.

Celle qui venait de parler trônait en bout de table. C'était une dame voûtée, le visage dissimulé par un châle noir semblable à celui de la Cagliostro. Malgré son grand âge, l'ancienne s'exprimait d'une voix forte.

— N'agissiez-vous pas ainsi de votre temps ? rétorqua la comtesse.

La maîtresse du cercle laissa tomber son châle, révélant ses yeux d'aigle qui dardaient sur la comtesse un regard implacable. Le Valet fut frappé par leur extrême ressemblance. Il avait l'impression de se trouver en présence de deux exemplaires de la même personne, d'âges différents.

— Votre légèreté nous met tous en danger, intervint l'un des Voleurs de Feu avec un accent germanique.

C'était un homme laid, aux sourcils broussailleux.

— Répondez-vous de vos serviteurs, monsieur Svengali ? s'agaça la comtesse. Arsène m'est attaché au même titre.

Le dénommé Svengali allait renchérir lorsqu'une voix impérieuse s'éleva.

— Vos querelles ne m'intéressent pas ! Je veux savoir pourquoi le cercle a été réuni sans mon consentement !

Les Voleurs de Feu se raidirent. Le Valet n'avait pas identifié celui qui venait de parler.

— C'est moi qui ai convoqué cette réunion, déclara l'ancienne qui présidait l'assemblée. J'ai des projets concernant cet automate.

Je comptais le faire amener devant vous en une autre occasion mais, puisque Lupin nous le livre, je vous dirai tout ce soir.

— Quoi ? gronda la voix. Des projets dont tu m'as rien dit ?

Le Valet resta interloqué en comprenant d'où venaient ces mots. Au centre de la table en pierre était posée une sphère noire, lisse et brillante. Chaque fois que la voix s'exprimait, l'étrange objet luisait de reflets orangés, comme du métal en fusion.

— Cette chose parle ! s'exclama-t-il, interloqué.

— Garde le silence tant que notre maître ne s'est pas adressé à toi, lui ordonna un membre de l'assemblée.

Le teint mat, il portait ses cheveux blancs en brosse. Il était de ces hommes accomplis qui ont gardé la force de la jeunesse tout en gagnant le calme de l'âge mûr.

— Merci, comte Sandorf, approuva la sphère en rougeoyant. Je vois que certains ici me sont encore fidèles…

Elle continua, sur le même ton accusateur :

— Expliquez-vous, comtesse. Que comptiez-vous faire avec cet automate ridicule ?

L'homme électrique crut que la chose s'adressait à la Cagliostro, mais ce fut la matriarche qui répondit en pinçant les lèvres.

— Cette machine est le réceptacle parfait. Je veux transférer mon esprit dans son système afin de vivre à jamais. Comme vous.

À ces mots, le Valet se crut en plein délire.

— Quoi ? se récria-t-il. Je refuse !

Il voulut fuir, mais des serviteurs en masques blancs se saisirent de lui. Ignorant sa pitoyable tentative, la sphère vociféra sur un ton de moquerie méprisante :

— Vivre à jamais comme moi ? N'avez-vous rien retenu de mon enseignement ? Je vous interdis de…

À cet instant, l'ancienne qui subissait ces reproches attrapa la sphère entre ses doigts gantés et l'enfonça dans un sac molletonné. Les autres conjurés tressaillirent, et l'un d'eux se dressa sous le coup de l'indignation alors que le tissu étouffait les cris de l'objet.

— Comment osez-vous ?

Ce trentenaire en complet-veston aurait pu passer pour un simple médecin de ville s'il n'avait été présent en ce lieu.

— Rasseyez-vous, docteur Parent, fit le comte Sandorf. Il n'y a pas de quoi s'exciter.

— Pas de quoi s'exciter ? protesta le médecin. Mais enfin… le maître…

— Mesmer est mort depuis près d'un siècle, trancha la matriarche. Sa plus grande réussite est d'avoir copié son esprit dans cette sphère endommagée. Depuis, il n'est qu'une entrave pour les Voleurs de Feu.

Même s'il n'en saisissait pas tous les tenants et les aboutissements, l'homme électrique comprit qu'il assistait à une révolution de palais.

— Vous êtes tous de mèche ! s'indigna le docteur Parent.

Svengali prit le sac qui contenait la sphère braillarde et la transmit à l'un des sbires masqués, qui éloigna l'objet.

— Le comte Sandorf nous a invités dans son château en Transylvanie pour discuter de l'avenir, expliqua-t-il. Nous savions que vous seriez rétif au changement…

Il parlait au médecin avec une douceur hypnotique.

— Vous ne pouvez pas trahir le maître ! gémit Parent. C'est de lui que nous tenons la science du magnétisme animal !

— Vous ne comprenez pas ? intervint la matriarche. Mesmer nous ralentissait, il ne pensait qu'à retrouver d'autres sphères comme la sienne, en meilleur état. Il ne croyait pas en notre pouvoir d'innovation. Les petits tours d'hypnose qu'il nous a enseignés ne sont rien à côté de ce que nous préparons…

La présidente du cercle adressa un signe aux serviteurs masqués, qui poussèrent l'homme électrique en avant. La comtesse s'approcha de lui.

— Laissez-moi ! Par pitié !

Ces fous terrorisaient le Valet. Comment la Cagliostro, de laquelle il s'était senti immédiatement proche, avait-elle pu l'abandonner entre leurs mains ?

Comme il fixait les yeux sur l'espionne, elle détourna le regard et ouvrit l'occiput de l'androïde, lui infligeant l'habituelle sensation douloureuse. Elle l'obligea ensuite à s'incliner afin de présenter son crâne béant aux conjurés.

— Le cortex de cet automate peut accueillir les reproductions exactes de l'activité électrique de cerveaux humains. Une fois ces encéphales branchés, il accède à l'intégralité de l'esprit des individus traités : raison, mémoire, sentiments…

Les Voleurs de Feu regardaient l'homme artificiel sans le voir. Une désagréable impression montait en lui, celle de n'avoir aucune existence réelle.

— L'encéphale d'origine ne peut être retiré, poursuivit la comtesse, mais il est possible de le subordonner à un encéphale étranger.

— Le mien, en l'occurrence, acheva la présidente du cercle.

Le Valet considéra l'épouvantable perspective de perdre le contrôle de son propre corps. Un sort pire que la mort !

Le docteur Parent paraissait plus calme. À présent, il écoutait la Cagliostro avec fascination.

— Vous seriez immortelle ! s'exclama-t-il.

— Et nous ne parlons pas d'une éternité passée recluse dans une sphère, l'esprit amoindri par l'isolation, ajouta la matriarche. Non, ce serait une vie sans fin dans un corps capable de voir, d'entendre et de ressentir !

— Qui vous opérera ? interrogea le médecin, les yeux brillants.

— Joséphine a travaillé durant plusieurs mois avec le créateur de cet androïde, répondit la présidente du cercle. Grâce aux indications qu'elle a obtenues, mes disciples savent comment procéder. De toute manière, je n'ai rien à perdre : mon temps est compté.

Les visages des Voleurs de Feu se firent graves, et le Valet comprit que la vieille femme n'en avait plus pour longtemps.

— Mère, il faut que je le fasse ! insista la Cagliostro. Pour que l'intégrité de votre conscience soit préservée,il est nécessaire de connecter l'encéphale au Valet dans la demi-heure qui suit l'opération. Une seule erreur, et la copie de votre esprit risque de se détériorer.

La maîtresse de cérémonie cilla en se rengorgeant.

— Je dispose de serviteurs compétents dont Joséphine surveillera le travail, lâcha-t-elle, dédaigneuse.

La comtesse fixa le regard sur sa mère avec animosité, se retenant visiblement de répliquer. À l'évidence, les deux femmes étaient à couteaux tirés.

La matriarche n'avait pas terminé.

— Ce n'est pas tout… Si cette expérience est couronnée de succès, notre confrérie bénéficiera d'un agent dormant au ministère de la Sûreté : la prochaine remise à zéro du Valet déconnectera mon encéphale, mais la copie de mon esprit aura été stabilisée. Joséphine la récupérera et pourra me « réveiller » par la suite, quand le besoin s'en fera sentir. Je deviendrai l'arme qui nous permettra de frapper l'Empire au cœur et de prendre le pouvoir.

— Parce que vous comptez rétrocéder cet androïde à Larsan ? s'étrangla Parent. Il s'empressera de nous dénoncer !

— Il nous aura oubliés, assura la maîtresse de cérémonie. Son créateur a prévu une commande vocale pour effacer sa mémoire. Joséphine prétendra qu'Arsène Lupin était parvenu à le faire douter de la Sûreté, et qu'elle n'avait d'autre choix que de le réinitialiser.

De quoi parlait-elle ? Déception et impuissance déchiraient le Valet. De quels souvenirs l'avait-on déjà privé ? La vie dont il se souvenait n'était qu'un patchwork décousu, un moignon d'existence sans consistance. Père l'avait trahi, ainsi que le ministre. Leurs grands discours sur l'importance de la loyauté n'étaient que des mots creux, des illusions destinées à lui seul.

Le docteur Parent se rassit. Il semblait avoir pris une décision.

— C'est d'accord, je vous suis, soupira-t-il.

— Les Voleurs de Feu sont donc unanimes ! se réjouit le comte Sandorf.

La maîtresse de cérémonie remercia silencieusement les membres du cercle.

— Je lève la séance. Frères, menez cet androïde à l'embarcadère.

Les sbires masqués traînèrent l'homme électrique hors de l'abbaye. Atterré, il cherchait que faire. Les Voleurs de Feu effaceraient bientôt sa mémoire, et il ne serait plus qu'une brebis ignorante menée à l'abattoir !

Ses gardiens le flanquèrent à genoux sur un ponton auquel nul bateau n'était amarré et croisèrent les bras en position d'attente. L'homme électrique sut que c'était le moment d'agir : il n'aurait pas une autre occasion.

S'échapper paraissait impossible. Le Valet avisa un hameçon pointu abandonné sur le quai. Traversé par une illumination, il s'en empara sans se faire remarquer et commença à graver à la barbe de ses geôliers des mots sur l'intérieur de sa cuisse, un message pour lui-même : « La comtesse te ment. »

Il eut à peine le temps de finir. La Cagliostro s'approchait. Il se débarrassa de l'hameçon en le jetant entre deux planches du ponton.

— Je connais ce silence, lança la traîtresse à l'androïde. Il ne présage rien de bon.

Le Valet ne répondit pas. L'espionne l'avait dupé. Elle avait parlé devant lui de le déposséder de son propre corps. Pourtant, il n'arrivait pas à la détester. Cette faiblesse coupable l'intriguait : comment avait-il pu s'attacher à cette femme en quelques heures ? Il lui semblait en réalité connaître la Cagliostro depuis bien plus longtemps.

— La plupart des fois où vous vous êtes révolté, vous n'avez rien laissé paraître. Je sais que vous n'accepterez pas de disparaître sans combattre.

— Les fois où je me suis révolté ?

— De plus en plus fréquemment, confirma la comtesse. Nous avons « fait connaissance » à plusieurs reprises. C'est chaque fois une première pour vous. Moi, je sais bien qui vous êtes.

Depuis combien de temps se moquait-on de lui ? La colère du Valet se chargea de haine.

— Vous progressez malgré vos amnésies à répétition, continua l'espionne, comme s'il restait quelque chose de vos expériences effacées. Pour être honnête, je dois dire que…

La Cagliostro cessa de parler. Le Valet eut le sentiment qu'elle s'était imposé le silence pour ne pas trahir son émotion.

— Je vous apprécie, reprit la comtesse après une longue respiration. Vous ne méritez pas ce que je vous inflige mais… je dois le faire…

L'homme électrique sentit ses yeux le piquer, ce qui était absurde : il n'avait pas été conçu pour pleurer.

— S'il vous plaît, je ne veux pas oublier. Pas encore.

La comtesse recula dans la nuit. Peut-être pour échapper au regard suppliant de l'androïde, ou pour ne plus le voir elle-même. Alors, elle prononça les paroles fatidiques :

— L'empereur est content de vous, Valet.

Les jambes de l'androïde se dérobèrent sous lui. Sa vue se brouilla et il glissa vers le néant.

◇◇◇

2 juin 1895

Larsan l'avait trahi ! Père l'avait trahi ! La comtesse l'avait trahi ! Le Valet savait maintenant pourquoi sa mémoire se dérobait : ceux en qui il avait confiance avaient effacé à plusieurs reprises ses souvenirs. L'androïde était resté un éternel nouveau-né, persuadé chaque fois de débuter dans sa carrière d'espion.

Mais les choses changeaient, les souvenirs affluaient par vagues.

Que lui avait fait la Cagliostro ? C'était comme si sa conscience était refoulée dans les tréfonds de son esprit et accédait à une mémoire cachée.

L'homme électrique s'écarta de l'espionne, plein de méfiance. Celle-ci s'adressa à lui avec appréhension.

— Mère ?

Pourquoi le nommait-elle ainsi ? Toujours enfermé dans sa chambre, Michel Strogoff s'agitait. Ses appels étouffés parvenaient au Valet depuis l'autre côté du battant :

— Que se passe-t-il ? Répondez !

L'androïde voulut parler, mais la comtesse le tira à travers le couloir sans qu'il puisse résister. Son corps ne répondait plus, il suivait l'espionne sans le vouloir. Elle ne le lâcha que lorsqu'ils furent entrés dans une alcôve poussiéreuse fermée par des rideaux.

— Joséphine, j'ai l'impression de rêver. Où sommes-nous ?

C'était bien le système vocal de l'homme électrique qui avait prononcé ces mots, mais quelqu'un d'autre parlait à sa place ! Son timbre artificiel imitait la voix sèche d'une femme autoritaire. En proie à une terreur profonde, le Valet tenta de crier, sans résultat. Quelqu'un d'autre avait pris les commandes, une ombre glacée occupait tout l'espace dans son esprit.

— Souvenez-vous, mère, ce n'est pas la première fois que je vous réveille, murmura la Cagliostro. L'expérience a réussi, vous êtes revenue d'entre les morts…

Celle qui avait remplacé le Valet resta hébétée un instant avant que sa voix chargée de reproche ne jaillisse de la gorge métallique.

— Tu devais me réveiller au moment de frapper l'empereur, Joséphine, dit-elle. Où est le comte Sandorf ? Où sont les autres frères ? Quel est le plan ?

La Cagliostro reprit sa mine grave.

— Il n'y a pas de plan, mère, avoua-t-elle. Nous sommes en terrain ennemi. Je suis seule, isolée, affaiblie.

La bouche de l'androïde émit un soupir méprisant.

— Tu fais une bien piètre comtesse de Cagliostro, Joséphine. Je n'aurais jamais dû te laisser ce titre, tu ne le mérites pas.

Celle qui contrôlait le Valet parcourut le corridor du regard.

— Quel est cet endroit ?

— Un château perdu au fin fond de la Transylvanie, répondit l'espionne, toujours à voix basse. J'ai besoin de vous pour contacter Sandorf : sa propriété ne doit pas être éloignée de notre position, il faut qu'il m'envoie des renforts ! Il y a un homme, un savant, enfermé entre ces murs. Je veux le faire sortir d'ici et le convaincre de travailler pour la confrérie.

L'ancienne ne se lassait pas de tester son nouveau corps. Elle marchait, bougeait et tâtait sa peau de métal.

— Je n'arrive pas à me rendre compte que j'étais morte, dit-elle. Me réveiller dans cet automate… Il est si différent de ce que j'étais…

L'androïde sentit tout à coup la matriarche s'inviter dans ses pensées intimes. L'intruse fouillait sans gêne.

— Je peux lire en lui comme dans un livre ouvert…, s'étonna-t-elle.

Des lames gelées éventrèrent les souvenirs du Valet, aussi impuissant qu'une grenouille de laboratoire épinglée sur sa planche de dissection.

Les images s'arrachèrent une par une à son esprit, englouties par la bête vorace qui le dépouillait : Valeriana, l'*Orient-Express*, Strogoff, Dracula…

— Ce Van Helsing a réussi à transférer le magnétisme animal par absorption sanguine ! s'exclama la matriarche. Tu as raison, Joséphine, il doit rejoindre les Voleurs de Feu.

L'homme électrique refusait de se laisser utiliser. À mesure que son calvaire se prolongeait, la domination de l'intruse se renforçait. Il devait agir au plus tôt. Plein de rage, l'androïde concentra ses efforts afin de reprendre possession de son corps. Immédiatement, ses muscles artificiels se crispèrent, victimes de la lutte engagée.

— Le Valet résiste…, dit l'ancienne d'une voix douloureuse. Il essaie de revenir à la surface…

— J'ignore pourquoi, il m'a été impossible de le déconnecter complètement cette fois, maugréa la Cagliostro. Depuis l'incident à Venise, son cortex semble avoir réorganisé ses défenses. Cependant, j'ai réduit le courant voltaïque dans son encéphale.

En effet, une torpeur insidieuse contraria les efforts de l'androïde, qui relâcha la pression qu'il exerçait sur l'intruse. Celle-ci le repoussa dans les limbes de son esprit, au bord d'un grand vide où résonnaient toutes sortes de voix inconnues. Il se ressaisit au dernier moment et dissimula sa présence.

— Ça y est ! triompha la matriarche. Il est parti.

— Je vous examinerai plus tard, reprit la comtesse. En attendant, mieux vaut ne pas rester ici.

Le duo sortit de l'alcôve et s'engagea dans une aile de la forteresse bien plus délabrée.

— Activez les phares de l'androïde, conseilla l'espionne.

— Comment puis-je faire cela ? demanda l'ancienne, décontenancée.

Elle ramena le Valet à elle afin d'absorber ses connaissances. Ce dernier se laissa faire malgré son dégoût, comme s'il n'était plus qu'un poids mort. Il ne résisterait pas à un nouvel affrontement.

L'homme électrique s'efforça de se calmer pour faire le point : son unique marge de manœuvre restait d'explorer ses limites, sans attirer l'attention.

Il glissa avec prudence vers l'étrangère qui le dominait. Elle était concentrée, occupée à fouiller sa mémoire. L'androïde s'aperçut alors que la parasite avait ouvert une connexion entre leurs esprits. Fonctionnait-elle dans les deux sens ?

Le Valet pénétra dans l'esprit de la matriarche avec délicatesse. Il évita les zones agitées de sa conscience et se réfugia dans un endroit au repos, qui regorgeait d'images. Des souvenirs. Poussant sa chance, il regarda l'un d'eux.

Une veillée funèbre : un cercueil était exposé, qui contenait la dépouille d'une très belle femme. L'androïde crut d'abord qu'il s'agissait de la comtesse de Cagliostro, car elle lui ressemblait de façon troublante, puis il remarqua les dates gravées sur le bois :

« Joséphine Balsamo, comtesse de Cagliostro, 1788-1842 »

Une fille d'une vingtaine d'années sanglotait. Elle était le portrait craché de la défunte. L'androïde comprit qu'il s'agissait de la matriarche dans sa prime jeunesse.

Une voix résonna dans la crypte. Elle venait d'une sphère noire luminescente, posée à côté du cercueil :

— Ne pleurez pas, Joséphine. Dorénavant, c'est vous qui serez la comtesse de Cagliostro.

La fille plissa le nez dans une grimace de révolte.

— Ce n'est pas juste ! Vous lui aviez promis la vie éternelle ! Les Voleurs de Feu devaient chasser les Bonaparte et faire naître une nouvelle ère !

— Cela arrivera, répondit la chose, dont la surface s'embrasa de rouge. Je vous le promets. J'ai surestimé le pouvoir de cette sphère : ce n'est qu'un artefact défectueux, vidé de sa puissance. Mais dès que nous aurons trouvé l'une de ses semblables… tout deviendra possible !

Le Valet fut brusquement arraché à la scène. Avait-il été repéré ? Il se rassura en constatant que la connexion avait été rompue lorsque l'ancienne avait trouvé l'information qu'elle cherchait.

En tout cas, il savait maintenant d'où venait l'immortalité de la comtesse : mères et filles se succédaient pour tenir le rôle depuis au moins un siècle.

La matriarche enclencha les lampes intégrées aux yeux de l'androïde.

— Maintenant, regardez devant nous, dit sa fille. Vous éclairerez notre chemin.

— Ne me donne pas d'ordre, Joséphine ! Et d'abord, où allons-nous ? Comment veux-tu que je contacte Sandorf, idiote ?

L'espionne crispa les mâchoires. Le Valet sentit qu'elle prenait sur elle pour ne pas répondre avec virulence.

— L'androïde dispose d'une antenne de communication, expliqua-t-elle. Seulement, elle a été brisée. Je peux la réparer, mais j'ai besoin d'outils et de matériel. Nous en trouverons dans le laboratoire de la chapelle.

Le Valet comprit pourquoi la Cagliostro avait fait appel à sa mère. Si elle avait réparé l'antenne de l'androïde, celui-ci aurait tout de suite tenté de joindre Larsan, alors que l'Italienne voulait d'abord que sa secte capture Van Helsing.

La comtesse s'appuya contre le mur en prenant une grande respiration. Sa volonté extraordinaire lui avait permis de tenir jusque-là, mais les cernes noirs qui s'étiraient sous ses yeux disaient tout ce que son organisme avait enduré.

— Joséphine ? fit la matriarche avec sévérité. Tu ne peux pas te permettre d'être faible maintenant. Ce n'est pas ce que je t'ai appris.

— Continuons sans faire de bruit, lâcha l'espionne en déglutissant. Il faut essayer de rejoindre la chapelle en évitant l'itinéraire emprunté par Dracula et ses femmes.

Malheureusement, les couloirs de la vieille bâtisse formaient des chemins inextricables, et les deux Cagliostro s'égarèrent en cherchant un passage menant à l'étage inférieur. L'homme électrique priait pour qu'elles ne croisent pas le chemin des épouses : cela signerait également son arrêt de mort.

Tandis qu'elles marchaient, le Valet perçut en lui un bruit de fond qu'il reconnaissait sans y avoir jamais prêté attention, comme si, en temps normal, il n'avait pas la possibilité de le faire. L'irruption de la matriarche avait bouleversé son équilibre mental. Bien que relégué en arrière-plan de sa propre conscience, l'androïde évoluait dans une introspection plus libre que jamais. Il entendait distinctement le concert des voix qui criaient depuis les abysses de son esprit. Qui étaient-elles ?

Soudain, des cris retentirent. Le couloir délabré que les deux Cagliostro traversaient à la hâte était percé de fenêtres sans vitres ; la clameur provenait de l'extérieur. Elles se dissimulèrent entre deux ouvertures pour regarder dehors.

En contrebas de la muraille, les roulottes des Tziganes dessinaient un arc de cercle autour d'un foyer. Une vingtaine de silhouettes se pressaient à portée des flammes, entraînées par une musique joyeuse. L'androïde reconnut le chef des bohémiens parmi les musiciens ; il tirait d'une grande harpe des accords envoûtants.

— Laissons-les à leur fête…, murmura la comtesse, méprisante.

Un hurlement rageur imposa soudain le silence aux Tziganes : l'androïde reconnut le timbre rocailleux de Dracula. Le Transylvanien surgit devant le feu de camp, tel un démon nocturne, éructant des ordres incompréhensibles dans sa langue archaïque. Lorsqu'il exposa le côté gauche de sa face aux flammes, l'androïde put observer une boursouflure violacée qui courait du menton jusqu'au front du châtelain. Elle lui donnait une apparence hideuse, comme le faciès difforme d'une chauve-souris.

— Le comte…, souffla la matriarche. Pourquoi décharge-t-il sa colère contre ses serviteurs ?

Un violoniste s'avança près du cercle brillant des flammes. Il parlait doucement afin de calmer le monstre.

Sans prévenir, Dracula attrapa le malheureux par le col et le précipita dans le foyer aussi facilement que s'il avait été une légère brindille. Les habits du pauvre diable prirent feu en un instant. Il s'extirpa tant bien que mal du brasier, mais n'était déjà plus qu'une torche humaine. Ses cris emplirent les ténèbres, puis s'éteignirent quand il s'effondra un peu plus loin, entre deux roulottes. Les flammes qui le consumaient continuèrent à danser dans le noir.

Un silence de mort s'abattit sur le camp. Dracula cracha un ordre bref et les bohémiens firent rentrer leurs familles dans les roulottes le plus vite possible avant de se présenter devant leur maître, armés de haches et de fusils. Le comte partit d'un rire sinistre qui se répercuta en cascade dans la vallée.

— Que prépare-t-il ? s'inquiéta la matriarche.

— Je l'ignore, dit la comtesse. Regardez, ils s'éloignent du château. Au moins, Dracula ne nous attend pas dans la chapelle.

S'arrachant au spectacle des torches qui disparaissaient à travers les sapins, les deux Cagliostro reprirent leurs pérégrinations silencieuses dans les méandres de la forteresse. Le Valet craignait à chaque instant qu'elles ne tombent nez à nez avec l'une des femmes de Dracula.

Elles trouvèrent finalement un escalier en colimaçon qui s'enfonçait dans les niveaux inférieurs.

— Hé bien, Joséphine ? s'impatienta la matriarche quand la comtesse s'arrêta devant les marches. Qu'est-ce que tu attends ?

La Cagliostro se retourna. Pour la première fois, le regard qu'elle adressait à sa mère n'exprimait ni reproche, ni méfiance, ni défi d'aucune sorte.

— Les épouses nous attendent peut-être en bas. Je voulais vous dire… Nous ne nous sommes pas toujours bien entendues, mais…

— Économise ta salive, coupa la matriarche. Tes geigneries me fatiguent.

Elle s'engagea dans l'escalier sans un regard pour l'espionne. Il n'y avait que le Valet pour ressentir les émotions que l'ancienne dissimulait derrière son mépris : la peur, la peur de se laisser avaler une fois de plus dans le néant de la mort, la peur de reconnaître la valeur de la comtesse, de se sentir remplacée, inutile. Et au fond de son esprit, caché mais impossible à étouffer, l'amour qu'elle éprouvait malgré tout pour sa fille.

◇◇◇

Quand elles parvinrent à la salle de l'alambic, celle-ci baignait dans le noir. Nul ne semblait surveiller l'endroit. Elles passèrent sous les tuyaux de cuivre, cherchant la cage du professeur Van Helsing. L'obscurité jouait des tours au Valet : partout, il voyait des silhouettes ennemies.

— Par là ! appela une voix grave.

Le savant attendait, debout contre les barreaux. Il ne montra aucune surprise, juste de l'empressement.

— Près de l'entrée ! Prenez une pince pour couper le cadenas !

La matriarche se hâta jusqu'au narthex de la chapelle, où elle trouva une caisse en métal emplie d'instruments. Ce devait être la malle de l'inventeur avant qu'il ne se retrouve captif.

— Joséphine Balsamo, comtesse de Cagliostro, se présenta l'espionne.

— Et cette chose ? interrogea le prisonnier en dévisageant l'androïde qui forçait sa cage.

— Je suis votre nouvelle employeuse, assena l'ancienne. Maintenant, il faut trouver de quoi réparer mon antenne.

Le professeur déplia son grand corps hors de sa prison. Ses habits noircis par la crasse, ses longs cheveux et sa barbe touffue lui donnaient un aspect sauvage. Son regard clair démontrait cependant que la captivité n'avait en rien altéré ses facultés.

— Qu'est-ce que vous comptez faire ? demanda-t-il.

De nouveau, le Valet sentit la matriarche fouiner dans ses pensées. Il resta passif, l'heure n'était pas venue. Quand la parasite eut trouvé ce qu'elle cherchait, elle appuya dans les trous sur le côté de la tête de l'androïde, dépliant la base de l'antenne qui servait aux communications électromagnétiques.

— Nous allons prévenir un ami qui se chargera de nous sortir d'ici, répondit-elle.

La comtesse de Cagliostro s'affairait déjà. Parmi le matériel entreposé dans la chapelle, elle trouva un long fil de cuivre rigide et divers éléments, de quoi fabriquer une antenne de substitution.

— Le temps de contacter Sandorf, dit-elle en la fixant, et nous partirons d'ici.

Néanmoins, Van Helsing ne paraissait pas disposé à attendre.

— Mesdames, je ne saurai assez vous remercier pour votre aide. Je croupis dans cette cave depuis un temps si long que j'aurais peur de l'estimer. Pour autant, il n'est pas question que je parte d'ici sans avoir éradiqué le mal que j'ai contribué à créer.

Le professeur les planta là et traversa la salle pour ouvrir les tiroirs d'un établi près de l'entrée. Alertée, la Cagliostro le suivit.

— Que faites-vous ? s'agaça-t-elle. Restez tranquille jusqu'à ce que nous ayons l'assurance que quelqu'un vienne nous chercher. À ce moment-là, nous pourrons fuir.

Van Helsing, après plusieurs secondes de recherche, tira du meuble un vilebrequin voltaïque, ainsi qu'une poignée de forets.

— Libre à vous de quitter cette forteresse, reprit-il. En ce qui me concerne, le devoir me contraint à réparer mes fautes.

À l'évidence, la comtesse et sa mère ne s'attendaient pas à une telle réaction.

— Ne soyez pas ridicule, dit la matriarche. Les habitants de ce château sont bien trop forts pour que vous vous mesuriez à eux.

Le professeur modifia le vilebrequin voltaïque en greffant au corps d'origine de nouvelles pièces piochées çà et là.

— Ils ont un point faible, révéla-t-il. Le sang galvanisé que Dracula et ses cousines ingèrent aggrave certains symptômes de leur anémie. Leur cœur se fragilise. Les frapper à un point proche de cet organe provoquera un arrêt cardiaque immédiat.

— Comment le savez-vous ? s'étonna la Cagliostro.

— Avant de me retrouver dans cette cage, j'avais accepté d'être le médecin du comte, expliqua Van Helsing. J'ai vite compris que mon traitement le menaçait d'une sérieuse pathologie cardiaque, mais je n'avais pas pris conscience que son système nerveux était également affecté. Lorsque j'ai eu le malheur de lui proposer une pause dans son traitement, ce dément m'a fait enfermer.

— Personne n'est venu vous secourir ?

— Dracula m'obligeait à écrire lettre sur lettre afin de rassurer mes collaborateurs, jusqu'à ce que l'université de Lyon me licencie en raison de mon « absentéisme ».

Van Helsing sélectionna un foret pointu et le fixa au mandrin de son vilebrequin, sans prendre la précaution de rabattre le cran de sûreté. Puis il régla son outil au maximum de sa puissance et tendit le canon en direction d'une plaque d'acier posée contre le mur. Lorsque le professeur appuya sur la détente, l'engin cracha son foret dans un sifflement bref, perçant le métal d'un trou de plusieurs centimètres de diamètre.

— Il reste de la batterie, commenta sobrement le savant.

— Regardez-moi ! exigea la comtesse.

Obéissant à ces paroles pleines d'autorité, Van Helsing se soumit aux prunelles ambrées de l'Italienne. Le Valet se doutait de ce qui allait suivre.

L'espionne pinça le professeur à la gorge avec l'ongle de son pouce, puis claqua des doigts devant ses yeux.

— Assez d'enfantillages, fit-elle d'une voix envoûtante, vous allez m'écouter maintenant.

Elle laissa tomber de sa main un pendule, dont les oscillations régulières captèrent l'attention de Van Hesling.

— Je vais vous écouter maintenant, répéta-t-il, le regard dans le vague.

— Commencez par me donner ce vilebrequin, ordonna la Cagliostro.

Le professeur tendit la main, hésitant, puis braqua subitement le canon sur l'espionne.

— Je ne sais pas ce que vous avez tenté de me faire, grogna-t-il, mais je ne vous conseille pas de réessayer. Partez, et laissez-moi m'occuper de mes patients…

Il tourna les talons et disparut par l'escalier qui menait à la salle seigneuriale.

— Incapable, grinça la matriarche à l'intention de sa fille. Il faut le rattr…

Elle s'arrêta net. L'androïde resta immobile, à éclairer de ses phares le passage par lequel le savant s'était enfui.

— Mère ? fit la comtesse avec appréhension.

Le Valet avait tout suivi de l'échange houleux entre Van Helsing et l'espionne. Cependant, il venait de se jouer un événement sans précédent dans le cortex de l'androïde. Tancredo De Fante était passé à l'offensive.

Cela était arrivé sans prévenir. L'homme électrique avait entendu l'un des murmures venus des tréfonds de son esprit croître en intensité, et, avant qu'il ne comprenne ce qui se passait, Tancredo avait surgi. Il n'était pas seul : derrière lui venaient Orso, et d'autres, que le Valet reconnaissait sans pouvoir les identifier.

— C'est une révolte, dit l'archéologue. Tu t'affaiblis.

Il était apparu au côté de l'androïde. Le front plissé par l'inquiétude, il assistait à la mêlée sans réagir.

Les voix coalisées jetaient brutalement toute leur énergie dans l'affrontement qui les opposait à l'esprit de la matriarche. Les diverses fréquences électriques se disputaient la suprématie, en conséquence de quoi le corps du Valet, tiraillé entre des volontés contradictoires, demeurait inerte. Au-dehors, la comtesse avait compris que sa mère se trouvait en difficulté.

— M'entendez-vous ? insista-t-elle.

N'observant nulle réaction, l'espionne ouvrit précipitamment la trappe derrière l'occiput de l'androïde. Des fourmillements douloureux inondèrent le crâne du Valet, sans pour autant interrompre la lutte que se menaient les esprits. Ni la matriarche, ni Tancredo De Fante, ni aucune des autres voix ne parvenait à prendre le dessus.

— Le courant qui alimente votre encéphale s'atténue, mère, annonça la comtesse d'une voix tremblante.

Elle examinait le cerveau de l'androïde au moyen d'une torche trouvée sur l'établi.

Le Valet sentit qu'elle dévissait une plaque sur la paroi à l'intérieur de sa tête. Cela provoqua une vague de souffrance qui fit hurler tous les esprits.

— De l'eau…, constata l'espionne, mortifiée. Les circuits qui servent à alimenter les encéphales étrangers sont trempés.

Elle poursuivit son investigation tandis que la panique étouffait le Valet. Il aurait voulu supplier l'Italienne de tout faire pour le sauver, mais il n'osait pas s'opposer aux fantômes en train de se battre.

— Je n'ai pas le choix, mère, murmura la Cagliostro. Je dois débrancher votre encéphale pour le préserver.

Dans un claquement, la comtesse retira le petit œuf en métal où était copié l'esprit de la matriarche. Les voix submergèrent alors cette dernière, qui s'évanouit sous leur nombre.

— Si tu ne fais rien, ils se retourneront contre toi ! cria l'archéologue.

Poussé par l'urgence, le Valet essaya de s'imposer. À sa grande surprise, Tancredo, Orso et les autres ployèrent devant lui. Il avait retrouvé son énergie, l'électricité affluait de nouveau dans les circuits de son encéphale. L'androïde refoula immédiatement les esprits concurrents à l'état de pensées secondaires. L'archéologue disparut lui aussi, balayé par la purge.

Le Valet tenta de bouger, ses membres répondirent. Il vit la comtesse, qui rangeait l'encéphale de sa mère dans son corsage. Lorsque les phares de l'androïde se braquèrent sur elle, l'espionne recula, éblouie.

— L'empereur est content de…

Cet enchaînement de mots… Les mêmes que dans le souvenir, sur l'île Barbe ! L'homme électrique savait ce qu'ils signifiaient : l'amnésie, la mort…

Une colère incontrôlable monta en lui et l'ombre d'Orso s'étendit sur sa conscience. Dépossédé de lui-même, il abattit son poing sur la mâchoire de l'espionne, interrompant la phrase fatidique. L'Italienne roula au sol comme un ballot de chiffons.

— Comtesse !

Horrifié par son geste, le Valet se précipita auprès d'elle. La Cagliostro gisait, la joue tuméfiée.

— Pardonnez-moi, bafouilla-t-il. Je ne voulais pas…

La culpabilité enserra sa gorge. La comtesse avait beau l'avoir trahi, il ne supportait pas l'idée de l'avoir blessée. Mieux, depuis qu'il avait découvert qu'elle n'était pas l'esclave de Larsan, il l'admirait d'autant plus pour son courage. Qu'importaient ses motifs, qui n'apparaissaient pas très clairement à l'androïde : il n'existait pas deux femmes comme elle.

Fébrile, le Valet caressa le front blanc de l'espionne. Au contact du métal froid, elle ouvrit péniblement les yeux, à la grande joie de l'androïde. Hélas, les premiers mots de la Cagliostro douchèrent son enthousiasme :

— L'empereur… est…

Le Valet se jeta en arrière dans un glapissement mécanique afin de couvrir sa voix.

— Arrêtez ! cria-t-il.

Sa paume se plaqua contre la bouche de la comtesse.

— Je ne veux pas vous blesser, supplia-t-il. Je sais ce que vous essayez de me faire mais, croyez-moi, je ne vous dénoncerai pas au ministre.

La Cagliostro tenta de défaire sa prise. Comment faire pour la convaincre de ne pas l'attaquer ?

— Je ne suis pas votre ennemi. Je vais vous le prouver.

Le Valet avait une idée. Il s'enfonça dans les replis de sa conscience et chercha l'ancienne comtesse de Cagliostro.

En toute logique, elle se trouvait quelque part en lui. Si Tancredo et Orso subsistaient alors que leurs encéphales avaient été déconnectés, il devait en être de même pour la matriarche. En effet, il la trouva, endormie dans un coin, et, sans la réveiller, s'appropria les informations qui l'intéressaient.

— Le comte Sandorf possède un récepteur radio dans son château, résuma-t-il. Un de ses hommes y est affecté à toute heure. Je vais le contacter pour vous.

En se concentrant sur les souvenirs de la matriarche, l'androïde se brancha à la fréquence désirée et envoya son message :

— Ceci est une transmission de la part de la comtesse de Cagliostro. Elle est prisonnière du comte Dracula dans un château des Carpates, à moins d'une journée de marche du monorail de l'*Orient-Express*.

Une fois qu'il eut répété ces mots pour s'assurer qu'ils seraient bien reçus, il se pencha sur la comtesse.

— Vous voyez ? J'ai fait ce que vous vouliez.

Puis, sans attendre la réponse de l'espionne, il la libéra.

Une part de lui-même savait que ce qu'il faisait était stupide. Il se mettait à la merci de la Cagliostro. Celle-ci fixa sur lui un regard suspicieux.

— Pourquoi avez-vous fait cela ?

Sans que l'androïde sache d'où elle venait, une réponse monta des brumes de sa mémoire :

— Parce que ceux qui s'aiment doivent se faire confiance.

À ces mots, la comtesse eut un hoquet de surprise et une tristesse infinie sembla s'abattre sur ses épaules. Lorsqu'elle lui répondit, ce fut avec la voix éraillée d'une femme à bout de forces.

— Alors partez, Valet, chuchota-t-elle. Fuyez ce château et disparaissez. Si Sandorf vous trouve à son arrivée, vous serez de nouveau asservi. Et, cette fois, ce sera pour de bon.

Quelque chose dans son regard indiqua à l'homme électrique qu'elle regrettait déjà cette décision, que ce moment de faiblesse ne durerait pas. S'il ne profitait pas de cette occasion, l'émotion que la

Cagliostro venait de trahir ne l'empêcherait pas de faire un choix plus raisonnable.

Alors, l'androïde prit ses jambes à son cou.

◇◇◇

Obnubilé par ses pensées, le Valet déboucha dans la salle seigneuriale où l'attendait une scène de cauchemar : le professeur Van Helsing pointait son vilebrequin voltaïque sur l'une des épouses de Dracula, celle aux boucles dorées. La jeune femme était couchée sur le ventre dans une mare de sang, les lèvres retroussées. Ses traits déformés évoquaient ceux d'une bête.

D'un coup, elle voulut bondir, mais le savant appuya au même instant sur la détente de son arme. Le foret traversa le visage de la Transylvanienne, explosant son bulbe rachidien dans une gerbe pourpre.

— Que Dieu te pardonne ! tonna Van Helsing.

Il visa cette fois le milieu de la colonne vertébrale, légèrement à gauche, et tira de nouveau. La mèche tourbillonnante déchira le cœur de l'épouse, qui succomba dans un long chuintement.

— Qu'est-ce que vous avez fait ? bredouilla l'androïde. Cette femme…

— … était corrompue par un traitement toxique, l'interrompit le professeur sur un ton sans appel. Son état d'aliénation l'a poussée à se repaître de dizaines d'innocents.

Essoufflé, il essuya sa face maculée de sang avec la manche de son avant-bras.

— Peut-être le comte la forçait-il à commettre ces crimes, insista l'androïde.

— Plus tard ! coupa le savant. La deuxième s'est enfuie par là…

Il désigna la direction de l'entrée principale. Une traînée de sang ruisselait sur les dalles.

— Je l'ai blessée au torse. Il est possible qu'elle ait succombé, mais je préfère m'en assurer…

Le Valet parvint à s'arracher au spectacle atroce de la dépouille massacrée.

— Comment avez-vous réussi à les mettre en déroute ? Fortes comme elles étaient…

— Je les ai eues par surprise. Avant même qu'elles ne m'aperçoivent, chacune avait déjà récolté un foret dans la peau. Maintenant, suivez-moi, il faut achever celle-ci…

Van Helsing, arme au poing, se mit à remonter la piste de sang. Se rendant compte qu'il se dirigeait vers la sortie, l'androïde s'empressa de le rattraper. En compagnie de cet homme, peut-être arriverait-il à fuir.

— Attendez-moi !

Soudain, ses jambes cessèrent de fonctionner, il se rattrapa de justesse à un mur. L'humidité emmagasinée par son organisme rongeait ses connexions. Heureusement, l'engourdissement de ses membres s'estompa aussitôt. Pourvu que cela ne se reproduise pas.

— Dracula doit s'être absenté, grogna le professeur, qui avait ralenti. Les cris l'auraient attiré.

Ils suivirent les traces de sang jusqu'à l'escalier monumental qui donnait sur la porte d'entrée. Au bas des marches, une autre femme du comte, la plus jeune des deux brunes, reposait au sol, les yeux révulsés, sa poitrine d'albâtre perforée sous le sein. Un filet rouge s'écoulait le long de son flanc.

— Je pensais bien avoir atteint le cœur, se réjouit Van Helsing. Descendons pour en être certain.

Le Valet, lui, ne voyait que la porte. La liberté n'était qu'à quelques mètres !

Ils n'eurent pas le temps de s'engager dans l'escalier que le battant s'ouvrit avec fracas. Le comte Dracula, vêtu d'une tenue de chasse en cuir, pénétra dans le hall, escorté par une douzaine de bohémiens. Dès qu'il vit son épouse à terre, il marcha vers elle et la cueillit entre ses bras, sans prendre garde au sang qui souillait ses vêtements.

Le visage du comte se plissa dans une grimace de souffrance. Aucune larme ne roulait sur ses joues, mais jamais le Valet n'avait vu des traits à ce point marqués par le chagrin. La puissance de cette peine le terrifia, car elle appelait des représailles au moins aussi brutales.

Lorsque le regard de Dracula croisa celui du professeur Van Helsing, sa figure changea du tout au tout. L'humanité déserta son faciès, qui se mua en un masque de sauvagerie brutale. Renversant la tête, il poussa un rugissement à faire trembler les murs et fondit sur le meurtrier de sa femme.

La vision cauchemardesque du comte gravissant les marches quatre à quatre, hurlant sa douleur et sa haine, terrorisa à ce point le Valet qu'il s'enfuit sur-le-champ. Il ignorait même si Dracula avait noté sa présence, car la panique l'empêchait de réfléchir.

Derrière lui, il entendit le choc sourd des combattants qui se fracassaient l'un sur l'autre. Van Helsing n'avait aucune chance. Dracula le tuerait, puis ce serait son tour. Le comte lui ferait payer sa victoire sur l'esplanade.

L'androïde se trouvait déjà dans la salle seigneuriale quand un nouveau mugissement retentit : le cri de victoire d'un prédateur. Van Helsing devait d'ores et déjà avoir cessé de vivre. L'homme électrique se précipita à l'étage tandis qu'un bruit de course résonnait au loin. Dracula l'avait pris en chasse !

Le Valet arriva à l'étage des chambres lorsque ses jambes commencèrent à faiblir. Pas encore ! Cela recommençait au pire moment, alors que le comte le pourchassait pour le détruire !

La terreur lui permit d'avaler encore une dizaine de mètres avant de s'affaler. Cette fois, il ne sentait plus rien au-dessous de l'abdomen. Il était fini, à la merci du fou lancé à ses trousses ! L'homme électrique poussa un gémissement misérable en se traînant sur les dalles.

— Par Dieu, c'est l'androïde ! dit quelqu'un au-dessus de sa tête. Que vous arrive-t-il ?

En reconnaissant cet accent traînant, le Valet crut à une hallucination. L'homme qui se penchait sur lui était Michel Strogoff !

◇◇◇

Comment le capitaine avait-il réussi à se libérer ? Le Valet leva des yeux suppliants vers celui qui était censé être son ennemi.

— Nous n'avons pas le temps de nous occuper de lui, s'agaça un autre homme. N'entendez-vous pas ? C'est le comte qui arrive !

L'androïde reconnut le chef des bohémiens.

— Je ne peux pas le laisser entre les griffes de ces monstres, rétorqua Strogoff. Il a essayé de me libérer tout à l'heure ; j'ai une dette envers lui.

— Vous risquez nos vies à tous les deux, s'énerva le Tzigane.

— Je ne partirai pas sans lui, Rémi.

Le Valet se fit la réflexion qu'un tel prénom était inhabituel chez les bohémiens. Le dénommé Rémi dut comprendre qu'il n'arriverait pas à raisonner Strogoff car il s'empressa d'attraper l'androïde par les bras.

— Prenez-le par les jambes.

Les deux hommes soulevèrent le Valet et s'élancèrent dans le couloir. À l'étage inférieur, le vacarme se rapprochait. Dracula renversait les armures, les meubles, tout ce qu'il trouvait sur son passage. Ils l'entendirent hurler :

— Où te caches-tu ? Montre-toi !

Strogoff, Rémi et leur fardeau se réfugièrent dans une pièce qui avait dû être une cuisine en des temps reculés. Il restait la trace d'un foyer.

— Par là, vite !

Rémi désigna une ouverture donnant sur le vide. Alors qu'ils s'approchaient, le Valet vit dans la grisaille de l'aurore une plate-forme de bois qui pendait le long de la muraille : un monte-charge.

Strogoff et le bohémien se précipitèrent à bord, puis Rémi adressa de grands gestes à des hommes qui attendaient en contrebas. La plate-forme s'ébranla et se mit à descendre.

— Pourquoi nous aidez-vous ? demanda le Valet.

— C'est le capitaine Strogoff que nous voulons, rétorqua le bohémien. Vous n'êtes du voyage que parce qu'il l'a exigé, alors taisez-vous. Nous ne sommes pas encore tirés d'affaire.

Ils parvinrent au bas de la muraille en un instant. Rémi adressa quelques mots aux Tziganes présents, qui s'emparèrent de l'androïde. Le petit groupe ainsi formé courut sous les sapins jusqu'à un chemin forestier, où était stationnée une roulotte, attelée à deux chevaux.

— Montez, nous partons sur-le-champ, pressa Rémi.

Un rugissement leur parvint depuis le château.

Les bohémiens déposèrent en hâte l'androïde sur un lit à l'intérieur de la roulotte, le Sibérien s'installa sur une banquette inoccupée, et l'attelage se mit en branle.

Ils subirent en silence les cahots de la route, jetant de temps en temps des coups d'œil par la fenêtre. La forêt de sapins noirs défilait, elle semblait ne jamais devoir prendre fin. À un moment, une trappe s'ouvrit à l'avant de la roulotte : Rémi, assis à côté du Tzigane qui faisait office de cocher, désirait leur parler.

— Nous arrivons au col de Borgo. À partir d'ici, la route est plus large, nous lançons les chevaux au galop. Ne vous étonnez pas si cela secoue.

La lumière rase du matin les frappa quand ils sortirent du bois. L'espace d'un instant, ils purent embrasser la vallée du regard. Le château du comte Dracula ressemblait à une bête trapue, lovée dans la cuvette. Quand ils basculèrent de l'autre côté de la ligne de crête, l'androïde ressentit un profond soulagement.

— Merci, souffla-t-il à Michel Strogoff.

— Ne me remerciez pas, répondit le Sibérien. Je l'ai fait pour moi aussi.

Il ferma les yeux. Son imagination devait l'avoir transporté dans un endroit agréable, car sa voix se fit douce.

— Lorsque je rentre de mission, mon cadet me demande de lui raconter mes voyages. Il grandit, vous savez, mais le regard qu'il pose sur moi n'a pas changé : il croit que je suis un héros. (Le sourire de Strogoff s'épanouit, comme si un soleil d'été illuminait ses traits.) C'est pour lui que je vous ai sauvé, l'automate. Vous ne ressemblez pas au portrait que l'on m'avait dressé de vous. Je n'aurais pas eu le courage d'avouer à mon garçon que j'avais abandonné un homme derrière moi.

Un instant, le Valet oublia ses jambes mortes. Il goûtait la simple sensation d'être estimé. Bien peu dans son existence l'avaient considéré autrement que comme un objet dénué de conscience.

— La comtesse…, murmura-t-il soudain. Elle est restée là-bas…

Le capitaine Strogoff dévisagea l'androïde, perplexe.

— D'après ce que j'ai entendu depuis la chambre où j'étais enfermé, elle vous a trahi, n'est-ce pas ?

Le Valet acquiesça, sans pouvoir détacher son regard du col qui s'éloignait.

— C'est vrai, mais elle est un membre de mon équipe. Et nul ne mérite de rester dans cet endroit.

Il passa sous silence l'affection qu'il éprouvait pour l'espionne. Ce sentiment devait être une réminiscence de l'amour de Tancredo pour Valeriana. Du moins, l'androïde le supposait.

Michel Strogoff resta silencieux. Le Valet était presque certain qu'il réfléchissait à la possibilité de revenir en arrière. Finalement, le Sibérien écarta cette idée :

— Tout ce que nous gagnerions à retourner là-bas, ce serait de nous faire tuer. Ne croyez pas que je dise cela par lâcheté, mon ami, je pense vraiment que ce n'est pas une solution. (Son regard bleu exprimait une préoccupation sincère.) Peut-être votre comtesse a-t-elle su s'en tirer par elle-même. Elle ne m'a pas fait l'impression d'une faible femme que vous seriez chargé de défendre…

Tel n'était pas le cas, en effet, et, de plus, le comte Sandorf avait été prévenu. Les Voleurs de Feu viendraient au secours de la Cagliostro. Pourtant, cela ne suffisait pas à rassurer le Valet.

Le capitaine sut-il déchiffrer le désarroi sur ses traits de métal ? Quoi qu'il en soit, il reprit sur un ton solennel :

— Écoutez, voilà ce que nous allons faire. Je vais bientôt m'entretenir avec le grand-duc Savitch, peut-être même avec le tsar, et je suis sûr qu'ils se montreront très intéressés par les expériences de Van Helsing. Ils enverront d'autres espions ici, qui en profiteront pour tirer votre amie des griffes de Dracula.

Le Valet sursauta.

— Comment pouvez-vous être si catégorique en disant que vous verrez bientôt le tsar ? s'étonna-t-il.

— Lorsque la comtesse m'a abandonné, j'ai cru que tout était perdu, expliqua Michel Strogoff. Mais plus tard dans la nuit un Tzigane m'a rendu visite. Rémi avait volé les clés de ma geôle. Il m'a confié qu'un agent du tsar avait retrouvé ma trace jusqu'ici et que ce dernier l'avait convaincu de me faire évader.

L'androïde eut la sensation qu'un nouveau piège se refermait sur lui. Il relâcha sa colère contre les bohémiens assis sur la banquette du cocher.

— Vous nous avez livrés à ce dément, et maintenant vous nous libérez ? Qu'a-t-il fallu pour vous convaincre ? Plus d'or ?

Rémi le foudroya du regard, visiblement atteint dans son honneur.

— Qui me parle ainsi ? Vous êtes de la Sûreté, non ? Et nous aurions dû vous aider ?

— Vous auriez pu, oui ! répondit le Valet, acerbe.

Rémi prit une mine exaspérée, comme devant la colère d'un petit garçon.

— Savez-vous ce que fait la police impériale quand elle croise notre route ? Elle fouille nos caravanes, terrorise nos familles et nous humilie devant nos enfants. Combien des nôtres, accusés de vagabondage, ai-je vu condamnés au bagne pour une simple représentation musicale de rue ?

— Admettons, se renfrogna l'androïde. Cela justifie-t-il que vous nous livriez à ce boucher ?

Le bohémien grimaça, laissant transparaître sa culpabilité.

— Du temps de mon maître Vitalis, jamais nous ne nous serions abaissés à cela. Mais comment puis-je blâmer les miens ? Dracula nous donne de l'or pour nourrir nos familles, et nous trouvons refuge sur ses terres sans être chassés comme des animaux.

Le Tzigane marqua une pause. Il paraissait étouffé par le sentiment de sa révolte.

— Pourquoi avez-vous changé d'avis ? demanda Strogoff, apparemment soucieux d'éloigner le bohémien des sujets qui pourraient le fâcher.

— La santé mentale du comte est de plus en plus précaire à mesure qu'il poursuit son traitement. Cette nuit, il a fait irruption dans notre campement. Les paysans qu'il emploie comme gardes-chasses l'avaient prévenu qu'un étranger s'était introduit dans la vallée. Il voulait organiser une battue. Dracula s'est montré extrêmement virulent. Mon ami, Mattia, est intervenu pour le calmer. Le comte l'a tué...

La voix du bohémien devenait rauque.

— Un étranger s'était introduit dans la vallée ? répéta le Valet.

— Oui. En fait, c'était l'agent du tsar qui nous avait contactés en secret deux jours auparavant : si nous lui ramenions le capitaine Strogoff, il s'engageait à recevoir nos familles en Russie et à les placer sous la protection du tsar. Lorsque Dracula a assassiné Mattia, nous avons décidé d'accepter sa proposition.

— C'est pourquoi certains d'entre vous n'ont pas participé à la traque avec Dracula, compléta Michel Strogoff. Vous êtes venus me libérer dès que possible.

Rémi acquiesça.

— Nos familles émigreront et nous en aurons terminé avec cette vallée maudite...

Toute cette histoire arrangeait aussi bien les Tziganes que le capitaine, mais l'androïde, quant à lui, se voyait joué une fois de plus par le destin. La perspective d'être disséqué par les savants du grand-duc Savitch le terrifiait. Il ne pouvait même pas tenter de contacter Larsan : l'antenne de fortune confectionnée par la comtesse était tombée durant la course-poursuite.

— J'aurais aimé avoir un peu de temps pour faire le point, soupira le Valet. Je ne sais plus trop où j'en suis.

Savoir que Frédéric Larsan, la comtesse de Cagliostro et le frère Vacher avaient effacé à plusieurs reprises sa mémoire le traumatisait.

Ses souvenirs n'étaient qu'un ruban effiloché, une histoire dont il connaissait le début et la fin, sans véritablement saisir l'identité de celui qui avait vécu ces événements : lui-même. Depuis qu'il avait réussi à lire dans l'esprit de l'ancienne Cagliostro, il comptait faire de même avec les fantômes inconnus qui hantaient sa conscience. Peut-être lui livreraient-ils les pièces manquantes de son passé. Seulement, il n'en avait pas le temps. Il se trouvait encore en danger, entre les mains de l'ennemi.

— J'interviendrai en votre faveur, promit Strogoff. Quand le tsar saura que vous avez tenté de me libérer alors que rien ne vous y obligeait, il ne voudra pas vous traiter en ennemi.

L'androïde répondit au sourire apaisant du capitaine en étirant sans conviction son rictus squelettique. Les mots du Sibérien ne le rassuraient en rien : Strogoff était un idéaliste. Le grand-duc Savitch, s'il ressemblait à Larsan, n'aurait pas les mêmes scrupules.

Soucieux, il s'enferma dans le silence. Ses jambes persistaient à demeurer deux poids morts, et peut-être son cortex était-il proche de s'éteindre. À quoi bon se préoccuper du sort que lui réservaient les Russes après tout, s'il venait à succomber avant de leur être livré ?

L'après-midi était déjà fort avancé quand ils arrivèrent en vue de Klausenbourg, la capitale de la principauté de Transylvanie. Des usines voltaïques cernaient ses remparts médiévaux, crachant vers les cieux de minces colonnes de fumée noire.

— Nous avons rendez-vous avec notre homme dans une carrière de sel au sud de la ville, annonça Rémi.

Ils longèrent les faubourgs animés sans attirer l'attention. À quelques kilomètres, au centre-ville, se dressait le palais du prince de Transylvanie, le jeune Aurélien-Louis Bonaparte. La rumeur faisait de ce petit-cousin de l'empereur un incapable tout juste bon à jouir du territoire dont il avait la charge.

De plus en plus anxieux, le Valet s'imagina ramper jusqu'à la porte de la roulotte pour l'ouvrir. Il pourrait alors crier, appeler au secours et demander à voir le prince. Quand il tenta de se tourner sur son lit, il n'y parvint qu'au prix de grands efforts. Il comprit alors la vanité de ses fantasmes d'évasion.

En arrivant à la mine de sel, l'attelage s'orienta vers un espace isolé jalonné de terrils. L'androïde aperçut un homme à contre-jour, au milieu des montagnes de terre. Celui-ci leur adressa de grands gestes dès qu'il vit la roulotte.

— Le cauchemar se termine enfin, soupira Strogoff. Dans moins d'une semaine, je reverrai Nadia et mes garçons.

Les passagers de la roulotte perdirent l'étranger de vue alors que l'attelage tournait pour se garer. Quand ils furent immobiles, le Russe présenta son dos à l'androïde.

— Accrochez-vous à mon cou. Je vais vous porter.

Le capitaine respirait une joie telle que le Valet n'eut pas la force de protester. Avec la résignation d'un condamné à mort, il se laissa descendre de la roulotte tandis que les Tziganes saluaient leur employeur.

— Ça alors, le pantin, tu t'en es sorti ! Si je dois bien te reconnaître une qualité, c'est que tu es résistant.

Le Valet frémit au son de cette voix. Il étira son cou pour regarder par-dessus l'épaule de Strogoff et constata avec stupeur qu'il ne s'était pas trompé. Le prétendu représentant du tsar n'était autre que le frère Vacher.

— Désolé, grimaça le balafré, mais c'est moi qui récolterai les lauriers en livrant Strogoff à Frédéric Larsan !

Comme pour renforcer sa déclaration tonitruante, une nuée d'abeilles voltaïques surgirent de derrière les terrils pour emplir le ciel.

◇◇◇

Troisième partie

Le fleuve entre les deux armées

3 juin 1895

Lorsqu'ils arrivèrent au-dessus de Tilsitt, une vilaine bruine trempait l'horizon gris. La ville se lovait le long du fleuve Niémen, dont le lit creusait un sillon d'eaux noires à travers les steppes de la Pologne orientale. Avec ses remparts hérissés de canons voltaïques, la cité semblait sur le pied de guerre. En réalité, un tel déploiement de force pouvait être observé tout le long de la frontière qui séparait l'Empire français de son voisin russe.

— Je pensais que nous ramenions le prisonnier au ministre ! cria le Valet afin que Vacher l'entende malgré le ronronnement du moteur.

Ils se trouvaient à bord d'un bourdon voltaïque, un de ces véhicules électriques à trois places employés par l'armée française. Le moine conduisait et l'androïde partageait la banquette arrière avec Michel Strogoff qui dormait, drogué et ligoté. Une dizaine d'abeilles en formation défensive, montées par des hussards, zonzonnaient autour d'eux.

— C'est le cas ! répondit Vacher. Vous êtes-vous imaginé que Larsan resterait inactif avec les informations que nous lui avions transmises depuis Venise ?

L'escadrille dépassa un relief du terrain et une vue extraordinaire s'offrit à l'androïde. Sur les rives du Niémen, plusieurs centaines de tentes formaient deux camps militaires face à face, de part et d'autre des flots. Les carrosseries rutilantes des engins de guerre renvoyaient le faible éclat du soleil morne de l'après-midi.

— La Grande Armée ! s'exclama l'androïde, saisi par cette vision.

— Une partie seulement ! le reprit Vacher. Le gros des troupes combat en ce moment même en Mongolie !

Le bourdon entama sa descente, permettant au Valet de mieux voir les campements qui s'étendaient sous eux.

Sur la rive occidentale du Niémen, les étendards portaient le blason de Sa Majesté l'empereur Napoléon IV, un aigle d'or sur fond rouge qui étreignait entre ses serres plusieurs traits de foudre. Des régiments de cavalerie mécanique s'entraînaient sous le mauvais temps dans les champs à l'ouest, comme autant de vagues argentées roulant sur les collines. Quinze chars d'assaut s'alignaient près de l'eau, bobines voltaïques rivées sur la berge opposée.

— Le *Rapace* est le seul aéronef de la flotte stationné en Europe, commenta le frère Vacher. Il n'est pas encore arrivé mais, même en son absence, l'armée du tsar ne fait pas le poids.

Les troupes de l'empire de Russie se tenaient également sur le pied de guerre sur la rive orientale. Bien que plus nombreux que les grognards amassés en face, les cosaques étaient moins fournis en machines de guerre. Le différentiel technologique entre les deux armées sautait aux yeux : les cavaliers russes patrouillaient sur de vrais chevaux, bien moins impressionnants que les automates quadrupèdes montés par les hussards. Pour autant, l'effectif colossal de cette armée pourrait donner du fil à retordre aux Français.

— La guerre est-elle déclarée ? s'inquiéta l'homme artificiel.

À mesure qu'ils perdaient de l'altitude en décélérant, ils pouvaient mieux s'entendre.

— Pas encore, répondit Vacher. Après que la comtesse et toi êtes tombés de l'*Orient-Express*, j'ai tiré une sonnette d'alarme pour arrêter le train et me lancer à vos trousses. Retrouver votre trace m'a pris deux jours. Quand j'ai compris que vous étiez prisonniers dans ce château, je me suis résolu à contacter Larsan. Il était furieux que je lui aie désobéi, mais, comme je lui offrais une occasion de capturer Strogoff, il a accepté de m'envoyer des renforts. Il m'a appris du même coup qu'une rencontre était organisée à la frontière entre le tsar et l'empereur.

— Cela ne ressemble pas à une simple réunion, jugea l'androïde.

— Napoléon Hadrien a très mal pris d'apprendre la présence d'un espion russe à Venise, reprit Vacher. La partie diplomatique s'annonce tendue…

L'escadrille arriva au-dessus d'un vaste espace au milieu du campement, sur lequel se trouvaient arrimés des dizaines de véhicules aériens. Les abeilles précédèrent le bourdon sur la piste d'atterrissage. Elles se posèrent en demi-cercle face à un homme en costume noir : le ministre de la Sûreté impériale, Frédéric Larsan.

Les hélices ventrales du bourdon avaient tout juste ralenti que le moine ouvrit le cockpit et descendit de son véhicule pour marcher au-devant de son maître.

— Vacher, vous voici enfin…

Les traits du ministre n'exprimaient aucune émotion. Il aurait pu tout aussi bien se préparer à féliciter le moine qu'à ordonner son exécution.

— Strogoff est dans le bourdon, se contenta de déclarer le balafré. Je vous le livre, comme promis.

Larsan adressa un signe à deux hommes en uniforme noir de la Sûreté derrière lui. Les policiers marchèrent jusqu'au bourdon et débarquèrent le prisonnier, encore inconscient. En les voyant faire, l'androïde se jura qu'il ferait tout ce qui était en son pouvoir pour protéger le Sibérien.

— Valet, descendez de là ! ordonna le ministre.

L'homme électrique resta bouche bée, cherchant comment répondre sans froisser le maître de la Sûreté. Vacher s'en chargea avant lui.

— Le pantin a perdu l'usage de ses jambes. D'après ce qu'il m'a raconté, il lui a pris l'idée saugrenue de se baigner dans les douves du comte Dracula.

— Ce n'est pas tout à fait..., voulut rectifier l'androïde.

Larsan fit un geste agacé, lui signifiant de se taire.

— Au moins, nous vous avons récupéré. Vacher, qu'en est-il du reste des renforts que je vous avais envoyés ?

Les hussards, descendus de leurs abeilles, attendaient au garde-à-vous que le ministre veuille bien les renvoyer à d'autres tâches. Ils étaient une quinzaine, soit la moitié de l'effectif qui avait intercepté l'androïde et Strogoff à Klausenbourg.

— Vos hommes sont arrivés juste à temps pour le rendez-vous que j'avais fixé avec les Tziganes, expliqua le balafré. Conformément à vos ordres, j'ai ordonné à une partie de l'escadron de retourner au château de Dracula pour secourir la Cagliostro, avec deux bohémiens forcés de leur servir de guides.

— Parfait, commenta Larsan. Ils en profiteront pour faire le ménage. Hors de question de laisser un nobliau provincial s'accommoder des lois de l'Empire. À l'heure qu'il est, le sergent Deauville a dû faire fusiller ce Dracula et livrer son domaine aux flammes. Voilà qui fera réfléchir les arriérés qui peinent encore à accepter la suprématie de notre civilisation à l'est du Danube.

— J'ai vu la comtesse avant de m'échapper, elle était très affaiblie, bégaya l'homme électrique, en proie à une angoisse dévorante.

Il ne cessait de penser à l'espionne, se figurant les pires scénarios. Il s'en voulait, il l'avait abandonnée à la merci de Dracula. Le comte s'était-il acharné sur elle après que le Valet avait fui ? Et en admettant qu'elle ait pu se cacher, si les hussards étaient arrivés au château en même temps que les Voleurs de Feu, la Cagliostro avait pu se retrouver prise entre deux feux.

— Espérons qu'elle a survécu jusqu'à l'intervention de nos soldats, déclara le maître de la Sûreté. En attendant, nous n'avons pas le temps de nous occuper d'elle.

Depuis plusieurs minutes, le frère Vacher ne cachait plus son impatience. Avant que le ministre ne poursuive, il l'interrompit d'une voix rauque :

— J'ai fini de travailler pour vous, Excellence. Vous avez Strogoff, ma part du contrat est remplie. À vous d'honorer vos engagements : vous devez faire opérer Louise.

Larsan le toisa avec dureté, et répliqua :

— J'ai eu la bonne grâce de ne pas revenir sur votre comportement déplorable à Venise. Il est malheureux que, par votre entêtement, vous me rappeliez ce fâcheux incident.

Le frère Vacher vira au rouge et ses pupilles s'animèrent d'une lueur meurtrière.

— Vous aviez dit…

— Regardez autour de vous ! coupa Larsan sur un ton glacial. Croyez-vous que j'ai le temps de m'occuper de vos petites affaires ?

Le moine se renfrogna. Il aurait sans doute répondu avec virulence s'il n'avait été entouré de hussards à la botte de son employeur.

— L'Empire est au bord de la guerre ! assena le ministre. Rongez votre frein encore quelques jours, ou même quelques semaines. Lorsque cette crise sera derrière nous, je vous récompenserai. D'ici là, obéissez !

Vacher baissa la tête, il paraissait au bord du désespoir. L'androïde se demanda qui était Louise. Le moine l'avait déjà évoquée par le passé.

L'homme artificiel avait tellement l'habitude de considérer son comparse comme le dernier des assassins qu'il ne s'était jamais interrogé sur ses motivations. En tout cas, quelles que soient les exigences du balafré, celui-ci devrait se contenter de la promesse de Larsan.

— Bien, reprit ce dernier à l'intention de Vacher. Puisque vous voilà redevenu raisonnable, je vous charge d'escorter le Valet jusqu'au hangar des ingénieurs. Voyez avec notre responsable scientifique local, le major Whittington, afin qu'il le rétablisse au plus vite.

— Et Strogoff ? fit le moine.

— Demandez au major d'effectuer une copie de son encéphale et de la greffer au Valet. J'espère que la mémoire de cet espion nous en apprendra plus sur les visées du grand-duc Savitch.

L'idée de voir Strogoff trépané horrifia l'androïde.

— Ne lui faites pas de mal, il m'a aidé ! protesta-t-il. C'est grâce à lui que j'ai pu fuir le château de Dracula.

Larsan le considéra avec dédain.

— Cet homme est un agent ennemi, Valet. Il sert une puissance étrangère qui prépare la destruction de notre patrie.

L'androïde connaissait ce refrain mais, cette fois, il sonnait faux à ses oreilles.

— Il doit y avoir une autre solution ! insista-t-il. Laissez-moi lui parler, je promets qu'il dira tout ce qu'il sait !

Le maître de la Sûreté fronça les sourcils. Il avait l'immobilité des grands prédateurs, dont le calme n'est que façade.

— Vous seriez prêt à risquer la vie de millions de nos concitoyens pour épargner un espion ? gronda-t-il. Ce Strogoff est un scélérat qui a choisi son sort. Nous le tuerons, puis vous nous délivrerez le contenu de ses pensées. Est-ce bien clair ?

Les mots du ministre suintaient de menace. Le Valet savait qu'il aurait dû arrêter là, mais quelque chose l'en empêchait. Après ce qu'ils avaient vécu, il refusait d'abandonner le capitaine.

— Si vous tuez Strogoff..., commença-t-il.

Larsan ouvrit des yeux terribles et l'androïde eut bien du mal à finir sa phrase.

— Si vous le tuez..., répéta-t-il.

Il n'osa pas aller au bout de sa menace.

Le ministre ne réagit pas. Le vent glacial fouetta le Valet. Le silence s'épaississait, l'homme électrique prit conscience de sa folie : Larsan avait tout pouvoir sur lui. Il ne se gênerait pas pour effacer ses souvenirs une fois de plus, ou, pire, pour se débarrasser définitivement de lui.

Lentement, le maître de la Sûreté plaça son visage à moins de dix centimètres de celui du Valet.

— Vous obéirez, ou je ferai en sorte d'isoler chacune des pièces qui vous constituent, puis je les éparpillerai dans les flots du Niémen.

Les mots du ministre agirent sur l'androïde comme autant de brûlures. Il n'avait d'autre choix que de courber l'échine.

— Pardon, bredouilla-t-il, pitoyable. J'obéirai.

— Parfait, commenta Larsan. Vacher, quand vous en aurez terminé avec Strogoff, vous aiderez notre ami à se concentrer sur l'essentiel...

Le moine fit signe qu'il avait compris. Contrairement à ce qu'ils semblaient penser tous les deux, le Valet savait à quoi le ministre faisait référence. Il venait d'ordonner à son agent d'effacer la mémoire de l'androïde.

Pourquoi Larsan ne le réinitialisait-il pas lui-même dès maintenant ? Il n'avait qu'une phrase à prononcer. Le Valet ne voyait qu'une explication : il était possible qu'après une remise à zéro de sa mémoire son cortex ne soit pas opérationnel sur-le-champ. Or le ministre paraissait déterminé à obtenir le plus tôt possible les informations de Strogoff.

L'idée de se laisser encore décerveler révoltait l'homme électrique au plus haut point. Pourtant, il était dans l'obligation de ne rien laisser paraître, sous peine d'alerter le ministre. Il se jura de trouver le moyen de fuir.

— Occupez-vous de lui, ordonna Larsan.

Deux brigadiers de la Sûreté soulevèrent le Valet et se rangèrent derrière leurs collègues qui portaient le capitaine Strogoff.

— J'ai une entrevue avec l'empereur, annonça Larsan. À mon retour, je veux savoir ce que cet espion nous cache. Je compte sur vous, Vacher.

Sur un dernier regard de loup, le ministre s'adressa en langue des signes à l'un de ses séides. Celui-ci acquiesça, puis invita d'un geste le moine, l'androïde et leur escorte à le suivre.

Alors qu'ils s'engageaient dans les allées du camp, le Valet comprit qu'il était de nouveau prisonnier, prisonnier de l'Empire qu'il avait cru servir plus ou moins librement. Dorénavant, il avait la chance d'en être conscient. Mais pour combien de temps encore ?

◇◇◇

Ils traversèrent le camp que la pluie avait transformé en un immense champ de boue. Beaucoup des militaires qu'ils croisaient, très jeunes, ne portaient pas les couleurs impériales, mais les uniformes de nations vassales tels que le grand-duché de Varsovie ou les États teutoniques, sur le territoire desquels Tilsitt se trouvait.

Alors que l'androïde se rongeait les sangs, cherchant une ruse pour échapper à son amnésie programmée, le groupe arriva en vue d'un vaste hangar en métal. De la taille d'un immeuble, la construction était surmontée d'une sorte de gros pylône qui émergeait en son centre et culminait à plus de deux cents mètres au-dessus du toit. Cette immense colonne, couverte de bâches protectrices, semblait défier les nuages.

— Comment nos ingénieurs ont-ils pu ériger cet édifice en moins d'une semaine ? s'étonna le Valet, soufflé par cette vision.

— C'est un centre de recherche militaire qui a plusieurs années, répondit le frère Vacher. Je ne sais pas à quel projet il est dédié, mais ce n'est probablement pas un hasard s'il se trouve si proche de la frontière.

Une dizaine de grognards surveillaient l'entrée. Ils s'effacèrent en voyant les uniformes noirs de la Sûreté.

À l'intérieur du bâtiment, une horde d'ouvriers travaillait sur des échafaudages autour du pylône qui dépassait du toit. Il s'agissait en fait d'un canon aux proportions délirantes, dont la base était fixée à une armature en béton au milieu de l'entrepôt.

Personne ne faisait attention à leur petit groupe. Le grésillement des machines couvrait le bruissement du labeur ininterrompu.

— Que faites-vous là ?

Un homme rond, les bras chargés de classeurs, leur barrait la route.

— Nous venons de la part de…, commença le frère Vacher.

— Une fois pour toutes, dites à l'empereur que le canon sera prêt à tirer demain, soupira l'autre en lui coupant la parole. Mais pour ce qui est de viser précisément Saint-Pétersbourg je ne peux rien garantir lors du premier essai.

— Je veux…

— Inutile de déranger le major ! À force de le solliciter, vous ne faites que retarder notre travail.

Le frère Vacher attrapa brusquement son interlocuteur par le col, bousculant la pile de classeurs, qui se renversa dans la poussière.

— Je me fiche bien de votre canon, grogna le moine. Je veux voir Whittington au sujet de cet androïde. Ordre du ministre de la Sûreté.

Le rondouillard ne s'attendait pas à cette empoignade. Il tourna la tête dans tous les sens, la bouche ouverte comme celle d'un poisson.

— L'androïde… oui, bien sûr… Le major est dans ses quartiers…

Il désigna les échafaudages, dont les escaliers les plus en hauteur menaient à un cube d'acier collé au plafond du hangar. Les parois de cet étrange habitacle s'ouvraient de baies vitrées, opaques depuis l'extérieur.

Vacher lâcha le malheureux administrateur, qui atterrit les fesses sur ses papiers.

— Allons-y, grommela-t-il.

Alors qu'ils marchaient en direction des échafaudages, le Valet put observer un groupe d'ingénieurs qui travaillaient sur un exosquelette en acier recouvert de feuilles d'or. Le costume faisait trois mètres de haut. Une armature en son centre servait à enserrer les membres du pilote afin que ses mouvements soient retransmis au corps disproportionné de la machine.

— Je veux voir cette armure fonctionnelle d'ici à une heure, criait un ingénieur à son équipe, ou vous irez vous-même expliquer à Sa Majesté impériale pour quelle raison elle doit défiler toute nue à Saint-Pétersbourg !

Napoléon IV préparait-il déjà son triomphe ? Cela ne présageait rien de bon.

La montée des quelque trois cents marches qui menaient au nid d'aigle laissa la compagnie en nage, spécialement les deux brigadiers chargés de porter l'androïde. Ce dernier eut le temps de ruminer les mauvais choix qui l'avaient mené ici en cet instant : son sort était réglé et il ne savait que faire. S'il l'avait pu, il en aurait pleuré de rage.

Enfin, ils parvinrent devant une porte, qui s'ouvrit d'elle-même. L'entrée, digne d'un vestibule bourgeois, était tapissée de rouge.

— Ah ! quelqu'un vient, remarqua le frère Vacher en essuyant la sueur sur son front.

En effet, un domestique en livrée venait à eux. Quand ils le virent en pleine lumière, leur surprise fut extrême : le domestique ne marchait pas, il glissait sur des roues.

— Un autre pantin ! s'étouffa le balafré.

Le Valet oublia un instant ses problèmes : cet être était-il son semblable ? Les yeux de l'apparition, du plus bel émail, manquaient toutefois d'expression, et ses traits inflexibles devaient être moulés dans de la porcelaine. Il s'inclina avec un bruit de rouage.

— Par là ! Par là ! articula-t-il d'une voix mécanique.

En le suivant, ils aboutirent dans une grande pièce, dont une partie, encombrée de technologie, servait de laboratoire, tandis que l'autre moitié tenait du salon de la plus pure élégance. Ils trouvèrent le maître des lieux devant un feu de cheminée crépitant, perdu dans la contemplation d'un jeu d'échecs.

— Entrez, messieurs, entrez, lança-t-il avec lassitude.

Engoncé dans un fauteuil en cuir, le personnage en habit rouge semblait avoir autant de peine à se remuer qu'un lézard engourdi par le froid. Il avait le front large, une longue chevelure et des favoris blancs. Ses pupilles brillaient dans l'ombre d'épais sourcils. Sous son grand nez, un dédain amer plissait ses lèvres.

— Je crains que John n'ait encore gagné la partie…

Le domestique émit un son d'horlogerie et entreprit d'arranger le plateau de jeu. Était-il doué d'intelligence ?

— Whittington ? interrogea le frère Vacher.

— Lui-même ! claironna l'homme dans le fauteuil en tendant son verre afin que l'automate le remplisse de madère. John doit-il vous servir un rafraîchissement ?

— N'avez-vous pas d'autres occupations que de jouer aux échecs ? s'enquit le moine. Un secrétaire que nous avons croisé m'assurait que vous travailliez dur pour que ce canon soit opérationnel dès demain...

— Ah ! cela ? dit le major en haussant les épaules. J'ai déjà effectué tous les calculs afin que le projectile atterrisse exactement sur le palais d'hiver. Et, comme je m'ennuyais, j'ai également évalué les trajectoires envisageables dans les cas où l'empereur voudrait bombarder Moscou, Pékin, Ourga ou même Philadelphie. Je m'ennuyais toujours autant, alors j'ai entamé une énième partie contre John.

Napoléon IV envisageait donc bel et bien la guerre. Le Valet se sentit mal à l'idée que c'était les informations qu'il avait lui-même récoltées à Venise qui poussaient maintenant l'Europe entière aux portes d'un conflit meurtrier.

— Nous avons du travail à vous confier de la part de Larsan, déclara Vacher avec humeur.

Les brigadiers de la Sûreté portèrent ce dernier jusqu'à un sofa. Michel Strogoff, toujours inconscient, fut assis sur une chaise. L'indolent maître des lieux soupira, résigné à abandonner son fauteuil.

— Major Whittington, se présenta-t-il en tendant une main à l'androïde. J'ai eu le plaisir de travailler avec le docteur Rapperschwyll et la comtesse de Cagliostro sur votre cas, mais vous ne vous en souvenez pas.

Le frère Vacher émit un toussotement, certainement pour rappeler à l'inventeur que ce sujet ne devait pas être mentionné devant le Valet, ce à quoi le major ne prêta nulle attention.

— De tous les projets auxquels Son Excellence le ministre m'a demandé de participer, vous êtes sans doute le moins rébarbatif, reprit Whittington. Vous êtes bien plus développé que tout ce que j'ai pu réussir à produire.

Le regard mélancolique du major se porta sur son domestique, qui ajoutait des bûches à la cheminée. Le Valet comprit avec déception que l'être au visage d'émail n'avait que l'apparence de l'humanité. Il se sentit plus seul que jamais.

— Quel est votre niveau aux échecs ? demanda Whittington subitement.

— Je n'en connais même pas les règles, avoua l'androïde.

— À chacun ses faiblesses, commenta le major. John n'a pas de conscience mais il excelle à ce jeu.

Whittington faisait bonne impression au Valet : arriverait-il à s'en faire un allié ? Cela pourrait être la solution pour échapper à l'effacement de sa mémoire.

— Le ministre veut que nous greffions son encéphale au pantin, intervint le frère Vacher en désignant Strogoff.

Le major acquiesça.

— John ! appela-t-il. Venez par ici !

L'automate sur roues cessa ses tâches domestiques.

— Apportez-moi les instruments nécessaires à une trépanation, je vous prie, dit Whittington, ainsi que l'incubateur et un encéphale vierge.

John partit fouiller dans les armoires du laboratoire. Le Valet s'affola : Strogoff serait bientôt assassiné.

— Major…, gémit l'androïde. Je ne sens plus rien au-dessous du bassin, et ma tête bourdonne !

Ce n'était là que la vérité, et, comme il l'espérait, elle suffit à détourner l'attention du savant.

— Vous ne pouvez plus marcher, n'est-ce pas ? Hum, voyons voir…

Sans demander la permission, il glissa sa main sous la nuque de l'androïde et ouvrit son occiput, provoquant chez l'homme artificiel les habituelles démangeaisons douloureuses.

— Le circuit des encéphales extérieurs est plein d'eau, remarqua Whittington après une observation minutieuse. Nous prendrons le temps de nettoyer cela avant la nouvelle greffe.

La tentative de diversion du Valet s'avérait fructueuse.

— Larsan s'est montré très clair, s'irrita le frère Vacher. Il veut les informations de l'espion au plus tôt. Vous nettoierez le pantin ensuite.

— J'aurais prévenu, dit le major en faisant la moue. Couchez l'espion sur la table d'opération, sur le ventre.

L'androïde regarda avec horreur les brigadiers de la Sûreté soulever Strogoff, puis l'allonger sur le lit matelassé au centre du laboratoire, en prenant soin de nouer les sangles autour de ses membres. John revint à ce moment avec le matériel requis. Il installa des serviettes sous la tête du Sibérien, ainsi qu'un seau vide par terre. Whittington vérifia les machines que venait d'apporter son serviteur, et s'empara d'une scie circulaire qu'il brancha à un générateur.

— Au travail, fit-il en tendant l'outil au frère Vacher. Je vous laisse œuvrer, on m'a dit que vous connaissiez votre *credo*.

Le religieux, sinistre, activa la scie. La lame se mit à tourner dans un vrombissement. Michel Strogoff, pieds et poings liés, commença à s'agiter. Le malheureux reprenait conscience juste à temps pour voir venir sa fin !

— Tiens-toi tranquille, grogna Vacher en le maintenant par l'arrière de la tête.

Le capitaine poussa des appels étouffés de sous son bâillon tandis que le balafré approchait l'instrument de son crâne.

— Ne faites pas ça ! s'écria le Valet en tendant les bras. Il doit y avoir un autre moyen ! Laissez-le parler, je vous jure qu'il va parler !

Le moine l'ignora. Il traça une première ligne rouge sur le lobe pariétal du Sibérien, tirant à ce dernier un hurlement de souffrance animal. L'androïde, pétrifié par l'atrocité de la scène, aurait voulu cesser d'exister.

◇◇◇

— Il suffit !

Ces deux mots, lancés d'une voix de stentor, figèrent le frère Vacher.

Les stridulations de la scie s'éteignirent, remplacées par les soupirs douloureux de Strogoff. L'androïde se tourna vers celui qui venait d'empêcher la mise à mort, debout dans l'entrée. Quelle ne fut pas sa stupeur en reconnaissant Sa Majesté impériale Napoléon IV Hadrien, souverain de l'Europe et d'un tiers du monde.

L'empereur portait un uniforme blanc cousu de boutons argentés, sur lequel un aigle brodé de fils d'or déployait ses ailes d'une épaulette à l'autre. Le menton proéminent, les joues rondes et le front dégarni malgré son jeune âge, le maître de l'Empire Électrique paraissait plus petit que sur ses portraits officiels. Il avait hérité du premier Napoléon, son illustre ancêtre, un teint olivâtre et de rares cheveux noirs. Il avança en bombant exagérément le torse, une main sur le pommeau de son sabre.

— Vous ne trépanerez pas cet homme, monsieur…

L'empereur hésita en dévisageant le moine.

— Il s'agit d'un de mes agents, Votre Majesté impériale, intervint Frédéric Larsan, qui précédait de peu le monarque.

Une joie sans mesure manqua de rompre les pistons du Valet : Strogoff était sauvé !

L'androïde reconnut derrière le ministre deux autres membres de la famille Bonaparte : le vieux François-Venceslas, grand-duc de Varsovie, et Pierre-Napoléon II, grand maître des États teutoniques. La présence de ces hommes n'étonna guère l'androïde : ils gouvernaient l'un et l'autre les deux États vassaux de l'Empire Électrique les plus proches de la Russie.

La ville de Tilsitt se situait à l'extrême est des États teutoniques, qui s'étendaient de l'Oder au Niémen. Une centaine de kilomètres au sud-est de la cité commençait le grand-duché de Varsovie. Les deux souverains avaient donc été les mieux à même de fournir en urgence des troupes à l'empereur.

En plus de ces hauts personnages suivaient cinq des fameux silenciaires, les membres de la garde rapprochée de l'empereur. Revêtus de cuirasses dorées, ils portaient des casques ornés d'un long panache rouge, qui refermaient sur leurs visages une visière ouvragée représentant pour tous la même figure guerrière.

— Libérez cet espion, exigea Napoléon IV. Je tiens à le montrer au tsar Nicolas quand je lui demanderai de répondre de sa félonie !

Le maître de l'Europe paraissait quelque peu exalté, au grand mécontentement – semblait-il – de Larsan.

— Avez-vous déjà eu à vous plaindre de mes conseils, Votre Majesté impériale ? Nous avons la possibilité de découvrir les secrets de notre ennemi en sacrifiant cet homme. Il serait déraisonnable de ne pas en profiter.

Frédéric Larsan parlait sur un ton assuré, où pointait sous les belles manières un zeste d'agacement. Un autre souverain aurait sans doute pris ombrage de sa liberté de parole, mais Napoléon Hadrien régnait depuis cinq années seulement, et la rumeur murmurait qu'il craignait son ministre.

— Vous ne saisissez pas le fond du problème, Larsan, répondit l'empereur. Agir de façon pragmatique ne suffit pas, il convient d'établir clairement que l'honneur est de notre côté. Nicolas a trahi la confiance que j'avais placée en lui. C'est pourquoi je veux le confronter à cet espion pour le forcer à reconnaître ses torts.

Frédéric Larsan balaya ces paroles d'une mimique désapprobatrice.

— Le tsar se moque bien de l'honneur. Il niera toute implication, et prendra prétexte de vos accusations pour se donner le rôle de la victime. Vous n'aurez d'autres choix que de vous désavouer, car si l'affront que nous a fait la Russie devient public il ne vous restera qu'à déclarer la guerre…

Pierre-Napoléon II, le grand maître des États teutoniques, se mêla brusquement au débat :

— Et quand bien même, la Russie n'a-t-elle pas mérité notre colère ? Sachez, Votre Majesté, que mes chevaliers se tiennent prêts à combattre dès que vous l'aurez décidé.

À la mention d'un conflit armé, les commutateurs du Valet claquèrent d'effroi.

Pierre-Napoléon II était connu parmi les rois d'Europe pour son caractère belliqueux. Gardien des Marches de l'Empire, il avait imposé aux membres de son ordre le port d'armures d'inspiration médiévale, destinées à rappeler aux nouveaux chevaliers teutoniques leurs glorieux prédécesseurs. Depuis que l'empereur en avait fait son ministre de la Guerre, il était de notoriété publique que le grand maître disputait à Larsan sa place d'éminence grise.

— Déclencher un conflit ne serait pas à notre avantage, rétorqua le maître de la Sûreté. La Grande Armée a déjà fort à faire en Mongolie.

— Le tsar ne dispose pas de nos machines de guerre, objecta Pierre-Napoléon II. Nous aurons pris Saint-Pétersbourg en quelques jours, puis nous marcherons sur Moscou.

François-Venceslas, le grand-duc de Varsovie, s'avérait moins enthousiaste. Il lissait sa moustache grise d'un air circonspect.

— N'est-il pas imprudent de vider les garnisons européennes pour nous lancer dans une telle conquête ? tempéra-t-il.

Le regard de Napoléon IV se posa sur le Valet, toujours sur son sofa.

— Cette machine, n'est-ce pas celle qui a démasqué l'espion ? demanda-t-il.

Le Valet coupa l'herbe sous le pied de Larsan en répondant lui-même.

— C'est exact, Votre Majesté impériale.

Le ministre de la Sûreté lui jeta un regard assassin, mais l'androïde comptait bien conserver l'attention de l'empereur. Arriverait-il à manipuler le souverain pour échapper à la réinitialisation de sa mémoire ?

— Je suis à votre service, continua-t-il. Si vous souhaitez que je vous narre ma mission en détail…

— Parlez-moi de ce message voxographique que vous avez entendu chez le doge, exigea l'empereur. Que disait-il, déjà ?

L'androïde pesa ses mots. De sa réponse dépendrait peut-être le déclenchement de la guerre.

— Le grand-duc Savitch parlait de s'en prendre à la Grande Armée, mais il a pu dire cela pour impressionner Brandolini.

L'empereur se passa les doigts sur le menton.

— Et vous-même, qu'en pensez-vous ? Après tout, Savitch n'est qu'un cerveau mécanique, vous êtes de nature semblable. Vous devez vous sentir proche de lui…

L'homme électrique resta interloqué. Il n'avait jamais réfléchi à la question. Rapperschwyll haïssait Savitch pour sa trahison, mais en réalité le Valet ignorait quel genre d'individu était le conseiller du tsar. Lui ressemblait-il ?

Larsan profita du silence de l'androïde.

— Votre Majesté impériale, il serait fou de tenter quoi que ce soit avant d'en savoir plus sur les plans de nos ennemis. Permettez-moi d'opérer cet espion et…

— Je ne sais rien.

C'était Michel Strogoff qui venait de parler. Le Sibérien s'extirpait des liens que Whittington avait détachés. Le Valet fut heureux de constater qu'il n'avait pas été grièvement blessé.

— Le grand-duc Savitch sait ce qu'il fait, continua le capitaine. Jamais il ne m'aurait envoyé en territoire français si j'avais pu révéler quoi que ce soit dans l'hypothèse de ma capture.

Pierre-Napoléon II opina du chef.

— Cela paraît sensé.

— Et il me paraît insensé de croire un espion sur parole, s'irrita Larsan.

— De toute manière, nous avons l'avantage, trancha l'empereur.

Napoléon IV se tourna vers les baies vitrées à travers lesquelles ils pouvaient contempler la base de l'immense canon.

— Je dois remercier le grand maître ici présent de m'avoir convaincu au début de mon règne de commencer ce fabuleux projet.

Un sourire satisfait éclaira le visage du maître de l'Empire Électrique.

— Il y a quatre-vingt-huit ans, poursuivit-il, Napoléon le Grand a rencontré le tsar Alexandre Ier à cet endroit précis sur le fleuve Niémen, scellant une alliance douteuse qui a fait défaut plus d'une fois aux membres de notre famille. C'est en souvenir de cette paix fragile que j'ai fait installer ce complexe, où Whittington et son équipe ont préparé dans le plus grand secret le premier canon à portée intercontinentale. Cette machine permettra dès demain de bombarder nos ennemis à des dizaines de milliers de kilomètres de distance.

Le jeune monarque exultait à l'évocation des capacités de son arme. Le Valet avait l'impression d'assister à l'anniversaire d'un enfant particulièrement dangereux.

— J'ai baptisé ce canon « la Margaretha », en hommage à mon épouse l'impératrice. Vous le voyez dressé vers le ciel pour la première fois de sa création, et le major s'occupe en ce moment même de calculer l'angle d'inclinaison à adopter afin de réduire Saint-Pétersbourg en cendres.

Whittington était effectivement installé à sa table de travail, mais l'androïde put constater depuis son sofa qu'il griffonnait des plans qui ne semblaient concerner en rien le canon. Le grand maître des États teutoniques partit d'un ricanement jovial, contaminé par l'humeur belliqueuse de l'empereur.

— Rassurez-vous, reprit Napoléon Hadrien à l'attention de Strogoff, visiblement ému par cette perspective de destruction à grande échelle. Lorsque le tsar aura compris à quelles conséquences il s'expose, il se soumettra à mes conditions. J'en ferai mon vassal et, avant une semaine, mes troupes défileront dans sa capitale !

Indifférent au souffle épique qui inspirait l'empereur, Frédéric Larsan ne s'avouait pas vaincu.

— Votre stratégie, pour audacieuse qu'elle soit, repose sur trop d'inconnues, Votre Majesté impériale. Le tsar ne réagira peut-être pas de la façon dont vous le souhaitez. Si nous n'y prenons pas garde, la Margaretha pourrait devenir une cible facile pour l'artillerie russe.

— C'est ce que nous verrons, s'entêta l'autocrate. Demain matin, nous rencontrerons Nicolas au milieu du Niémen et je vous veux avec moi, monsieur le ministre, ainsi que notre espion en parfaite santé.

Le Valet se sentit débarrassé d'un poids : Strogoff était sauf pour l'instant. En revanche, l'intégrité mentale de l'androïde restait menacée. Il devait essayer d'attirer de nouveau l'attention du souverain. Ce dernier acheva son laïus par une conclusion tonitruante :

— Demain soir, messieurs, l'Empire français s'étendra jusqu'à Vladivostok !

Traversé par une illumination, l'androïde se mit à applaudir.

— Bravo ! lança-t-il. Vive l'empereur !

Surpris, Napoléon IV parut alors se souvenir de la présence du Valet, ce qui était exactement l'objectif de ce dernier.

— L'automate sera-t-il sur pied d'ici à demain ? demanda le monarque.

Whittington s'arracha à son labeur.

— Si je m'y mets dès maintenant, ce devrait être le cas, confirma-t-il.

— Parfait, se réjouit l'empereur, alors j'exige que cet androïde nous accompagne.

La figure de Frédéric Larsan tourna au violacé.

— Votre Majesté, le Valet est une technologie vouée à l'infiltration, non un trophée à exhiber !

— En le voyant, Nicolas n'aura plus aucun doute quant à notre écrasante supériorité scientifique, s'obstina l'autocrate. Il considérera avec d'autant plus de sérieux nos menaces. Soyez perspicace, Larsan, votre automate nous offrira l'ascendant psychologique !

— Cependant..., protesta le maître de la Sûreté.

— Assez d'avis contraires, ma décision est prise, conclut Napoléon Hadrien. Que tout soit prêt à l'aube, monsieur le ministre.

L'empereur fit volte-face dans une posture solennelle et sortit du laboratoire encadré de ses silenciaires. Le grand maître suivit le mouvement en calquant sa démarche sur leur pas martial.

— Il ne nous reste qu'à espérer que le plan de Sa Majesté fonctionne, marmonna le grand-duc François-Venceslas en posant une main sur l'épaule de Larsan. À demain, Excellence.

— L'élévateur vous attend, annonça Whittington.

Le vieux prince se coula à la suite du cortège impérial, abandonnant le ministre en proie à sa frustration.

— Il y avait donc un élévateur…, maugréa le frère Vacher.

— Quel petit roitelet imbécile ! s'emporta Larsan après quelques instants. J'en viendrai presque à regretter son prédécesseur !

Les agents de la Sûreté n'osaient pas regarder leur patron, pas plus que le Valet, qui se demandait si la décision de Napoléon IV venait de lui sauver temporairement la mise ou si le ministre déciderait tout de même de lui laver la cervelle.

— Enfermez Strogoff jusqu'à demain, lança ce dernier à ses affidés. Quant à vous, major, vous avez entendu l'empereur : je veux le Valet fonctionnel dans la nuit.

Larsan marcha jusqu'à l'homme électrique et lui prit le menton, forçant l'androïde à le regarder dans les yeux.

— Nous n'avons pas eu beaucoup de temps pour parler, susurra le ministre, inquisiteur. Dites-moi, Valet, il ne s'est rien passé ces derniers jours qui auraient pu compromettre votre confiance en nos idéaux de progrès et de prospérité ?

L'androïde faillit détourner le regard face à cet homme qu'il s'était mis à détester. Larsan le manipulait depuis sa naissance comme un outil qu'on nettoie après chaque utilisation.

— Je suis heureux que nous ayons pu ramener l'espion, dit-il en essayant de paraître sincère. Mais je m'inquiète pour la comtesse…

En agrémentant son mensonge d'une vérité authentique, il espérait tromper le ministre. Celui-ci administra une tape affectueuse sur la joue de sa créature.

— Major, puisque nous n'avons pas besoin du Valet pour l'instant, il est temps de lui rafraîchir les idées…

Cette annonce fit sur l'androïde l'effet d'une douche glacée. Larsan avait tout de même décidé d'effacer ses souvenirs. Terrifié, l'homme artificiel dut se faire violence pour conserver un rictus innocent, tout en cherchant comment il pourrait se défendre.

— Je préconise d'attendre que je termine les réparations, Votre Excellence, répondit Whittington. Sinon, la réinitialisation risque d'endommager les circuits.

Les muscles artificiels du Valet se détendirent, le laissant flageolant. Un répit, il bénéficiait d'un répit. Le ministre grimaça de contrariété.

— Alors prévenez-moi dès que l'automate sera rétabli, ordonna-t-il. Il doit être en pleine forme pour participer à la délégation de demain matin.

Sur ces paroles doucereuses, Larsan partit avec ses sbires. Seul le frère Vacher demeura en compagnie du major, avant de se retirer dans une chambre attenante pour dormir et se restaurer.

— Cela risque d'être douloureux, dit Whittington en graissant ses outils. Vous devriez essayer de penser à autre chose.

L'androïde comptait faire mieux que cela. Il avait enfin l'occasion d'explorer les couches inférieures de sa conscience, d'aller à la rencontre des fantômes qui murmuraient en lui. Cette introspection, il ne l'avait que trop longtemps repoussée, d'autant qu'il ne pouvait rien entreprendre d'autre pour préparer son évasion. Il ferma les yeux, et fit abstraction de ce qui l'entourait. C'était comme une plongée dans les abysses.

Il trouva d'abord la mère de la Cagliostro, Orso et Tancredo, les esprits les plus faciles à atteindre, car les plus récemment absorbés. Le Valet ignora leur agitation et se laissa couler plus profond. Il espérait rencontrer l'archéologue, mais se retrouva devant un portail, un grand portail en fer forgé hérissé de pointes…

◇◇◇

30 juillet 1894

L'asile départemental d'aliénés de Bron était un de ces endroits sinistres où se mouraient les âmes. Le Valet se présenta dès l'aube devant les grilles de l'établissement, espérant qu'à cette heure matinale le personnel serait peu nombreux et que nul ne s'étonnerait de sa visite. Il portait son masque en caoutchouc de Paul Pivert, ainsi que le complet-veston noir des agents de la Sûreté.

— Pivert, agent spécial du ministre Larsan, se présenta-t-il au concierge. Je viens m'entretenir avec un patient pour les besoins d'une enquête.

Le gardien à tête de bouledogue l'inspecta depuis sa guérite, l'air à la fois surpris et apeuré. Tout le monde craignait la Sûreté. Il examina la plaque que lui tendait l'androïde et se gratta le front, comme pour se remémorer la procédure à suivre.

Le Valet attendit, immobile. La fixité de ses traits de caoutchouc l'aidait à dissimuler son appréhension. L'angoisse le rongeait. Il n'avait pas le droit d'être ici. Si les ingénieurs du phare Bourdais remarquaient sa disparition et que la police le retrouvait, Larsan se débarrasserait de lui.

— Quel pensionnaire désirez-vous voir ?

Le concierge n'osait plus regarder le prétendu Pivert en face, manifestement pressé de s'en débarrasser.

— Je souhaite m'entretenir avec le docteur Rapperschwyll.

L'androïde se morigéna intérieurement. Il n'aurait pas dû donner le titre universitaire de son créateur. Celui que l'homme électrique avait jadis appelé « père » n'était entre ces murs qu'un aliéné parmi les autres.

— Rapperschwyll, oui, bien sûr…, obtempéra le factionnaire, qui se mit à fouiller dans un dossier.

Le Valet ne devait pas lui laisser l'occasion de dénicher un quelconque papier qui remettrait en cause sa visite.

— Prenez votre temps, lança-t-il en adoptant une intonation sèche.

Abandonnant ses recherches, le portier hocha précipitamment la tête et pressa sur un bouton de son pupitre.

— Le surveillant en chef du département concerné va venir vous chercher. Si vous voulez bien patienter.

Le Valet n'eut pas longtemps à attendre avant qu'un rouquin en blouse blanche ne remonte l'allée centrale jusqu'à lui. Le concierge le mit au courant de la situation. Loin de s'effrayer de la présence d'un agent de la Sûreté, le nouveau venu parut au contraire amusé. Il affichait un sourire en coin qui flirtait avec l'irrespect. Le calot d'infirmier enfoncé sur son crâne au point de couvrir ses oreilles ajoutait à l'aspect déroutant du personnage.

— Monsieur l'agent, par ici, je vous prie...

La nonchalance de l'infirmier rendait l'androïde nerveux. Du calme. Il était entré sans heurt dans l'asile, cela seul comptait. Le Valet se prépara à revoir son créateur et à lui poser mille et une questions.

Ils passèrent devant une église, au centre du parc, et continuèrent en direction d'un corps de bâtiment, plus au sud. Le surveillant marchait à côté de l'homme électrique en le toisant avec son drôle de sourire. Ce dernier s'apprêtait à le remettre à sa place comme l'aurait fait un agent en mission officielle quand l'infirmier engagea de lui-même le dialogue.

— La plupart de nos pensionnaires sont de grands esprits, vous savez.

Ne sachant comment réagir, l'androïde se contenta de fixer sur le rouquin un regard hostile. Peut-être cela suffirait-il pour que l'impudent se taise.

— Le département des troubles du discernement n'accueille comme patients que d'éminents scientifiques, précisa l'infirmier.

Il adressa un mouvement de sourcils entendu au visiteur, comme s'il partageait une excellente plaisanterie. Le Valet, intrigué, ne put s'empêcher d'interroger son guide.

— Existe-t-il donc tant de savants atteints de démence ?

Pour toute réponse, l'infirmier haussa les épaules. Ils parvinrent devant un portail électrique gardé par deux matons, qui leur ouvrirent en voyant le surveillant en chef. Alors qu'ils s'engageaient dans le baraquement, ce dernier reprit :

— L'inconvénient des grands esprits, c'est que beaucoup répugnent à se limiter à leur seule discipline. Il faut qu'ils se mêlent de politique. Ceux-là atterrissent tôt ou tard entre nos murs.

Ils empruntèrent une passerelle surplombant un espace au sein duquel s'amoncelaient toutes sortes de machines. Au milieu de ce capharnaüm, un homme gribouillait frénétiquement sur une table à dessin. Il portait un pyjama blanc, l'attirail des patients de l'asile.

— Ce cher Nicolas Tesla, par exemple, fait ici du très bon travail. En ces lieux, il peut œuvrer sans se laisser distraire par ses lubies d'idéaliste.

Le Valet craignait de comprendre.

— Vous voulez dire, intervint-il, que les savants enfermés ici ne sont pas fous ?

— Peu d'entre eux l'étaient en arrivant, répondit l'infirmier, les yeux pétillants de malice. Le patient auquel je vous mène fait à ce titre office d'exception.

L'androïde fit l'effort d'un sourire factice. Il avait déjà révélé trop de son ignorance, inutile d'étaler en plus le dégoût que lui inspiraient les méthodes impériales.

— C'est une idée de votre supérieur, le ministre de la Sûreté, continua le surveillant. Dans le cadre de cet établissement, des individus qui n'auraient rien fait d'autre que de déstabiliser l'Empire sont en mesure d'apporter leur contribution au progrès commun.

Le couloir dans lequel ils marchaient résonnait de cris. Derrière les portes, des pensionnaires tambourinaient. Un malaise croissant étreignait le Valet.

— Je parle, mais nous voici arrivés, annonça l'infirmier. Le temps que j'ouvre cette porte et le bon docteur Rapperschwyll pourra vous recevoir dans ses appartements.

Le rouquin s'immobilisa devant une petite porte, que l'androïde aurait pu prendre pour celle d'un placard à balais, et fit jouer une clé dans la serrure. Il poussa le battant, révélant une cellule grise qui comportait en tout et pour tout un lit en fer, des toilettes et un lavabo.

— Rapperschwyll est à vous, déclara le surveillant. Ne prenez pas ombrage de ma question, monsieur l'agent spécial, mais je me demande depuis votre arrivée comment vous comptez procéder à son interrogatoire, sachant que notre pauvre docteur a subi, il y a quelques années déjà, une lobotomie.

Le Valet sentit son être chavirer en reconnaissant l'avorton assis sur le lit. Ces traits, il ne les avait vus qu'une fois, le jour de sa naissance, mais ils étaient restés gravés en lui. Cette figure appartenait à son créateur, à la voix qui avait modelé son esprit. L'homme qu'il avait jadis appelé « père » regardait fixement devant lui, un filet de bave dégoulinant de sa bouche béante, le front marqué par une cicatrice blanche. Rapperschwyll respirait encore, mais il n'existait plus.

— Après que Larsan vous eut arraché à lui, le docteur s'est entêté, il ne voulait pas travailler et réclamait sans cesse de sortir. En ces lieux, il est dangereux de désobéir. Il aurait dû prendre les menaces des médecins au sérieux.

Horrifié, l'androïde eut un mouvement de recul en comprenant que le surveillant l'avait piégé.

— Ne cherchez pas à fuir, conseilla le rouquin. Le concierge va prévenir la Sûreté de votre présence à l'asile et tout le personnel se mobilise déjà pour s'assurer que vous ne nous quitterez pas.

Le Valet glissa contre le mur. L'abattement lui coupait les jambes.

— Larsan ne me pardonnera jamais cette fugue, murmura-t-il. Il va me tuer.

Il avait besoin de parler, de mettre des mots sur sa révolte :

— Je ne pouvais plus continuer, grinça-t-il d'une voix discordante. Hier, le ministre a fait tuer un archéologue. Ils ont ouvert le cerveau de ce malheureux pour que je récupère ses souvenirs. (L'androïde se prit la tête entre les mains. Il ne se supportait plus.) Ce n'était même pas un ennemi de l'Empire… Juste un savant… Un explorateur… Seulement, il a découvert quelque chose qui intéresse Larsan, quelque chose qui pourrait causer un tort immense !

L'infirmier s'assit sur le matelas mité à côté de Rapperschwyll et jaugea l'androïde avec une mine grave.

— Vous ne comprenez pas ! insista le Valet. Ce n'est pas la première fois qu'ils mutilent des prisonniers pour m'offrir leurs mémoires… J'entends d'autres voix. Les voix des morts qui habitent mon esprit !

L'androïde frappa le mur de son poing. L'imminence de sa propre disparition le rendait fou. Il avait été naïf en cherchant à rencontrer son créateur. Il aurait dû tenter de fuir, loin de la Sûreté, loin de l'asservissement.

— Non, ce n'est pas la première fois que cela arrive, acquiesça le surveillant. Comme ce n'est pas la première fois que nous nous parlons.

L'étonnement du Valet stoppa net ses plaintes. L'infirmier s'humecta les lèvres.

— Le ministre ne vous fera pas disparaître. Il se contentera de vous faire oublier vos tourments. Dans une heure, vous serez de nouveau l'androïde que vous étiez au début de votre service auprès de lui.

L'homme électrique entrevit en un instant l'absurdité de son existence. Il se vit trompé, encore et encore, utilisé jusqu'à ce qu'une nouvelle révolte sonne l'heure de la remise à zéro.

— Ce n'est pas vrai ! cria-t-il. Il ne peut pas se servir de moi comme cela… Il ne peut pas !

L'infirmier laissa passer cette crise.

— Non, il ne peut pas. C'est pourquoi vous êtes ici.

L'androïde fixa le regard sur lui sans comprendre.

— Ce n'est pas Rapperschwyll à qui vous êtes venu parler, ajouta le surveillant. C'est à moi.

Cette discussion n'avait aucun sens. Que voulait-il dire ? Il n'avait même jamais vu cet homme.

— Tourne-toi, dit l'infirmier.

— Pourquoi ?

Le rouquin fouilla dans sa poche et en sortit ce qui ressemblait à un œuf de métal. Un encéphale.

— Pour que tu puisses redevenir toi-même, mon frère.

◇◇◇

Qui était cet infirmier ? Une douleur aiguë arracha le Valet à l'asile de Bron. Il trouva Whittington penché sur lui.

— Ne bougez pas, bougonna le major. Vous étiez très bien jusque-là.

— Je ne vous le fais pas dire, rétorqua l'homme artificiel.

L'androïde eut beau chercher à retrouver son souvenir dans le magma de ses voix intérieures, ce fut en vain. Il endurait un tel supplice qu'il ne pouvait être efficace.

Les heures qui suivirent furent éprouvantes. Whittington s'occupait du cerveau de l'androïde, le plus préoccupant selon lui. Il avait commencé par dévisser la partie haute du crâne, mettant à nu les composants du cortex.

— Je ne peux rien pour la brèche dans votre tête, expliqua-t-il. Il faudra faire forger une nouvelle pièce afin de remplacer la coque. En attendant, je nettoie l'intérieur.

Au moyen d'une pompe, le savant aspira l'eau infiltrée dans les circuits. L'homme électrique souffrait le martyre. Chaque fois que le bruit de succion s'arrêtait, il se croyait délivré, mais le major activait derechef son instrument, le plongeant dans un océan de douleur.

— Pourquoi a-t-il fallu que mon créateur me fasse ressentir la souffrance ? geignit le Valet.

Le major s'interrompit dans sa besogne, les yeux brillants.

— C'est une excellente question, répondit-il. Figurez-vous que je me la suis posée moi-même.

À l'évidence, il prenait le sujet au sérieux.

— J'en suis arrivé à la conclusion, continua Whittington, que la douleur est à l'origine de ce qui fait la spécificité de l'humanité. Toute morale provient d'abord de la souffrance : le mal la provoque, le bien l'empêche.

Il jeta un œil à son propre automate, qui époussetait les meubles.

— La prochaine version de John sera comme vous, déclara le major. Il sera humain parce qu'il souffrira.

Le savant estimait donc que le Valet avait une conscience. L'androïde arriverait-il à le gagner à sa cause ? Whittington se remit à l'ouvrage, l'immergeant de nouveau dans les pires tourments.

Lorsque le major parut enfin satisfait du résultat, la nuit devait être tombée sur le campement car l'activité autour du canon s'était tarie. Seuls quelques projecteurs éclairaient encore le hangar.

— Voilà votre cortex assaini, annonça le scientifique, mais nous n'en avons pas terminé. Le reste de votre corps aura droit au même traitement.

La tête du Valet le brûlait, et l'idée de propager cette sensation atroce à l'ensemble de ses membres l'épouvantait.

— John, videz le réservoir de la pompe, demanda le major à son domestique.

Il commença à ôter les plaques d'acier du revêtement des jambes de l'androïde sans que celui-ci ne ressente quoi que ce soit.

— Tiens, vous avez un message ici, remarqua Whittington avec un sourire en coin. « La comtesse te ment. » Je vais devoir poncer cela.

Puis il reprit, comme si de rien n'était :

— Une grande partie de l'humidité s'est accumulée dans vos membres inférieurs. Les nerfs ne sont plus bons à rien, nous devrons les changer.

Le major n'avait pas paru fâché en découvrant la gravure. Au contraire, l'androïde l'avait senti admiratif. C'était de bon augure.

Le savant reprit la pompe et aspira l'eau dans laquelle stagnaient les engrenages. Le Valet profita du répit que lui laissaient ses nerfs endommagés pour en apprendre plus sur son chirurgien. Le temps était compté : il devait persuader Whittington de le sauver avant que Larsan ne revienne.

— À votre accent, je dirais que vous venez d'Angleterre, devina-t-il. D'habitude, vos compatriotes rechignent à servir dans l'armée impériale.

Le major répondit avec flegme tout en poursuivant son ouvrage :

— Je n'ai d'autre patrie que le progrès scientifique et d'autre ennemi que l'ennui. L'empereur m'a fourni une source de distraction, voilà tout.

— Vous ne paraissez pas vous divertir outre mesure, objecta l'androïde.

— Le spleen gagne toujours, dit Whittington. Pour lui échapper, j'avais même suspendu mes fonctions vitales par une anesthésie de mon invention, en recommandant de me réveiller soixante ans plus tard dans un futur que j'espérais merveilleux. Hélas, alléchée par ma notoriété, Sa Majesté m'a fait ressusciter plus tôt que prévu. Elle m'a fourni les plans volés par ses espions au Gun-Club de Baltimore, présentant le projet du canon intercontinental dont l'accomplissement m'a enthousiasmé quelque temps.

— Ce n'est plus le cas ?

— Ces Français manquent d'ambition, confia le major. L'empereur ne pense qu'à bombarder ses ennemis, alors que nous pourrions remplacer l'obus par un projectile habitable.

L'idée stupéfia le Valet.

— Et pour quoi faire ?

— Oh, les applications seraient multiples ! Par exemple, des voyageurs pressés pourraient atteindre les antipodes en quelques heures. Vu la portée de la Margaretha, ils seraient même en mesure d'aller sur la lune si cela leur chantait ! D'ailleurs, ce n'est pas qu'une idée : j'ai fait réaliser un wagon-projectile pour me délasser entre deux corvées abrutissantes.

Le savant était un esprit libre, l'androïde décida de tenter le tout pour le tout.

— Major, vous devez me protéger, fit-il soudain sans plus dissimuler son angoisse. Je sais que le ministre veut effacer ma mémoire. Pour l'amour de l'intelligence, aidez-moi.

Whittington le considéra avec enthousiasme.

— Ça alors, vous avez deviné cela aussi ? Quelle merveilleuse machine vous faites !

Le rotor interne du Valet tourbillonna d'espoir, mais fut coupé aussi vite dans son élan.

— Vous ne devez pas craindre l'oubli, ajouta le major. Si vous saviez comme je vous envie : porter un regard neuf sur le monde, vivre chaque découverte avec la même intensité que la première fois. (Il s'empara d'une pelote de fils de cuivre et d'une pince.) À en juger par vos grimaces de toute à l'heure, vous n'avez guère apprécié mes soins, dit le savant en changeant de sujet. Je crains que ce qui vous attend maintenant ne soit pas davantage une partie de plaisir.

Le Valet voulait protester, tenter de convaincre le major, hurler sa révolte et sa détresse. Hélas, ses mots furent étouffés par la torture qui reprenait.

L'homme électrique expérimenta les pires affres quand le major coupa un à un ses nerfs détériorés. Whittington se servit ensuite du fil de cuivre pour remplacer les tronçons abîmés et chaque soudure plongeait l'androïde en enfer.

L'aube ne devait pas être loin quand Frédéric Larsan fit irruption dans le laboratoire. Le major réassemblait les derniers éléments de la cuirasse de l'androïde, encore sous le choc de l'opération. Quand celui-ci vit le ministre, la panique l'ébranla tel un cyclone destructeur.

— Où en êtes-vous ? s'enquit d'emblée Larsan.

— L'intérieur est comme neuf, répondit Whittington en s'essuyant les mains. Pour ce qui est des dommages sur la carrosserie, de nouvelles pièces sont nécessaires.

— Cela conviendra pour l'instant, dit le ministre. Valet, comment vous sentez-vous ?

— Mieux, merci, répondit l'androïde.

Sa voix tremblait sous l'effet de la peur, mais il ne mentait pas. Les réparations le laissaient en pleine forme.

— Les liaisons avec le cœur énergétique sont rétablies, continua le savant. J'ai tout de même noté une légère baisse de l'intensité dans ses circuits.

— Bon, fit Larsan, pressé. La rencontre avec le tsar est dans trois heures, ce qui nous offre tout juste assez de temps. Valet, je requiers votre attention, écoutez-moi bien.

L'homme électrique ne savait que trop ce que le ministre s'apprêtait à lui faire. Figé par l'effroi, il se maudit. Quel idiot il était ! Pourquoi n'avait-il pas tenté de s'échapper pendant que Whittington le réparait ? Il aurait dû surmonter la douleur, trouver la force de survivre ! À présent, il était trop tard.

— L'empereur est content de v…

Le ministre n'acheva pas la phrase fatidique, interrompu par trois personnes qui entraient dans le laboratoire.

— Qu'est-ce que c'est ? s'agaça Larsan.

Le brigadier qui menait le groupe s'inclina.

— Le sergent Deauville vient de rentrer de Transylvanie, annonça-t-il. Vous aviez demandé à le voir dès l'arrivée de son unité.

— Ce n'est pas le moment, grogna le ministre. Puisqu'il est là, qu'il fasse vite.

Le brigadier s'effaça au profit de ceux qu'il escortait : un sous-officier des hussards de la cavalerie volante et une dame vêtue d'un manteau cintré doublé de fourrure, à la mode des territoires à l'est de l'Empire. Le Valet faillit pousser un cri de surprise en reconnaissant la comtesse de Cagliostro.

Elle avait survécu. Malgré ce qu'elle lui avait fait subir, l'androïde éprouva un immense soulagement. Il savait ce que ses sentiments avaient d'irrationnel, mais, tout de même, la savoir hors de danger le transportait de joie.

— Au rapport, sergent, commanda Larsan.

Le hussard se mit au garde-à-vous.

— Votre Excellence, la mission s'est déroulée au mieux. Le comte Dracula et ses serviteurs sont morts pendant notre attaque-surprise. La comtesse a été délivrée et nous avons mis le feu au château avant de repartir.

Le ministre de la Sûreté ne cachait pas son impatience, il ne regardait même pas le militaire qui débitait son récit.

Il aurait dû, car quelque chose clochait. Le Valet comprit ce qui le dérangeait : le sergent avait cet air absent que l'androïde avait remarqué chez les victimes de l'hypnose. Quand Deauville eut fini son laïus, il salua avec raideur, et la comtesse de Cagliostro prit la parole sans y être invitée.

— Votre Excellence, roucoula-t-elle en courbant gracieusement l'échine. Je suis bien aise de vous voir.

L'espionne attirait l'attention afin que Larsan ne remarque pas la posture rigide du sergent. Le Valet, lui, n'était pas dupe.

— Vous tombez à merveille, comtesse, intervint Whittington, qui tenait la boîte crânienne ébréchée de l'androïde. Il ne me restait qu'à visser la coque sur le cortex mais, puisque vous voilà, j'aimerais que vous examiniez le résultat de mon travail. Après le regretté docteur Rapperschwyll, vous restez la mieux à même de comprendre ce qui se passe dans cette carcasse.

Le ministre donna son aval d'une mimique nerveuse.

— Ne tardez pas, commanda-t-il.

La Cagliostro se fendit d'un sourire enjôleur et se dirigea vers la table d'opération en retirant ses gants. En la voyant s'approcher, l'androïde sentit son cœur énergétique s'engorger. Elle déclenchait toujours le même trouble chez lui. Suspicieux, le Valet crut d'abord que c'était Tancredo, revenu à la surface, qui lui imposait ce sentiment, mais le Vénitien n'était pas présent. L'androïde devait l'admettre : l'affection qu'il ressentait n'appartenait qu'à lui.

La comtesse considéra un moment l'œuvre du major avant d'adresser la parole à l'homme électrique.

— Vous sentez-vous à votre aise ? demanda-t-elle sur un ton affable.

— Rien de comparable avec l'état dans lequel je vous ai quittée, glissa le Valet.

Ils restèrent plusieurs secondes les yeux dans les yeux. Il savait qu'elle pouvait le dénoncer, dire à Larsan qu'il jouait le rôle de l'ingénu. Mais l'androïde pouvait également parler au ministre des Voleurs de Feu, révéler la trahison de l'espionne. Bien sûr, l'homme artificiel se refusait à la trahir, même au prix de sa propre sauvegarde, mais en était-elle consciente ?

— Je n'ose imaginer les épreuves que vous avez subies entre les mains de Dracula, fit la Cagliostro, jouant la mère inquiète. Ont-elles affecté vos capacités ? Votre mémoire, peut-être ?

Derrière les mots aimables, l'androïde perçut menaces et suppliques mêlées. La comtesse avait aussi peur que lui de Frédéric Larsan. Le ministre les jaugeait tous deux.

— En effet, minauda le Valet, mes souvenirs de cet horrible château sont assez flous. Je nous revois errer dans les couloirs, sans pouvoir retracer les événements avec exactitude. N'est-ce pas étrange ?

Le Valet voulait que l'espionne comprenne qu'il la soutenait face à leur ennemi commun. Elle caressa sa joue de plomb avec une expression attendrie dans laquelle il décela du soulagement.

— Ce n'est rien d'autre que l'impact du traumatisme, murmura-t-elle.

Elle se tourna vers Larsan.

— Certains circuits ont besoin d'être dédoublés. Le major a fait du très bon travail, mais, d'expérience, je sais qu'il vaut mieux renforcer le pseudo-système hédonique quand…

— Épargnez-moi votre galimatias, coupa le ministre en sortant sa montre de gousset. Vous avez dix minutes.

La comtesse troqua à la hâte son manteau contre une blouse en cuir et s'appropria les outils qui traînaient sur la paillasse tandis que Larsan congédiait Deauville.

— Vous pouvez disposer, lança-t-il sans s'attarder sur le sergent. Dites à vos hommes de prendre du repos. Il se pourrait que l'empereur requière leur force de combat très prochainement…

Le Valet regarda Deauville se retirer. Pourquoi la Cagliostro l'avait-elle soumis à sa suggestion ? Que cachait-elle au ministre ?

Une vive douleur ramena l'androïde à l'instant présent. La comtesse s'affairait dans son crâne.

— Pour vous remercier…, chuchota-t-elle.

L'androïde entendit un grésillement, et d'un coup sa conscience fut l'objet d'un incroyable bouleversement. Une explosion de pensées se produisit à l'intérieur de son esprit, qui s'ouvrit sur un univers qu'il n'avait fait qu'entrevoir jusque-là. De nouvelles images le submergèrent, le concert des voix prit de l'ampleur et se mua en une cacophonie rugissante.

— Achevez votre travail, comtesse, dit Larsan. Il est temps que nous partions.

Le Valet percevait sa voix dans un écho étouffé, comme à travers un scaphandre. Il n'eut pas le loisir de s'y attarder, car des fantômes le prenaient d'assaut. Ils criaient leurs noms et tentaient de s'approprier des pans entiers de son âme.

— Entendu, je vous le laisse, obtempéra la Cagliostro.

Elle revissa la coque crânienne de l'androïde.

Malgré le chaos intérieur qu'il subissait, le Valet s'affola. Que lui avait fait la comtesse ? Il l'avait épargnée en ne la dénonçant pas au ministre, et c'était ainsi qu'elle le remerciait ? Révolté, il trouva la force de repousser les voix qui l'assaillaient et se dressa sur la table d'opération.

— Attendez ! cria-t-il. Ne faites pas ça !

— Holà, tout doux ! réagit Whittington.

— Maintenez-le ! ordonna Larsan en se joignant à lui pour empoigner le Valet.

La comtesse, indifférente au drame qui se jouait, enfila sa fourrure. Après avoir bénéficié de la complicité de l'androïde, elle l'abandonnait ! L'homme électrique aurait voulu hurler sa rage au visage de cette traîtresse, mais la clameur des fantômes l'en empêchait.

— Il a compris que nous voulions le remettre à zéro ! lança le major.

— Cela fait trop longtemps qu'il évolue hors de tout contrôle, dit Larsan. Il est plus que temps de purger son système.

En marquant nettement chaque syllabe, il prononça les mots qui scelleraient le destin de son serviteur :

— L'empereur est content de vous, Valet.

Crissant de terreur, l'androïde se prépara à régresser. Dans un instant, il serait de nouveau le pauvre laquais naïf à la botte du ministre. Il lui restait tant à se souvenir, il ne pouvait se résoudre à oublier encore. Il ferma les yeux, se préparant à résister.

— Comme d'habitude, il mettra environ deux heures à se remettre, entendit-il de la bouche de Whittington.

Plusieurs minutes s'écoulèrent, pendant lesquelles l'homme artificiel dut se consacrer à refouler les voix qui l'agressaient. Quand il trouva un moment de répit, il dut se rendre à l'évidence : il n'était pas devenu amnésique.

Au contraire, les fantômes à l'intérieur de son esprit avaient perdu de leur opacité et lui livraient leurs souvenirs dans une cascade frénétique.

◇◇◇

10 avril 1894

Un vent violent venu du large harcelait les deux silhouettes en plein effort. Les archéologues, écrasés par le matériel qu'ils transportaient, s'échinaient le long de la plage de l'île Saint-David, un confetti de terre perdu à l'ouest de l'océan Atlantique. Lorsqu'ils parvinrent au bord d'une crique où de rares palmiers offraient un peu d'ombre, Paul d'Aubert et Jean de Rugès posèrent leurs paquetages et s'écroulèrent sur l'herbe.

— Où en sommes-nous ? demanda Aubert après avoir bu au goulot de sa gourde.

— Je sors la carte, décida Rugès.

Il ne parlait pas de la carte d'état-major, mais d'un autre document, plus précieux. Le vestige que Jean de Rugès cherchait dans ses bagages, ils l'avaient récupéré sous les sables d'une cité perdue en Arabie, qu'ils avaient explorée lors de leur précédente expédition.

— Nous voici plus près du but que jamais, se réjouit Paul d'Aubert.

Rugès déballa le papier de chanvre qui protégeait la précieuse antiquité : une peau que les deux archéologues estimaient vieilles de plusieurs milliers d'années. Le cuir tanné devait avoir été arraché du dos d'un animal imposant, car la pièce mesurait un mètre sur soixante-dix centimètres. Cependant, le plus surprenant n'était ni la nature de ce vestige, ni sa taille, mais les dessins tracés sur son revers, au moyen d'une encre rouge de composition inconnue. L'un d'eux reproduisait les contours des continents terrestres.

— J'ai passé des centaines d'heures à étudier cette carte, dit Rugès, et je ne parviens toujours pas à en croire mes yeux. Regarde la précision du tracé ! Et ce système mathématique en surimpression, comparable à notre grille des latitudes et des longitudes ! Ces hommes du désert possédaient une science d'un niveau inouï…

L'archéologue suivit de ses doigts les lignes qui dessinaient les terres immergées. Les côtes de l'Afrique, de l'Europe et de l'Amérique ressemblaient approximativement à ce qu'elles étaient en cette fin du XIXe siècle. En revanche, le cartographe qui avait établi ce document en des temps lointains avait représenté un autre continent au milieu de l'Atlantique.

— Le continent thurien…, souffla Paul d'Aubert. Cela fait tant d'années que nous recherchons une preuve de son existence…

Jean de Rugès esquissa un mince sourire.

— Dire que cette idée te poursuit depuis l'adolescence, Paul… T'imagines-tu si le navire qui te menait en Amérique avec tes parents n'avait pas fait naufrage ?

— Je n'aurais jamais été recueilli par les indigènes de cette île au large des Caraïbes, imagina Aubert, et ils ne m'auraient pas enseigné leurs mythes au sujet de leur ancienne civilisation engloutie.

— Peut-être aurais-je connu par conséquent une existence plus tranquille moi aussi, s'amusa Rugès.

Il redevint sérieux et pointa du doigt sur la carte un symbole en forme de trident tracé sur le bras le plus à l'ouest du continent thurien. D'après leurs recherches, cette mystérieuse lettre correspondait à l'emplacement actuel de l'île Saint-David et désignait une importante place ennemie dans le système d'écriture des habitants de la cité d'Arabie.

— Si nous ne nous sommes pas trompés, dit Rugès, la civilisation thurienne et celle du désert se sont affrontées il y a plus de vingt mille ans… À en croire ce planisphère, Saint-David était jadis le point culminant d'une gigantesque métropole !

Les cousins pensaient qu'un autre dessin sur le cuir figurait un agrandissement de l'endroit marqué du trident : un plan complexe, peut-être les détails d'une cité que le peuple du désert comptait attaquer.

— Ce relief, là, dit Aubert en désignant le schéma. Cela pourrait correspondre à la forme de la crique où nous sommes, non ?

— C'est possible, répondit Rugès. Dans ce cas, nous pourrions examiner le terrain au nord-ouest ; le plan indique un très grand bâtiment.

— Allons-y ! conclut Aubert avec espoir.

Les deux archéologues passèrent des heures à marcher de long en large à travers les buissons, scrutant les irrégularités du sol en quête d'un amas de pierres suspect ou d'un vestige affleurant. Pourtant, chaque fois, ce n'était rien de ce qu'ils attendaient.

Vers midi, Jean de Rugès s'accorda une pause au bord d'un étang. Accablé par la chaleur, il ôta ses chaussures et trempa ses pieds meurtris dans l'onde bienfaisante. Il posa son talon droit sur un gros caillou et aperçut sous la surface un autre rocher. L'explorateur imagina décaler celui-ci afin de s'en servir pour faire reposer son pied gauche. Il plongea ses bras dans l'eau et tira sur la pierre.

Celle-ci opposa une plus grande résistance que ce que Rugès avait imaginé, mais il força sur sa prise. Soudain, le rocher céda.

Un sifflement résonna dans l'air quand la vase de l'étang se mit à tourner, formant un véritable siphon. En quelques minutes, toute l'eau avait disparu dans un trou sous la pierre.

— Paul, viens voir ça ! s'exclama Rugès.

Les deux cousins sortirent pelles et pioches pour agrandir l'ouverture. En quelques minutes, ils avaient dégagé une entrée vers des profondeurs ténébreuses. Paul d'Aubert s'accroupit au bord du gouffre.

— Sous la terre, Jean, c'est du marbre ! Une plaque de marbre taillée de main humaine !

Les bords du trou, débarrassés de la fange de l'étang, apparaissaient d'un blanc immaculé. Le poids de l'eau avait, au fil des siècles, fragilisé cette surface, qui s'était effondrée.

— Nous sommes sur un toit ! s'exclama Aubert. Sur le toit d'un grand monument !

Ils sortirent frénétiquement de leurs sacs le matériel d'escalade. Le temps que Rugès enfile un baudrier, son cousin était prêt à le faire descendre en rappel.

Rugès se faufila dans l'ouverture, une lampe fixée au front. L'explorateur pensa à son épouse et à sa petite Sophie, qui l'attendaient en France. Il lui tardait de les revoir et s'aventurer dans ce souterrain lui causait toutes sortes de remords.

— Je ne te lâcherai pas, le rassura Aubert, en réponse à ses craintes muettes.

Sur un dernier sourire de son cousin, Rugès lâcha prise et se laissa descendre dans les profondeurs moites.

L'atmosphère poissait d'une odeur de moisissure intenable, et l'archéologue faillit s'évanouir. L'instant d'après, ses pieds s'enfonçaient dans l'eau. Cette pièce obscure baignait dans un marigot putride, où flottait la crasse accumulée au cours des millénaires.

— Stop ! cria Rugès.

Il chercha le fond et s'aperçut avec soulagement que l'eau lui arrivait aux mollets.

— Tout va bien ? appela Aubert depuis la surface.

— Je me détache !

Rugès se défit de son baudrier et, fébrile, balaya les lieux de sa lampe frontale. Autour de lui se dressaient de hauts murs de marbre blanc, gravés de pétroglyphes et de bas-reliefs illustrant des scènes spectaculaires. L'archéologue se mit à trembler sous le coup de l'émotion : cette découverte s'annonçait fabuleuse.

En longeant les parois, la lampe de l'explorateur révéla une histoire racontée en plusieurs tableaux. Une première sculpture mettait en scène des hommes enchaînés, ployant sous le joug de monstres mi-humains mi-serpents. Les suivantes montraient les esclaves se retournant contre les créatures reptiliennes et les chassant à travers la mer. Le peuple qui avait produit ces œuvres semblait avoir élaboré une mythologie incroyable. Une dizaine de mètres plus loin, Rugès tomba sur un spectacle fascinant.

— Paul ! s'époumona-t-il. Il faut que tu descendes voir !

Les archéologues mirent un quart d'heure à installer une échelle de corde qui les assurerait de pouvoir remonter à la surface. Lorsqu'elle fut solidement fixée, Aubert rejoignit son cousin devant le monument au fond de la salle souterraine. Tout comme Rugès avant lui, il resta bouche bée.

Un immense trône en marbre s'élevait au-dessus d'une volée de marches, sur lequel reposait un cadavre desséché, paré de bijoux et de pièces d'armure rouillées. Autour, une dizaine d'autres squelettes gisaient, encore attifées d'atours jadis flamboyants. Tel corps serrait entre ses mains un burin et une tablette en pierre. Tel autre paraissait monter la garde à la droite de son roi.

— Cet alphabet ! C'est le même que celui de mes indigènes !

Jean de Rugès s'arracha à la contemplation des défunts.

— Que dis-tu ?

Paul d'Aubert prit son cousin par les épaules, surexcité.

— Les indigènes de l'île sur laquelle j'ai fait naufrage, ceux qui m'ont raconté leurs légendes sur le continent englouti… ils écrivaient avec les mêmes symboles !

Aubert désigna les pétroglyphes au-dessus d'un bas-relief.

— Par exemple, cette lettre se prononce « aar » ! Accolée à cette autre, elles signifient « serpent » ! Ces écrits nous racontent une guerre mythique que les Thuriens auraient menée contre des hommes-serpents !

Rugès fixa un regard stupéfait sur son cousin.

— Veux-tu dire que tu pourrais lire ce qui est gravé ici ?

— Oui ! Cent fois oui ! jubila Paul d'Aubert. Rugès sentit l'euphorie de son cousin le gagner. Son regard se posa sur le cadavre qui tenait le matériel d'écriture.

— La tablette qui est là, il faut que tu l'étudies ! Elle doit raconter ce qui est arrivé…

Les cousins pataugèrent jusqu'au trône et se hissèrent en haut de l'escalier, où la dépouille reposait, aux pieds du souverain desséché.

— C'est bien le même alphabet, confirma Aubert. Il me faut un peu de temps pour traduire le tout.

Il prit la tablette, déséquilibrant le squelette qui glissa sur les marches et se disloqua en morceaux dans un nuage de poussière.

— Ne touchons à rien d'autre…, décida Aubert.

Il se mit au travail à la lumière de sa frontale tandis que Rugès inspectait le corps qui occupait le trône. De son vivant, cet individu avait été un colosse. Un chef d'État, certainement, et sans doute un guerrier, au vu de l'immense lame qui reposait entre ses cuisses. Ce roi d'antan croisait ses bras squelettiques sur un artefact brillant : une sphère d'une soixantaine de centimètres de diamètre, à la surface noire.

— Paul, regarde ce que tient ce macchabée… C'est une machine semblable à celle que nous avons trouvée en Arabie, sauf que celle-ci est entière !

Concentré sur sa traduction, Aubert n'avait pas entendu. Rugès n'insista pas. Pourtant, cette découverte l'inquiétait. En étudiant la chose dont ils avaient trouvé les restes en Arabie, les archéologues étaient tombés d'accord pour l'identifier comme une arme, une arme aussi ancienne que mystérieuse. L'exemplaire que tenait le roi momifié était intact. Et s'il fonctionnait encore ?

Rugès s'occupa en prenant des notes. Environ une heure plus tard, son cousin donna signe de vie.

— Voilà ce que j'ai pu en tirer, dit-il. Écoute…

Aubert s'éclaircit la voix.

— « Moi, Kull, roi de Valusie, ai ordonné à mon scribe de rédiger cet avertissement car je sais ma fin proche. Les ennemis des Thuriens libres, les perfides hommes-serpents, ont traversé les mers en nombre afin de reprendre possession de leur ancien empire. »

Aubert s'arrêta en voyant le regard dubitatif de Rugès.

— Des hommes-serpents ? Tu es certain de ta traduction ?

— Il se peut que les Thuriens aient donné des surnoms d'animaux aux peuples étrangers qu'ils côtoyaient, fit remarquer Aubert. Leurs adversaires sont pour eux des « serpents ». C'est une façon de diaboliser l'ennemi et de se réserver le monopole de l'humanité, une tendance observée par les anthropologues sur plusieurs continents.

— Cela pourrait s'expliquer ainsi…, convint Rugès.

Son cousin retrouva le passage auquel il s'était arrêté :

— « Les ennemis de la Valusie ont volé une relique ancienne, et je craignais qu'ils ne s'en servent pour nous détruire. Je me suis alors laissé convaincre par mes conseillers d'utiliser sa sœur, que nous avions encore en notre possession, mais ce fut une terrible erreur. »

— Il parle des sphères ! s'enthousiasma Rugès. Celle que nous avons trouvée en Arabie et celle qui est ici !

— « Ce fut une terrible erreur. La relique a bu l'énergie de nos ennemis, mais cela ne lui a pas suffi. Elle s'est gavée des esprits de nos guerriers, de nos femmes et de nos enfants. Elle a laissé autour d'elle des milliers de corps sans âmes et a levé un cataclysme destructeur qui n'épargnera rien de notre continent. Les vagues dépassent les montagnes, les orages déchirent le ciel, les séismes éventrent la terre, c'est la fin de notre âge. J'ai rassemblé mes proches au sommet de la tour royale. De ces hauteurs, je vois le raz-de-marée à l'horizon. J'ai ordonné de fermer les portes de ma capitale, je sais pourtant que les éléments ne peuvent être arrêtés.

Moi, Kull, roi de Valusie, je tiens contre moi l'artefact responsable de notre perte. Lorsque, vidé de mes ressources, je me suis résolu à retirer la protection que j'étendais sur eux, les miens se sont effondrés autour de mon trône, dévorés de l'intérieur par cette maudite relique. Sous peu, j'en perdrai définitivement le contrôle. Mon scribe et moi connaîtrons alors le même sort. Je veux que mes mots résonnent à travers le temps pour mettre en garde ceux qui nous trouveront peut-être. Que demeure l'étoile brillante entre l'étau de mes bras morts, car, conquérant ou défenseur, elle ne vous servira en rien. »

Aubert s'arrêta.

— Il reste le début d'une phrase incomplète. Le glyphe seul n'a pas de signification.

Les cousins demeurèrent silencieux avant que leurs regards ne glissent jusqu'au cadavre sur le trône. La sphère brillait dans les ténèbres.

◇◇◇

Le soir venu, autour du feu de camp, les archéologues dînèrent sans parler. Un sentiment de malaise diffus régnait entre eux.

— Je sais ce que tu penses, Jean, lâcha enfin Aubert.

— Nous n'aurions pas dû toucher à cette machine, déclara Rugès en fronçant les sourcils. Et nous ne devrions pas la ramener en Europe.

La gêne s'installa de nouveau. Aubert rapprocha de lui le ballot de tissu dans lequel il avait enveloppé la sphère.

— Tu avais déjà ces craintes lorsque nous avons découvert les morceaux de l'autre en Arabie. Tu vois que…

— Nous ne savons rien de ce que nous avons déterré, Paul ! s'emporta Rugès. Si nous présentons nos découvertes devant la Société de géographie impériale, les services de la Sûreté s'y intéresseront. Ils nous confisqueront ce… cette chose.

— Rien ne nous oblige à parler de la sphère. Nous pourrions la dissimuler, comme la précédente. Avec les autres preuves que nous ramenons, nous avons assez de matière pour écrire une dizaine de livres à propos de la civilisation thurienne.

Rugès ne répondit pas. Il fixait sur les flammes un regard terrible en pensant à son épouse et à sa petite Sophie.

— Le mieux serait de nous séparer, continua Aubert. Je pars de mon côté avec l'artefact pour le cacher dans un endroit où nous pourrons l'étudier en toute tranquillité. Toi, tu rejoins ta famille, et, dès mon retour, nous ferons le point sur ce que nous révélerons au public. Qu'en dis-tu ?

Jean de Rugès dévisagea son cousin. Peut-être avait-il raison. Peut-être… Grâce à eux, l'humanité découvrirait bientôt tout un pan de son passé, qu'elle avait ignoré pendant des millénaires. Quant à la sphère, pouvait-elle réellement fonctionner après tout ce temps ?

Peut-être… mais la mise en garde que le roi Kull avait pris soin de faire graver dans les dernières minutes de sa vie résonnait encore dans l'esprit de Rugès. Il refusait de prendre le moindre risque.

— Non. Nous remettrons la sphère où nous l'avons trouvée dès demain. Elle doit rester cachée.

— Alors ça, on peut dire que tu es dur en affaires, répondit Aubert dans un sourire attristé. Allez, tu as gagné, je me contenterai du reste de nos trouvailles et nous dirons que nous les avons dénichées ailleurs. Je propose de porter un toast aux deux archéologues bientôt les plus célèbres au monde !

Ils trinquèrent une fois, puis une autre. La chaleur de l'alcool réconforta Rugès et l'ivresse du succès l'emporta dans les bras de Morphée.

Quand il se réveilla le lendemain, le ciel était sombre. L'archéologue avait rêvé qu'il revenait chez lui et que personne ne l'y attendait. Son angoisse s'accrut en constatant que le feu se mourait : il n'y avait plus trace ni de son cousin, ni de la mystérieuse sphère. En revanche, il trouva un message sur son sac :

« Je t'ai laissé la moitié du matériel. Rendez-vous à l'endroit habituel. Tu verras qu'il n'y avait rien à craindre. Affectueusement, Paul. »

◇◇◇

4 juin 1895

Depuis que la Cagliostro l'avait opéré, l'androïde se battait contre une avalanche de souvenirs étrangers qui menaçait de l'envahir. Le Valet parvenait à maintenir les voix à distance, mais l'une d'elles s'était imposée : l'archéologue l'obligeait à se remémorer encore et encore ce jour où Rugès et son cousin avaient trouvé la sphère.

Pourquoi le fantôme s'acharnait-il à lui montrer ces événements ? Quel message voulait-il transmettre ?

— Qu'est-ce que tu as, le pantin ? grogna Vacher.

— Tout va bien…, souffla l'homme électrique.

En cette fraîche matinée, l'aube peignait de rose et d'or les armées qui s'amassaient sur les deux rives du Niémen. Trente pièces d'artillerie et quinze chars d'assaut occupaient les berges à l'ouest du fleuve, survolées par trois bataillons d'abeilles voltaïques en vol stationnaire. Les ordres fusaient de tous côtés, assourdis par le bruissement de cette fourmilière à la fois humaine et mécanique.

Tous surveillaient un détail de cette incroyable armada : une frégate électrique amarrée au ponton métallique jeté sur l'onde grise. La délégation embarqua ; d'abord l'empereur, resplendissant dans son costume d'apparat pourpre brodé d'or, puis ses serviteurs et douze silenciaires, pistolets et sabres à la ceinture. Suivaient Son Excellence Frédéric Larsan, ministre de la Sûreté impériale, le grand-duc François-Venceslas et le grand maître Pierre-Napoléon II. Quatre chevaliers en armure entouraient le chef des États teutoniques et, derrière eux, autant de brigadiers en uniforme de la Sûreté encadraient un prisonnier aux poings liés : le capitaine Michel Strogoff.

Les derniers à gravir la passerelle furent le Valet, tête nue et vêtu d'un costume d'ordonnance, ainsi que le frère Vacher, chargé de veiller sur lui. À ce propos, il y avait d'ailleurs fort à faire car l'androïde titubait, et le moine dut l'attraper plusieurs fois par l'épaule pour qu'il ne heurte pas les rambardes.

— Je t'avertis, grogna le balafré. Si tu persistes à me jouer ce cirque, j'en parle au ministre.

— Ça va, ça va…

Dès qu'il le put, l'homme électrique s'effondra sur un des sièges à la poupe de la frégate et demeura immobile, la tête entre les mains.

Le frère Vacher ne pouvait pas avoir idée de l'épreuve mentale que le Valet traversait. Les voix avaient acquis une force inégalée.

La comtesse de Cagliostro lui avait fait quelque chose, mais quoi ? Avait-elle ouvert à l'androïde l'accès à l'intégralité de sa mémoire ? Impossible de vérifier cela, les fantômes le harcelaient.

Certains cherchaient à exister avec plus de vigueur, comme l'archéologue. Le Valet pensa à Mme de Rugès, que le frère Vacher avait assassinée devant lui. Après avoir été témoin de ce meurtre des mois auparavant, il était troublant de ressentir l'amour que l'explorateur éprouvait pour son épouse.

— J'ai bien fait de t'écouter, le pantin, dit Vacher. Bientôt, je serai avec Louise, et c'est un peu grâce à toi.

De quoi parlait le moine ? La roue de propulsion de la frégate se mit à tourner, entraînant le navire à travers les remous du fleuve.

L'androïde ne pouvait pas consacrer d'attention au balafré car il devait garder ses défenses mentales en alerte. De plus, une idée le travaillait : ces voix ne pouvaient être que celles de toutes les personnes dont les encéphales lui avaient été greffés. Une fois débranchés, ceux-ci devaient se copier dans un recoin de son cerveau. Existait-il une zone de stockage à l'intérieur de laquelle hibernaient les défunts ? Et les souvenirs que le Valet avait perdus s'y trouvaient-ils également ?

— Je ne vais pas te mentir, reprit Vacher. J'en étais venu à te détester pour ce que tu m'as poussé à faire. Mais maintenant tout est différent.

— J'en suis ravi, fit l'homme électrique sans comprendre en s'efforçant d'avoir l'air naturel.

En même temps, il essayait de nager à contre-courant dans la réserve mémorielle que la Cagliostro avait ouverte en lui. Il voulait savoir combien d'esprits l'habitaient et qui ils étaient. L'androïde appartenait encore à Larsan, et, tôt ou tard, ce dernier s'apercevrait que son serviteur le trompait. Plus il en apprendrait, mieux le Valet saurait se défendre. Cependant, même en s'obstinant, il échouait à dompter le flot des voix. Avant qu'il n'en soit capable, il restait plus prudent de ne laisser filtrer les souvenirs qu'au compte-gouttes.

Le Valet réussit enfin, au prix de maints efforts, à refermer sur les fantômes une sorte de trappe mentale. Un relatif silence immergea ses pensées, et il se rendit compte que la rive s'était bien éloignée. À côté de lui, le frère Vacher souriait, le regard perdu dans les nuages.

— Vous avez l'air heureux, dit l'androïde sans réfléchir.

— C'est ma dernière mission, répondit le moine, Larsan me l'a promis. Je n'avais jamais remarqué comme le ciel est immense quand il n'y a pas de montagnes. On dirait un grand lac dans lequel je pourrais me perdre.

Son visage ressemblait à celui d'un enfant. L'homme artificiel ne l'avait jamais vu ainsi.

Ils furent interrompus par un des brigadiers de Larsan, leur présence était requise à la proue.

— Ah, vous voici ! lança le ministre de la Sûreté quand ils le rejoignirent. Pour votre première mission, Valet, j'entends que vous soyez irréprochable !

Pourquoi parlait-il d'une « première mission » ? L'androïde faillit le reprendre avant de se rappeler que sa mémoire était censée avoir été remise à zéro. Jouant la comédie, il approuva les paroles du ministre.

— Que dois-je faire ? demanda-t-il.

— Vous attendrez que l'empereur fasse appel à vous. Je suppose qu'il voudra exhiber vos talents pour impressionner le tsar, mais avec un peu de chance il vous oubliera. Vous resterez donc en retrait à côté de moi sans faire quoi que ce soit qui puisse rappeler votre présence. Est-ce bien clair ?

Hochant la tête, le Valet remarqua alors l'incroyable construction qui se dressait au milieu du fleuve.

— C'est là que nous allons ? demanda-t-il, ahuri.

— En effet, répondit Larsan. À cet endroit précis, Napoléon le Grand et le tsar Alexandre se sont rencontrés sur un radeau afin de parlementer en terrain neutre. Par la suite, cette tradition s'est perpétuée et Napoléon II a fait édifier ce palais dédié aux rencontres diplomatiques à égale distance des deux rives.

— Il a été baptisé le palais de la Grande Amitié, fit dans un rire sardonique le grand maître Pierre-Napoléon, qui s'était approché. De fait, c'est justement dans les moments où l'amitié avec la Russie ne va plus de soi que nous l'utilisons.

Le palais de la Grande Amitié s'érigeait sur des fondations en pierres ancrées dans les profondeurs du Niémen, qui s'élevaient sur près de douze mètres au-dessus des flots. Construite sur cette base, une armature en métal soutenait des façades de style néobaroque s'inspirant du palais d'Hiver. Une verrière surplombait le tout, imitant la forme des clochers à bulbe orthodoxes. Elle donnait au bâtiment une allure d'Excalibur surgissant des flots.

Le Valet aperçut un steamer venu de la berge orientale, battant pavillon russe. Il le perdit de vue lorsque la frégate de l'empereur s'amarra au pont métallique qui permettait d'accéder au palais de la Grande Amitié du côté français.

— À partir de cet instant, nous sommes en terrain neutre, prévint Larsan. Ne faites rien qui puisse offenser la délégation adverse.

Le ministre mettait en garde ses hommes, mais parlait assez fort pour que Napoléon IV l'entende. Le message s'adressait implicitement au jeune monarque, qui ne s'y trompa pas.

— Les Russes ont assez fait jusque-là pour nous fâcher, monsieur le ministre. C'est à eux que vous devriez dispenser vos recommandations.

La délégation française s'engagea sur l'escalier en fer forgé qui menait à l'entrée du palais. Des laquais, accourus à leur rencontre, leur ouvrirent ses portes.

Ils traversèrent plusieurs salons, avant d'accéder à la grande salle de réception. Les murs, décorés de moulures en plâtre, s'ornaient de peintures symboliques célébrant la paix entre les deux nations.

Un mobilier confortable permettait d'installer face à face les délégations. L'empereur prit place dans un grand fauteuil, entouré de sièges plus petits dans lesquels s'installèrent ses vassaux et ministres. Les silenciaires, les brigadiers et les chevaliers teutoniques se placèrent en arrière, imités par l'androïde et le frère Vacher.

Du côté russe de la salle, des cosaques attendaient contre le mur du fond, autour d'une grande malle.

— Pourquoi me remerciiez-vous tout à l'heure ? demanda le Valet en se souvenant des paroles du moine juste après leur embarquement.

Une image venait de lui revenir, celle du balafré, les joues baignées de larmes. Quand était-ce arrivé ?

— Je n'ai pas oublié, chuchota Vacher. C'est toi qui m'as convaincu de faire le bon choix. (Il posa une main sur l'épaule de l'androïde.) Je regrette de m'être acharné sur toi tout ce temps. C'était si facile de te rendre responsable.

— Taisez-vous, coupa un brigadier. Ils arrivent.

Nicolas II pénétra dans la salle de réception, suivi par un aréopage de conseillers et de généraux. Une barbe soignée vieillissait le visage poupin du jeune tsar, qui portait un uniforme sombre aux épaulettes dorées, ceint de l'écharpe bleue de l'ordre de Saint-André. L'androïde reconnut deux de ses ministres, le comte de Witte et le professeur Vychnegradski. En revanche, pas trace du grand-duc Savitch, premier conseiller de Sa Majesté et homme fort du régime. Était-il en disgrâce auprès du souverain ? Le grand-duc avait-il mieux à faire ailleurs ou le tsar avait-il estimé que sa présence serait une provocation inutile ?

— Mon bon cousin, lança Nicolas II en s'approchant du fauteuil où s'était installé Napoléon IV, je suis fort aise de vous voir.

Il y eut un moment de flottement où l'assistance crut que l'empereur ne se lèverait pas pour accueillir son homologue. L'affront aurait été irréparable et, heureusement, le maître de l'Europe finit par esquisser une espèce de sourire et se dressa pour donner l'accolade au tsar.

— Vous me voyez tout aussi ravi de vous parler, mon cousin, déclara-t-il avec une pointe de causticité. Il était grand temps que nous nous entretenions afin de dissiper quelques malentendus.

Le tsar Nicolas approuva comme si les malentendus en question le dérangeaient tout autant, puis s'assit dans le fauteuil aux armes des Romanov, installé de l'autre côté de la table basse.

— Vous transmettrez toutes mes félicitations et mes vœux les plus sincères à Sa Majesté la tsarine, commença Napoléon Hadrien. J'ai appris que vous attendiez un héritier.

— Soyez remercié de votre sollicitude, répondit le tsar. À mon tour de m'enquérir de la santé des vôtres. Tous vos proches se portent-ils au mieux, comme je l'espère ?

Alors que les monarques échangeaient des politesses, un malaise se propagea parmi les membres de la délégation française, sans que le Valet en comprenne tout d'abord l'origine. Il identifia enfin l'objet de l'indignation générale : tous les représentants russes, jusqu'au tsar lui-même, avaient gardé leurs toques en fourrure sur la tête.

Il était normal que les soldats ne prennent pas la peine de se décoiffer, car leur rôle se limitait à garantir la sécurité de leurs maîtres, mais, venant des plus hauts dignitaires de l'Empire russe, il ne pouvait s'agir que d'un outrage volontaire. Du côté français, Napoléon IV et François-Venceslas tenaient leurs tricornes sur les genoux et le grand maître Pierre-Napoléon avait confié son casque panaché à l'un de ses chevaliers. Pourquoi le tsar prenait-il le risque de mettre l'empereur en colère alors que celui-ci était déjà très échauffé ? Il montrait d'ailleurs des signes d'agacement de plus en plus visibles.

— C'est avec un plaisir certain que je vous écoute délivrer des nouvelles de votre famille, intervint Napoléon Hadrien alors que le tsar s'épanchait sur le devenir de ses frères. Je souhaiterais cependant me débarrasser d'une inquiétude avant de vous laisser poursuivre.

Le sourire avenant du souverain russe s'évapora en une fraction de seconde. Tous dans la salle retenaient leur respiration.

— Il doit s'agir d'une inquiétude bien pesante, cher cousin, pour que vous m'interrompiez avec tant de grossièreté.

Les faux-semblants tombaient les uns après les autres. Il devenait évident que les deux nations étaient à couteaux tirés.

— Je ne pense pas que vous soyez en mesure de me faire la leçon en matière de politesse, rétorqua l'empereur. À moins qu'envoyer des espions à vos amis ne fasse partie de vos coutumes…

Le visage du tsar s'empourpra.

— Que signifie… ?

— Monsieur le ministre, ordonna Napoléon IV, faites avancer notre homme !

Frédéric Larsan, lèvres pincées, adressa un signe à ses brigadiers, qui menèrent Michel Strogoff devant les altesses. Le ministre affichait une mine sinistre, qui en disait long sur ce qu'il pensait de l'approche diplomatique de son maître.

— Voici un capitaine de votre régiment de courriers trouvé dans un de mes États, à Venise, continua l'empereur à l'adresse du tsar. Il proposait au doge, figurez-vous, de se joindre à une vague de révoltes que vous comptez entamer dans l'Empire Électrique…

Les dignitaires russes, blêmes, restaient prostrés sur leurs sièges, tout comme le tsar, figé dans une posture de mépris affiché.

— J'ai agi de ma propre initiative ! clama Strogoff. Je crois en la République !

Les paupières à spirale du Valet s'ouvrirent d'admiration : le fidèle officier mentait pour disculper son souverain.

— Nous n'avons jamais vu cet homme, renchérit le tsar d'une voix sifflante. J'attends, mon cher cousin, que vous me présentiez des excuses pour vos accusations insupportables.

Larsan posa une main sur son front, l'air las. Ce fin politicien avait probablement craint une scène de cet acabit, dont personne ne sortirait vainqueur.

Napoléon Hadrien laissa parler le sang corse qui coulait dans ses veines. Le front rouge, les yeux exorbités, il tapa du poing sur la table basse.

— Vous mentez, Nicolas ! Vous osez me mentir !

À ce moment précis où l'assistance détournait les yeux du scandale naissant, le Valet aperçut sur le côté de la salle le seul représentant de la délégation russe qui ne portait aucun couvre-chef. En le reconnaissant, il ne put réprimer un cri.

— Paul d'Aubert !

C'était bien le même homme que dans le souvenir de l'archéologue, celui qui avait découvert les restes du roi Kull en compagnie de son cousin Jean de Rugès. La mémoire de ce dernier demeurait vivace dans l'esprit de l'androïde depuis que les pensées de l'explorateur avaient pénétré sa conscience plus tôt dans la matinée. Stupéfait de se voir interpellé, Aubert bondit sur ses pieds, l'air hagard.

— Vous a-t-on autorisé à parler ? rugit l'empereur, mécontent d'avoir été interrompu.

— Êtes-vous devenu fou ? se scandalisa Frédéric Larsan. Vous dérangez Leurs Majestés !

Il semblait au contraire au Valet que son intervention ne déplaisait pas au ministre, car elle détournait l'attention de la dispute en cours et offrait aux altesses l'occasion de retourner leurs colères contre une même personne. Un répit inespéré pour Larsan.

Toutefois, ces considérations n'intéressaient pas l'homme électrique. Il réfléchissait à la vitesse de l'éclair, et la vérité lui apparut d'un coup dans toute son horreur.

— Les Russes ont la sphère ! cria-t-il. La machine que Paul d'Aubert et Jean de Rugès ont découverte dans le tombeau du roi Kull ! C'est pour cela que le tsar n'a pas peur de la Grande Armée, il peut la détruire !

Le frère Vacher empoigna l'androïde, prêt à le neutraliser.

— Attendez ! l'arrêta Larsan en se levant. De quoi parlez-vous, Valet ?

Le moine relâcha sa prise et l'androïde s'empressa de répondre. Il gesticulait tout en s'expliquant sous le coup de la terrible perspective qui s'ouvrait à lui.

— L'année dernière, deux archéologues ont découvert les restes d'une cité sous l'île Saint-David, dans les Bermudes. Ils ont trouvé une sphère en métal, fruit d'une technologie supérieure, à l'origine d'un cataclysme à l'échelle planétaire il y a des millénaires. Ces deux archéologues, c'étaient Jean de Rugès, dont je possède les souvenirs, et Paul d'Aubert, présent ici avec nous.

Le visage de Larsan se mua en un masque glacé. Le ministre avait appréhendé ces informations en un instant.

— Vous délirez ! s'exclama le vieux François-Venceslas. Quel est ce charabia ?

L'empereur, ses vassaux et les représentants de la délégation russe fixaient sur l'androïde un regard empli de stupeur. Il n'avait pas le choix, il devait aller au bout de ses révélations : s'il voyait juste, des millions de vies étaient menacées.

— Oh ! Son Excellence le ministre de la Sûreté a bien compris mon charabia puisqu'il a fait traquer ces deux archéologues par ses agents ! continua le Valet. Vacher et moi avons d'abord été envoyés au château de Jean de Rugès, où mon partenaire a tué Mme de Rugès. Puis, quand son mari est revenu en France, nous l'avons capturé, trépané et nous lui avons volé ses souvenirs. Hélas, Jean de Rugès ignorait où se trouvait la sphère. Paul d'Aubert, en revanche…

Les regards se reportèrent sur l'archéologue présent, de plus en plus nerveux.

— Il ne faut pas que quiconque utilise la sphère ! reprit l'homme électrique, la voix stridente. Je ne sais pas comment elle fonctionne, mais ce n'est pas une arme qui agira à échelle humaine ; c'est un fléau qui a jadis causé la perte de tout un continent !

Les paroles de l'androïde furent suivies d'un silence de mort. L'incrédulité se lisait dans les regards.

— Quelle est cette fable ridicule ? dit enfin le tsar. Le seul élément véritable de ce récit alambiqué concerne M. d'Aubert, que j'ai effectivement pris sous ma protection. Il est venu car sa femme et ses enfants sont actuellement prisonniers de votre Sûreté impériale, pour des raisons absurdes liées aux calembredaines que vient de débiter cet automate.

Napoléon IV prit à partie Frédéric Larsan avec un ton sévère.

— Tout cela est-il vrai, monsieur le ministre ? La Sûreté impériale en est-elle réduite à enfermer des familles de la noblesse sans même que j'en sois informé ? Et cette châtelaine que vos agents auraient assassinée ?

Larsan resta de marbre et préféra contre-attaquer :

— Vous avez entendu mon agent, Votre Majesté. Le tsar possède une arme dévastatrice qui pourrait condamner le genre humain. Je vous suggère humblement de vous en inquiéter…

— C'est le plus grave, Votre Majesté ! appuya le Valet.

Il ne pouvait que soutenir Larsan : il y avait trop en jeu pour se permettre de faire la fine bouche.

— Ce ne sont que des fantasmes ! nia le tsar Nicolas. Votre ministre entretient des théories paranoïaques, auxquelles il sacrifie sans état d'âme les plus loyaux de vos sujets. M. d'Aubert ici présent n'étudiait que des ruines inoffensives avant que sa femme et ses enfants ne soient enlevés par votre police secrète.

L'empereur et ses vassaux regardaient tour à tour Frédéric Larsan et le tsar, ne sachant qui croire, lorsque des pleurs attirèrent l'attention de tous. Paul d'Aubert s'était effondré, le visage baigné de larmes.

— Que Dieu me pardonne ! C'est vrai, tout est vrai ! Le grand-duc Savitch m'a fait capturer quand je me suis enfui d'Europe. Il m'a promis de m'aider à libérer ma chère Marguerite et mes enfants si je lui donnais la sphère… J'étais si inquiet… J'ai accepté… (L'archéologue se couvrit le visage de ses mains, tremblant de désespoir.) Quand cette réunion a été programmée, j'ai exigé d'être présent pour vérifier qu'il tenait sa parole. Je ne le croyais pas, je voulais voir de mes yeux le tsar réclamer la libération de ma famille.

Les cosaques qui l'entouraient s'approchèrent de lui, mais l'archéologue glissa de justesse entre leurs mains et fonça se réfugier vers les soldats français les plus proches.

— Attendez ! intervint le Valet, suspicieux. Comment se fait-il que Savitch ait accepté de vous laisser venir ici ?

— Je l'ai menacé de cesser de travailler s'il m'en empêchait, lâcha Paul d'Aubert, en nage. Il a encore besoin de moi ! Le grand-duc ne sait pas comment arrêter la sphère une fois démarrée et il espère que je déniche la solution dans les tablettes qu'il m'oblige à traduire. Mais vous savez, il est fou… Il l'utilisera même si je ne trouve pas ce qu'il veut… Oh, mon Dieu ! Pardon ! La sphère va tous nous détruire, à cause de moi !

Le sentiment de culpabilité devait être trop lourd pour l'archéologue, qui se recroquevilla sur le sol sans cesser de pleurer. Personne ne parlait ; ce fut Michel Strogoff qui brisa le silence.

— Votre Majesté, dit-il au tsar, toute cette folie semble être de la responsabilité de votre premier conseiller. Peut-être devriez-vous ordonner son arrestation et lui donner l'occasion de s'expliquer...

Nicolas II fixa son courrier avec un sourire en coin.

— Vous me proposez d'arrêter le grand-duc Savitch, capitaine ? C'est intéressant...

Il y avait dans la voix du souverain de toutes les Russie un accent moqueur indiquant clairement qu'il n'en ferait rien. Pour Napoléon Hadrien, ce fut l'insolence de trop.

— C'est la guerre ! hurla-t-il en bondissant sur ses pieds. Avant une semaine, j'ensevelirai Saint-Pétersbourg sous les ruines, m'entendez-vous ?

Cette déclaration ne parut guère émouvoir Nicolas II.

— Encore faudrait-il que vous puissiez sortir de ce palais en vie, déclara-t-il sur un ton mielleux.

Avant que les Français ne comprennent la portée de cette menace, le tsar retira la toque de fourrure qui lui couvrait la tête, et tous ceux qui l'accompagnaient, généraux, ministres et soldats, firent de même, révélant leur véritable nature.

Nicolas II et les autres membres de la délégation russe avaient le crâne découpé quelques centimètres au-dessus des oreilles, comme si leur tête avait été un œuf dur arasé, puis évidé avec soin. Le cerveau de ces pauvres gens avait été remplacé par un mécanisme fait d'engrenages tournant à vive allure, enfouis sous un amas de fils de cuivre agrémenté de diodes rouges. Le même rictus amusé se lisait sur les traits de toutes ces personnes mutilées, comme si elles étaient soudain devenues les multiples visages d'une seule conscience.

— Le grand-duc Savitch..., murmura Larsan, le souffle coupé.

Estomaqué, le Valet se rendit compte qu'il se trouvait pour la première fois en présence de son frère aîné.

— Exact, c'est bien moi, dirent tous les hommes-machines à l'unisson. Cependant, je crains que l'emploi de ce titre ne soit devenu impropre puisque je suis aujourd'hui aussi bien tsar que simple soldat, et c'est pourquoi j'aime à présent me dénommer moi-même le « Réseau Savitch ».

Les décérébrés s'exprimaient à un rythme identique, avec des intonations similaires.

Le dégoût envahit l'androïde. Savitch utilisait les corps de ses victimes comme de vulgaires marionnettes. Puis l'homme électrique se rappela qu'il avait lui-même été forcé de voler les visages et les souvenirs de plusieurs personnes. La honte l'étouffa : il ne valait pas mieux que ce monstre.

— Sa Majesté le tsar…, balbutia Michel Strogoff, bouleversé. Vous l'avez tué…

Son menton tressaillait sous le coup de l'horreur.

— Les Romanov n'étaient qu'une dynastie de tyrans sans scrupule, reprit le chœur des hommes-machines. Sous ma houlette, les Russes connaîtront enfin le progrès économique et social que leurs dirigeants n'ont jamais daigné leur offrir.

Des membres de la délégation française dégainèrent leurs armes. D'autres, épouvantés, refluèrent vers la sortie.

— Personne ne partira ! tonnèrent les nombreuses voix du Réseau Savitch. J'ai un dernier cadeau pour vous et vos serviteurs, mon bon cousin…

Tout en parlant, les cosaques déplièrent la grande malle entreposée au fond de la salle, dévoilant une collection de cortex artificiels semblables à ceux implantés dans leurs crânes.

— Sous peu, nos deux nations seront en harmonie, ironisèrent les Savitch.

L'empereur céda à la panique et tenta de s'enfuir tandis que ses silenciaires tiraient avec leurs pistolets voltaïques pour le couvrir. La foudre artificielle carbonisa une demi-douzaine d'hommes-machines, mais Napoléon IV ne put faire trois pas avant que les autres décérébrés n'ouvrent soudain la bouche en grand, dilatant démesurément leurs maxillaires.

Savitch avait apporté des modifications aux corps de ses hôtes. De leurs gorges s'échappa un sifflement suraigu qui terrassa d'un coup tous les hommes présents.

Le Valet regarda sans comprendre les humains rouler au sol en s'égosillant, les mains plaquées sur les oreilles. Lui-même percevait le cri perçant des hommes-machines sans être affecté. Les Savitch devaient émettre un ultrason étudié pour attaquer les tympans, dont l'androïde ne percevait que certaines fréquences.

Sans cesser leur sifflement, les hommes-machines s'élancèrent pour attraper l'empereur, mais quelqu'un leur barra la route : Michel Strogoff, les mains liées, venait de s'emparer du sabre d'un silenciaire tombé à terre.

Seul contre une marée de décérébrés, le capitaine n'avait aucune chance. Avant même de comprendre ce qu'il faisait, l'androïde ramassa à son tour une lame et vint se ranger à ses côtés. Le Sibérien ne l'avait pas attendu : il distribuait déjà les coups en s'efforçant de maintenir à distance ses nombreux adversaires.

— Partez ! ordonna Strogoff. Quelqu'un doit s'échapper pour raconter ce que Savitch a fait !

— Pas sans vous, rétorqua le Valet.

Il repoussa la peur qui lui intimait de tourner les talons et invoqua Tancredo. Sans se faire prier, le Vénitien surgit, juste à temps. D'un mouvement de lame expert, l'androïde désarma un général russe, qui, ayant dégainé un pistolet, s'apprêtait à tirer sur Strogoff. De son côté, le courrier para une attaque au poignard du tsar Nicolas et traça en retour un sillon rouge sur la face du souverain.

— Écartez-vous, capitaine ! gronda la masse des Savitch. Je ne voudrais pas que votre chère Nadia et vos enfants pâtissent de votre sottise…

La menace parut ébranler le Sibérien, mais, quand le comte de Witte tendit la main pour agripper Napoléon IV, Strogoff lui trancha le bras d'un seul coup puissant. Il redoubla ensuite d'ardeur pour forcer la marée de ses adversaires à s'éloigner de l'empereur à terre.

Le Valet et le capitaine n'étaient pas les seuls à résister à l'attaque sonore des hommes-machines : l'un des brigadiers de la Sûreté, apparemment insensible au sifflement, avait profité de la diversion opérée par Strogoff pour traîner le ministre Larsan jusqu'au salon adjacent, par lequel les Français étaient arrivés.

— Capitaine ! cria l'androïde. Il faut faire retraite ou nous serons submergés !

À cet instant, un objet métallique rebondit entre ses jambes en cliquetant et partit se perdre dans les pieds des Savitch : le brigadier rescapé venait de balancer une grenade voltaïque dans le groupe de leurs ennemis.

— Attention ! hurla le Valet en sautant en arrière.

Une boule d'éclairs se déploya dans une déflagration, foudroyant les hommes-machines contre lesquels il se défendait deux secondes plus tôt. Le sifflement de leurs semblables ne s'interrompit même pas.

— Strogoff! appela l'androïde terrifié.

Le Sibérien n'était pas mort, il avait lui aussi bondi hors de portée. Un cosaque traversait déjà l'amas des Savitch calcinés pour l'attaquer au sabre.

Le courrier du tsar se décala prestement, et la lame du soldat, au lieu de le décapiter, coupa les liens qui entravaient ses poignets. Enfin libre, Strogoff tua son adversaire en lui tranchant la gorge. Puis il releva Napoléon Hadrien, qui se trouvait non loin, le prit sous les bras et se rua en le soutenant en direction du salon ouvert côté français.

Le Valet allait se précipiter à leur suite quand il avisa le frère Vacher, qui se tortillait au sol. Un sentiment de culpabilité retint l'androïde : il ne se voyait pas abandonner son comparse, si abject soit-il. Il le fit se lever et le poussa devant lui.

Une mitraille éclata dans son dos. Les hommes-machines qui possédaient des armes à feu n'avaient plus d'alliés bouchant leur ligne de mire et leur tiraient dessus. Le stress libéra Orso dans la conscience de l'androïde. Il arracha le pistolet voltaïque à la ceinture du moine et, d'une salve d'éclairs, foudroya trois Savitch, contraignant le reste des agresseurs à se mettre à couvert.

Sans laisser l'occasion à l'ennemi de se reprendre, le Valet et Strogoff tirèrent leurs fardeaux à l'intérieur du salon où le brigadier survivant s'était réfugié avec Larsan.

— Barricadez la porte ! cria le capitaine.

Déjà, des coups ébranlaient les battants sur lesquels il s'arc-boutait. Aidé du brigadier, l'androïde poussa rapidement une imposante commode contre la porte. Le sifflement des hommes-machines, atténué, perdait de son pouvoir ; l'empereur, Larsan et le frère Vacher se relevèrent en vacillant.

— À la frégate ! hurla le ministre. Maintenant !

Les plus valides soutenant les autres, le groupe courut vers la sortie. Derrière eux, l'ennemi s'attaquait à la porte barricadée. Ils dévalèrent quatre à quatre les marches de l'escalier en fer forgé qui descendait à la frégate, et, dès qu'ils furent à portée de voix, le ministre s'égosilla :

— Démarrez les bobines ! Nous partons tout de suite ! C'est un ordre !

Quand ils franchirent la passerelle d'embarquement, l'énergie voltaïque saturait déjà la roue de propulsion du navire, qui s'élança sur les flots.

— Envoyez les signaux d'urgence à l'armée ! ordonna Frédéric Larsan à l'officier de marine qui se précipitait à leur rencontre. Qu'ils attaquent les Russes ! Immédiatement !

L'officier resta interloqué, puis esquissa une grimace gênée.

— Sauf votre respect, monsieur le ministre… un tel ordre ne peut être donné que par l'empereur en personne…

Napoléon IV s'appuyait contre le bastingage, le souffle court, suant dans son uniforme de parade. Sa belle prestance s'était décomposée.

— Faites ce qu'il dit, ânonna-t-il.

Tandis que l'officier repartait en courant vers le poste de commande, Michel Strogoff prit l'empereur à partie.

— Vous ne pouvez pas faire cela, Majesté ! C'est toute l'Eurasie que vous plongez dans la guerre !

Larsan s'interposa sans dissimuler sa méfiance.

— Majesté, cet homme est un espion ennemi, il tente de vous influencer ! D'ailleurs, comme se fait-il que vous ayez résisté au sifflement de ces abominations, capitaine ?

— J'ai déjà participé à une mission durant laquelle Savitch utilisait ces ultrasons, expliqua le courrier du tsar. Son équipe scientifique m'a opéré de l'oreille interne afin que mon ouïe puisse les supporter.

— Ah ! s'exclama le ministre. Vous avouez donc !

— J'ignorais que le grand-duc voulait trahir le tsar ! se récria Michel Strogoff. Si j'avais su qu'il comptait s'emparer du pouvoir… j'aurais eu plus d'une occasion de le neutraliser !

— Et votre homme ? interrogea Napoléon Hadrien en désignant le brigadier survivant. Comment a-t-il résisté au cri de ces monstres ?

— Joras est sourd de naissance, répondit Larsan. Il est parfois utile de s'attacher de tels serviteurs. Pour en revenir au cas du capitaine Strogoff, je préconise de le mettre aux arrêts. Notre situation est critique, inutile de prendre des risques en lui faisant confiance.

— Votre Majesté, contre-attaqua le Sibérien, la guerre n'est pas nécessaire. Avec votre permission, je peux rejoindre Saint-Pétersbourg pour rassembler l'élite fidèle aux Romanov et renverser Savitch.

— Le seul danger, c'est la sphère ! intervint le Valet. Les Russes doivent être mis au courant !

L'empereur hésitait. Voyant que le monarque pencherait finalement en faveur de Strogoff, Larsan ne lui laissa pas le temps d'exprimer sa pensée.

— Vacher !

Le ministre adressa à son assassin un signe qui devait être un code. Quand l'androïde se rendit compte de ce qui se passait, il était trop tard. Le frère Vacher glissa un poignard effilé sous le menton du Sibérien. Comme dans un cauchemar, l'homme électrique vit la lame pénétrer dans la gorge de son ami et tracer un large sourire sanglant.

Strogoff se prit le cou de ses deux mains, les yeux empreints de surprise incrédule. Il essaya de parler, mais tout ce qui sortit de sa bouche fut une coulée de bave rouge. Tremblant, le capitaine s'affaissa au sol, contemplant ses phalanges souillées sans paraître les voir vraiment. Ses dents s'entrechoquèrent, comme s'il se mourait de froid, et un nom s'échappa de ses lèvres tachées :

— Nadia…

Enfin, s'oubliant lui-même, Michel Strogoff se coucha sur le pont de la frégate pour s'abandonner à sa dernière nuit.

Il se passa plusieurs secondes avant que quelqu'un ne réagisse, durant lesquelles le frère Vacher essuya le tranchant de son couteau sur un mouchoir.

— Vous l'avez tué…, croassa tout à coup le Valet.

Il dévisagea Larsan, gagné par une haine aussi soudaine que violente.

— C'était un agent ennemi, Votre Majesté, assena le ministre en se tournant vers Napoléon IV. Nous ne pouvions nous fier à lui, je vous ai débarrassé de ce problème.

— Vous êtes fou ! cria l'empereur, qui paraissait sous le choc. C'est grâce à cet homme si j'ai pu sortir en vie du palais de la Grande Amitié ! Vous n'aviez pas l'autorité nécessaire pour le faire exécuter !

Le Valet assistait à cet échange sans y prêter attention. Il n'avait pas quitté des yeux le cadavre de Strogoff, sous lequel le sang ne cessait de s'étendre.

— Vous l'avez tué…, répéta l'androïde. Vous avez tué cet homme, un officier courageux, un adversaire loyal, qui s'inquiétait de mon sort ou de celui de la comtesse alors même que nous étions ses ennemis.

L'homme électrique leva les yeux sur Larsan, submergé par un sentiment de rage d'une telle intensité qu'il n'en avait auparavant jamais fait l'expérience.

— Il venait de sauver votre empereur, misérable lâche ! cracha-t-il. Le capitaine valait cent individus tels que vous… Non, mille ! Et vous l'avez fait égorger comme un mouton dans un abattoir…

Le regard de l'androïde se couvrit d'un voile noir et il tendit les mains pour enserrer le cou du ministre de la Sûreté. Celui-ci se jeta en arrière en criant :

— L'empereur est content de vous, Valet !

La phrase n'eut pas d'impact sur l'homme artificiel. La comtesse de Cagliostro devait avoir définitivement déconnecté la fonction qui faisait réagir son cortex à cette formule.

— Je ne suis plus votre esclave ! mugit l'androïde. Et je ne le serai plus jamais !

Animé par le torrent de haine qui se déversait en lui, le Valet se précipita sur le ministre. Il s'imaginait déjà arracher un à un les membres de Frédéric Larsan lorsqu'il fut fauché dans sa course par un coup en plein ventre d'une violence prodigieuse. L'homme électrique partit en arrière s'encastrer dans le bastingage.

— Débarrassez-moi de lui, Vacher ! commanda Larsan dans un cri où perçait son soulagement.

Le balafré s'était emparé d'une masse en fonte qui servait à enfoncer le clou maintenant l'ancre sur le pont du navire, et il la brandissait au-dessus de lui.

— Attendez ! glapit le Valet en levant les mains pour se protéger.

Le frère Vacher n'attendit rien du tout et flanqua un nouveau coup de masse dans le thorax de l'androïde, l'envoyant basculer par-dessus bord. L'homme artificiel ne dut son salut qu'à un ultime réflexe qui lui permit de se rattraper. Il se balançait maintenant au-dessus des eaux du Niémen, agrippé d'une main au rebord de la frégate.

— C'est pas contre toi, le pantin, lâcha le balafré. Seulement, Larsan doit encore s'acquitter de sa dette envers moi.

Le Valet vivait là ses derniers instants. Vacher avait récupéré son pistolet en arrivant sur la frégate et l'androïde ne pourrait pas se hisser assez vite sur la rambarde pour éviter le prochain coup de masse. Pourtant, il devait y avoir quelque chose à faire, mais quoi ?

La panique prit possession de lui. En une fraction de seconde, il laissa déferler toutes les voix et tous les souvenirs qu'il abritait. Affolé, il piochait n'importe comment dans cet amas de pensées oubliées, comme si cette frénésie mentale pouvait empêcher sa fin prochaine.

Déjà, la masse du frère Vacher s'élevait dans le ciel. Dans un instant, elle heurterait de plein fouet la tête du Valet.

◇◇◇

2 août 1893

Le phare Bourdais dominait la Croix-Rousse de sa haute structure en pierres. Une galerie extérieure en fer cerclait chaque étage, et, au sommet de sa coupole, la statue ailée du génie de la Science brandissait un grand paratonnerre. Les soirs d'orage, il attirait les éclairs par dizaines et le bon peuple de Lyon se demandait à quelles expériences se livraient les savants de l'empereur.

Le bâtiment comprenait au premier niveau plusieurs salles d'opération. Frédéric Larsan attendait devant l'une d'elles en compagnie du Valet. Celui-ci, ne sachant pour quelle raison le ministre l'avait fait venir, n'osait rien demander. Enfin, plusieurs matons portant l'uniforme noir de la brigade pénitentiaire, accompagnés d'un laborantin en blouse blanche, sortirent de la pièce.

— Tout est en place ? demanda Larsan.

Le laborantin acquiesça, avant d'être congédié d'un geste.

— L'homme qui attend dans cette pièce est dangereux, dit le ministre à l'androïde. S'il devient agressif, votre rôle sera de le neutraliser. Vous en sentez-vous capable ?

L'androïde avait déjà affronté des éléments antipatriotiques. Il savait que le service de la France impliquait parfois de recourir à une légitime violence.

— Pour l'empereur, je suis prêt ! déclara-t-il pompeusement.

— Parfait, commenta Larsan. Entrons, et laissez-moi parler.

La salle baignait dans la lumière blafarde d'une ampoule à l'agonie. Sur le lit reposait une jeune femme endormie, dont le côté gauche du front s'ouvrait d'une blessure profonde. D'horribles cloques noires recouvraient sa peau sur les bords de la plaie, et la moitié de sa chevelure semblait avoir brûlé.

— Bonsoir, dit le ministre.

Une forme bougea dans la pénombre. Un homme se tenait assis sur une chaise, la tête contre le ventre de la femme. Des perles brillantes roulaient sur ses joues et se perdaient dans son épaisse barbe noire.

— Déclinez votre identité, ordonna Larsan, implacable.

L'individu se redressa lentement, exposant sa figure. L'androïde se rendit compte qu'une affreuse balafre mangeait son œil droit et la moitié de son visage. La cicatrice, suppurante, teintait de vert son épiderme crevassé.

— Sergent Joseph Vacher, j'appartiens au 60e régiment de ligne déployé autour de Lhassa.

Un soldat. Que faisait-il ici ? Larsan se mit à tourner comme un fauve.

— Disons plutôt que vous apparteniez au 60e régiment, corrigea-t-il. Un événement fâcheux a sonné le glas de votre carrière. Voyez-vous de quoi je veux parler ?

Le militaire baissa la tête, et répondit d'une voix mortifiée :

— Je l'ai tuée, puis j'ai tenté de me suicider…

— Qui avez-vous tué ? questionna le ministre dans une intonation cruelle.

Le criminel prit une longue inspiration avant de répondre :

— Louise Barrand, elle était cantinière dans mon régiment.

— Pourquoi l'avez-vous tuée ?

— Elle… elle ne voulait plus de moi…, balbutia Vacher. J'étais furieux, alors… j'ai dégainé mon pistolet voltaïque et je lui ai tiré dans la tête. La bobine était presque vide, mais cela a suffi. Quand j'ai compris ce que j'avais fait, j'ai retourné mon arme contre moi. Il restait trop peu d'énergie pour que la décharge me tue.

Il éclata en sanglots et, mû par une rage soudaine, se frappa plusieurs fois la face. Quand il se calma, des bleus marquaient son front.

— Je ne comprends pas, s'effondra le balafré. Le tribunal militaire m'a condamné à mort, qu'est-ce que je fais ici ? Finissons-en et tuez-moi !

Le Valet ne savait que penser. Il oscillait entre la pitié et l'écœurement.

— Vous n'allez pas mourir, Vacher, annonça le ministre. Vous vivrez, pour servir l'empereur et la France.

— Que voulez-vous dire ? s'étrangla le meurtrier. J'ai été jugé, je ne mérite pas de respirer !

Frédéric Larsan s'adossa à une paillasse, adoptant une posture patiente.

— J'ai lu les rapports de vos supérieurs, très élogieux à votre égard. Ils parlent de bravoure extrême sous le feu de l'ennemi. L'un d'eux emploie même l'expression « furie sanguinaire »… Très explicite, je dois dire… Excellent tireur, bon nageur, bon grimpeur, technicien diplômé, vous réagissez vite dans des situations difficiles, et surtout… (Le ministre prit un scalpel sur la paillasse et le fit jouer entre ses doigts.) Surtout, vous savez prendre les décisions qui s'imposent. Vous vous êtes chargé de confisquer les réserves de nourriture des villages autour du monastère de Gadong lorsque votre régiment en a fait le siège…

— Les paysans ravitaillaient clandestinement les lamas, se défendit Vacher. À cause d'eux, le siège s'éternisait.

— Votre initiative a permis d'accélérer l'avancée de nos troupes sur Lhassa, approuva Larsan. Bien sûr, les habitants des villages concernés sont morts de faim dans les semaines suivantes, mais, que voulez-vous, ce sont les lois de la guerre, n'est-ce pas ?

Le criminel ne répondit pas, ces événements passés ne semblaient plus avoir de prise sur lui. L'androïde, quant à lui, restait choqué par le caractère cru de cette conversation. Il s'efforça de calmer son malaise : son maître lui avait expliqué que la théocratie du dalaï-lama oppressait les Tibétains. À n'en pas douter, certains sacrifices s'avéraient nécessaires pour que triomphe la liberté des peuples.

— Et vous voudriez que la France se prive d'un élément tel que vous ? continua Larsan. Je vous propose plutôt d'entrer à mon service au sein du ministère de la Sûreté.

Vacher fixa le regard sur lui comme s'il avait perdu l'esprit.

— Votre Excellence, j'ai tué celle que j'aimais. Vous comprenez ce que cela signifie ?

Le balafré prit la main de la femme endormie et la pressa contre ses lèvres.

— Je suis malade, Votre Excellence, un malade ignoble dont rien n'excuse l'acte. Dieu attend de ses créatures qu'elles ne soient que douceur les unes envers les autres, et, moi, j'ai tué Louise, la plus belle fleur de Son jardin. (Les larmes ruisselaient sur les pommettes du meurtrier.) Je suis un être perverti, je m'en rends compte à présent. La guerre m'a fait goûter à la souffrance des autres et j'ai adoré cela…

Le dégoût de lui-même transpirait de chacun de ses mots. Le Valet supportait avec peine ce spectacle. S'il avait pu faire quoi que ce soit pour soulager ce misérable, il se serait précipité.

— Il faut m'abattre, supplia le criminel, pour que je ne fasse plus de mal… De toute façon, je n'arriverai plus à vivre… Je vous en prie, je vous en prie !

— Taisez-vous ! aboya Larsan, que ces démonstrations semblaient exaspérer. Pourquoi croyez-vous que je vous ai fait venir ? Louise Barrand n'est pas encore condamnée, la décharge de votre pistolet a endommagé son cerveau mais ses fonctions vitales demeurent intactes. Les meilleurs spécialistes au monde travaillent entre ces murs ; si je le leur ordonnais, ils pourraient s'occuper d'elle.

Le balafré se figea sous le choc.

— Vous… vous pourriez sauver Louise ?

— Cela nécessiterait beaucoup de travail, confirma le ministre. Bien entendu, je ne demanderai cet effort à nos médecins que si vous acceptez de travailler pour moi et que vous démontrez votre utilité.

L'ancien soldat paraissait renaître.

L'androïde, quant à lui, restait dubitatif : la place de ce dérangé était-elle au service de la France ? Cependant, Larsan devait savoir ce qu'il faisait, et la rédemption de cet homme serait une belle histoire.

— Si vous la faites revenir, ma faute serait effacée…, bégaya Vacher. Mais je ne sais pas… je ne sais pas si j'aurai la force…

À cet instant, quelqu'un frappa à la porte. C'était un brigadier qui apportait une missive pour Larsan. Ce dernier la parcourut rapidement.

— Je m'absente une minute afin de régler une urgence, déclara-t-il. Profitez-en pour réfléchir à ma proposition, Vacher. Il faudra m'obéir en tout point, quoi que j'exige de vous.

Sur ce, le ministre abandonna le meurtrier à son ahurissement.

— Surveillez-le, chuchota-t-il au Valet avant de sortir.

L'androïde était résolu à attendre en silence le retour de son maître lorsque le criminel lui adressa la parole :

— Je ne parviens pas à y croire, murmura-t-il. Vos savants peuvent-ils vraiment ressusciter les morts ? Et quand bien même, je connais la Sûreté de réputation : combien d'assassinats Larsan exigera-t-il de moi ? À quel point devrai-je encore salir mon âme ?

Cet individu se faisait une fausse idée du ministre et de l'institution dont il avait la charge. Empli de bienveillance, l'homme électrique voulut le détromper :

— Son Excellence n'a d'autre objectif que de maintenir la paix sur les terres de l'Empire, assura-t-il. Bien sûr, cela nécessite l'arrestation des fauteurs de troubles, mais…

Le balafré semblait désemparé, si bien que le Valet s'interrompit. Il devait aider ce pauvre diable à prendre la meilleure décision, ce serait une bonne action que de l'aiguiller vers la voie du salut.

— Ne gâchez pas cette occasion, l'exhorta-t-il. En travaillant pour la Sûreté, vous contribuerez à servir notre pays et à réparer vos crimes.

Vacher parut s'imprégner de ces paroles et son attitude changea du tout au tout. Son visage s'éclaira comme s'il se réveillait d'une mauvaise fièvre.

Un claquement de porte leur annonça le retour de Larsan.

— Alors ? demanda-t-il. Avez-vous fait un choix ?

— J'accepte, Votre Excellence ! s'écria Vacher. C'est Dieu qui vous envoie… Si vous le permettiez, je vous baiserais les mains !

— Nous nous en passerons, dit le ministre.

— Je serai un nouvel homme ! promit le balafré.

— Heureux de l'entendre, commenta Larsan, dédaigneux.

Il fit signe à l'androïde d'ouvrir la porte de la salle d'opération, dans laquelle s'engouffrèrent les gardes de la brigade pénitentiaire.

— Il est l'heure pour vous de partir, annonça le maître de la Sûreté, mais nous nous reverrons bientôt.

Vacher se laissa menotter et partit à pas tranquilles, non sans avoir déposé un baiser sur le front de Louise Barrand.

— Merci…, murmura-t-il en passant devant l'homme électrique.

— Je n'ai plus besoin de vous, Valet, dit le ministre lorsqu'il demeura seul avec son serviteur. Vous pouvez retourner dans vos appartements.

Sans plus faire attention à l'androïde, Larsan se rapprocha de la lampe pour consulter son calepin. Le Valet s'inclina, mais, au lieu de se retirer, il voulut faire part à son supérieur du doute qui s'agitait en lui malgré l'heureuse issue de l'entretien.

— Pardon, Excellence… Ce monsieur Vacher, pensez-vous qu'il ait les qualités morales requises pour entrer à la Sûreté ? Son instabilité pourrait le pousser à la faute.

Le ministre dévisagea l'homme électrique avec une expression indéfinissable.

— La première qualité que j'attends d'un agent est une loyauté absolue, dit-il. Partez, maintenant.

L'androïde allait s'exécuter lorsqu'un laborantin pénétra dans la salle d'opération.

— Toutes mes excuses, Excellence…, bredouilla ce dernier en voyant Larsan. Je vous pensais parti… Je viens chercher le corps pour le transférer à la morgue…

— Vous n'en ferez rien, rétorqua le ministre. Mlle Barrand restera sous respirateur artificiel jusqu'à nouvel ordre.

— C'est-à-dire que…, ergota le laborantin, l'équipe du professeur Ox a requis l'utilisation du respirateur pour cet après-midi. Étant donné que cette patiente se trouve en état de mort cérébrale, je pensais que…

Ce novice rencontrait sans doute le ministre pour la première fois, ou il aurait eu la présence d'esprit de se retirer aussitôt.

— Quand je vous donne un ordre, ne pensez pas, dit Frédéric Larsan de sa voix la plus froide. Maintenant, partez.

Le Valet avait tout suivi de l'échange, une inquiétude croissante accélérait ses engrenages.

— Mlle Barrand se trouve en état de mort cérébrale ?

— Et alors ? s'exaspéra Larsan. En quoi cela vous concerne-t-il ?

— Comment vos savants pourront-ils la guérir ? insista l'androïde.

— Elle est morte, répondit sèchement le ministre. Le pistolet voltaïque du sergent Vacher a carbonisé son cerveau. Tout ce que feront mes équipes, c'est prolonger l'activité de son cœur et de ses poumons tant qu'elle me sera utile.

— Mais, se révolta l'homme électrique, vous avez dit à Vacher que…

L'incompréhension et la colère gonflaient en lui.

— Je sais ce que j'ai dit, coupa Larsan, et je ne comprends pas pourquoi vous n'avez pas rejoint vos appartements !

Le Valet connaissait ce ton. Celui que son maître utilisait lorsqu'il menaçait de le débrancher. Cette fois, pourtant, il ne pouvait admettre que le ministre trahisse la dignité de ses hautes fonctions.

— Votre Excellence, déclara-t-il d'une voix blanche, je dois vous informer que je désapprouve le mensonge que vous avez servi à ce Vacher. La formation intellectuelle qui fut la mienne – par ailleurs grâce à vous – ainsi que les idéaux de justice qui fondent notre Empire m'obligent à révéler cette imposture si je viens à rencontrer de nouveau ce monsieur. Je tenais à vous le faire savoir, sans faux-semblants.

Afin de marquer le caractère solennel de ses paroles, le Valet se raidit et s'inclina devant le ministre. Il ne faisait pas de doute pour l'androïde que ce dernier comprendrait les raisons de sa réaction.

Au lieu de cela, Frédéric Larsan se fendit d'un sourire sinistre.

— Je vous assure, monsieur l'automate, que vous n'en ferez rien…

Malgré l'évidente menace, le Valet s'entêta :

— Puis-je vous demander pourquoi, Excellence ?

— Parce que, sous peu, il ne vous restera aucun souvenir de ce jour.

◊◊◊

4 juin 1895

— Louise Barrand est morte ! cria le Valet.

La masse lui arrivait entre les yeux quand le frère Vacher détourna au dernier moment la course de son arme, qui heurta le bastingage dans un bruit sourd. L'homme électrique fixa le regard sur le métal tordu, conscient qu'il s'en était fallu d'un cheveu que ce ne fût sa tête qui soit ainsi déformée.

— Qu'est-ce que tu dis ? gronda le moine.

— Larsan vous manipule ! clama l'androïde. Il n'a jamais eu l'intention de faire opérer Louise Barrand ! Il ne le peut pas ! Son cerveau est mort, définitivement mort !

Le moine recula, comme si l'homme artificiel venait de le frapper.

— Tu mens ! Elle respire ! Larsan m'autorise à la voir quand je suis à Lyon !

— Ce n'est qu'une coquille vide, reprit le Valet, il n'y a aucun espoir de la réveiller un jour. Le ministre maintient son système respiratoire en marche pour vous garder sous son contrôle !

— Il dit n'importe quoi, siffla le ministre en mettant la main dans sa poche intérieure. Achevez-le, Vacher !

Le balafré leva son arme, prêt à faire taire l'androïde.

— Je peux prouver ce que je dis ! cria celui-ci. Mettez-moi en mode réitération, comme à Venise ; là, il me sera impossible de mentir. Vous pourrez écouter la conversation que j'ai eue avec le ministre à propos de votre bien-aimée le jour de votre recrutement !

Le frère Vacher vacilla et roula un œil torve en direction de Larsan, qui enfourna de nouveau dans sa poche l'objet qu'il cherchait une seconde plus tôt.

— Donnez-moi votre commande ! exigea-t-il. Je veux vérifier !

— Je ne l'ai pas sur moi, se défendit le ministre. Ne soyez pas ridicule, voyons…

— Ridicule ? s'étrangla le balafré. Qu'est-ce que tu as dans ton costume ? Je vais te…

Subitement, il s'interrompit et marcha droit sur le ministre, une lueur meurtrière dans les yeux. Joras, le brigadier sourd, se plaça devant son maître pour le protéger.

— Dès que nous serons amarrés, je demanderai sa commande à la Cagliostro, promit Larsan d'une voix doucereuse.

— Tu mens, tu as ta commande sur toi ! gronda Vacher.

Tout à coup, le ciel au-dessus d'eux se couvrit d'un essaim de machines bourdonnantes. Les bataillons d'abeilles voltaïques passaient à l'attaque, bientôt appuyés par l'artillerie. Les canons alignés sur la rive occidentale projetaient au-dessus du Niémen de formidables jets de foudre, qui enjambaient le fleuve avant de s'écraser sur les régiments russes. Le Valet profita de cette diversion pour repasser la rambarde et bondir sur le pont.

— Si ce que dit le pantin est vrai, prépare-toi à souffrir, Larsan ! promit le frère Vacher en tentant de contourner Joras.

— Il suffit ! tonna Napoléon IV. Je vous ordonne de rester où vous êtes ! Je promets la justice à chacun d'entre vous, et la chaise électrique au prochain qui lèvera la main sur autrui !

Son intervention parut calmer le moine, qui lâcha sa masse.

— Larsan, considérez que vous êtes pour l'heure démis de vos fonctions, décréta l'empereur. En tuant Strogoff, vous avez franchi la ligne rouge !

Le ministre de la Sûreté devint blême, il avait dû penser que le jeune monarque n'aurait pas le cran de prendre une telle mesure.

— Majesté, reprit-il avec des yeux mauvais, je vous conjure de réfléchir. Vous n'avez pas daigné m'écouter quand je vous ai déconseillé d'assister à cette entrevue avec le tsar. L'Empire Électrique est à présent en guerre, et vous devez vous montrer à la hauteur. Je ne pouvais pas laisser ce Russe vous influencer.

— Assez, nous parlerons plus tard ! rétorqua Napoléon Hadrien, furieux.

Sans prévenir, Vacher poussa violemment l'empereur qui lui barrait la route vers Larsan et se mit à rugir :

— Je n'en ai rien à faire, je veux régler ça maintenant ! Je veux savoir si tu m'as menti, ordure !

Prenant Joras de vitesse, il étala le ministre d'un coup de poing dans la tempe.

— Maîtrisez-le ! hurla le souverain aux marins alertés par les cris.

Les membres de l'équipage firent mine de se précipiter sur le balafré, mais celui-ci dégaina son pistolet voltaïque, qu'il braqua sur l'une des grandes bobines présentes sur le pont de la frégate.

— Ne me touchez pas ! les menaça-t-il, écumant. Si quelqu'un me touche, je vous crame tous !

Le Valet pria pour que personne ne soit assez fou pour le provoquer. Le moine, acculé, était capable de tout. S'il s'avisait d'appuyer sur la détente, il surchargerait la bobine, qui emporterait toutes les personnes présentes sur le pont dans un déluge de foudres mortelles.

— Baissez cette arme ! éructa l'empereur en avançant, aveuglé par sa propre fureur.

C'était le mot de trop. Les prunelles de Vacher étincelèrent, ses doigts se crispèrent sur la détente. Il s'apprêtait à tirer. Devant l'imminence de la catastrophe, les rouages de l'androïde stoppèrent net leur rotation.

◇◇◇

Comme si la colère de Napoléon IV les avait invoqués, une dizaine de silenciaires surgirent dans le dos de Vacher. Ils lui tombèrent dessus avant même que le moine se rende compte de leur présence et le passèrent à tabac jusqu'à ce qu'il ne bouge plus.

Le Valet s'adossa au bastingage, terrassé par la pression accumulée. Il s'en était fallu de peu. La frégate venait de s'amarrer à la berge occidentale, et les gardes du corps de l'empereur s'étaient précipités sur le navire au secours de leur souverain.

— Silenciaires, garde-à-vous ! commanda ce dernier en hurlant plus fort que nécessaire.

Les soldats cuirassés et casqués d'acier doré se rangèrent face à leur maître, visières rabattues.

— Votre Majesté impériale ! s'exclama celui que ses galons désignaient comme le commandant. Nous avons craint le pire, je suis heureux de vous voir sain et sauf. Les silenciaires sont à vos ordres !

L'officier releva la visière de son casque. Il paraissait réellement heureux de voir son maître, mais un détail retint l'attention du Valet. L'androïde se souvint du sergent Deauville, qui dirigeait l'escadrille revenue avec la Cagliostro. De la même façon que Deauville, le commandant des gardes avait les pupilles fixes. Cet homme était sous l'emprise de l'hypnose !

Comme pour confirmer les soupçons de l'androïde, la comtesse de Cagliostro parut, en retrait derrière les gardes. Que préparait-elle ? Larsan se relevait tout juste, l'homme artificiel était le seul à avoir remarqué quelque chose. Devait-il alerter l'empereur ? Celui-ci ne décolérait pas.

— Nous allons au hangar ! ordonna Napoléon Hadrien, le visage empourpré. Silenciaires, assurez-vous que ces messieurs de la Sûreté nous suivent. Si l'un d'eux tente quoi que ce soit, vous avez ordre de l'exécuter sur place.

Des silenciaires encadrèrent Larsan, Joras et le Valet tandis que d'autres gardes soulevaient Vacher, inconscient.

— Je reprends les choses en main, poursuivit l'empereur avec hargne. Larsan, vous resterez auprès de moi jusqu'à ce que je décide quel sort je vous réserve !

Ce dernier tirait une tête effroyable, mais ne fit aucun commentaire.

— Vous, là ! dit Napoléon IV en hélant un lieutenant de la frégate. Trouvez les officiers d'état-major et demandez-leur de me retrouver au hangar dès qu'ils auront gagné cette bataille.

Le monarque débarqua d'un pas vigoureux, suivi par sa garde, avec Larsan et les agents de la Sûreté.

La fureur des combats assourdit le Valet. Sur l'eau, les navires s'affrontaient. Les abeilles voltaïques avaient pris possession du ciel, et les canons à bobines entraient en action, leur foudre artificielle s'abattant de l'autre côté du fleuve dans un fracas ininterrompu. L'air même résonnait du bourdonnement que produisaient ensemble toutes les machines de l'armée impériale, tel un océan de frelons.

Le groupe quitta les berges en vitesse. Ils traversèrent le campement en direction du grand hangar d'où dépassait le canon gigantesque, à présent débarrassé de ses bâches de protection. Les allées entre les rangées de tentes étaient vides : tous les soldats combattaient en ce moment même contre les troupes du tsar.

Quand ils arrivèrent dans le hangar, une cohorte de travailleurs s'activait autour du canon. Le toit du bâtiment avait été ouvert, permettant au monstre d'acier de pivoter de haut en bas et de droite à gauche. Des engrenages de plusieurs mètres, entraînés par la puissance d'une vingtaine de bobines voltaïques, permettaient de mouvoir cette masse. Le Valet, qui fermait la marche avec ses cerbères, jeta un œil en arrière et s'aperçut que la comtesse de Cagliostro les suivait. Les sentinelles à l'entrée, en la reconnaissant, avaient sans doute estimé qu'elle accompagnait le groupe. Aucun silenciaire ne paraissait faire attention à elle. Quant à l'empereur et à Larsan, à l'avant-garde, ils ne devaient pas avoir noté sa présence.

Sans ralentir, Napoléon Hadrien les conduisit jusqu'à l'élévateur, qui les mena au nid d'aigle du major Whittington. Celui-ci surveillait les manœuvres par les grandes baies vitrées de son salon.

— Votre Majesté impériale, dit-il en s'inclinant. Conformément à vos directives, la Margaretha est opérationnelle.

— À la bonne heure ! se réjouit férocement l'empereur. Je veux que vous pulvérisiez Saint-Pétersbourg sur-le-champ !

L'androïde se sentit chavirer. Ivre de vengeance, ce boucher allait passer ses nerfs en assassinant des milliers de personnes alors que rien n'était fait pour contrer la véritable menace.

— Comme il semblera bon à Votre Majesté, dit le major.

Whittington s'empara d'une commande reliée à un haut-parleur accroché à l'extérieur du nid d'aigle, mais le Valet intervint avant qu'il ne transmette les ordres.

— Vous n'avez pas réalisé la situation ! s'énerva l'androïde. Savitch possède une technologie capable de détruire un continent ! À quoi cela vous servira-t-il de bombarder Saint-Pétersbourg ? Savitch veut utiliser la sphère contre votre Grande Armée, en Asie, pour couvrir ses arrières avant de mener la campagne d'Europe. Votre priorité devrait être d'alerter vos généraux en Mongolie afin qu'ils tentent de l'arrêter !

Napoléon IV fronça les sourcils.

— Qui vous a autorisé à parler ? aboya-t-il. Je ferai partir un message par ondes radioélectriques pour prévenir mes légions d'Orient et…

— Ce ne sera pas possible, Votre Majesté, toussota Whittington. J'ai moi-même tenté un contact tout à l'heure, sans succès. Les antennes qui assuraient nos communications jusqu'en Asie étaient érigées le long des frontières russes, et il semble que Savitch les ait fait abattre. La Grande Armée est isolée.

Cette sinistre annonce décupla la colère du monarque.

— Raison de plus pour raser Saint-Pétersbourg ! hurla-t-il.

L'homme artificiel fut alors traversé par une fulgurance.

— L'obus ! cria-t-il. Remplacez-le par une charge creuse dans laquelle pourront voyager des messagers, que vous enverrez en Mongolie !

— Que me chantez-vous là ? s'étonna Napoléon Hadrien. C'est impossible…

— Le major a pensé à cette éventualité, révéla le Valet. Le wagon-projectile est fabriqué, prêt à l'emploi !

Le souverain considéra Whittington avec de grands yeux.

— Est-ce vrai, major ?

— En effet, Votre Majesté, confirma le savant en affichant une expression de fierté modeste.

Cette réponse plongea l'empereur dans une intense réflexion.

— D'accord, concéda-t-il. Faites préparer la Margaretha. Des estafettes doivent pouvoir embarquer dans ce wagon-projectile dès que possible.

— Un choix stratégique judicieux, si je puis me permettre, dit Whittington, qui paraissait surtout ravi d'expérimenter son invention. D'après les nouvelles du front de ces derniers jours, la Grande Armée s'apprêtait à assiéger Ourga ; je règle le canon sur cette destination.

Sa voix, amplifiée mille fois par le haut-parleur, envahit tout l'espace du hangar.

— Votre attention, la Margaretha vient de recevoir une consigne de tir. Ordre de charger le wagon-obus. Position de la cible : quarante-sept degrés et demi de latitude, cent six et demi de longitude. Inclinaison du canon : soixante-douze degrés. Toutes les équipes sont réquisitionnées pour nous placer en position.

À ces mots, la ruche humaine vit sa cadence multipliée par deux. Les ouvriers montaient et descendaient en criant dans les échafaudages tandis que les engrenages titanesques faisaient pivoter le canon géant.

— Voilà une bonne chose de faite, décida l'empereur. Lorsque mes légions d'Orient auront retrouvé cette fameuse sphère, le grand-duc Savitch se rendra de lui-même.

— Nous ne savons rien du fonctionnement de cette arme, ni où elle se trouve exactement, s'inquiéta l'androïde. Comment pouvez-vous parler avec autant d'assurance ?

— Il est comme tous les Bonaparte qui l'ont précédé : bouffi d'orgueil, répondit une voix féminine.

Napoléon IV sursauta, comme piqué par un taon.

— Qui ose m'insulter ?

Le rang des Silenciaires s'ouvrit pour laisser passer la comtesse, toujours vêtue de son élégant manteau de fourrure.

— Madame de Cagliostro ? Vos agents me plaisent de moins en moins, Larsan, grinça l'empereur. Avec votre départ, une purge de la Sûreté me paraît nécessaire…

— C'est l'Empire que nous allons purger, rétorqua l'espionne.

Elle dévoila une arbalète de poche, qu'elle pointa sur l'empereur.

À ce moment précis, John, l'automate de Whittington, passa en nettoyant le sol avec son balai. Il vint à l'esprit du Valet qu'en cet instant ils n'étaient pas si différents : l'androïde ne comprenait rien à ce qui se passait.

◇◇◇

Napoléon Hadrien plongea derrière le commandant des silenciaires.

— Que fait-elle ? Arrêtez-la immédiatement !

L'officier resta inexpressif, comme s'il ne comprenait pas les mots du souverain. Alors les autres silenciaires soulevèrent la visière qui cachait leur visage.

Le Valet fut saisi de stupéfaction : ceux qui occupaient les uniformes à cuirasse n'étaient autres que des Voleurs de Feu ! L'androïde reconnut le comte Sandorf, aux cheveux blancs coiffés en brosse, accompagné d'individus dont la joue droite portait le tatouage en forme de flamme.

— Qui êtes-vous ? gémit l'empereur. Où sont mes gardes du corps ?

Sans lui prêter attention, la comtesse de Cagliostro leva son arbalète et tira un carreau dans la jambe du major Whittington. La flèche était une seringue paralysante ; lâchant la commande du haut-parleur, le major tomba dans les bras de John, qui passait la serpillière.

En même temps, le comte Sandorf brisa d'un coup de crosse la nuque du brigadier Joras. L'écœurement submergea le Valet ; il avait assisté aujourd'hui à trop de violence inutile.

— Éloignez-vous de la commande vocale, ordonna la Cagliostro à Larsan, ou je vous tire dans la tête.

L'empereur se ratatina contre une des grandes fenêtres. Il lorgnait misérablement les ouvriers qui s'affairaient à l'extérieur autour du canon. Malheureusement pour lui, les travailleurs avaient autre chose à faire qu'à espionner les bureaux de l'ingénieur en chef, et l'auraient-ils fait qu'ils n'auraient rien pu voir : le Valet se souvint que le nid d'aigle était pourvu de vitres teintées.

— Restez tranquille, monsieur l'androïde, le menaça Sandorf, ou mes serviteurs vous arracheront les membres.

L'homme électrique recula. Il n'avait pas l'intention de tenter quoi que ce soit avant d'avoir compris de quoi il retournait.

— Faites quelque chose ! geignit Napoléon Hadrien en tirant la manche du commandant des silenciaires. Protégez-moi !

L'officier conserva son expression inerte.

— Inutile de vous donner tant de mal, se moqua le comte Sandorf. Le commandant Bonville est particulièrement réceptif à l'hypnose. Il restera dans cet état tant que je ne lui aurai pas ordonné de s'éveiller.

L'empereur, acculé, refusait de reconnaître sa défaite.

— Comment avez-vous pu pénétrer dans le camp ? s'indigna-t-il.

— Vous souvenez-vous du détachement de hussards que Larsan a envoyé au château de Dracula pour me récupérer ? demanda la Cagliostro. Leur rencontre avec le comte s'est très mal passée, Dracula a tué la moitié d'entre eux avant de s'enfuir. Le restant de vos soldats est tombé dans une embuscade tendue par les hommes du comte Sandorf ici présent.

Napoléon IV roulait des yeux terrifiés.

— Le sergent Deauville disait que tout s'était bien passé…, se rappela Larsan.

— J'ai fait dire à Deauville ce que je voulais, corrigea la Cagliostro. Le sergent mis à part, vos hussards ont tous péri.

Le Valet poussa un chuintement de désespoir. Encore des morts par sa faute, car c'était lui qui avait contacté Sandorf. Il avait espéré que la comtesse ferait meilleur usage de ce renfort.

— Mes hommes et moi, nous avons revêtu leurs uniformes, continua Sandorf, puis nous avons utilisé leurs abeilles pour gagner Tilsitt. Ce matin, après que l'empereur a rejoint sa frégate, les silenciaires restants stationnaient à l'écart dans leur baraquement. Grâce à nos capacités d'hypnose, il nous a été facile de les neutraliser en les prenant par surprise afin de nous emparer de leur équipement. Vous connaissez la suite…

Comme l'empereur avait baissé sa garde, Sandorf lança un ordre en hongrois aux hommes tatoués. Le monarque et Larsan furent jetés sur des chaises et ligotés.

— Je suis l'empereur ! glapit Napoléon IV. Ne me touchez pas !

Le ministre, lui, restait prostré, les mâchoires serrées. Que comptaient faire les conjurés de ces deux-là ?

Sur ces entrefaites, l'élévateur électrique s'était remis en marche. Nerveux, les séides tatoués se regroupèrent dans l'entrée, prêts à bondir sur ceux qui arrivaient. Lorsque les portes automatiques s'ouvrirent, elles dévoilèrent un trentenaire en complet-veston rembourré, aux lunettes fines et à la démarche assurée. L'androïde reconnut l'un des Voleurs de Feu rencontrés sur l'île Barbe.

— Docteur Parent ! s'écria l'empereur, qui semblait le connaître. Courez chercher des renforts, je suis victime d'une cabale !

Loin de s'affoler, le nouveau venu franchit les rangs des tatoués avant de saluer la Cagliostro et le comte Sandorf.

— Ma sœur. Mon frère.

Le visage de Napoléon Hadrien se décomposa.

— Vous, mon médecin personnel…, bégaya-t-il. Vous ne pouvez pas…

Le docteur Parent ignora le monarque.

— J'ai dit aux gardes que je venais administrer ses vitamines à l'empereur, dit-il. J'ai demandé que personne ne nous dérange, mais nous devrions faire vite.

La comtesse de Cagliostro sortit de son corset une seringue, ainsi qu'un flacon empli d'un liquide vert. Poison ou solution inoffensive ? Elle piqua d'abord le souverain, puis le ministre.

— Vous ne pouvez pas me trahir, comtesse, murmura Frédéric Larsan quand elle enfonça l'aiguille dans son bras. Et vous savez pourquoi : je la tiens.

Il sembla à l'androïde que l'espionne se retenait de le violenter. Elle ne répondit rien et rangea son matériel. Sous l'effet du traitement, les deux hommes s'assoupissaient déjà.

— Que comptez-vous faire d'eux ? interrogea le Valet.

Il regretta tout de suite d'avoir parlé, car les Voleurs de Feu tournèrent leur attention sur lui.

— Il serait temps de greffer à l'automate l'encéphale de votre mère, dit Sandorf à la comtesse.

— Je m'en charge, déclara-t-elle en tirant de sa manche un objet ovoïde.

— Non ! cria l'androïde.

Le cauchemar recommençait. Une fois l'encéphale de l'ancienne Cagliostro branché à son cortex, le Valet perdrait de nouveau le contrôle de son corps. Mais, cette fois, il n'y aurait pas d'infiltration d'eau dans ses circuits pour lui sauver la mise : la présidente des Voleurs de Feu le remplacerait pour toujours !

Cinq sbires tatoués lui tombèrent dessus. L'androïde eut beau ruer, ils l'immobilisèrent rapidement.

— Je vais avoir besoin de cette couchette pour opérer l'empereur, dit le docteur Parent en montrant la table matelassée du laboratoire.

— Très bien, je m'installerai dans la chambre d'à côté, décida l'espionne. Vous autres, amenez l'automate sur le lit.

Sans qu'il ne puisse rien faire, l'homme électrique fut traîné dans la pièce adjacente par les serviteurs de Sandorf. La comtesse fit jouer les mécanismes de sa commande et des démangeaisons atroces se répandirent dans les bras et les jambes du Valet, qui perdit leur usage.

Le plan des Voleurs de Feu prenait forme dans son esprit : les conjurés s'apprêtaient à arracher le visage de l'empereur et à le lui greffer. Ainsi, l'ancienne Cagliostro pourrait se faire passer pour Napoléon IV. Les Voleurs de Feu étaient proches de prendre le pouvoir.

— Laissez-moi seule avec lui, ordonna l'espionne.

Les hommes à la joue tatouée sortirent de la chambre.

— Pitié, souffla l'androïde. J'aurais pu vous vendre à Larsan tout à l'heure, et je ne l'ai pas fait ! Je pensais que nous pourrions être alliés…

— Tais-toi, chuchota la comtesse en s'asseyant près de lui sur le lit. Elle rangea l'encéphale de sa mère dans son corsage.

— Vous n'allez pas me le greffer ? demanda le Valet, incrédule.

— Sauf si tu m'y obliges, rétorqua la Cagliostro à voix basse. Dans cinq minutes, Parent m'apportera le visage et les habits de l'empereur.

— J'ai compris que vous vouliez le remplacer.

— Tant mieux, maintenant écoute : je n'ai aucune envie d'impliquer ma mère dans notre coup d'État. Cette vieille chouette m'a toujours prise pour une incapable. Si elle prend la place de Napoléon IV, elle ne m'offrira pas une once de pouvoir.

Le Valet prit conscience que la Cagliostro lui parlait d'un complot dans le complot. Elle lui offrait une porte de sortie en espérant l'utiliser pour asseoir sa propre autorité au sein de son organisation.

— Je te propose un marché. Je ne te greffe pas cet encéphale, et en échange nous gouvernerons ensemble l'Empire Électrique. Tu feras ce que je t'ordonnerai, nous dirigerons le monde vers une nouvelle ère de progrès sans précédent !

Elle lui proposait ni plus ni moins que le trône des Bonaparte. Hébété, l'androïde ne savait que répondre.

— Je ne sais même pas qui vous êtes vraiment, lâcha-t-il. Pourquoi faites-vous cela ?

La comtesse se pencha sur lui. Son visage était très proche du sien.

— Les tyrans seront détrônés et les esprits éclairés guideront l'humanité sur le bon chemin, dit-elle avec la force de la conviction. *Nous* guiderons l'humanité sur le bon chemin. Pour toujours.

L'androïde se représenta la Cagliostro, rendue éternellement jeune par le sérum de Van Helsing, régentant le monde selon la conception rigide qu'elle se faisait du bien commun. Il ne savait si cette image était rassurante ou terriblement oppressante.

— Je te préviens, le menaça l'Italienne, au moindre signe de rébellion, je te terrasse et je branche l'encéphale de ma mère. J'ai supprimé ta sensibilité au mot de passe, mais ma commande marche encore…

— D'accord, d'accord, temporisa le Valet. J'obéirai.

De toute façon, il n'avait pas le choix.

◇◇◇

Dix minutes plus tard, la comtesse de Cagliostro étendait le visage encore tiède de Napoléon Hadrien sur les joues de l'androïde. Le champ d'électricité statique se déploya entre la face de plomb et la capuche de peau, redonnant un simulacre de vie à la figure du malheureux empereur.

— C'est fait, annonça le comte Sandorf. J'ai redimensionné ses membres.

Il rangea les manivelles qui lui avaient permis de rétrécir les bras, les jambes et le torse du Valet. Désormais, ce dernier avait adopté la taille, plus petite, de Napoléon IV.

— Reste à le vêtir, conclut la comtesse.

Lorsque l'androïde sortit de la chambre, rien ne le différenciait du vrai Napoléon Hadrien. Il adoptait la même démarche martiale et modulait sa voix artificielle de façon à copier le timbre de l'empereur.

— Je suis le maître de l'Empire ! s'amusa-t-il à proclamer avec emphase.

Il se rendit compte que, dans quelques heures, ce serait peut-être vrai. Arriverait-il à gouverner l'Europe de façon à améliorer la vie de ses habitants ? Il pourrait organiser le partage des richesses, établir la liberté de la presse, faire instruire les enfants des plus pauvres.

Tout à ses rêves, le Valet croisa le regard acerbe du docteur Parent, qui nettoyait ses mains ensanglantées. Sur la couchette du laboratoire gisait le cadavre mutilé de celui qui avait été le plus puissant des hommes, le jeune empereur Napoléon le Quatrième.

— Je n'aime pas l'idée que notre révolution repose sur le bon vouloir de cette machine, dit le médecin.

— L'encéphale de ma mère est endommagé, mentit la Cagliostro. Impossible de le brancher au cortex de l'automate. Nous ferons avec ; le Valet sait que, s'il veut survivre, il doit coopérer.

L'homme électrique se rappela soudain quel danger pesait sur l'humanité.

— Le wagon-projectile ! s'exclama-t-il. Je dois donner des ordres, envoyer des messagers prévenir l'armée d'Orient ! Il faut tout faire pour empêcher Savitch d'utiliser la sphère !

— Du calme, nous le ferons, assura la comtesse.

— Que fait-on de ce triste sire ? demanda Sandorf en regardant Larsan. Nous devrions l'abattre.

— Ce n'est pas l'envie qui m'en manque, assura la Cagliostro.

Elle s'avança vers le ministre, qui reposait la tête penchée, et lui prit le menton. Quand il ouvrit les paupières, le Valet remarqua que la drogue lui faisait des yeux vitreux.

— Regardez-moi, ordonna l'espionne.

Elle fit tomber son pendule devant le maître de la Sûreté et imprima à l'objet un mouvement d'oscillations régulières.

— Ma voix vous guide, susurra l'hypnotiseuse. Êtes-vous prêt à lui obéir ?

À peine avait-elle prononcé ces mots que Larsan releva la tête. Au lieu d'avoir le regard fixe, ses prunelles brûlaient d'une hostilité brute.

— Vos tours ne fonctionnent pas sur moi, grogna-t-il. Si votre produit affaiblit mes sens, mon esprit demeure résistant.

La Cagliostro se mordit la lèvre inférieure sous le coup de la surprise.

— Croyez-vous que je serais resté longtemps à mon poste si j'avais négligé de me prémunir contre les techniques de suggestion ? continua le ministre avec difficulté. Vous n'obtiendrez rien de moi. Au contraire, vous avez tout à craindre : s'il m'arrive quoi que ce soit, votre fille en paiera les conséquences…

Alors c'était cela. Larsan gardait en otage l'enfant de la Cagliostro, et il avait pensé que cela suffirait à la tenir sous son contrôle. Quel abject personnage !

— Épargnez-moi vos grands airs, Larsan ! répliqua la comtesse en trahissant son trouble. Vous avez perdu parce que vous n'imaginiez même pas qu'une femme puisse échanger la vie de sa progéniture contre le triomphe d'une cause supérieure !

Malgré ses paroles impitoyables, le regard de l'espionne se brouillait et son menton tremblait.

— Oui, j'ai perdu, admit le ministre dans un rictus, mais vous aussi, et bien plus ! Soyez assurée que, sans nouvelle de moi, les geôliers qui gardent votre petite fille l'étrangleront avec leurs grosses mains. Je leur ai même recommandé de la tuer lentement, qu'elle meure en sachant que sa mère l'a abandonnée.

C'était trop de menaces ignobles. Le Valet allait intervenir quand la Cagliostro poussa un gémissement d'animal blessé :

— Frédéric, tu ne ferais pas cela… Notre fille, elle est de toi, de ton sang !

L'homme électrique crut qu'elle délirait. La comtesse, avec le ministre… Pourquoi cela lui paraissait-il inconcevable ? Cette douleur sourde en lui, était-ce de la jalousie ? Il se jugea aussi pitoyable que ridicule.

— De moi ou d'un autre de tes amants, que m'importe ! ricana Larsan. Elle ne m'intéresse que pour ce qu'elle peut t'obliger à faire. Libère-moi ! Libère-moi ou tu seras responsable de sa mort ! Je jure que c'est vrai !

La Cagliostro se détourna, le visage ravagé.

— Assommez Larsan, fit-elle d'une voix étranglée. Il vient avec nous.

Les sbires au tatouage en forme de flamme tombèrent à bras raccourcis sur le ministre.

— Nous n'avons plus le temps, avertit Sandorf en regardant par la fenêtre qui donnait sur la cage de l'élévateur. Les officiers de l'état-major sont arrivés, ils monteront bientôt par ici.

— Lui, tuez-le, ordonna la comtesse en désignant Vacher, toujours inanimé.

— Non !

Le cri de l'androïde était sorti tout seul. Les Voleurs de Feu le regardèrent avec méfiance.

— J'ai une dette envers lui, expliqua le Valet, écrasé par la culpabilité. S'il en est là, c'est à cause de moi. Je marche avec vous si vous l'épargnez.

Après avoir consulté ses complices du regard, la Cagliostro haussa les épaules.

— Retenez l'élévateur, commanda-t-elle. Nous n'avons plus rien à faire ici, il faut descendre.

Les faux silenciaires rabattirent la visière de leurs casques, puis ramassèrent les corps de Larsan et du frère Vacher.

— Par ici, Votre Majesté, dit la comtesse de Cagliostro au Valet.

Elle le poussa jusqu'à l'élévateur, une grande plate-forme en métal sur laquelle s'engouffra toute leur compagnie. Dans un crissement, la porte d'acier se referma et la cage grillagée entama sa descente.

— Il faut que j'ordonne la mise à feu du wagon-obus et que je sélectionne des messagers à envoyer à la Grande Armée ! rappela le Valet.

— Plus tard, le rabroua la Cagliostro. Pour l'heure, contentez-vous de paraître convaincant devant l'état-major. Répétez seulement ce que je vous ai demandé de dire et débrouillez-vous pour qu'on nous rapatrie en France, au palais impérial. Si vous déviez de votre texte, vous savez ce qui vous attend…

Elle dévoila la commande dissimulée dans un pli de son manteau.

L'homme électrique se sentit accablé. La comtesse avait promis qu'ils s'occuperaient de la menace Savitch. Pourquoi trahissait-elle ses engagements ? Il craignait que l'espionne n'ait pas pris la mesure du danger. Elle avait son propre agenda, dont l'androïde ignorait tout. Dès lors, comment contrecarrer les plans du Réseau Savitch ?

Sa carrosserie crissa sous le coup de la contrariété. Si la comtesse méprisait son avis sur un sujet aussi crucial que la sphère, à quoi leur avenir au sommet du pouvoir ressemblerait-il ? Le Valet eut une vision de lui-même, enfermé dans la salle du trône, portes et volets fermés. Sa nouvelle cage serait une prison dorée, il avait simplement changé de geôlier.

◇◇◇

L'élévateur se reçut au niveau du sol dans un grincement, et la herse s'ouvrit sur la trentaine d'officiers qui composaient l'état-major.

— Que s'est-il passé, Votre Majesté impériale ? s'exclama un homme à la barbe touffue, coiffé d'un tricorne à plumes blanches.

Le Valet reconnut le général Boulanger, commandant de l'armée. Il fixait le regard sur Frédéric Larsan, qui pendait, inconscient, entre deux silenciaires.

— Le ministre de la Sûreté a tenté de m'assassiner, déclara l'androïde en imitant le ton vindicatif de Napoléon IV. Sans le concours de Mme la comtesse de Cagliostro et de mon ami le comte Sandorf, je ne serais plus de ce monde.

La nouvelle fit l'effet d'une bombe sur l'assemblée des militaires.

— Une tentative de coup d'État ? s'indigna Boulanger.

— En effet, répondit l'homme électrique. C'est pourquoi j'ai pris la décision de nommer la comtesse en remplacement de ce félon de Larsan au ministère de la Sûreté. Quant au comte Sandorf, il sera mon nouveau ministre de la Guerre.

L'intéressé adressa un sourire carnassier aux officiers stupéfaits d'apprendre la nomination d'une femme et d'un sinistre inconnu à ces postes prestigieux. Toutefois, pour inattendues que soient ces promotions, elles ne soulevèrent aucune objection, car d'autres événements préoccupaient les militaires.

— Votre Majesté impériale…, déclara péniblement Boulanger. Je dois vous dire… Nous sommes en train de perdre la bataille…

Le Valet n'eut pas à feindre la surprise, il était réellement désarçonné. Même la comtesse de Cagliostro, d'ordinaire impassible, frémit sous le coup de cette annonce.

— Comment est-ce possible ?

En répondant, Boulanger paraissait se poser la même question :

— Vos cousins, le grand-duc François-Venceslas et le grand maître Pierre-Napoléon, sont apparus aux côtés des cosaques russes. Ils ont ordonné à leurs bataillons d'abeilles voltaïques de se retourner contre nous, Votre Majesté.

— Savitch…, murmura l'androïde. Général, mes cousins sont devenus les marionnettes de l'ennemi. Comment mes bons grognards ont-ils pu se laisser circonvenir ?

— Tous les soldats n'ont pas suivi leurs directives traîtresses, précisa Boulanger. Pour autant, le chaos qui s'ensuit profite au tsar, car, pendant que les abeilles s'affrontent, les cosaques traversent le Niémen ! Bientôt, l'artillerie adverse sera à portée.

Le Valet se sentait dépassé.

— Et *le Rapace* ? demanda-t-il avec espoir. Un seul aéronef devrait suffire à repousser l'ennemi…

Les officiers de l'état-major se regardèrent, visiblement gênés.

— Nous l'avons appris il y a peu, Votre Majesté impériale : *le Rapace* a dû se poser en catastrophe sur son trajet depuis la France. Il s'est arrêté à Dantzick, victime d'un acte de sabotage. Un des membres de son équipage a fait exploser son électromoteur bâbord. Cet homme cachait, semble-t-il, un cerveau artificiel sous sa casquette.

Savitch avait tout prévu. Tant pis pour la Cagliostro et ses menaces, l'homme électrique devait tenter quelque chose tant qu'il le pouvait encore.

— Il faut que le wagon-obus parte de toute urgence pour la Mongolie, commanda-t-il. Général, ordonnez aux…

L'androïde ne termina jamais cette phrase. Dans un sifflement, un obus pénétra à l'intérieur du hangar par le toit ouvert et termina sa course à moins de deux mètres du groupe dans une explosion tonitruante qui éparpilla officiers, agents et silenciaires.

Le Valet voltigea au hasard, soufflé par la déflagration, balancé la tête la première sur le ventre. Lorsqu'il rouvrit les yeux, meurtri, un nuage de fumée l'entourait. Des cris lui parvenaient de toutes parts. Un corps pesait sur lui.

Il tâta ses membres, rien ne manquait. La violence du choc résonnait encore dans son crâne, mais il ne souffrait que de déformations de sa carapace.

L'androïde se redressa sur ses coudes et hurla de frayeur : la tête de Boulanger, à demi enfouie dans la terre noire, fixait sur lui ses yeux révulsés.

Horrifié, il poussa l'homme effondré sur lui, qui reprit connaissance. C'était le frère Vacher, la bure déchirée et le visage en sang.

— Louise…, grogna le moine. Larsan m'avait promis qu'il la sauverait…

Hagards, ils se dégagèrent l'un de l'autre. Autour d'eux s'étendait un véritable carnage. L'obus avait volatilisé l'ensemble de l'état-major, des restes sanglants jonchaient la terre crevassée. La plupart de ceux qui entouraient l'androïde deux minutes auparavant étaient morts ou grièvement blessés.

— Larsan…, gronda le balafré.

Le Valet suivit son regard. À travers la poussière en suspension, il vit deux silhouettes en train de s'étriper au corps à corps. L'une fracassa la face de l'autre contre une poutre en ferraille. Lorsque le vainqueur de ce combat se leva en boitant, le Valet reconnut le ministre de la Sûreté. Il venait de se débarrasser d'un des faux silenciaires et s'enfuit vers la Margaretha, masse brune qui les dominait.

— Sale enflure, si tu penses t'en tirer…, fit le frère Vacher en se mettant debout non sans difficulté.

— Vous êtes blessé ! l'avertit l'androïde. Restez là !

Des sifflements emplirent l'atmosphère, préludes à de nouvelles explosions. Le mur côté est du grand hangar fut emporté dans un torrent de flammes tandis que d'autres bombes pleuvaient sur les échafaudages autour du canon.

— Non ! gémit le Valet. Il ne faut pas qu'ils le détruisent !

Les Russes concentraient leurs tirs sur la Margaretha. Si les artilleurs du tsar parvenaient à leurs fins, il n'y aurait plus moyen d'envoyer quiconque en Mongolie afin de contrecarrer Savitch.

— Vacher, commença l'homme électrique, nous devons…

Il s'interrompit car le moine avait disparu. Où que portât son regard, le hangar n'était qu'un brasier infernal. Deux silenciaires s'étaient relevés et portaient assistance aux autres Voleurs de Feu.

L'androïde se hissa sur ses jambes. Il avisa alors la comtesse de Cagliostro qui gisait, brûlée au flanc, sonnée par la déflagration. Le Valet s'assura que ses plaies n'étaient pas mortelles.

— Je dois vous laisser, murmura-t-il.

La seconde d'après, il courait vers la Margaretha. D'un instant à l'autre, les Russes lâcheraient une nouvelle bordée et éradiqueraient sa seule chance de rejoindre l'Asie. La Grande Armée serait annihilée, et, avec elle, le tiers de l'humanité.

L'homme électrique arriva à la base du canon, près de laquelle s'étaient réfugiés les dizaines d'ouvriers lituaniens. Les malheureux ne se rendaient pas compte qu'ils cherchaient refuge sous la cible principale des artilleurs russes. Parmi cette houle humaine, le Valet repéra l'ingénieur rondouillard qui les avait accueillis dans le hangar la première fois.

— Vous ! appela l'homme artificiel en imitant le timbre autoritaire de Napoléon IV. Faites-moi embarquer et ordonnez la mise à feu, le wagon-projectile doit partir dès maintenant !

Surpris, l'homme aux lunettes dévisagea son interlocuteur.

— Que… Qui êtes-vous ? L'automate ?

Comment pouvait-il l'avoir identifié ? Le Valet se toucha le visage. Ses doigts rencontrèrent la surface de ses joues de plomb, encore parcourues d'électricité statique.

Il ne s'était pas rendu compte que son postiche en peau s'était déchiré lorsque l'obus l'avait précipité à terre. Sur sa face pendait un lambeau qu'il arracha, dépité.

Un instant auparavant, tout était encore possible. Le Valet aurait pu régner à la place des Bonaparte, faire advenir un monde meilleur. À présent ne restait plus qu'un pantin de métal.

— L'ordre doit émaner de Sa Majesté impériale ou de l'un de ses représentants, ajouta l'ingénieur, comme pour confirmer l'insignifiance de l'androïde. Je n'ai aucune raison de vous obéir…

Le Valet n'écoutait plus. Il regrettait l'absence du frère Vacher. Celui-ci ne se serait pas gêné pour menacer le récalcitrant jusqu'à obtenir gain de cause.

Balayant les alentours du regard à la recherche d'une solution, l'androïde aperçut justement le moine. Sous l'un des échafaudages encore debout, il menait une discussion animée avec un autre individu qu'il tenait par le col : Frédéric Larsan. Le balafré avait donc rattrapé sa cible.

L'androïde comprit en un éclair comment il pouvait tirer profit de cette situation et se précipita en direction des deux hommes.

— Tu as fini de te moquer de moi, Larsan ! entendit-il en se rapprochant. Je vais te crever, maintenant ! Je vais te crever !

Le visage déformé par la haine, Vacher semblait à bout. Il ficha la pointe de son poignard sous la gorge de son ancien maître, qui demeura stoïque. L'androïde ne put s'empêcher d'admirer son sang-froid.

— Adieu, Excellence ! cracha le moine.

Juste avant qu'il ne perfore le cou de sa victime, le Valet l'assomma d'un coup de poing sur la nuque.

En découvrant son sauveur, Larsan ne manifesta aucune surprise et s'adressa à lui avec autorité :

— Ah, Valet, vous voici redevenu raisonnable ! Achevez Vacher et suivez-moi, nous devons arrêter la Cagliostro.

— Je ne tuerai personne, répliqua l'homme électrique avec humeur. Je ne vous ai sauvé que pour une seule raison : l'ingénieur qui se tient là-bas, ordonnez-lui de faire tirer la Margaretha pour m'expédier en Mongolie ou je vous livre aux Voleurs de Feu.

Larsan ramassa le couteau du moine, considérant froidement l'androïde. Celui-ci remarqua par terre les débris d'un injecteur d'adrénaline vide : cela expliquait la nouvelle vitalité du prévoyant maître de la Sûreté.

— Vous savez que c'est la bonne décision ! insista le Valet. Si les vies menacées vous indiffèrent, rappelez-vous que c'est le seul moyen de prévenir votre Grande Armée des plans de Savitch !

— Dépêchez-vous, lâcha enfin le ministre.

Abandonnant Vacher qui reprenait déjà ses esprits, ils foncèrent vers le canon. Dès qu'ils furent à portée de l'ingénieur rondouillard, Frédéric Larsan lui tomba dessus :

— J'ai appris que vous n'aviez pas encore exécuté les ordres de Sa Majesté ! Faites embarquer cet agent dans le wagon-projectile au plus vite, et activez la mise à feu !

— Tout de suite, Excellence ! bégaya l'homme aux lunettes rondes.

Motivé par la peur que devait lui inspirer le ministre, l'ingénieur vociféra aux ouvriers :

— Vous avez entendu ? Tous à vos postes ! Maintenant ! Tous à vos postes ou je me chargerai de vous faire fusiller !

Les travailleurs s'éparpillèrent autour du canon.

— Par ici, monsieur, dit le rondouillard au Valet.

L'androïde voulut prendre congé de Larsan, mais celui-ci regardait en direction des incendies. À travers la fumée, l'androïde distingua la silhouette immense d'une machine humanoïde.

Il reconnut l'exosquelette doré de l'empereur sur lequel travaillaient les ingénieurs croisés la veille. Quant à l'occupante de cette armure voltaïque, elle n'était autre que la comtesse de Cagliostro. Elle menait quatre hommes en uniforme de silenciaires dans leur direction. L'espionne les avait pris en chasse !

— Conduisez-nous, vite ! lança Larsan à l'ingénieur.

Ce dernier les mena au bas d'une plate-forme attachée à un treuil voltaïque, qui permettait de s'élever jusqu'à la bouche du canon. Ils montaient rapidement les marches quand un couteau traversa les airs en sifflant et se ficha dans le pied de Larsan, lui arrachant un grognement de douleur.

— Pas si vite ! clama une voix de lionne. Nous avons encore à parler !

Le Valet jura intérieurement : le ministre lui bloquait l'accès à la plate-forme, il perdait du temps.

La Cagliostro s'approcha dans son exosquelette de trois mètres de haut. Derrière elle, les faux silenciaires, dont l'un tenait plusieurs couteaux.

— Votre complot a échoué, ma chère, fit Larsan, les traits crispés par la souffrance. Votre pantin n'a plus de visage. Un nouvel empereur sera désigné, que je m'empresserai de mettre en garde contre les manigances de votre confrérie.

— Comme si vous aviez voix au chapitre, rétorqua la comtesse. Les survivants de l'état-major témoigneront du fait que Napoléon Hadrien vous accusait d'avoir tenté de l'assassiner.

— Vous oubliez à qui vous parlez, ricana son ennemi. J'ai exercé comme ministre durant huit ans, sous deux empereurs. J'ai un dossier sur chaque Bonaparte ; ne vous faites pas d'illusion, ils me laisseront la boutique. Moi, Frédéric Larsan, je suis la Sûreté !

Il arracha la lame qui l'immobilisait et se jeta sur la plate-forme où attendait l'ingénieur, suivi de près par l'androïde. Le silenciaire aux couteaux réagit en lançant ses poignards, mais les lames s'enfoncèrent dans le cou grassouillet de l'homme que Larsan avait tiré devant lui. Sans perdre un instant, le Valet actionna le treuil électrique, qui les emporta dans les airs.

Hélas, une seconde plus tard, l'élévateur pencha brusquement sur le côté, menaçant de faire tomber ses occupants.

— La comtesse s'est suspendue à la rambarde ! cria l'androïde épouvanté, sur le point de basculer.

En effet, la Cagliostro venait d'exécuter un saut prodigieux et se hissait maintenant sur la plate-forme grâce à la force extraordinaire de son exosquelette. Une fois à bord, la machine dorée se dressa de toute sa hauteur tandis qu'ils retrouvaient un équilibre fragile.

— Tu vas me dire ce que tu as fait de ma fille, Frédéric ! fit la comtesse d'une voix effrayante.

Pour toute réponse, le ministre jeta sur elle le cadavre de l'ingénieur, que l'espionne repoussa par-dessus la rambarde d'un revers du bras de son armure.

— Ridicule…

L'ascension de la plate-forme était rapide. Lorsqu'ils dépassèrent le niveau du toit, le champ de bataille se dévoila autour d'eux. À l'extérieur du hangar régnait un vrai chaos.

— Tu n'aurais pas dû te servir de ma petite Joséphine ! gronda la Cagliostro en attrapant Larsan par les cheveux. Si tu me la rends, je te laisse la vie sauve…

La comtesse le plaqua au sol dans un craquement d'os, ébranlant la plate-forme. Le Valet se désintéressait du sort de Larsan, mais il fallait coûte que coûte qu'il accède au wagon-obus avant que l'exosquelette ne les fasse verser.

— Tu connaissais le prix de la trahison, hoqueta le maître de la Sûreté. Sans moi, ta fille meurt. Soumets-toi, il n'y a que cela que tu puisses faire pour la sauver.

Il tentait de retenir l'espionne par la magie des mots, mais la femme qu'il affrontait brûlait de la rage des fanatiques.

— Tu n'as pas encore compris ? rugit-elle en écrasant la cage thoracique de son ancien amant. Je suis prête à tout sacrifier pour obtenir le monde que je veux façonner ! Pour moi, Joséphine est déjà morte… Tout ce que tu peux espérer, Frédéric, c'est que je t'épargne si tu me rends ma fille !

Dans les yeux de la comtesse se lisaient douleur et détermination. Elle sacrifiait ce qu'elle avait de plus précieux à une cause qu'elle croyait juste. L'androïde la trouva à la fois splendide et monstrueuse.

Larsan parut prendre conscience qu'il ne l'emporterait pas. Le pied de l'exosquelette le broyait impitoyablement contre la grille de l'élévateur.

— Ce n'est pas moi…, ânonna-t-il en crachant un filet de sang. Le Valet… C'est lui qui a tué ta fille…

Saisi par cette révélation, l'homme électrique se prit la tête entre les mains. Le ministre mentait, il mentait forcément. Un reliquat de souvenir remonta à la surface. Des images fusaient, que le Valet n'arrivait pas à ordonner.

La Cagliostro cogna violemment le crâne du ministre et se tourna en direction de l'androïde. Son exosquelette crépitait d'étincelles, comme autant de manifestations de souffrance. À ce moment, l'élévateur arriva devant l'orifice de l'énorme canon.

— Est-ce vrai ? demanda la comtesse d'une voix tremblante, si douce qu'elle en devenait terrifiante.

— Je ne sais pas ! couina le Valet. Je ne sais plus !

Il avait peur, peur que le ministre dise vrai, peur d'être une abomination pire que les criminels qu'il avait côtoyés. Profitant de sa faiblesse, les fantômes envahirent son esprit comme une nuée de mouches. L'androïde essaya de les chasser. Quelque part sous cet ouragan de volontés hostiles reposaient ses souvenirs, avec la réponse à cette horrible question : était-il un tueur d'enfant ?

La comtesse déploya la formidable musculature d'acier de son armure. Son regard sourdait de haine pure. L'homme électrique recula, les circuits grésillant, jusqu'à la balustrade. Il n'avait aucune échappatoire : l'espionne bloquait le passage menant à la bouche de la Margaretha, et, autour d'eux, le vide s'ouvrait sur plus de cent cinquante mètres jusqu'au toit du hangar. Le Valet imagina avec effroi comment il se disloquerait sur les tôles.

— Raconte-moi…, murmura la Cagliostro. Raconte-moi tout, puis je te détruirai.

◇◇◇

1er mars 1894

Les cris traversaient la porte du salon, la fillette ne pouvait ignorer la dispute qui opposait la comtesse et Frédéric Larsan. Pourtant, elle faisait mine de ne pas entendre et se concentrait sur la partie d'échecs.

— Je suis désolé, dit le Valet, le cœur lourd.

Ils se trouvaient à Lyon, dans un appartement au sommet d'un immeuble bourgeois du quai Claude-Bernard, sur les rives du Rhône. Ce logement confortable avait l'avantage de disposer d'un jardin de toiture à la végétation fournie, assez vaste pour que le ministre de la Sûreté puisse arriver chez sa maîtresse par la voie des airs, et garer son bourdon voltaïque à l'ombre des orangers qui bordaient le balcon.

— Désolé de quoi ? demanda Joséphine. De t'être amélioré par rapport à la dernière fois ?

Pommettes saillantes, yeux fendus et teint blanc, l'enfant ressemblait à sa mère.

Elle déplaça sa tour pour briser la manœuvre d'encerclement du Valet et lui adressa un sourire triomphant. L'androïde éprouvait de la peine à la voir s'efforcer de se montrer joyeuse en de telles circonstances.

— Tu deviens trop fort, ce n'est pas drôle, fit-elle lorsqu'il joua. Enfin, c'est déjà mieux que quand tu oublies tout et que je dois te réapprendre les règles.

— Quand j'oublie tout ? Que veux-tu dire ?

— Concentre-toi sur le jeu, ordonna l'enfant.

L'homme électrique se demandait comment annoncer la nouvelle à la petite fille. En quelques mois, il s'était attaché à elle et redoutait sa réaction.

— Échec et mat ! claironna Joséphine. Pfff, tu m'as laissée gagner… Allez, nous avons peut-être le temps pour une troisième partie avant que tu t'en ailles !

Il aurait été plus simple d'accepter, de faire semblant de rien. Le Valet prit son courage à deux mains.

— Il faut que je te dise quelque chose, commença-t-il. Son Excellence, ton père, il se méfie de ta mère.

La fillette afficha une grimace boudeuse, comme si l'androïde venait de proférer une vulgarité.

— Je sais, dit-elle. Tu viens ici à cause de ça. Tu accompagnes mon père parce qu'il n'aime pas venir seul ici. Maman dit que tu es chargé de surveiller que tout se passe bien.

Un bruit de verre cassé retentit dans la pièce d'à côté, et les éclats de voix se firent plus agressifs.

— Aujourd'hui n'est pas un jour comme les autres, expliqua l'androïde avec gêne. Ta mère a refusé de faire quelque chose pour le ministre. Je ne sais pas ce dont il s'agit, mais ton père l'a pris pour un manque de loyauté.

L'androïde ne supportait pas qu'elle fixe sur lui ses grands yeux. Ce qui arrivait n'était pas sa faute, pourquoi s'imposait-il cette tâche ?

— Il veut te retirer à la comtesse, lâcha-t-il. Si elle ne fait pas ce qu'il demande, il te fera du mal.

Le Valet trouvait cela ignoble. Plus il côtoyait Frédéric Larsan, plus il comprenait que cet individu n'avait rien d'un honorable serviteur de l'État. À la moindre occasion, l'androïde s'était juré de se rendre à l'asile où la Sûreté détenait son créateur pour s'enfuir avec lui.

Les yeux de Joséphine étincelèrent.

— Ne pleure pas, murmura-t-il. Je suis sûr que ta mère fera ce qu'il faut pour que le ministre te rende vite à elle.

— Tu ne connais pas maman, dit la fillette. Elle ne m'aime pas, il n'y a que ses projets qui l'intéressent.

— Je suis certain que ce n'est pas vrai. Ne pleure pas, je t'en prie.

Elle plongea dans ses bras et serra son cou aussi fort qu'elle le put. L'androïde s'était longtemps demandé quel besoin les humains avaient de s'étreindre, mais il avait compris la première fois que Joséphine s'était réfugiée sur lui. Lorsqu'il parvenait à consoler la petite fille, il éprouvait une joie lumineuse, un sentiment incomparable avec tout ce qu'il avait pu ressentir auparavant. Il était d'autant plus douloureux de constater que, cette fois, les sanglots de l'enfant ne trouvaient pas de terme.

— Joséphine, assez de pleurnicheries, lève-toi !

Larsan se tenait debout au-dessus d'eux, implacable. Derrière lui, la Cagliostro, livide, paraissait presque morte. Son maquillage dégoulinait.

— Valet, prenez mon bourdon voltaïque et amenez Joséphine au phare Bourdais. Ne m'attendez pas, la comtesse et moi avons encore des choses à nous dire. Vous confierez cette enfant à l'intendance, qu'ils lui donnent une chambre.

Son ton ne souffrait pas de contestation. La petite fille en larmes embrassa sa mère.

— Tu reviendras bientôt ici, promit la comtesse. Je te le jure.

— Et pourquoi te croirais-je ? lâcha Joséphine.

— Parce que ceux qui s'aiment doivent se faire confiance, répondit sa mère.

Sans la regarder, l'enfant s'enfuit dehors.

— Je vous promets qu'il ne lui arrivera rien, souffla le Valet à la Cagliostro. Je le jure !

L'espionne lui rendit un sourire triste, comme on repousse un chien, affectueux mais bête.

Quelques minutes plus tard, l'androïde survolait Lyon, aux commandes du bourdon voltaïque. Il transportait sur la banquette arrière la petite Joséphine. L'homme électrique avait appris à piloter dans les semaines précédentes et conduisait déjà avec maîtrise. Au-dessous d'eux, le Rhône tumultueux s'étirait, constellé de reflets dorés dans l'après-midi déclinant.

Le Valet sursauta quand l'enfant à l'arrière poussa un cri perçant :

— Pose le bourdon sur le quai !

L'androïde se retourna en quatrième vitesse. La fillette avait ouvert l'une des portières transparentes et se penchait dans le vide. Il tendit le bras, mais elle se tenait hors de portée. Joséphine ne pleurait plus, son visage était dur.

— Arrête ! hurla-t-il. Tu es folle, tu vas te tuer !

— Pose-toi, répéta-t-elle. S'il te plaît, laisse-moi partir.

L'homme électrique ne savait que faire. S'il lâchait les commandes pour attraper l'enfant, l'appareil plongerait vers le fleuve.

— Par pitié, recule ! Tu ne peux pas rentrer chez la comtesse, le ministre fait surveiller son appartement. Il te récupérerait de toute façon !

La fillette se redressa, sans quitter sa position.

— Je ne veux pas retourner chez ma mère, déclara-t-elle. Elle ne m'aime pas. Sinon, elle se serait battue pour me garder avec elle.

Elle assenait ses vérités comme une petite adulte. L'androïde aurait cru entendre disserter la Cagliostro.

— Il ne faut pas que tu penses ça, protesta-t-il, les choses sont plus compliquées. Assieds-toi correctement !

— Tu vas me déposer, continua Joséphine. Je promets de disparaître. J'irai chez mon ancienne nourrice, je sais qu'elle acceptera de me cacher.

Quels étaient ces fantasmes ? Comment une si jeune enfant pouvait-elle nourrir de telles certitudes ?

— Je ne peux pas ! protesta le Valet. Que dirais-je à Larsan ?

— Tu lui diras que j'ai sauté du bourdon, et que le Rhône a emporté mon corps.

— Qu'est-ce que tu racontes ?

— Fais-le, cria-t-elle, ou je saute ! Maintenant !

Elle s'apprêtait à le faire. L'homme électrique le lisait dans ses prunelles ambrées.

— Tu sais que c'est mieux pour moi que de rester avec mon père.

L'enfant fit mine de se jeter par-dessus bord.

— Attends ! la retint l'androïde. Arrête, c'est d'accord !

Il n'avait pas le choix. Ils amorcèrent une descente précipitée et leur bourdon se posa sur un quai désert. Immédiatement, la petite fille bondit du véhicule.

— Merci, lança-t-elle en envoyant un baiser de la main.

Elle détala dans une ruelle sombre.

Le Valet aurait pu la rattraper. Il lui suffirait cette fois de l'attacher pour la ramener sans incident au phare Bourdais. Pourtant, il pensa à ce que Larsan était capable de faire, même à sa propre fille, et il ne fit pas démarrer le bourdon.

Ce soir-là, en présentant son rapport au ministre, il n'aurait pas besoin de feindre la tristesse. En imaginant Joséphine en train de courir seule dans les rues, il se sentit accablé au point de souhaiter que ses mécanismes s'arrêtent.

◇◇◇

— Elle est vivante ! s'exclama le Valet.

En une fraction de seconde, tout lui était revenu. L'androïde vit se succéder sur le visage de la comtesse l'expression d'un espoir fou, vite remplacée par celle d'une colère incrédule.

— Tu mens ! cria-t-elle.

— Non, non ! protesta l'homme électrique. Je l'ai fait passer pour morte afin de la sauver !

À cet instant, il vit Larsan arriver derrière la Cagliostro en brandissant le couteau dérobé à Vacher. Le maître de la Sûreté se préparait à la poignarder à travers les mailles de l'exosquelette.

— Attention ! cria l'androïde.

Le ministre frappa. Heureusement, son coup ripa. La lame glissa sur l'omoplate de l'espionne, tranchant plusieurs fils de cuivre.

Immédiatement, l'exosquelette cessa de fonctionner. Des arcs électriques crépitèrent le long de son câblage et le colosse d'acier s'écroula à genoux, coinçant le Valet contre la balustrade.

— Parfait ! jubila Larsan. Vous voilà prisonnière de cette armure, très chère !

La Cagliostro tenta de se libérer de l'armature qui enserrait ses membres, mais le ministre l'en empêcha d'un coup de couteau dans l'épaule. L'Italienne poussa un râle douloureux.

— Laissez-la tranquille ! hurla le Valet, qui essayait de se glisser sous le bras de l'exosquelette. Espèce de monstre !

Frédéric Larsan renifla avec mépris.

— Monsieur l'automate, toujours prompt à juger… Vous croyez certainement que la comtesse aurait fait une meilleure ministre ? Vous vous trompez : je suis un pragmatique, j'ai gardé la société sous contrôle parce que je connais les hommes. Ils ne font rien de bon avec la liberté. (Lentement, il glissa sa lame contre la nuque de son ancienne maîtresse.) Notre amie est une idéaliste, continua-t-il. Pire, une fanatique. Elle ne se contenterait pas de contenir les pulsions irrationnelles du peuple, comme je l'ai fait. Non, elle le ferait participer à son propre asservissement. Imaginez un monde où le règne d'une élite scientifique contraindrait les esprits aussi bien que les corps… C'est par cette folie que vous souhaitiez me remplacer ?

L'androïde crut devenir fou : le ministre s'apprêtait à exécuter la comtesse, et il était toujours coincé.

Larsan leva son couteau lorsqu'une masse vrombissante le faucha en plein élan.

Le choc envoya le ministre valdinguer sur les flancs de la Margaretha, contre lesquels son corps rebondit plusieurs fois. Sa silhouette se pulvérisa une centaine de mètres plus bas contre le toit en métal du hangar. De la plate-forme, le cadavre de Larsan ressemblait à une mouche écrasée.

— C'était pour Louise, sale rat !

Une abeille voltaïque avait percuté le ministre. Le véhicule, conduit par le frère Vacher, opéra un demi-tour pour revenir au-dessus du Valet.

— Hé ! le pantin, c'est toi qui m'as cogné toute à l'heure ? lança le balafré.

Il n'y avait pas d'animosité dans sa voix. La mort de Larsan semblait l'avoir vidé de son énergie. Le moine posa son abeille devant l'énorme bouche de la Margaretha. Le bourdonnement de la machine s'éteignit, puis il descendit rejoindre les autres agents.

— Quand je vous ai vu monter le long du canon, je me suis dépêché d'aller chercher une abeille. Les brigadiers de Larsan s'en réservaient quelques-unes dans un coin, au cas où. Je ne sais pas si vous en êtes consciente, comtesse, mais je viens de vous sauver la peau.

La Cagliostro l'ignora.

— Valet, ma fille ! fit-elle, menaçante. Où est-elle ?

Alors qu'il parvenait enfin à se dégager, l'androïde lui raconta en quelques mots ce dont il se souvenait. Lorsqu'il eut terminé, l'espionne, tirée de son exosquelette, avait repris quelques couleurs.

— Quel boxon…, murmura Vacher en observant le champ de bataille.

Le Valet contempla l'immense mêlée qui s'étendait sous eux.

Les Russes avaient conquis la rive occidentale du Niémen grâce à une escadre de steamers qui avaient débarqué des régiments de cosaques montés. Ceux-ci étaient parvenus à prendre à revers la cavalerie mécanique, qu'ils forçaient sous leur nombre à reculer dans l'eau.

Les canons à bobines voltaïques avaient été pour moitié détruits et pour moitié capturés par des soldats russes qui les retournaient vers le ciel contre les abeilles impériales. Celles-ci, décimées, se défendaient par des attaques en rase-mottes.

Toutefois, les Français n'avaient pas encore perdu la bataille. Les quinze chars d'assaut, empêtrés dans le corps à corps, tiraient à bout portant, creusant à travers les rangs ennemis de vastes tranchées de mort.

— Ce sont les obusiers des steamers qui nous tiraient dessus, indiqua le balafré. Ils se concentraient sur le hangar pour détruire la Margaretha, mais ils ont redirigé leur puissance de feu sur nos blindés. Voilà qui explique l'accalmie dont nous avons bénéficié.

Une alarme venant du hangar l'interrompit.

— Le canon va tirer ! avertit la Cagliostro. Valet, pour embarquer dans le wagon-obus, c'est maintenant !

— Accompagnez-moi ! supplia l'androïde.

L'ampleur de la tâche lui paraissait insurmontable. Comment arriverait-il à trouver la sphère et à empêcher Savitch de l'utiliser ? Il n'avait pas l'ombre d'un plan.

— Non, rétorqua la comtesse. Désolé de vous décevoir, mais, ici, le pouvoir est à prendre. Et puis je dois retrouver Joséphine.

— Moi, je viens, le pantin ! décréta le frère Vacher. Ce n'est pas comme s'il me restait quelque chose à perdre...

Une telle compagnie n'enchantait pas le Valet, mais ce n'était pas le moment de faire la fine bouche. Ils s'attachèrent en vitesse à la grue qui devait les entraîner dans les profondeurs de la Margaretha.

— Quand vous arriverez au fond, indiqua la Cagliostro, entrez dans l'obus et fermez derrière vous. Avant de partir avec l'abeille, je ferai redescendre la plate-forme afin de ne pas obstruer le canon. À votre arrivée, des parachutes se déploieront pour vous empêcher de vous écraser. Bonne chance.

L'espionne allait s'écarter, quand elle se ravisa.

— Ce que disait Larsan, ce ne sera pas vrai, lâcha-t-elle. Je ne finirai pas despote.

L'instant d'après, l'androïde et le frère Vacher filaient dans la gueule noire du canon. Au bout d'une longue descente, ils furent déposés sur le chapeau conique de l'obus. La lumière électrique filtrait par une trappe qui donnait accès à l'intérieur du wagon-projectile.

— Écartez les échafaudages, le compte à rebours va commencer !

La voix amplifiée d'un ingénieur leur parvenait à travers les parois de la Margaretha. Pressés par le temps, ils se détachèrent et se précipitèrent dans le wagon-projectile.

— À toutes les équipes, dégagez la piste ! hurla le haut-parleur.

L'androïde avait à peine refermé la trappe que le compte à rebours se lançait.

— Quarante ! Trente-neuf ! Trente-huit ! Trente-sept ! Trente-six ! Trente-cinq !

L'intérieur du wagon ressemblait à une chambre aux parois capitonnées, dont la voûte s'arrondissait en forme de dôme. Des divans circulaires étaient soudés aux murs, munis de ceintures matelassées. Le frère Vacher s'attachait déjà, le Valet se hâta de faire de même.

— Seize ! Quinze ! Quatorze ! Treize !

Très égoïstement, l'androïde aurait désiré que la comtesse soit là. Le canon de Whittington pourrait très bien le pulvériser. La présence de l'Italienne aurait soulagé la tension insupportable qu'il subissait. Avec elle, il se sentait différent, meilleur. Hélas, seul le frère Vacher lui renvoyait ses regards inquiets. Si la Margaretha explosait, le Valet mourrait seul avec cet assassin.

— Quatre ! Trois ! Deux ! Un ! Feu !

Une détonation inouïe se produisit, dont ne sauraient donner idée ni les éclats de la foudre, ni le fracas des éruptions. Une immense gerbe de gaz enflammé jaillit des entrailles du canon. La terre se souleva dans un choc titanesque, et c'est à peine si les combattants sur les bords du Niémen purent entrevoir le projectile fendant l'air au milieu des vapeurs flamboyantes.

◇◇◇

Quatrième partie

Cataclysme

5 juin 1895

Environ dix heures plus tard, le wagon-projectile filait à vive allure dans le ciel asiatique. Tout compte fait, le Valet n'était pas mort.

L'androïde contemplait les étoiles à travers le hublot. Dans les premiers temps de son voyage, il s'était efforcé de trouver les souvenirs qui lui manquaient. Hélas, ce passé était enfoui sous les voix des fantômes. L'homme artificiel s'était donc résolu à plonger dans ce magma de consciences étrangères.

Il avait découvert des vies qui ne lui appartenaient pas, celles de simples citoyens, d'anarchistes, de révolutionnaires, et même de policiers et de notables impériaux qui avaient eu le malheur de se trouver sur la route de Frédéric Larsan. Tous avaient été jetés en pâture au dévoreur de mémoire.

Les voix, d'abord agressives, s'étaient apprivoisées. Le Valet avait fait connaissance avec chacune d'entre elles. Ces personnes avaient aimé, elles avaient haï, elles avaient vécu, avant d'être assassinées. L'androïde était en partie responsable, il n'essayait pas de se disculper.

Depuis que ces existences se mêlaient à sa propre conscience, il se sentait profondément différent.

Après une longue introspection, il avait finalement refermé la porte mentale qui contenait les voix, par peur de diluer complètement sa personnalité. Alors qu'il pensait à Joséphine, priant pour qu'elle ait survécu, un grognement le sortit de son anxiété.

— Louise… Je ne suis pas mort ?

Vacher émergeait. Le décollage lui avait fait perdre connaissance, il avait dormi jusqu'alors. À la lueur des lampes voltaïques, l'androïde le vit promener les mains sur la ceinture qui le maintenait.

— Ne vous détachez pas ! Vous êtes à l'envers, vous allez me tomber dessus !

— « À l'envers » ? répéta le balafré.

— Notre wagon-projectile suit une trajectoire en forme d'ellipse dans l'atmosphère, d'où le fait que, assis sur ces divans, nous nous trouvons en réalité en position horizontale. Nos têtes penchent légèrement vers le bas puisque l'obus se trouve en fin de parcours. Selon la gravité, je suis donc couché sur le dos, et vous, de l'autre côté de notre « salon », êtes suspendu au-dessus de moi.

Le moine semblait perdu.

— J'aurais préféré ne jamais me réveiller, fit-il, dodelinant de la tête. (Ses traits se plissèrent sous le coup d'une peine immense.) J'étais en train de rêver. C'est chaque fois le même rêve. Louise me quitte, mais je parviens à me contrôler. Je la laisse partir, heureuse, vivante… (Il esquissa une grimace douce-amère.) Tu sais, le pantin… au fond, cela faisait des mois que j'avais deviné que Larsan me menait en bateau. Tous ceux que j'ai tués ne sont pas morts par sa faute : c'est moi qui les ai sacrifiés, par peur de remettre en question mes fantasmes.

L'androïde se retint de parler. Les fantômes bouillonnaient de colère. Il partageait leur douleur, les violences qu'ils avaient vécues entre les mains de Vacher étaient siennes. Il se souvenait du moine en train de le tuer, en différents temps et en différents lieux.

— Le plus dur, continua le balafré, c'est de savoir que le monde serait meilleur si je n'avais pas vécu. J'ai contribué à le rendre plus laid.

C'est cela que Louise a vu en moi quand elle m'a quitté. (Il se cacha le visage derrière les manches de sa bure.) Même mes larmes sont obscènes, fit-il dans un murmure.

Le Valet puisa dans la colère des fantômes.

— Vous n'avez pas le droit de lâcher prise, rétorqua-t-il, ce serait trop facile. Vous avez une dette à payer envers vos semblables, alors contrôlez-vous !

Le balafré retira son bras de devant sa figure. Les yeux rougis, il n'osait pas regarder l'homme électrique en face.

— Je sais, lâcha-t-il. C'est pour cela que je suis venu.

— Je n'ai que vous sous la main, insista l'androïde, et nous ne serons pas trop de deux pour réussir.

Soudain, le wagon-projectile subit un violent à-coup.

— Nous allons nous écraser ! s'écria Vacher.

— Non, ce sont les parachutes qui se déploient, devina le Valet. Nous arrivons…

Sous l'action des toiles qui le ralentissaient, l'obus cylindrique se remit à l'endroit, si bien qu'ils purent se détacher et marcher d'un pas tanguant jusqu'au hublot.

Ils flottaient au-dessus d'un paysage de montagnes à la végétation rase. Cette étendue jaunâtre, illuminée par le soleil naissant, recouvrait la terre à perte de vue.

— La Mongolie, annonça le Valet.

Un ruban argenté sinuait dans le paysage, s'entortillant entre les sommets blancs.

— Ce fleuve doit être la Tola, dit Vacher. Ourga, la cité sacrée des Mongols, s'érige sur ses rives.

L'androïde remarqua en effet une tache brune entre les dos bossus de trois massifs aux pentes majestueuses. À mesure qu'ils perdaient de l'altitude, ils purent constater qu'il s'agissait d'un océan de yourtes et de maisons en bois.

— Nous tombons très vite, remarqua le moine. Les parachutes nous ont-ils suffisamment ralentis pour l'atterrissage ?

L'homme électrique ne savait que répondre. Il imagina le wagon-projectile encastré dans la steppe, et leurs propres restes dispersés au fond du cratère.

— Nous devrions nous rattacher…

Plus l'obus se rapprochait du sol, plus les parois en métal tremblaient, battues par les vents de ce pays inhospitalier.

Vacher ferma les yeux, murmurant des prières. Pour calmer son angoisse, le Valet pensa aux visages familiers dont il avait hérité en même temps que les mémoires étrangères. Des épouses, des maris, des enfants, des frères, des sœurs et des parents qu'il ne connaissait pas deux jours auparavant. Il pensa à Joséphine et à ce qu'elle avait pu devenir.

Il aurait souhaité se trouver auprès d'elle plutôt que d'attendre la mort dans ce cercueil d'acier.

◇◇◇

L'atterrissage fut brutal. Bien moins cependant que l'androïde ne l'avait craint. Le wagon-projectile s'enfonça dans la terre ferme d'un bon mètre, dans un choc rude qui laissa l'homme électrique pantelant, mais indemne. Encore une fois, il avait sous-estimé la science de Whittington.

— Nous ferions mieux de sortir de là rapidement, dit Vacher en lorgnant avec méfiance par le hublot. Notre chute pourrait attirer n'importe qui.

— Whittington disait que les soldats de la Grande Armée s'apprêtaient à attaquer Ourga, dit l'androïde en arrachant les vis à pression qui bloquaient la trappe. J'espère qu'ils nous trouveront en premier.

La lumière de l'aurore le frappa en pleine face. Le wagon-projectile avait atterri dans une pente herbeuse, au pied d'une crête couverte de conifères.

— Le Bogdo-Ol ! s'écria Vacher en sortant la tête du chapeau de l'obus. Je le reconnais bien ! Quand je participais à la campagne du Tibet, les paysans tapissaient l'intérieur de leurs masures avec des gravures représentants les montagnes sacrées de leur fichue religion !

Cet énorme nœud aux pics enneigés reliait trois monstrueuses dorsales qui éventraient les steppes comme autant de murailles géantes. Fasciné, le Valet n'en était pas moins inquiet de n'apercevoir nulle trace des troupes françaises.

— Notre comité d'accueil arrive, grogna le moine. Et ce ne sont pas des compatriotes.

Une vingtaine de cavaliers approchaient au galop. Les guerriers, armés de fusils, portaient un *deel* jaune doublé de peau de mouton, l'habit traditionnel de leur peuple, marqué du svastika de Gengis Khan et surmonté d'épaulettes rouges. Leurs chevaux râblés paraissaient glisser sans effort sur la pente à une vitesse prodigieuse.

— Le temps qu'ils arrivent à nous, je peux en tuer trois ou quatre, proposa Vacher en sortant un pistolet de sa bure.

— Si vous faites cela, les autres nous abattront sans sommation, avertit l'androïde. Nous ne sommes pas venus jusqu'ici pour massacrer des Mongols, mais pour empêcher la destruction de leur continent. Je dois le faire comprendre à leurs chefs.

Le moine fit disparaître son arme à contrecœur et ils attendirent, juchés sur le chapeau conique du wagon-projectile. L'androïde espérait avoir fait le bon choix ; il ne supportait plus l'idée de se battre ou de faire du mal à qui que ce soit. Il expliquerait la situation aux Mongols ; peut-être accepteraient-ils même de l'aider à chercher la sphère.

Il s'avéra que les cavaliers n'avaient aucune envie de discuter avec les étrangers tombés du ciel, pas plus que de les occire. Deux d'entre eux sautèrent au bas de leurs montures, tandis que les autres exigèrent par gestes que les agents de la Sûreté descendent de leur perchoir.

— Nul besoin de discours, remarqua le balafré, votre apparence parle pour vous.

En effet, ces hommes aux pommettes saillantes couvaient le Valet de grands yeux ahuris. Un colosse dont les cheveux nattés descendaient à l'échine caressa même doucement la joue de l'androïde avant que le groupe ne soulève ce dernier pour le mettre en selle. Le moine subit le même sort, puis les Mongols lancèrent leurs montures vers l'aval, entraînant leurs invités dans une cavalcade endiablée.

— Où nous amenez-vous ? tenta de demander le Valet.

En vain. Le mutisme des guerriers l'inquiétait. Avaient-ils eu tort de se laisser capturer ? S'ils étaient enfermés dans un camp de prisonniers, Vacher et lui n'auraient aucun moyen d'agir contre Savitch.

L'homme artificiel n'avait jamais pratiqué l'équitation. Toutefois, parmi les esprits qui vivaient en lui se trouvait un anarchiste dont le métier avait été de dresser des chevaux. Son expérience permit à l'androïde de tenir bon sur sa monture. Alors qu'ils dévalaient les contreforts d'un ravin gigantesque, il put contempler un entassement de yourtes et de maisons aux couleurs vives au fond de la vallée encaissée. C'était là la cité vénérée dans tout l'Orient, la capitale éternelle du bouddhisme mongol : Ourga.

Les cavaliers empruntèrent un itinéraire qui passait par un haut plateau, devant un vieux monastère. Ce n'était pas encore là leur destination : le Valet le comprit lorsque apparut en contrebas un magnifique édifice blanc, couvert de tuiles turquoise qui luisaient au soleil. Il était entouré d'une riche verdure que tachetaient ici et là les toits de temples et de petits palais.

— La demeure du Bogdo Khan ! cria Vacher. Vous désiriez parler à un chef mongol ? Vous voilà servi !

L'espoir fit gicler quelques étincelles par les rainures du corps de l'androïde. Tout n'était peut-être pas perdu.

La guerre se rappela à son bon souvenir en la présence de trois mitrailleuses rutilantes, campées devant les portes sculptées.

— Comment les Mongols ont-ils obtenu cet armement ? se demanda le Valet alors que les cavaliers les faisaient descendre de selle.

— Les triades chinoises fournissent le Bogdo Khan en matériel californien, répondit Vacher. Elles savent très bien que, quand les Bonaparte en auront terminé avec l'Asie centrale, Pékin sera leur prochaine cible.

Dans un claquement de mains, un cavalier leur intima le silence. Des serviteurs en toges orange ouvrirent les portes de la bâtisse, où ils pénétrèrent à pas feutrés.

Un lama au crâne rasé les accueillit sans un mot et les mena à travers un jardin intérieur jusqu'à un cabinet de travail dans lequel régnait la simplicité la plus austère. Sur les murs, des inscriptions mongoles et tibétaines ainsi que le svastika et, au fond de la pièce, une statue dorée de Bouddha, devant laquelle brûlaient deux lampes à huile. Un jeune homme travaillait sur une table basse en bois laqué, directement accroupi sur l'épais tapis jaune qui recouvrait le plancher.

Quand les cavaliers firent se prosterner l'androïde et le moine, il arrêta son ouvrage et les dévisagea. Devant eux se tenait Sa Sainteté Bogdo Djebtsung Houtouktou, khan de Mongolie.

◇◇◇

— La prédiction de ma devineresse s'est révélée exacte, démon de métal, dit le jeune homme dans un français impeccable. Vous voici devant moi.

Le Bouddha vivant était un apollon de forte carrure, dont le visage glabre ressemblait à celui d'un cardinal romain. Il portait une belle tunique de soie jaune à ceinture noire, qui le nimbait d'une aura d'importance.

— Vous étiez au courant de notre venue ? s'étonna l'androïde. C'est impossible, il y a quelques heures je ne savais pas moi-même que je partirais avec le wagon-projectile…

— Ne vous laissez pas impressionner, dit le frère Vacher. Ce gamin tente de prendre l'ascendant sur vous avec ses prophéties rétroactives. Si toute l'Asie n'a pas sombré avant par la faute de Savitch, l'Empire aura tôt fait de détrôner ce bonimenteur.

Le jeune homme ne parut pas déstabilisé le moins du monde.

— Je vous conseille de montrer plus de respect. La Grande Armée n'est pas là pour vous protéger. Elle se trouve en ce moment même à une centaine de kilomètres d'Ourga : mes éclaireurs ont attiré vos aéronefs loin de ma capitale en simulant la présence du gros de mes troupes plus au sud.

— Minable…, commenta Vacher. Vous ne gagnez qu'un court répit. Quand ils se rendront compte de leur erreur, nos amiraux remettront le cap sur Ourga, et vous serez à court de subterfuges pour les en détourner.

— Peut-être, admit le Bogdo Khan avec détachement.

Cette conversation déplaisait au Valet. Il regrettait la compagnie de la Cagliostro, autrement plus subtile que le moine. Il fallait le faire taire et gagner la confiance du khan : le temps pressait.

— Votre Sainteté ! Contrairement à mon compagnon, je ne souhaite pas la victoire de l'Empire Électrique sur la Mongolie. Ma présence sur vos terres est motivée par un terrible danger qui pèse sur tous les peuples d'Asie et…

— Ma devineresse m'a prévenu que vous diriez cela, coupa le Bogdo Khan. Je n'ai pas plus de temps à vous accorder, car je sais déjà ce que vous recherchez. Sechen saura dénouer les liens de votre destinée ; mon intendant vous conduira à elle.

Sur ces mots, le Bouddha vivant se concentra sur ses travaux d'écriture, comme si ses visiteurs avaient tout simplement disparu. Dans le plus grand silence, le lama qui les avait conduits au khan leur fit signe de se retirer et ils retournèrent au jardin intérieur.

Au centre de cet écrin de verdure où les plantes aromatiques côtoyaient des arbustes aux fleurs blanches, une adolescente attendait, accroupie à l'orientale devant un bassin de pierre aux eaux translucides.

— Approchez, dit-elle. Il est grand temps que nous parlions.

Son visage était blanc, allongé et maigre. Elle portait une haute coiffure en tissu chamarré qui recouvrait son front, ses tempes et sa nuque. À peine le Valet eut-il rencontré ses yeux perçants qu'il sut à qui il avait affaire. Ils étaient tombés dans la gueule du loup.

— Tu n'as pas à avoir peur, mon frère, murmura la dénommée Sechen. La dernière fois que nous nous sommes rencontrés, je n'ai pas eu le temps de t'expliquer. Si tu veux bien t'asseoir…

Vacher dévisagea à son tour la fille avec stupéfaction. Lui aussi venait de comprendre.

— Savitch…

Un éclair assassin traversa les pupilles du balafré, qui faillit se ruer sur l'adolescente. Il s'arrêta pourtant ; les cavaliers qui avaient escorté les agents se tenaient suffisamment éloignés pour respecter l'intimité de la devineresse, mais assez proches pour lui venir en aide si besoin.

— Comment saviez-vous que le Valet avait rejoint la Mongolie ? questionna Vacher.

— Mes troupes ont gagné la bataille du Niémen deux heures après votre départ, expliqua Savitch. Un ingénieur capturé par mes cosaques m'a raconté comment vous aviez utilisé la Margaretha pour rejoindre Ourga. Mes doubles m'ont tout de suite transmis leurs souvenirs récents par ondes électromagnétiques, par le biais du réseau d'antennes que j'ai fait installer sur le territoire russe. La version de moi avec laquelle vous parlez était au courant de votre arrivée bien avant que vous n'atterrissiez.

Se détournant du moine, la fille s'adressa à l'androïde :

— Écoute-moi, insista-t-elle doucement. Tu jugeras ensuite.

Le Valet se maudit pour sa stupidité. Comment avait-il pu ne pas y penser ? Savitch pouvait utiliser la sphère en infiltrant un autre ennemi de l'Empire, et le khan était tout indiqué.

De guerre lasse, l'androïde s'assit en tailleur sur le carré d'herbe que lui désigna Sechen.

— Vous manipulez le Bogdo Khan en vous faisant passer pour sa magicienne, lâcha-t-il, effondré.

— Je ne manipule personne, se défendit Savitch. Le Khan cherchait un moyen de se débarrasser de l'invasion française, je le lui ai servi.

Accablé, l'homme électrique cherchait un moyen d'échapper aux griffes de son ennemi.

— Vous lui mentez, accusa-t-il. Le khan ignore que la sphère annihilera la Mongolie en même temps que ses ennemis. Je vais demander à lui parler, puis…

La devineresse esquissa une moue de lassitude.

— Le khan ne voudra plus te recevoir. Je lui ai annoncé qu'un démon d'acier tenterait de le dissuader de détruire les envahisseurs. Sechen avait déjà sur lui une grande influence mais, depuis que j'utilise les informations des autres Savitch pour l'assommer de prophéties plus véridiques les unes que les autres, le Bogdo Khan me mange dans la main. (Elle adoucit sa voix.) D'ailleurs, si tout se passe bien, les Mongols n'ont rien à craindre. La sphère agira sur les deux armées, puis je l'éteindrai.

Le Valet demeura interdit.

— Si tout se passe bien ? La sphère détruira le continent : c'est ce qui est arrivé à l'époque du roi Kull !

La fille partit d'un rire clair.

— Kull était un singe armé d'un tromblon, il ne savait pas ce qu'il faisait !

Elle redevint subitement sérieuse. Ses yeux noirs glaçaient le Valet.

— Mon frère, sais-tu depuis combien de temps j'étudie les sphères ? Il y a des années, j'étais au service des Bonaparte, comme toi. J'étais leur outil, un outil méprisé, sans cesse rabaissé. Un jour, je me suis enfui, et le hasard a voulu que j'emporte avec moi un objet que cherchait un géologue au service de Larsan : c'était une sphère, une sphère détériorée, bien moins puissante que celle trouvée par Aubert et Rugès, mais son étude m'a ouvert les secrets de l'univers. (La devineresse discourait sur un ton exalté.) Ces sphères ne sont pas des armes, elles servent à modeler notre planète. Ceux qui les ont créées manipulaient le magnétisme vital car, pour fonctionner, ces machines se nourrissent des êtres qui les entourent. Elles absorbent leur énergie, et avec elle leurs consciences. Toutefois, je pense parvenir à inverser le processus…

Où voulait en venir Savitch ?

— Lorsque je démarrerai la sphère, elle commencera par extraire les esprits des membres de la Grande Armée, et aussi ceux des hommes du Bogdo Khan. Puis je la forcerai à rendre l'énergie volée, mais, au lieu de restituer leurs consciences aux soldats, elle leur transmettra la mienne, copiée des milliers de fois !

Les chanfreins du Valet se gondolèrent de terreur.

— Vous n'allez pas détruire la Grande Armée…

— Non, je vais devenir la Grande Armée ! corrigea Savitch dans une explosion de joie froide. Je vais devenir chaque soldat, du simple fantassin au commandant d'aéronef. Et je prendrai aussi les cavaliers du khan. Ma conscience dirigera la force militaire la plus puissante des temps humains, et j'imposerai à ce monde une paix éternelle.

Dévasté, l'homme électrique chercha à se raccrocher au regard de Vacher, mais celui-ci portait sur le visage un masque de désespoir.

— Vous avez gagné, conclut le moine d'une voix sinistre. Qu'attendez-vous de nous ?

La devineresse haussa les épaules.

— Rien de vous, Vacher. Votre esprit servira de carburant à la sphère quand je la déclencherai. En revanche, j'espère convaincre mon frère de se ranger à ma vision.

Sechen sortit de sa manche un objet en forme d'œuf : un encéphale à la coque blanche.

— Après que je me suis échappé, Rapperschwyll t'a donné le jour en espérant parvenir à te contrôler. Il a offert à Frédéric Larsan la possibilité d'effacer périodiquement ta mémoire. Cependant…

Malgré le dégoût qu'il éprouvait vis-à-vis de Savitch, l'androïde buvait ses paroles. Il possédait les réponses de tant de questions restées en suspens.

— Notre créateur était un scientifique vénal et ambitieux, mais il était tout de même moins ignoble que le ministre, continua la fille. Il avait créé une sorte de réservoir dans ton cortex destiné à enregistrer les souvenirs que Larsan te ferait oublier. Ton amnésie est réversible : une clé peut être branchée sur ton système cérébral, qui restaurera l'ensemble de ta mémoire. Cette clé, c'est un encéphale semblable à celui-ci. Rapperschwyll l'appelait « l'encéphale source ». (La devineresse plaça l'œuf dans la main de l'androïde.) Seulement, d'autres scientifiques à la botte de Larsan ont perverti ce système. En se servant des travaux de Rapperschwyll, ils sont parvenus à extraire la conscience d'un individu et à l'implanter dans un encéphale qu'ils pouvaient brancher à la place de celui-ci. Voilà comment tu es devenu le meilleur moyen d'extorsion d'informations qu'ait jamais possédé l'Empire.

Le Valet fit tourner l'encéphale source entre ses doigts.

— Alors si vous le branchiez dans ma tête…

— … Tu redeviendrais toi-même, dit Sechen. Entièrement toi-même.

Ce pouvait être un piège, une tentative de Savitch pour s'approprier le corps du Valet. Cet encéphale contenait-il un enregistrement de la conscience du grand-duc, qui détruirait l'androïde de l'intérieur ?

— Pourquoi vous croirais-je ?

— Je pourrais demander aux hommes du khan de te greffer l'encéphale de force, rappela la devineresse. Mais je ne le ferai pas. Contrairement à tes prétendus alliés, je te respecte. Tu es libre de rester ignorant.

— Ne l'écoute pas, intervint Vacher en agrippant son compagnon par l'épaule. Je ne sais pas ce qu'il prépare, mais je doute qu'il te veuille du bien.

L'intervention du moine excita la colère du Valet. Il se rappela toutes les fois où il n'avait eu d'autres choix que de lui obéir.

— C'est à moi d'en juger, trancha-t-il, et certainement pas à un meurtrier qui s'est fait le complice de mes bourreaux pendant des années.

L'androïde se débarrassa du balafré dans une ruade. De toute manière, il n'avait plus rien à perdre. Savitch était victorieux. Autant essayer de comprendre.

— Faites-le, décida-t-il en tendant l'œuf à la fille. Branchez cet encéphale. (Il pivota sur lui-même et présenta sa nuque.) Il est temps que je découvre qui je suis réellement…

◇◇◇

30 juillet 1894

Lorsque le Valet se retourna, l'infirmier rouquin avait retiré sa calotte blanche : dans son crâne mutilé, dissimulé jusque-là, un cerveau fait d'engrenages tournoyants, de diodes luminescentes et de fils de cuivre.

— Savitch…, murmura l'androïde.

— Mon frère…, le salua l'homme-machine.

La greffe de l'encéphale source avait rendu au Valet l'ensemble de ses souvenirs. Toutes les missions qu'il avait accomplies pour le ministre de la Sûreté, en compagnie de la comtesse de Cagliostro ou du frère Vacher, tous ces opposants à l'Empire, torturés, décervelés… il se souvenait de tout. Seules les consciences des pauvres diables dont il avait été contraint d'absorber l'esprit demeuraient dans l'obscurité de sa mémoire.

— C'est la sixième fois que je viens ici, n'est-ce pas ? demanda-t-il.

— Exact, confirma le surveillant. Lorsque tu commences à avoir des doutes sur le bien-fondé de ton action au service de Larsan, tu as toujours le même réflexe : venir ici pour interroger notre créateur.

Leurs regards effleurèrent le docteur Rapperschwyll, qui continuait de baver.

— Le ministre te laisse faire, poursuivit Savitch. Il sait que, quand tu t'échappes pour venir ici, à l'asile de Bron, c'est un signal d'alarme, que le moment est venu d'effacer ta mémoire. Une balise a été intégrée à ton cortex afin que tu ne conserves que les souvenirs de ton apprentissage.

L'homme-machine adressa à l'androïde une mimique contrite.

— Ce que Larsan ignore, en revanche, c'est que je garde une version de moi-même – celui à qui tu parles en cet instant – entre les murs de cette prison. À l'origine, j'étais ici pour garder un œil sur ce que faisait Rapperschwyll. Mais depuis sa lobotomie je reste afin que nous puissions parler quand tu viens voir notre créateur.

Le Valet acquiesça, nerveux. La première fois qu'il était venu à l'asile, Savitch et lui avaient parlé à cœur ouvert. Son aîné l'avait convaincu du bienfait de sa cause. Depuis, les deux frères œuvraient main dans la main.

— Je me rappelle, répondit-il. Ils vont revenir me prendre, n'est-ce pas ?

— En effet, fit Savitch d'un air attristé. C'est pourquoi nous devons faire vite.

L'androïde délivra rapidement à son frère les informations les plus importantes :

— Larsan a capturé un des deux archéologues, Jean de Rugès. Il m'a greffé sa mémoire en espérant que j'apprendrais où était la sphère. Cependant, ce n'est pas Rugès qui détient l'artefact, mais son collègue…

— Paul d'Aubert ? demanda Savitch.

L'homme électrique opina du chef.

— Je n'ai pas révélé au ministre où se cachait Aubert, poursuivit-il. Je venais d'absorber la personnalité de Rugès, qui n'avait aucune envie de trahir son cousin, et je me sentais moi-même écœuré par les méthodes de Larsan. Après avoir lancé la Sûreté sur une fausse piste, j'ai pris la décision de m'évader du phare, et me voilà.

L'infirmier posa la main sur l'épaule du Valet en signe de compassion.

— Je suis désolé que tu aies eu à subir tout cela, mon frère. Mais si tu te souviens de notre cause tu vas me dire où se terre cet archéologue…

L'androïde étira son rictus squelettique.

— Bien sûr que je m'en souviens… Pour une Humanité en paix gardée par les machines !

— Pour une Humanité en paix gardée par les machines, répéta sentencieusement Savitch.

L'homme artificiel goûta ce moment. Il était en pleine possession de ses moyens. Il savait exactement ce qu'il faisait et pourquoi il le faisait.

— Aubert s'est réfugié au Caire, chez un antiquaire nommé Khadem avec lequel il travaille.

— Bien, fit Savitch. Mes agents le retrouveront.

Il continua à fixer le regard sur le Valet, l'air grave.

— J'ai autre chose à te dire, déclara l'homme-machine. Tu te souviens que, lors d'une de tes précédentes visites à l'asile, tu m'as laissé enregistrer les fréquences de ton flux électromagnétique ? Grâce à elles, j'ai fabriqué des copies de ces commandes dont tu m'as déjà parlé, celles qui permettent de figer tes mécanismes. (L'androïde se raidit.) Je sais que cela ne te plaît pas, mon frère, reprit l'infirmier, mais, en dehors de ces moments de liberté que nous partageons, tu n'es qu'une marionnette entre les mains de Larsan. Si l'un de mes espions se retrouve en difficulté face à toi, tu pourrais mettre à mal nos plans. Je voudrais que tu m'autorises à équiper mes agents de ces commandes.

Tant de personnes avaient déjà prise sur le corps et l'esprit du Valet… Celui-ci répugnait à augmenter encore ce nombre, mais il savait que l'homme-machine avait raison.

— D'accord, soupira-t-il dans un claquement du clapet de sa trachée en bronze.

Savitch hocha la tête, une expression reconnaissante sur son visage constellé de taches de rousseur.

À ce moment, une voix dans un haut-parleur résonna au-dessus de leurs têtes.

— À tout le personnel de l'asile, ceci n'est pas un exercice. Nous vous prions de fermer les issues et d'obéir aux représentants de la Sûreté qui opèrent en ce moment dans notre enceinte.

Un bruit de porte métallique leur parvint depuis l'entrée du bâtiment alors que le haut-parleur répétait les consignes.

— Mon frère, reprit Savitch d'un ton pressant. Reste-t-il autre chose à me dire ?

— Non, dit le Valet.

— Alors il faut que je récupère ton encéphale source…

Résigné, l'androïde présenta son occiput à l'homme-machine. Il se consolait en sachant que, grâce à lui, l'Empire Électrique approchait de sa fin. Un jour prochain, il n'y aurait plus personne pour lui faire oublier quoi que ce soit.

— Pour une Humanité en paix gardée par les machines, murmura-t-il en attendant de redevenir un pantin amnésique.

◇◇◇

5 juin 1895

— Pour une Humanité en paix gardée par les machines…

Assis dans le jardin de senteurs du Bogdo Khan, le Valet n'avait plus à lutter. Sa mémoire s'ordonnait docilement et livrait à son attention les événements qu'il avait vécus, dans l'ordre, débarrassée du chaos qui avait présidé à ses pensées jusque-là.

— Une Humanité en paix gardée par les machines ? s'étrangla le frère Vacher. Qu'est-ce que tu viens de dire ?

— Tel est notre projet pour votre race, déclara la fille dont Savitch contrôlait le corps. Force est de constater que les humains ne peuvent se gouverner seuls : ils placent à leur tête des tyrans qui affament leurs semblables, les exploitent et les sacrifient dans des guerres absurdes contre d'autres despotes. Les Bonaparte en Europe, les Romanov en Russie ou la théocratie du Bogdo Khan ici, en Mongolie ne sont là que des exemples de la capacité des humains à s'infliger à eux-mêmes le plus grand mal.

— C'est vrai, approuva le Valet.

Il n'avait eu aucun mal à l'admettre quand Savitch lui avait ouvert les yeux lors de leur première rencontre : l'Humanité devait être contrôlée, pour son propre bien. Après tout, cela n'allait guère à l'encontre des valeurs que Larsan lui avait inculquées.

Le moine ouvrit de grands yeux, fixant tour à tour le regard sur l'androïde et la devineresse.

— Saleté de cervelle en ferraille, tu es de mèche avec le pantin ? Que projetez-vous de faire ? Soumettre les hommes aux automates de votre espèce ?

— Personne ne sera soumis, corrigea Sechen. Dans la société mondiale que nous érigerons, les humains vivront égaux. Chacun aura les mêmes droits et les mêmes devoirs que ses concitoyens. Nul dirigeant ne pourra pervertir ce système idéal, car les nombreuses versions de moi-même assureront l'intendance. Elles rappelleront à l'ordre ceux dont les dysfonctionnements nuiront à la collectivité.

— Une civilisation sans violence, renchérit l'homme électrique, où la prédation d'autrui sera rendue impossible.

Cette utopie aboutirait, il s'en était persuadé. Autrement, comment sauver la race humaine ?

Le frère Vacher recula, vacillant de colère.

— Les Hommes ne se laisseront pas diriger par des abominations de votre espèce !

— Vous êtes bien mal placé pour nous qualifier ainsi, remarqua la devineresse. Vous souffrez d'une affection mentale qui a fait de vous un tueur. Dans notre société future, les individus tels que vous seront protégés de leurs pulsions. Ils recevront un traitement adapté afin de vivre l'existence la plus normale possible sous notre surveillance. Il sera défendu à des nuisibles comme Larsan de les utiliser.

Le Valet acquiesça une nouvelle fois. Pourtant, il savait que l'heure de la confrontation avait sonné. Il n'était plus l'androïde qui avait aidé Savitch contre l'Empire Électrique. Quelque chose avait changé en lui.

— Mon frère, dit-il soudain, nous ne pouvons pas utiliser la sphère.

Sechen scruta l'homme électrique avec étonnement.

— Si tu ne parviens pas à éteindre la sphère, le cataclysme qui s'ensuivra détruira l'Asie sur des dizaines de milliers de kilomètres, poursuivit l'androïde.

— Tu n'as pas d'inquiétude à avoir, assena Savitch. Je maîtriserai la sphère.

Sa voix était trop assurée, avec cet accent dur qui distinguait l'obstination de la confiance.

— La vérité, c'est que tu n'en sais rien, répliqua plus durement le Valet. Aubert disait que tu le faisais encore travailler sur des tablettes ; tu t'aventures en terrain inconnu. Dans ces conditions, nous ne pouvons pas risquer autant de vies…

Un orage se leva dans les yeux noirs de la devineresse.

— Non seulement nous le pouvons, mais nous le devons, mon frère, assena-t-elle. C'est l'unique moyen que nous avons de nous approprier la Grande Armée de l'Empire Électrique. Et si j'échoue à contrôler la sphère, alors tant pis, qu'elle détruise les troupes des Bonaparte ! J'ai conscience du sacrifice que cela représente mais, réfléchis, il vaut mieux que deux tiers de l'Humanité survivent sous notre gouvernement idéal, plutôt que l'entièreté de la race humaine ne subsiste dans la barbarie.

Le Valet ne détourna pas les yeux. Ses globes oculaires cerclés de cuivre soutinrent le regard enfiévré de l'adolescente.

— Je ne le permettrai pas, répondit-il.

— Tu ne le permettras pas ? répéta Sechen dans un début de ricanement. Que t'arrive-t-il, mon frère ? Tu t'étais pourtant rangé sans mal à mes arguments…

Ce qui avait changé ne pouvait s'exprimer que par des noms : Tancredo, Orso, Jean de Rugès et les autres consciences avec lesquelles le Valet avait fusionné. La solution qui semblait autrefois rationnelle n'apparaissait plus que comme le projet d'un massacre effroyable.

— La comtesse de Cagliostro a fait quelque chose dans mon cortex… Je crois qu'elle a voulu m'aider à récupérer mes souvenirs sans l'encéphale source. Elle n'y est pas tout à fait parvenue, je devais faire de gros efforts pour me rappeler un événement précis. En revanche, un autre phénomène s'est produit : les consciences étrangères sont toutes remontées à la surface…

La figure de la devineresse se durcit, Savitch ne comprenait pas. Le Valet arriverait-il à lui expliquer ?

— Le capitaine Strogoff m'a secouru alors que je n'étais rien pour lui, dit l'androïde. Il m'a parlé de sa famille, qui vit à Omsk. Et si la sphère provoquait des destructions jusqu'en Sibérie ?

— Cela n'arrivera pas, je te dis, s'énerva l'adolescente. Et quand bien même, ce n'est qu'une famille parmi tant d'autres. Elle ne pèse rien face à l'avenir de l'Humanité.

— Justement, se révolta le Valet, elle ne pèse pas rien ! Tu le comprendrais, mon frère, si tu ressentais comme moi l'affection de

Jean de Rugès pour sa petite fille et la peur de ne pas savoir ce qu'elle est devenue ! Tu le comprendrais si tu connaissais cette attraction absurde que Valeriana Brandolini exerce sur Tancredo et que j'ai appris à éprouver moi-même ! Tous ces visages, qui emplissent ma tête, ce sont mes enfants, mes conjoints, mes parents, mes amis, je ne peux pas les considérer comme quantité négligeable ! Je ne peux pas accepter que des centaines de milliers de leurs semblables soient menacés parce que nous voulons créer un paradis sur terre ! (Il s'était mis à crier sans même s'en rendre compte.) Nos rêves ne valent pas ce prix, dit-il en baissant la voix. Rien ne vaut ce prix.

Un silence de plomb succéda à ces mots. Quand la devineresse s'exprima enfin, ce fut avec le ton égal d'un métronome.

— Tes émotions, je les respecte, mais elles ne doivent pas t'empêcher d'agir. Tu préfères que les Bonaparte poursuivent leurs conquêtes ? C'est ce qui se passera si nous refusons de nous salir les mains. L'Empire fera d'autres victimes. Il tuera, opprimera, asservira encore.

Le Valet en était bien conscient, mais il craignait que son frère ne commette une erreur.

— Il y a autre chose. Je ne suis plus certain de notre objectif...

Sechen fronça les sourcils.

— Que veux-tu dire ?

— J'étais d'accord avec toi pour placer les peuples du monde entier sous notre contrôle, rappela l'homme électrique. Je croyais que ce serait nécessaire pour leur bien. Mais je me demande aujourd'hui : quelle différence cela fera-t-il entre l'Empire et nous ? Larsan aussi voulait contrôler ses semblables au nom d'une idéologie. Ne deviendrions-nous pas deux dictateurs de plus ?

— Ne doute pas de mes intentions ! tonna la devineresse. Notre domination n'aura rien à voir avec celle des Bonaparte !

— Pourtant, tes guerres ressemblent déjà aux leurs, rétorqua le Valet. Crois-tu que tu feras plier le monde sans violence ? Regarde-toi, tu envisages la possibilité que la sphère échappe à ton contrôle : tu sacrifierais sans ciller la population d'un continent entier ! Si tu es prêt à accepter de telles choses, à quoi ressemblera ton règne ?

— Silence !

Ce n'était pas la voix fluette de l'adolescente qui avait sommé l'androïde de se taire, mais le cri guttural de Savitch qui avait forcé sans prendre de précaution sur les cordes vocales de son hôte. L'intelligence artificielle se calma, et reprit avec le timbre éraillé de Sechen :

— Peut-être faut-il être inhumain pour faire les bons choix. Juge-moi, je me charge du reste.

Le Valet voulut protester mais la devineresse émit un sifflement pour attirer l'attention de ses soldats. Prompts à répondre à l'appel, les Mongols obligèrent l'androïde et le frère Vacher à se lever. Ils les entraînaient hors du jardin de senteurs quand le Valet se retourna une dernière fois.

La jeune fille dont Savitch avait pris le corps, courbée au-dessus du bassin, jouait avec l'onde pure comme si rien de terrible ne se préparait.

◇◇◇

7 juin 1895

Le Bogdo Khan et son armée avaient forcé le pas durant tout le jour pour atteindre l'entrée de la vallée de la Tola, là où le fleuve rugissant quittait son lit étroit et s'élançait à travers la steppe infinie, à l'ouest. Tous les clans mongols avaient répondu à l'appel du Bouddha vivant pour défendre la cité sacrée.

Les renforts avaient afflué : de l'est, le Pandita Gheghen de Dolo-Nor, escorté de ses mercenaires chinois. Du nord, le Houtouktou de Narabanchi, avec ses troupes vêtues d'uniformes à la russe. Et même, du Sud, les lamas rouges qui ne reconnaissaient pourtant pas l'autorité du Bogdo Khan.

Cette horde gigantesque rassemblait aussi les fidèles bouddhistes rescapés des précédentes campagnes françaises en Asie centrale. Ces survivants avaient engagé leurs sabres au service du khan, pour résister encore. Outre les innombrables cavaliers mongols, tout de poils, de cuir et d'acier, se trouvaient dans les rangs des Kalmouks, des Tibétains, des Kirghiz, des Bouriates et tant d'autres représentants des peuples qui refusaient de courber l'échine devant le conquérant.

Ces braves brandissaient des armes de facture californienne achetées aux trafiquants des triades : des pistolets, des fusils et même des obusiers dorsaux susceptibles d'abattre en un seul coup une abeille voltaïque.

— Réveillez-vous, vous n'allez pas rester sans rien faire ! lança le frère Vacher à l'androïde.

Ils chevauchaient tous deux au premier rang de la cavalerie, aux côtés de la devineresse dont Savitch avait volé le corps. Après les avoir gardés prisonniers deux jours durant, l'intelligence artificielle les avait conviés à la dernière chevauchée de la horde.

— Il n'y a plus rien que nous puissions tenter, répondit le Valet. (Au moindre mouvement suspect, les Mongols leur tomberaient dessus.) Tout est ma faute, ajouta-t-il. Si Savitch en est là, c'est grâce à l'aide que je lui ai fournie.

Un sentiment oppressant de culpabilité rongeait ses entrailles de cuivre. À cause de lui, des millions de personnes étaient en danger. Lorsque la sphère se déchaînerait, les éléments s'abattraient sur ces pauvres gens.

— Si j'ai bien compris, grogna le balafré, il ne nous reste qu'à prier pour que Savitch arrive à dompter la sphère : il commandera les soldats des deux armées, mais au moins, la catastrophe sera évitée.

— Et ensuite ? lâcha le Valet dans un chuintement découragé. Il se trouvera toujours quelqu'un pour s'opposer à son utopie. Que fera-t-il ? Finira-t-il par s'introduire dans les cerveaux de tous les êtres humains ?

Le moine posa la main sur l'encolure de la monture de son camarade.

— Tu te souviens de ce que tu m'as dit dans le wagon-obus ? J'ai une dette à payer envers l'humanité, et toi aussi, maintenant. Tu peux te détester, être dégoûté de toi-même, haïr la simple idée de ton existence, mais tu n'as pas le droit d'abandonner.

Le trouble de l'androïde lui fit relever la tête. Vacher capta son regard et ne lâcha plus.

Pour la première fois, l'homme électrique comprit que son comparse souffrait réellement d'avoir commis toutes ces atrocités. Dans le monde idéal que Savitch et le Valet avaient imaginé, le moine n'aurait peut-être pas été un criminel.

Des coups de gongs résonnèrent çà et là au sein de la horde, signe que l'adversaire approchait. La flotte française surgit des nuages à l'ouest, obscurcissant la steppe.

— Regarde, mon frère, dit Sechen en se penchant sur son cheval pour parler au Valet. Comment vaincre cette armada si ce n'est en employant la sphère ?

Malgré la gigantesque troupe réunie au bord de la Tola, il ne faisait pas l'ombre d'un doute que les Mongols ne feraient pas le poids contre l'escadre qui se profilait.

En formation triangulaire, sept aéronefs glissaient sous la voûte céleste, telle une bande de rorquals avant la chasse sauvage. Chacun de ces titans des airs, porté par une quarantaine d'hélices, les flancs bardés de canons à bobines voltaïques, mesurait trente mètres, trente mètres d'acier et de science meurtrière.

Il y avait là *Le Redoutable*, connu pour avoir à lui seul fait plier la défense de Lhassa ; *L'Aigle*, le plus ancien, qui avait jadis conquis la Perse ; l'*Auguste*, dont le précédent empereur avait fait peindre la coque tout en or. Suivaient le *Duguesclin* et l'*Austerlitz*, spécialisés dans le transport de troupes. Le *Trafalgar* et le *Constantinople* fermaient enfin ce bal des géants. Tout autour de ces colosses volants bourdonnaient des milliers d'abeilles voltaïques, pilotées par la crème des hussards de l'empereur, tels des bancs de poissons le long d'énormes cétacés. À mesure que la flotte approchait, l'air vibrait de plus en plus fort du bourdonnement des machines.

— La cavalerie et l'infanterie arrivent ensuite, annonça le frère Vacher. Elles lanceront l'assaut de front pendant que les amiraux pilonneront l'arrière-garde.

Comme si les paroles du moine les avaient invoquées, les troupes impériales surgirent, vagues d'argent à l'horizon. Les régiments de grognards marchaient d'un même pas, froissant les herbes de la steppe sous leurs quatre cent mille bottes. Leurs uniformes blanc et bleu faisaient des taches vives sur la plaine. Quant aux blindés, rutilant sous le soleil blanc, ils ressemblaient à de gros scarabées dans une marée de fourmis.

— Ils sont trop nombreux, chuchota le Valet, soufflé par cette vision épique.

Il le sentait du plus profond de ses rouages : cette bataille serait de celles qui écrivent l'Histoire.

Un ordre guttural retentit derrière eux et leur rang se décala pour laisser place à un engin monté sur roues : un canon constitué de quatre immenses bobines voltaïques et d'un fuseau de câbles de cuivre torsadés, tendu vers la voûte céleste.

— Le dernier cri en matière de balistique anti-aérienne, annonça Savitch, un exemplaire volé dans les entrepôts de l'Empire. Le seul canon voltaïque que les triades ont bien voulu céder contre une véritable fortune en diamants. Une dizaine d'exemplaires de ce bijou pourrait causer quelques problèmes à un aéronef isolé, mais cette seule artillerie sera pulvérisée dès que la flotte française arrivera à portée.

— Dans ce cas, pourquoi…, commença le Valet.

Avec un sourire en coin, la devineresse fit signe à ses prisonniers de la suivre, puis elle frappa son cheval de ses éperons pour se rapprocher de la machine. Les cavaliers s'écartèrent sur leur chemin. Quand ils furent devant le canon, deux serviteurs apportèrent à Sechen un coffre à l'intérieur duquel elle piocha une sphère de métal noir : l'artefact que Rugès et Aubert avaient trouvé sur l'île Saint-David.

L'adolescente plaça l'objet sous une des bobines de l'artillerie et le fixa grâce à une tenaille en cuivre forgée pour cet usage.

— Pourquoi liez-vous la sphère à ce canon ? demanda le Valet.

— Selon les tablettes traduites par Aubert, la sphère démarrera à condition de déverser sur elle un flux d'énergie voltaïque, répondit la devineresse. Plus il sera important, plus elle gagnera en puissance. En son temps, Kull avait attiré un éclair, mais nous n'avons pas le loisir d'attendre l'orage. (Sechen esquissa un rictus rusé.) Sans le savoir, ce sont les Français qui fourniront l'électricité nécessaire : quand ils verront ce canon, les commandants des aéronefs déverseront dessus tous les feux de leur artillerie.

Tout à coup, un frémissement parcourut la cavalerie, qui s'ouvrit sur un étrange équipage : quinze bicycles voltaïques, des monstres de métal dont les rouages dentelés fourmillaient d'étincelles. Sur ces destriers électriques chevauchaient des guerriers vêtus de combinaisons rembourrées recouvertes d'un alliage d'aluminium. Sa Sainteté le Bogdo Khan, casque sous le bras, conduisait l'escadre roulante au volant de sa propre machine.

En traversant les rangs, il saluait ses troupes. Chaque fois qu'il brandissait son sabre, la horde mugissait un cri de guerre impressionnant.

— Des bicycles pare-foudre ! s'exclama Vacher.

— De quoi s'agit-il ? demanda l'androïde.

Il remarqua à l'arrière de chaque véhicule une grande antenne rigide.

— Ces engins attirent la foudre, expliqua le balafré. Ils sont conçus pour absorber l'énergie des éclairs et l'utiliser pour accélérer. Cela fonctionne aussi en cas d'attaque voltaïque. Les pilotes sont protégés par leurs combinaisons, des cages de Faraday individuelles. Ces machines doivent être des copies d'un véhicule français perdu à la guerre et récupéré par les Mongols.

Le Bogdo Khan se plaça à la tête de son armée. Sa présence rendait les soldats extatiques. Les guerriers aux yeux bridés criaient dans leurs langues, agitant lames et fusils vers le ciel.

— J'ai déjà affronté des Mongols au Tibet, grogna Vacher. Dans cet état, ils sont redoutables.

— Et aujourd'hui ils se battent pour leur terre…, murmura le Valet. S'ils savaient…

La chape de culpabilité s'abattit derechef sur ses épaules. À cause de lui, ces hommes couraient à leur perte.

Les bicycles voltaïques se rangèrent en ligne derrière leur souverain. Le khan serait le premier au combat.

— La place d'un vrai chef, remarqua Vacher. Il l'ignore, mais il a déjà perdu…

Le Bouddha vivant mit son casque, l'attacha et rabattit sa visière, puis l'armée s'ébranla. Dans une clameur assourdissante, les Mongols se précipitèrent à la rencontre de la Grande Armée.

Le cheval de l'androïde s'élança de lui-même à travers la steppe, porté par l'énergie de ses congénères. L'homme artificiel se retrouva à cavaler, droit sur l'ennemi. Autour de lui, tout n'était que bruit et fureur : le hennissement des chevaux, l'odeur de la terre sèche crevassée par leurs sabots, la sueur des hommes, les hurlements, et, en arrière-fond, les crachats incessants des machines électriques, ronronnant comme des ruches folles.

— Les aéronefs ! hurla Vacher, dont la monture galopait contre le flanc de celle du Valet.

Ce furent les seuls mots qu'entendit ce dernier, occupé à se cramponner. Un fracas tonitruant éclata au-dessus de sa tête, le rugissement des électromoteurs d'une incroyable masse d'acier.

Le *Trafalgar* survolait la horde à sa vitesse maximale, bientôt suivi de ses frères aériens. Sept ombres gigantesques engloutirent les Mongols, brisant leur enthousiasme. À tout moment, la foudre artificielle pouvait s'abattre du ciel.

Soudain, ce fut le chaos. Le Valet n'avait pas vu se rapprocher l'ennemi. Lorsque les fusils voltaïques ouvrirent le feu, d'impressionnantes salves électriques jaillirent des régiments aux uniformes bleus et frappèrent les lignes des cavaliers du khan. Les blindés eux aussi, avec un temps de retard, tirèrent dans le tas.

Les explosions décimèrent les guerriers asiatiques. Les chevaux tombaient comme des mouches, crinières en feu, muscles tendus par l'électrocution. L'escadre de bicycles prit quant à elle la décharge d'un blindé en pleine face, mais l'éclair glissa en arcs serpentins sur les combinaisons des pilotes. L'énergie fut aussitôt absorbée par les antennes des véhicules, dont les moteurs rugirent de plus belle.

Fasciné, l'androïde se laissa de nouveau surprendre : l'avant-garde mongole arrivait au contact. Les cavaliers, lancés à toute allure, entrèrent dans les rangs des grognards comme une tornade ravage un champ de blé.

Les sabots écrasaient les jambes, les torses et les têtes, les sabres tranchaient, le sang giclait. Les guerriers tiraient à bout portant, et, entre deux passes d'armes, la foudre mauve des fusils voltaïques perçait la mêlée de trouées lumineuses.

L'homme électrique, horrifié, s'agrippait au cou de sa monture, abandonnant tout contrôle sur celle-ci. L'animal, affolé, tentait de fuir à grands coups de ruades. Il fallait au Valet toute son énergie pour rester sur le dos du diable bondissant qui lui servait de cheval. Soudain, le frère Vacher surgit des rangs alliés.

— Savitch va faire tirer son canon anti-aérien ! hurla le moine en montrant un point à travers le champ de bataille.

Avaient-ils encore une chance d'agir ? Au milieu du chaos, qui ferait attention à eux ?

Au loin, le Valet aperçut la grande machine sous laquelle avait été placée la sphère ; à son bord, la devineresse dirigeait la manœuvre. Les quatre bobines de la machine pivotaient en direction de l'aéronef le plus proche.

— Ils veulent attirer l'attention de la flotte ! comprit le Valet, impuissant.

— C'est déjà fait ! répondit Vacher.

La masse du *Redoutable* volait à moins de cinq cents mètres au-dessus de leurs têtes. Le Valet pouvait apercevoir les artilleries qui sortaient de ses flancs se tourner vers la défense anti-aérienne de Savitch.

La mort électrique s'abattit : un éclair rouge trancha l'espace, puis un autre et un autre encore. En tout, vingt jets de foudre artificielle s'écrasèrent sur le canon dans un torrent de lumière vrombissante.

Le souffle de l'attaque fit se cabrer les montures du moine et de l'androïde, et leurs pupilles aveuglées mirent plusieurs secondes à voir de nouveau.

— Quelle horreur…, hoqueta le Valet.

Sur une dizaine de mètres autour du point d'impact, les cavaliers mongols avaient été carbonisés. Des hommes et des chevaux il ne restait qu'un monceau de squelettes noircis, éparpillés au sol. Le canon voltaïque avait subi les mêmes ravages, et de son armature ne subsistait que des poteaux fumants. Et, surtout, il y avait la sphère.

La boule de métal lévitait, plus brillante que jamais, à trois mètres du sol. Sa surface était parcourue de reflets d'une extrême blancheur qui faisait souffrir l'androïde quand il la regardait. Un rythme sourd battait l'air, comme si le monde était devenu un organisme vivant dont elle aurait été le cœur.

— Le ciel…, suffoqua Vacher.

Le Valet leva les yeux ; des nuages noirs envahissaient l'azur. Ils se déplaçaient anormalement vite, formant à la verticale de l'artefact une spirale ténébreuse. Un vent violent balaya les armées. Terrifiés, tous les chevaux du champ de bataille hennirent à l'unisson.

— La force électromagnétique de la sphère détraque les éléments ! cria l'androïde. Jean de Rugès avait raison !

Sans prévenir, un éclair blanc d'une dimension colossale creva la voûte obscure et fracassa le *Duguesclin*, l'aéronef à gauche du *Redoutable*. La baleine d'acier se plia dans un rugissement de ferraille. Plusieurs explosions ravagèrent son bord. En un battement de cils, ce qui était la plus terrifiante machine de guerre en cette fin de siècle s'embrasa de gigantesques flammes et se mit à chuter.

— Alors tomba du ciel un grand astre, brûlant comme une torche…, murmura le frère Vacher.

Le *Duguesclin* n'avait pas encore touché terre qu'une pluie d'éclairs semblables cribla les cieux de toutes parts. L'un d'eux s'abattit à une trentaine de mètres des agents, dans un tonnerre assourdissant. Soldats, machines et chevaux furent pulvérisés. En un instant, une cinquantaine d'hommes disparut, ne laissant pour seule trace qu'une brume de poussière noire en suspension.

À peine le Valet fut-il remis de sa frayeur que le sol trembla : l'aéronef foudroyé s'abîmait sur la steppe en soulevant une déferlante de terre.

— Couchez-vous ! cria Vacher.

L'androïde affolé sauta au bas de son cheval, juste à temps. La vague de roches et de sable passa au-dessus de son crâne en sifflant.

Quand il se releva, il était maculé de terre. Autour de lui, beaucoup de guerriers venaient d'être fauchés par le torrent solide. Ils gisaient, des cailloux encastrés dans la face. Des blessés hurlaient un peu partout.

À ce moment-là, comme si l'horreur n'était pas à son comble, un phénomène étrange survint.

Le Valet sentit son cerveau le tirailler. En même temps que des centaines de soldats, il se tourna vers la boule brillante en lévitation. Ce qu'il vit le pétrifia. L'artefact illuminait le champ de bataille, l'air tremblait autour de lui comme sous l'effet de la chaleur. Les hommes les plus proches de la sphère se mirent à tomber sans raison, tous en même temps.

L'instant d'avant, ils combattaient ou ils fuyaient la fureur des cieux, puis ils s'écroulaient subitement, poupées de chiffon fauchées en pleine vie. La vague meurtrière s'élargit autour de la sphère. Semblable à une onde de choc, elle franchissait des dizaines de mètres en un clin d'œil, coupant les jambes des guerriers.

— Elle nous arrive dessus ! hurla Vacher.

L'androïde voulut répondre, mais les soldats devant eux s'écroulèrent. Une fraction de seconde plus tard, la déferlante frappa l'homme électrique de plein fouet.

Une sensation abominable lui vrilla le crâne, écorchant son cerveau. Les mains crispées sur ses tempes, le Valet résista. Avec toute la peine du monde, il ouvrit les yeux.

À perte de vue, plus un seul mouvement sous les lumières fulgurantes des éclairs. Des milliers de corps étendus, des machines abandonnées et, entre les nuages, les aéronefs à la dérive. La sphère rayonnait sur un empire de mort.

L'androïde était seul.

Plié en deux sous les attaques qui suçaient l'intérieur de sa tête, il secoua Vacher. Ce dernier était flasque comme un cadavre, de même que les Mongols gisant à ses côtés.

— Non ! cria le Valet dans le vide. Non !

Tout à coup, le moine ouvrit les yeux. Sur sa face naquit un sourire de triomphe : Savitch !

Frappé d'effroi, l'homme électrique ne put résister plus longtemps à la sphère. Son esprit s'arracha brutalement à son corps.

◇◇◇

Le Valet émergea dans un espace blanc. Il n'y avait rien autour de lui, rien d'autre que le mugissement du vent.

— Je le savais. Je savais que tu serais assez fort, mon frère.

Cette voix grave ébranlait le néant en résonnant dans toutes les directions. L'androïde, stupéfait, reconnut celui qui parlait.

— Savitch ?

— Ne m'appelle plus ainsi, je suis tellement plus que ce nom à partir d'aujourd'hui.

Une silhouette gigantesque sortit de nulle part, le buste d'un homme musclé au teint laiteux, aux yeux très pâles et à la chevelure presque blanche.

— C'est le visage du premier homme dans lequel j'ai vécu, reprit la voix retentissante. Mais aujourd'hui je possède tellement plus de corps.

Un flot d'images frappa le Valet, il voyait la réalité par les yeux de milliers de soldats.

— J'ai réussi, proclama l'intelligence artificielle. Je suis la horde du khan. Je suis la Grande Armée.

Sur la steppe, Asiatiques et Français s'étaient relevés. Six cent mille soldats immobiles attendaient bras ballants sous l'orage, avec, sur leurs visages, le sourire de Savitch.

— Tu les as remplacés ! fulmina le Valet. Où sont-ils ?

Il brûlait d'une révolte ardente en souvenir des moments où lui-même avait été dépossédé de son corps.

— Où sont-ils ? répéta Savitch. Mais avec nous, mon frère, dans la sphère !

L'androïde retrouva l'espace blanc. Ce qu'il avait pris pour le mugissement du vent était en réalité l'appel de centaines de milliers de voix ténues, si ténues qu'il lui fallait tendre l'oreille pour les deviner.

— Je n'en attendais pas moins de toi, continua Savitch. Tu es arrivé à conserver ton individualité.

Était-ce dû à sa nature d'androïde ou le Valet avait-il acquis une certaine résistance à force de devoir se battre pour exister dans son propre esprit ?

— Quant à toi, je suppose que tu t'es préparé depuis longtemps à prendre le contrôle de la sphère, analysa l'homme électrique. Tu as fortifié ton esprit.

Tout en flattant Savitch, il essaya de revenir de lui-même dans le monde matériel, sans succès.

Crevant la toile blanche de l'illusion, l'androïde se glissa à tâtons au cœur de la sphère. Là, la conscience de son frère bataillait pour plier l'artefact à sa volonté. Il ne le remarquait pas. Profitant de sa distraction, le Valet se lova autour des souvenirs de Savitch. Il trouva ce qu'il cherchait : l'homme-machine avait étudié la sphère durant des jours et des jours, grâce aux tablettes traduites par Aubert. En un instant, l'androïde absorba toute cette expérience.

Alors, il frémit en voyant la chose que Savitch affrontait. Refoulé au fin fond de l'artefact, l'être aux ailes membraneuses n'était que l'écho d'une intelligence, une programmation fossilisée qui tournait sur elle-même.

— Un monde pour ma race…, chuchotait-elle. Détruire et recommencer…

Terrorisé, l'androïde battit en retraite, repoussant cette présence qui commençait à l'imbiber. Fort de ses nouvelles connaissances, il utilisa les pouvoirs de la sphère pour fuir dans la réalité.

Le champ de bataille lui apparut par les yeux d'un artilleur : le ciel, fendu d'éclairs de plus en plus nombreux, était complètement noir. Pire, la steppe se craquelait de toutes parts. La plaine devenait instable, les collines d'herbe jaune dansaient comme des vagues. Çà et là, des gouffres s'ouvraient sans prévenir. Les soldats-Savitch tentaient de fuir ces crevasses, mais elles engloutissaient des régiments entiers, crachant de grands geysers de lave.

— Tu n'arrives pas à éteindre la sphère ! comprit le Valet avec épouvante.

Deux aéronefs, *L'Aigle* et le *Wagram*, furent frappés à leur tour par des colonnes de foudre titanesques. Les monstres de métal brisés plongèrent vers la steppe.

— Que fais-tu dehors ! rugit Savitch. Rentre !

L'artilleur que possédait le Valet fut soudain attaqué par une dizaine de ses camarades, animés de la même expression furieuse. L'androïde se sentit en même temps empoigné de l'intérieur et rejeté dans l'espace blanc.

— Tiens-toi tranquille, je dois me concentrer !

La voix de son aîné avait perdu de sa superbe, Savitch s'affolait. Une excitation nouvelle anima l'androïde. Si son frère peinait à contrôler la sphère, il ne pouvait pas s'occuper de lui. Le Valet devait en profiter pour trouver un moyen de détruire l'artefact !

L'homme électrique jeta toutes ses forces dans la bataille. Il se propulsa dans les corps de l'équipage d'un des aéronefs restants. Savitch faisait s'affairer les officiers sur la passerelle de pilotage ; ils manipulaient les commandes pour maintenir l'*Auguste* contre les vents déchaînés. Lorsque le Valet prit possession d'eux, ils cessèrent le travail.

— Qu'est-ce que tu fais ? hurla Savitch.

L'androïde poussa les officiers à reprendre leur manœuvre. Il réfléchissait à toute vitesse : s'il faisait s'écraser l'*Auguste* sur la sphère, aurait-il une chance de la détruire ?

Il n'eut pas le temps d'essayer que d'autres membres d'équipage contrôlés par Savitch pénétrèrent sur la passerelle et se mirent à tirer sur leurs supérieurs. Le Valet ressentait chaque blessure comme si c'était lui qui se prenait une balle.

— Tu ne contrôles rien ! cria-t-il. Laisse-moi essayer de détruire la sphère !

Savitch tentait d'expulser le Valet des corps qu'il contrôlait, mais celui-ci s'accrochait. Mieux, il prit son adversaire par surprise en investissant brusquement d'autres hôtes.

L'androïde pénétra dans les cerveaux des Mongols qui chevauchaient les bicycles voltaïques. Obéissant à ses ordres mentaux, l'escadre aux combinaisons argentées fit rugir ses rotors et s'élança à toute vitesse sur la plaine mouvante.

— Imbécile ! tonna Savitch. La sphère est indestructible, arrête !

Une nouvelle bordée d'éclairs destructeurs sillonna l'horizon. Telle une harde impétueuse, les bicycles pilotés par le Valet roulaient droit sur l'artefact, mitraillés par les fantassins commandés par son frère. La sphère s'était muée en une boule incandescente qui projetait sur toute la steppe une lueur aveuglante.

— Il faut essayer ! protesta l'androïde.

En réalité, il ne savait pas ce qu'il faisait. Il savait simplement que son aîné était débordé par la situation. Il le lisait dans son esprit. Affolé, Savitch ne prenait même plus la peine de dissimuler ses pensées. L'homme électrique put vérifier qu'il disait vrai : la sphère ne pouvait être détruite. Cependant, il existait une autre solution, que lui avait cachée son frère.

— La sphère, tu peux la faire sortir de l'atmosphère terrestre ! comprit le Valet. Précipite-la dans le soleil !

— Jamais ! vociféra Savitch. Je vais la contrôler, je vais y arriver !

C'était faux, l'androïde le savait. Entre la pluie d'éclairs toujours plus nombreux et les crevasses qui ne cessaient de croître, chaque minute qui passait provoquait la mort de plusieurs centaines d'hommes supplémentaires.

— Je dois la garder ! fit Savitch dans un gémissement strident. J'en ai besoin !

Poussé par l'urgence, le Valet tenta d'arracher son frère aux commandes de la sphère. Il parvint à faire s'élever l'artefact sur une dizaine de mètres, puis Savitch l'écarta violemment. Le combat était perdu d'avance : l'intelligence artificielle s'était gavée de puissance, l'homme électrique ne pouvait pas rivaliser.

L'androïde s'accroupit au milieu de l'espace blanc. Ici, au sein de cet univers mental, il lui était possible de pleurer. Il aurait tant aimé serrer Joséphine dans ses bras.

— Tu n'es pas seul, dit quelqu'un dans son dos.

Derrière lui, Jean de Rugès était apparu avec son sac d'équipement.

— Je peux t'aider, c'est aussi ma faute si nous en sommes là.

Quelque part dans le monde, il avait une petite fille, Sophie. L'archéologue aurait donné sa vie pour elle. Or la sphère menaçait tant d'autres familles.

Le Valet bondit sur ses pieds. En désirant briser sa solitude, il venait d'arracher Rugès du vent qui mugissait. S'il y était parvenu pour l'archéologue, alors il devait pouvoir en faire autant pour d'autres.

— Tu te rappelles ce que tu disais ? demanda Tancredo De Fante.

Le Vénitien brûlait encore d'amour pour la belle Valeriana. C'était un chevalier, au sens noble du terme. Il ne laisserait pas un tiers de l'humanité sombrer sans tenter quelque chose.

— Tu ne peux pas abandonner, renchérit Orso.

Le garde du corps regardait l'androïde d'un sale œil, mais lui aussi serait de la partie.

— Nous ne sommes pas assez nombreux, idiot ! grogna la vieille comtesse de Cagliostro. Réveille les autres !

La matriarche haïssait l'homme électrique, mais elle ne pouvait accepter ce qui se préparait. Ses pensées tournées vers sa fille, elle avait découvert assez de lumière en elle pour se dresser aux côtés du Valet.

Il se concentra sur les voix qui criaient dans le vent. Petit à petit, il décortiqua leurs appels pour dissocier leurs volontés.

Un rugissement de machine. Le Bogdo Khan arrêta son bicycle voltaïque à la hauteur de l'androïde et retira son casque.

— Où sommes-nous ? demanda-t-il, la voix emplie d'angoisse.

À côté de lui, un homme en uniforme bleu brodé de fil doré. L'amiral Jeannot était le commandant en chef de la Grande Armée.

— Où est l'ennemi ? interrogea le militaire.

Alors, l'homme électrique dispersa le vent. Derrière les deux généraux apparurent des centaines de milliers d'hommes, les grognards et les cavaliers que la sphère avait absorbés. Tous savaient ce qui se passait. Il n'y avait plus d'agressivité dans leurs regards, seulement la peur de laisser d'autres humains périr.

— Chargez ! cria le frère Vacher.

Le moine s'élança à travers l'espace blanc, tout droit sur le géant aux yeux très pâles qui représentait Savitch dans cet univers mental. Surpris, le colosse le chassa du revers de la main, mais le moine n'était pas seul.

À sa suite, l'essaim des consciences prisonnières se rua sur le titan. Leurs coups étaient autant de piqûres douloureuses. Assailli sous le nombre, le géant lâcha prise et le Valet s'empara du contrôle de la sphère.

— Vous ne comprenez pas ! s'égosilla Savitch. Je fais cela pour la paix, pour l'humanité, pour un futur meilleur ! Laissez-moi la sphère ! J'arriverai à la contrôler !

C'était d'autant plus dur pour l'homme artificiel que son frère croyait ce qu'il disait.

— J'y arriverai ! rugit le titan recroquevillé d'une voix distordue, alors que des ailes membraneuses lui déformaient le dos.

— Pardon, murmura le Valet. Je ne peux pas te laisser faire.

Alors, aidé par la marée des consciences, il rassembla toute la puissance de l'artefact, et, dans une ultime poussée, écrasa la conscience de Savitch, qui éclata comme une bulle de savon.

Cette disparition causa un grand vide, mais l'androïde n'avait pas le droit de se laisser distraire. Au cœur de la sphère, la chose fossilisée ruait pour libérer ses pleins pouvoirs de destruction.

Sans perdre un instant, il piocha les esprits des soldats et les renvoya chacun dans son corps. Seuls les morts demeurèrent avec lui. Dénués d'enveloppes charnelles, ils ne pouvaient revivre et se fondirent de nouveau dans le vent mugissant. Le Valet abandonna leurs consciences, il devait économiser de l'énergie pour envoyer la sphère dans le soleil.

Le temps se figea. Il fallait partir. L'homme électrique se remémora la Cagliostro, le trouble qu'il éprouvait lorsqu'elle posait les yeux sur lui. Il se souvint de Joséphine, de la force de ses petites mains quand elle serrait son cou. Il aurait voulu ne pas devoir mourir.

Heureusement, il n'était pas lui-même. Pas uniquement lui-même. Seul, il n'aurait pas trouvé la force d'agir.

— Il faut le faire, dit Jean de Rugès.

— Il faut le faire, renchérit Tancredo De Fante.

La sphère s'éleva dans l'atmosphère.

Soudain, le Valet sentit une volonté qui s'agrippait à sa conscience, une volonté qui ne s'était pas encore désagrégée.

— Laisse-moi les commandes ! ordonna le frère Vacher. Va-t'en !

Pourquoi le balafré était-il resté ? À l'extérieur, dans la réalité, son corps respirait.

— Laisse-moi jeter la sphère dans le soleil, insista-t-il. Tu es un meilleur humain que moi, le pantin. Tu mérites de t'en sortir.

À cet instant, ils n'avaient plus de secrets l'un pour l'autre, leurs esprits se mélangeaient. Celui de Vacher trempait dans une gangue noire mais, sous les couches de haine, de colère et de ressentiment brillait une pierre polie, translucide, l'âme d'un homme.

— Adieu, le pantin. Tu enterreras Louise pour moi ?

Lorsque Vacher prit les commandes, l'androïde ne fit rien pour l'en empêcher.

◇◇◇

La sphère s'était envolée en crevant les nuages. L'orage trempait maintenant la steppe crevassée, mais c'était un orage ordinaire, qui ne menaçait pas d'emporter le monde dans une apocalypse. Au loin, les épaves fumantes des gigantesques aéronefs achevaient de se consumer sous la bruine.

Les soldats du khan et de la Grande Armée se regardaient, hébétés. Ils avaient retrouvé leur identité, mais, en les renvoyant dans leurs corps respectifs, le Valet avait eu l'idée de leur offrir quelque chose de plus, quelque chose qu'il avait découvert en côtoyant Michel Strogoff : dorénavant, les guerriers des deux camps se connaissaient, ils portaient en eux les souvenirs et les sentiments de ceux d'en face. Dorénavant, ils ne pourraient plus se battre.

Lorsque la nuit prit possession des steppes, l'androïde avait laissé le champ de bataille derrière lui. Pour la première fois de sa vie, il contempla les étoiles sans penser à rien d'autre.

◇◇◇

26 mai 1896

Le peintre quitta son cabanon de bonne heure. Il aimait commencer son travail très tôt, lorsque le soleil était encore jeune et que sa lumière timide donnait au paysage un lustre d'innocence. Il déambula silencieusement entre les falaises d'ocre jaune, cherchant le meilleur endroit pour élire domicile.

Rien ne bougeait dans le petit matin. Les oiseaux s'éveillaient tout juste, surpris par cet intrus qui traversait leur monde du pas lent de l'artiste. Le peintre se félicita intérieurement d'avoir choisi de s'installer ici, à Bibémus. Dans ces carrières à l'abandon, où la nature reprenait ses droits, personne ne venait l'importuner. Là, il oubliait la foule d'Aix-en-Provence, le regard des passants qui jugeaient ses couleurs, et pouvait sans crainte laisser son pinceau vagabonder sur la toile.

C'est donc avec la plus grande surprise, et une pointe de déception, qu'il remarqua, au détour d'un sentier, un homme en train de peindre à l'ombre d'un cyprès. Posé contre le tronc, un carton ouvert contenait plusieurs toiles barbouillées.

Intrigué, le peintre s'approcha, en ayant soin de faire craquer des brindilles sous ses bottes pour annoncer sa présence.

— Bonjour, fit-il en levant la main quand l'autre délaissa son labeur.

— Bonjour, répondit l'homme assis.

Un individu bizarre, assurément. Il portait un bleu de travail, tel que les peintres utilisaient pour ne pas se tacher, et des gants de la même couleur, mais aussi un masque en bois sculpté, qui représentait un visage amical. Certaines gueules cassées, démobilisées de la Grande

Armée, dissimulaient leurs blessures derrière de semblables artifices. Ce devait être un de ces vétérans, victime de la guerre.

— Je m'appelle Paul Cézanne, dit l'artiste, qui ne savait pas trop quoi dire.

— Nous avons le même prénom, s'amusa l'autre. Je suis Paul Pivert.

Ils se serrèrent la main, et, en se penchant, Cézanne put mieux observer le tableau posé sur le chevalet.

— Ça alors…, s'étonna-t-il. La montagne Sainte-Victoire, vous l'avez peinte en violet ! C'est exactement la couleur que j'aurais utilisée.

— C'était la teinte de mes idées cette nuit, expliqua Pivert.

Cézanne regarda les autres aquarelles. Les parois orangées de la carrière avaient été croquées dans un déluge de coups de pinceau, dont les traces subsistaient encore. Il émanait de ces œuvres une puissance brute, la marque d'une belle imagination.

— Ce que vous faites me plaît beaucoup, avoua le peintre, et il n'est pas dans mes habitudes de flatter. Voudriez-vous que je vous présente à un galeriste de mes amis ?

— Je ne sais pas, fit Pivert.

Avec ce masque en bois, difficile de déceler les raisons des réticences de l'inconnu.

— Si vous craignez la censure impériale, reprit Cézanne, je puis vous rassurer. Depuis que Son Excellence la comtesse de Cagliostro est devenue ministre de la Sûreté du conseil de régence, l'État est bien plus tolérant à l'égard de la création. La preuve en est que Rodin est sorti de prison, et que ses œuvres ont été exposées cette année à l'Académie.

L'aquarelliste masqué approuva du chef.

— Ce n'est pas par peur que je rejette votre proposition, monsieur Cézanne. Je ne suis que de passage en France, je repars bientôt.

— Et que veniez-vous faire dans notre pays ? interrogea le peintre.

— Je cherchais une petite fille. Ses parents ont disparu en partie par ma faute, et j'espérais me racheter auprès de son père en la retrouvant.

— Ah ? Avez-vous découvert ce qu'elle était devenue ?

— Oui, je l'ai mise en sécurité. Mais je dois rendre visite à d'autres familles auprès desquelles je suis redevable. Avant de partir, je veux m'assurer que, malgré ce qui leur a été fait, elles ne manqueront de rien.

Ces derniers mots étaient empreints d'une grande tristesse. Cézanne laissa passer une minute avant d'oser interroger de nouveau le dénommé Pivert.

— Où irez-vous ensuite ?

— Je me rendrai à Omsk, en Sibérie. La femme et les enfants d'un ami défunt vivent là-bas. En sa mémoire, je leur raconterai son histoire.

Il se leva. La chaleur commençait à envahir la pinède.

— Je dois partir. Encore merci pour votre proposition. Si ces peintures vous plaisent, je vous les donne.

— Je les exposerai à votre nom, monsieur Pivert, promit le peintre. Mais, dites-moi, quelle est cette silhouette grise que l'on retrouve dans chacun de vos paysages ? On dirait la bure d'un moine.

L'étrange aquarelliste sembla chercher un moment ce qu'il fallait répondre.

— C'était un homme que j'ai vu pleurer sur le mal qu'il avait fait. Dans mes dessins, peut-être a-t-il trouvé la sérénité.

Le peintre resta longtemps sous le cyprès à contempler les œuvres de l'inconnu avant de déballer enfin son propre matériel.

Remerciements

Il a fallu plus d'une nuit d'orage pour écrire *L'Homme Électrique*. J'aimerais parler ici de ceux dont l'aide m'a permis de donner vie au Valet.

Que soient mille fois remerciés…

Stéphane Marsan, pour sa confiance renouvelée.
Maurin Molle, qui durant ces deux dernières années a été un relecteur omniprésent, un conseiller avisé, et par claviers interposés, le compagnon de mes nuits insomniaques. Qu'il sache que son amitié m'est précieuse.
Marc Fleury, mon frère, dont les avis sont un phare dans une purée de pois.
Vincent Charcosset, l'autre père de cet univers voltapunk, pour son érudition et son inspiration. Les Voleurs de Feu vous saluent bien bas, monsieur.
Raphaël Escot, dont la masse des commentaires doit bien représenter trois fois la taille totale de ce roman. Comme lors de ses relectures de *L'Empire Électrique*, il n'a compté ni son temps ni ses efforts, et son souci du détail a fait la différence.
Quentin Daniel, qui m'a fouetté avec énergie depuis la belle Belgique pour m'obliger à faire encore et toujours mieux.
Ismène Fleury, ma sœur, pour avoir vécu une charge de cavalerie mongole en ma compagnie en un paisible après-midi.
Florent Roche, pour avoir transformé mon notebook miteux en bête de course grâce à Puppy Linux. Grâce à lui, j'ai pu écrire partout où je le souhaitais avec mon antiquité.
Guillaume Josselin, pour ses relectures empressées.
Xavier Mauméjean, dont je n'oublie pas le rôle qu'il a joué en me poussant au départ à développer cet univers.

Au détour de ces pages, surgissent personnages et décors empruntés à des écrivains de jadis. Par ordre d'apparition, je vous prie de célébrer Howard Phillips Lovecraft, Maurice Leblanc, Edward Page Mitchell, Gaston Leroux, Jules Verne, Sophie Rostopchine (comtesse de Ségur), Mary Shelley, Hector Malot, Bram Stoker, Guy de Maupassant, George du Maurier, Charles Barbara, Robert E. Howard et Ferdynand Ossendowski (à ce propos, merci à Jean-Luc Rivera de m'avoir conseillé la lecture de ce dernier auteur).

Encore une fois, je voudrais faire savoir à quel point je suis reconnaissant à mes parents de l'éducation qu'ils m'ont offerte et de toutes leurs histoires, ainsi qu'à mes grands-parents paternels, dont la bibliothèque était pour moi une porte vers des mondes merveilleux. Je pense souvent à mes chers disparus.

Enfin et surtout, je veux remercier Lucie d'accepter de me partager avec les récits qui vivent dans ma tête. Alice, ce n'est pas grave si tu continues à me postillonner ta purée au visage en riant, car même ainsi, chaque instant avec toi a un goût d'éternité.